文学研究の扉をひらく

基礎と発展

石川巧
飯田祐子
小平麻衣子
金子明雄
日比嘉高
編

ひつじ書房

目次

序　本書の狙いとコンセプト

石川巧

1　文学を研究することの意味

大学で文学を教えていると、よく「文学を研究することに何の意味があるのか?」、「文学を研究しても実社会では何の役にも立たないでしょう?」という質問を受けます。こうした質問を投げかける方は、たいていの場合、文学を趣味や娯楽としか捉えておらず、それぞれの読者が好きなものを好きなように読めばいいという持論をもっているようです。文学を研究している人たちがあれこれ議論すること自体を「余計なお世話」、「自分の解釈を押しつけるな」と思っているようでもあります。文学研究の領域では、しばしばレクトゥール(一般読者)とリズール(精読者)という区分をして、精読とは書かれたものを受容するだけでなく、そこに書かれていない新たな意味を創出する行為なのだと説明しますが、彼らにとってはそういう区分の仕方そのものが上から目線の偉そうなもの言いに感じられるのでしょう。私たちが生きる世界は言葉で出来あがっているのだから、文学を研究することはこの世界のありようを解釈し、新たな意味を加えていくことだと答えることもできるような気がしますが、ここではもう少し地に足の着いた説明をしたいと思います。

私たちはひとりひとりが〈私〉という小部屋に棲んでいます。自分がそれまでに経験したこと、学んだことを回路にすることによってしか世界を認識できません。自分の頭でものを考えている限り、どれほど想像力を駆使しようとも〈私〉の外側に出ることはできないのです。しかし、私たちは文学作品を読むことで自身の生を相対化する契機を手に入れることができます。文学というかたちで仮構された世界の外側に他者の影を感じ取ることができます。百年前の名もなき老婆の嘆きに共感することができますし、言葉を発しない赤子の気持ちを想像することもできます。ときには虎や熊、山椒魚にさえなれます。比喩的な言い方をすれば、〈私〉は読書行為を通じて出遭ったこともない人々とつながり、〈私たち〉になることができるのです。もちろん、厳密な意味において私が〈私〉という小部屋の外に出られるわけではありませんが、読書行為を通して現実には体験できないような事象に遭遇し、そこにリアリティを感じることはできます。

それは、現実と虚構の境界に身をさらすことだと思います。〈私〉は読書行為という出来事を通して、自分がさまざまな支配や抑圧を受けていること、偏見や先入観でものを見ていたことを自覚します。それまであたり前のように信じられていることを疑い、この世界に生きていることの意味や目的を問い直すことができるようになります。ロシア・フォルマリズムの理論家であるヴィクトル・シクロフスキーは「手法としての芸術」(ツヴェタン・トドロフ編、野村英夫訳『文学の理論―ロシア・フォルマリスト論集』理想社、一九七一)のなかで、「芸術は、人が生の感触を取り戻すために存在する。それは人にさまざまな事物をあるがままに、堅いものを「堅いもの」として感じさせるために存在する。芸術の目的は、事物を知識としてではなく、感触として伝えることにある」と指摘し、作家が独自の視点や表現で日常的言語を詩的言語に変容させていく行為を「異化」と呼びましたが、こうした考え方は今日の文学研究においても価値を失っていないと思います。

さらに、文学作品は死、忘却、喪失といった不在を表現することもできます。いまここに在るものだけでなく、すでに無くなっているもの、はじめから存在していないものを描くことができます。それは生きることの歓びや大切なものを喪うことの悲しみをより深く味わい、この世界に自分がただ一回きりの生として存在していることの価値を考えることでもあります。人はそれぞれが〈私〉という小部屋に棲む孤独な存在ですが、読書というメタ行為を通して死者たちとつながり、精神的な歴史性を獲得できるようになるのだと思います。

2 どのように語られているかを考える

一九世紀後半のヨーロッパにおける産業革命以降、私たちの世界はより実用的で利便性の高い物質文明に価値を見いだしてきました。必要なものを大量に生産し大量に消費することで社会を発展させてきました。日本の近代文学はこうした時代の潮流に影響されながら一九世紀末に出発しています。また、インターネットの登場が象徴するように、ひとつの技術革新が世界を塗り替えてしまうこともあります。逆にいえば、世界を連続的な営みと捉えたり普遍的なものを探し求めたりすることが困難になりつつあるということです。短期的なパラダイム転換が繰り返されることで、私たちはほんの少し前の過去が遙か遠い日の出来事のように感じられるようになりつつあるということです。結果、私たちは過去の歴史と対話したり未来を展望したりする力が著しく衰えてしまいました。すべては不連続的に変わっていくという認識が蔓延することで時代の潮流にうまく乗ることが重要になりました。

文学は特定のストーリーやプロットでまとめられた統一性のある表現です。小説の場合はそれを物語と呼んだりもしますが、この物語というのは必ずしもひとかたまりの完結したお話を指すわけではありません。一行で語り尽くされる物語もあるでしょうし、永遠に閉じられることのない物語もあるでしょう。重要なのは、そこには目に見えない集団の記憶が刻まれているということです。お話の筋はごくありきたりなものかもしれないけれど、語るという行為を通じて、そこに生きていた人々の息づかいはもちろんのこと、時代の空気や感覚まで届けられるということです。

文学研究において重要なのは「何が語られているか」を把握すると同時に「どのように語られているか」を考察することだと思います。語り手は読者に向けてさまざまな手段、形式、効果を駆使した働きかけを行います。読者もまた語りによってさまざまなイメージを喚起され、心を揺さぶられます。その意味において、文学研究は現実に即しているかどうかではなく、どのような語りによって現実らしさが現象しているかを分析する学問です。なぜ無機質な言葉が私たちになまなましい現実感覚を与えるのか、心が揺さぶられるという体験はどのような手段、形式、効果によってもたらされるのかを検証する学問です。それは私たちが生きるこの世界に起こりつつある具体的な課題を解決するうえでも極めて有効なアプローチだと思いますし、大きな可能性を秘めているといえます。優れた文学作品には、刹那的、非主体的な認識のあり方に歯止めをかけ、過去から未来へとつながる世界の営みを感じさせる力があると思います。

また、個々の文学作品にはバリエーションがあります。一人称の語りなのか、語り手が登場人物を俯瞰したりそれぞれの内面に踏み込んだりする三人称の語りなのかによって読者が受け取る情報は異なりますし、音声言語と文字言語の違いなど、それを伝達する手段もさまざまです。たとえば、日記や手紙の形式を借りた独白体の小説と語り手が登場人物たちの会話を描写し説明を加える小説では、読者に届けられる情報の量と質がまるで違います。いま目の前で起こりつつあることを記述する形式もあれば過去の出来事を回想したり記憶を紡ぐように語ったりする形式もあります。小説のなかにもうひとつの小説世界が組み込まれているような入れ子形式、語り手が語っていることそれ自体の真偽が危うくなって読者を宙吊り感覚に陥れる形式など、そのバリエーションは実に多彩です。作品は冒頭から結末に向かって読み進めていくものと考えらえているかもしれませんが、分析という観点からすれば、作品の結末を読み終えたあと冒頭の一行に戻ってみるとそこに新たな意味が生成されるような出来事があたりまえのように起こります。

文学作品は主人公を軸にドラマが展開するものであり、主人公の思想や認識が中心的なテーマであるかのような誤解がありますが、特に三人称小説においては、複数の声が交錯し、最後まで明確な答えが与えられないまま幕を閉じてしまうような展開が少なからずあります。登場人物同士の対話的な関係性が最後まで持続し、それぞれの認識や思想が並列的に語られる小説形式に着目してポリフォニー（多声性）という概念を提示したM・バフチンが示したように、私たちは文学を単純なストーリーやテーマで処理してしまうことを慎重に回避しなければならないと思います。

文学研究においては作者／作品／読者をつなぐシステムを考えることも重要です。同じ作品であっても雑誌連載時に読むのと文庫本として再販されたものを読むのとでは作品の印象がまるで違います。インターネット上に詳細な情報が溢れている作家の場合は、知らずしらずのうちに膨大な知識を携えて作品を読むことになりますから、研究を試みる際にはそうした周辺情報も議論の対象にする必要があります。作品はときに作者自身によって内容が書き換えられますし、外圧によって修正加工を迫られることもあります。

読者の受容という観点からすれば、作品の評価が逆に新たな作家イメージを形成していくことも考えられます。ひと括りに「読者」といっても、その位相はさまざまです。作品のなかで語り手が「読者諸君！」と呼びかける読者もあれば、日本語を理解しない読者が翻訳というかたちで作品に出遭うこともあります。また、文学作品は多くの場合、より多くの読者に向けて開かれることを志向していますから、学校教育や家庭環境のなかで育まれたリテラシー能力が読書行為に大きな影響を及ぼすことはいうまでもありません。

作品は活字の内容だけでなく、装幀、口絵、挿絵などとともに解釈する必要があります。作品が掲載される雑誌、新聞、書籍などを考える場合は印刷、出版、流通という問題を抜きにした議論は成り立ちませんし、ひとつの文学作品が映画、演劇、マンガ、アニメなどの原作として使用されることで新たな魅力を発揮するようなアダプテーションの問題もあります。作品が読者によってどのように受容されていったかを考えることで、それぞれの時代や社会状況に応じた「期待の地平」（H・R・ヤウス、轡田収訳『挑発としての文学史』岩波書店、一九七六）が見えてくることもあるでしょう。

3　本書の構成と内容

本書は、こうした前提をもとに、大学の教養科目として日本近代文学を学ぶ学生から文学部等に所属して日本近代文学に関するレポートや卒業論文を執筆しようとする学生までを対象として編んだ講義用の教材です。全体の編成は、文学作品を読むとはどのような行為なのか、文学作品を読むことの愉しさはどこにあるのかといった基礎的な問題から、文学研究に必要な知識と技術、研究に必要な資料の集め方、問いの立て方といった専門的な問題まで、幅広く学んでいくことができるようになっています。研究理論を概説的に説明するだけでなく、それを作品の読解に役立てていくための方法を理解してもらうための実践的な形式の教材です。

全体は二部で構成されており、第Ⅰ部「研究へのアプローチ」では、日本近代文学の優れた作品の一場面を通して文学研究の方法を学びます。第Ⅱ部は「批評理論を用いた分析」とし、短い作品の全文を精読します。扱う作品は基本的に各章ひとつを原則としていますが、複数の作品（同一作家の場合と複数の作家の場合があります）を使用している章もあります。各章が対象としている作品は、それぞれの章で扱うテーマにふさわしい題材を選んでいますが、解説の内容は個々の担当者に委ねています。作品の選定に際しては、先行研究、資料調査、オンラインでの情報収集などの観点から考えたとき、より有効性の高い作品であること、実際に本書を利用する授業担当者がそれぞれの解釈を展開することができる読みの多様性をもった作品であることを考慮しています。

解説は、概説的要素（①本章で学ぶこと、②テーマについて、③作家紹介、④作品を読むための基本情報）、作品の本文（第Ⅰ部は作品の一部を切り取って「引用」として掲載しています。第Ⅱ部は「作品集」に全文を掲載しています）、テキストの読解（⑤考察、⑥課題、⑦参考文献）の三部門で構成するとともに、図版、画像、年表などを掲載しています。課題については本文の内容だけで解決できるもの、授業全体を通じて学生に考察してもらうものを「基礎的課題」と位置づけ、授業終了後に個々の学生が図書館などを活用して取り組む「発展的課題」と区別し、授業内での発表やディスカッション、レポートの執筆などに役立てられるようにしました。電子データで公開されている文献については特設サイトでリンクをまとめ、Ｗｅｂ上で利用できる資料も用意しました。巻末には資料の保存機関やデータベースについてまとめた「近現代文学研究　調査のために」を付し、授業外でも活用できるように工夫しました。基本的には大学の学部講義を想定した内容になっていますが、文学を専門的に学ぶための教材としても活用できるようになっています。また、国語科の教員をめざす方、国語教育に携わる方が教材研究をする際の資料としても使えるように工夫しました。

『文学研究の扉をひらく』というタイトルからも明らかなように、本書は文学を研究するための知識と方法を身につけてもらうことを狙いとしています。半期一五コマ程度のセメスター授業での使用を想定していますので、解説の内容は研究の基本事項に限られていますが、文学を研究することの意味はどこにあるのかを問い続けることで、作品の読解を創造的営為に変換することができると考えています。

なお、本書では「作品」という用語と、「テキスト」・「テクスト」という用語が併用されています。私たちが対象とする文学の表現は、作者がある意図をもって書き残したもの、活字として印刷されたもの、いつまでも変わることなく在り続けるもの（＝「作品」）であると同時に、無数の引用で構成された織物（＝「テクスト」）でもあるからです。個々の用語については、担当者がそれぞれの論点や分析方法によって自由に使い分けられるようにしていますが、各章のなかでは表現の統一を図っています。

最後に本書の構成についてです。さきにも述べたように、本書は、多様な利用者に対応しつつ日本近代文学における最先端の研究を学ぶことができるように構成しています。個々の読者が作品を精緻に読み解く力を身につけるために、各章において文学研究に必要な知識、方法を紹介しています。研究の動機となる問題編成の仕方、作品をより豊かなものにするための切り口や分析の視点、研究に必要な文献や資料の集め方などをわかりやすく解説しています。

「第Ⅰ部　研究へのアプローチ」では、小説の表現技法、テクストの生成と変容、メディアとしての文学などを多様な角度から考察していますし、「第Ⅱ部　批評理論を用いた分析」では、文学理論のなかでも特に重要と思われるテーマとして、ナラトロジー、読書行為論、ポストコロニアリズム、ジェンダーとクィア、文化研究という項目を立てています。いずれも個々のテーマに関して優れた成果を発表している研究者が担当しており、一般的な概説書にはないスリリングな議論を体験することができます。本書は文学のごく一部を捉えたものに過ぎないかもしれませんが、各章を通じて学んだ内容を総合することで文学研究の面白さに気づくことができるはずです。文学研究を通して獲得された探究することの面白さは、やがてさまざまな知性と結びついてみなさんの日常を豊かにしてくれると信じています。

本書について

・本書では各章で扱う文学作品もあわせて掲載しています。「第Ⅰ部　研究へのアプローチ」では、各章で解説を行う上で重要な部分を「引用」として部分的に抜粋し、章ごとに掲載しています。「第Ⅱ部　批評理論を用いた分析」の各章で扱う作品については、「第Ⅱ部作品集」にまとめて全文掲載しています。

・本書における収録作の底本は基本的に最新の全集としていますが、各章のテーマによっては初刊本や初出誌などを底本にしています。

・作品本文・引用文は発表当時の仮名遣いに統一しています。人名など一部を除き旧漢字は新字体に改めました。なお、「引用」における作品本文・引用文の改行は「／」で区切って示してあります。また、必要に応じて注、傍線、丸数字を作品本文に附しています。

・作品本文には、今日からみれば不適切と思われる表現が用いられた箇所もありますが、時代背景等を考慮し、原典通り収載しました。

・年代の表記は原則として西暦を用い、必要に応じて（　）内に元号を補っています。

・各章本文に記載した作品に付随する書誌事項（発表媒体・発行所・月日付け等）は、煩雑さを避けるべく適宜略述しました。また、本文中で言及している文献のうち、「7　参考文献」に書誌事項を記している文献については、本文中では基本的に書誌事項を省略しています。

・特設サイトでは、各章で関連する資料や論文について、Web上で利用・閲覧できるものをまとめています。下のQRコード、もしくは以下のURLからアクセスできます。

URL：https://www.hituzi.co.jp/hituzibooks/ISBN978-4-8234-1136-6.htm

パスワード：11366

第Ⅰ部　研究へのアプローチ

第一章

事実と虚構

ほんとうの事のように読ませる技術

志賀直哉「晩秋」

山口直孝

1　本章で学ぶこと

日本特有の小説ジャンルとして、「私《わたくし》小説」がしばしば取り上げられる。作者の実体験を再現的に描いた創作は、一九〇〇年代後半から目立ち始め、一九一〇年代後半に「私小説」の名称で呼ばれるようになった。「私小説」は、時に批判の対象となりながらも、文学の本道として根強く支持され、今日に至っている。文学者は自身をどのように提示しているのか、妻以外の女性との情交によって夫婦関係に生じた危機を扱った志賀直哉の「晩秋」を例に確認する。「私小説」において、読者に事実であるかのように印象づける仕組みについて考えたい。小説は時代状況とともに姿を変えていく。「私小説」においても事情は同じであり、先入観を持たないことが大切である。

2　私小説の生成と変容

日本の近代は、西洋化の歴史であった。植民地支配を拡大していくヨーロッパ諸国の脅威に対して、政治体制を整え、国力を増強していくことが急務とされた。自然科学の技術が学ばれ、社会思想やキリスト教などにも関心が向けられる。価値観の劇的な転換は、文学者においても小さくない波乱をもたらすことになった。

近世の文人が儒教を踏まえ、治者の立場から抑制的にふるまったのに対して、近代の文学者は個人の意識に即して欲望を解放する自由を手にする。西洋との接触によって、文学者は、たとえば理想の相手を自ら選ぶ恋愛観や人間が性欲を持った身体的存在であるという科学的知見に触れ、また、それらを扱った芸術作品に親しむことになる。先端的に文化を摂取した分、文学者は、西洋化が日本にもたらす諸問題を先取りして体現する存在であったといえる。書物で得た知識を規準とした文学者の行動は、近代化の途上にある社会となじまず、摩擦を生じることがあった。個性を発揮しようとした彼らは、周囲と対立したり、心身の変調を抱えたりするなどの事態に直面する。それらの経験が十分に小説の題材たりえたことが、「私小説」発生の背景にはあった。

一九〇〇年代の後半、田山花袋、島崎藤村、岩野泡鳴ら自然主義の書き手が、青春期を過ぎた文学者の性欲に注目した創作を発表する。一九一〇年代になると、武者小路実篤や志賀直哉ら雑誌『白樺』に集った同人たちの自己肯定を基調とした作品が登場する。それらに「私小説」の源流を認めることができよう。後の世代の葛西善蔵や広津和郎には、当初から体験を作品化する傾向が見られ、芥川龍之介や菊池寛は、歴史小説を経て、自己を戯画化して取り上げる連作を手がけた。

「私小説」という言葉は、宇野浩二「甘き世の話」(『中央公論』一九二〇・九)ではじめて用いられた。自己体験を語る小説の流行をとらえた発言には批判も含まれていたが、用語として認知されていく過程で、「私小説」は肯定的な意味を帯びるようになった。一九二三年からは、「心境小説」という語も加わり、価値づけが一層進むことになる。「心境小説」は、「私小説」と重なりつつ、安定した、あるいはより理想的な境地を表現した作品に用いられ、文学者が求道者的にとらえられるようになることに寄与した。同時期には大衆文芸やプロレタリア文芸などの新しい勢力が台頭しつつあった。生活と創作とを相関させ、精神的な高みを獲得しようと苦闘する「私小説」や「心境小説」の試みこそが文学の本道であるという主張には、既成の文壇作家による自己正当化の側面があった。

「私小説」が定着していく上で、ジャーナリズムも大きな役割を果たした。文学者を著名な存在として扱い、経歴や動静を紹介する記事が雑誌や新聞に掲載される。不特定多数の読者がそれらの情報によって、作家を知り、関心を抱くようになったことが、書き手が自身を取り上げる機運を促したことは確かであろう。作り手が提示する自己像と受け手が想像する人物像とは、時に食い違いを生じることもある。期待されているイメージとのずれは、自意識の葛藤を引き起こす。牧野信一や太宰治においては、主人公や語り手が常に他者の視線を意識し、演技的に反応を見せる。

「私小説」の創作は、現在においても盛んである。東アジアを始めとする海外でも注目されており、日本特有のジャンルではない普遍性を持つという見解も出されている。その当否をここで問うことはしないが、「私小説」が時代状況に応じて様相を変えていくものであり、内容や形式が一貫しているわけではないことは押さえておきたい。高等教育を受けた中上流階級の男性に限られていた担い手が時代に下るにつれて、多様化、多数化していった事情は、「私小説」においても変わりはない。

3 作家紹介

志賀直哉（しが・なおや）　一八八三（明治一六）年―一九七一（昭和四六）年。宮城県石巻（現・石巻市）に生まれる。東京帝国大学国文学科中退。一九一〇（明治四三）年、学習院出身者を中心とした同人雑誌『白樺』を創刊、「網走まで」を発表。一九一七（大正六）年、長年不和であった父との関係修復を描いた「和解」で作家としての地位を確立する。簡潔な文体と自己の感性に信頼を置く姿勢とが高く評価され、多くの作家に影響力を持った。唯一の長編に『暗夜行路』、ほかに「大津順吉」、「城の崎にて」、「小僧の神様」、「灰色の月」などがある。

4　作品を読むための基本情報

「晩秋」梗概

作品は、四章構成。奈良在住の「彼」は、妻の郁子、四人の子供を連れて、東京の実家へ行く途中、京都に立ち寄った。友人である画家の鳥山に誘われて、「彼」は家族を残して、花見小路の茶屋へ行く。そこには、「彼」が情交し、一月前に別れた仲居の清が勤めていた。清と再開した「彼」は、今後嫉妬を感じるのではないかと思う（一）。

作品の記述は、ここから過去にさかのぼる。三か月前、父と二人の妹が孫を見に奈良にやって来た。雑誌社と約束した仕事が進んでいない「彼」は、父たちを心配させないために、書き置いていた作品の発表を決心する。それは、清に会いに京都に行って、客と奈良に出かけた彼女とすれ違いになったいきさつを記した、「瑣事《さじ》」と題したものであった。「彼」は、郁子に今度発表する作品が「お前には不愉快な材料」であることを告げ、「見ない方がいいよ」と言う。しかし、「瑣事」を読んだ千代子という知人が郁子に手紙で内容が本当かどうかを問い合わせてくる（二）。不愉快を感じた郁子は、「彼」に隠しごとをしないことや浮気をしないことを求めるが、「彼」ははっきり約束することができない。一か月前、彼は京都に行き、清に別れ話を持ち出す。清は、郁子を「悋気深《りんきぶか》うおす」と言い、「割が悪いわ」と洩らした（三）。

作品の記述は、現在に戻る。清と会った後、郁子たちと合流した「彼」は、東京行きの「汽車」に乗る。車中で「彼」は、何もなかったと言い、郁子の体調を気づかう。「彼」の実家の人々が「瑣事」を読んでいるかどうか、郁子が気にするのを、「彼」は笑う（四）。

作品の成立過程

「晩秋」（『文藝春秋』第四巻第九号、一九二六・九）は、京都の茶屋の仲居との浮気によって妻といさかいが生じることに取材した「山科の記憶」連作四編の最後の作品である。実際の出来事があったのは、一九二四（大正一三）年から翌年にかけてのことと推測される。「山科の記憶」連作ほかの三編は、「瑣事」（『改造』一九二五・九）、「山科の記憶」（『改造』第八巻第一号、一九二六・一）、「痴情」（『改造』第八巻第四号、同・四）。作品集『山科の記憶』（改造社、一九二七・五）に最初に収録された。入手しやすいテキストとしては『小僧の神様・城の崎にて』（新潮文庫、一九八五年改版）がある。

作品についての作者解説

「「山科の記憶」「痴情」「晩秋」「瑣事」此一連の材料は私には稀有のものであるが、これをまともに扱ふ興味はなく、此事が如何に家庭に反映したかといふ方に本気なものがあり、その方に心を惹かれて書いた。「山科の記憶」と「痴情」には今も或る愛着を持つてゐる。」（「続創作余談」『改造』一九三八・六）という証言がある。

同時代評

「曩《さき》に文壇に喧伝された名作「痴情」の続編とも見るべき作品で、非常に期待して読んでみたが、これにはさほど感心出来なかつた。その理由の一つは全編の時間的関係が色々に前後してゐて、作の主人公が心の動きを脈絡づけるために可成り頭をひねらなければならない事にあるが、この作では一体の描写がいつものこの作者ほどぴたり〳〵と行つてゐずに、主人公の見詰め方にもなぜか変に曖昧な処がある。が最後のいよ〳〵汽車に乗つてしまつてからの主人公とその妻との描写では、流石にこの作者らしいこくのある筆致が何とも云へないいゝ感じで読まれた。」（南部修太郎「九月の創作（完）」『読売新聞』一九二六・九・一四）。小説家の南部はまた、「九月の諸小説を通して（上）」（『報知新聞』同・九・二二）において、「最近私は九月号の諸雑誌に掲載された小説三十篇ほどを読んでみた。それはある処の月評執筆のためで、各篇個々の批評についてはもう既に筆を尽してしまつたが、久振のその努力から、私は最近の小説界の一般について色々暗示させられる処があつた。第一は文壇の新進中堅作家が大体において甚だ不振なのに比べて、老先輩作家の作品に多く注目すべきものが見られた事である。第二は客観小説あるひは本格小説の要求の声盛んなのにも拘らず相変らず私小説がそれ等のほとんど全部だといふ事である。第三はいはゆる新興階級の思想生活を具現し、あるいは暗示するやうな作品が意外にも全く見られなかつた事である。」という概括を行っている。

本文

引用1

彼には郁子の心が動揺してゐる事はよく解つた。七条の停車場まで送つて来た井浪の女将や池野のお勝を相手に普段と余り変らず、話してゐるのが、如何にもつらさうだつた。その年の五月に生れた赤児は白い毛糸の肩掛から一寸頭を見せ、女中の胸でよく眠入つて居る。三人の女の児達は久しぶりの上京の嬉しさからしきりにはしやぎ、待合室のソーフアからソーフアと移り歩き、人中を関はず遠くから「お母様。お母様」と呼びかけた。井浪の女将はその度青白い神経質な顔を笑ひくづして受けてゐた。時には子供達の所まで行つて相手になつた。井浪の女将は郁子の子供時代から知つてゐた。その郁子が今は四人の子供を引き連れてゐる。それが可笑しいといつて笑つた。井浪はそんな風に何気なくしてゐたが、後で彼が郁子から聞いた話によると、井浪もその時腹では幾らか興奮してゐたに違ひない。／その芸子時代から三十年余り、其処を離れた事のない祇園の土地で、彼が放蕩をしてゐる、そしてそれを今まで少しも知らずにゐたと云ふ事は自分の商売柄から云つても、郁子の実家との古い関係から云つても、井浪には心外な事に違ひなかつた。／彼は洋画家の鳥山と話してゐたが、気持は矢張り落ちつかなかつた。もう執着はない。此まゝ続けて行つた所で、新しく生れる気持はなく、不快な事だけが積み残されて行く関係ではもう一度郁子を欺き、それを続ける気はなかつた。勿論今日お清に会はうなどゝは少しも考へなかつたが、二三日前、鳥山が池野のお勝を連れ、奈良の彼の家に遊びに来た時、上京の途、京都で又会はうといふやうな話から、早めに奈良を出、家族は縄手の井浪に届け、自分だけ鳥山の宿である池野へ行つて見た。

（一）

引用2

花見小路の茶屋ではもう鳥山が待つてゐた。大きな一閑張りの食卓を間にしてお清が坐つてゐる。彼は幾らかぎごちない気持だつた。鳥山は済んでゐたから、彼だけ食事をした。彼はいつものやうに鳥山と楽に話す事が出来なかつた。主に鳥山とお清とが話した。／彼の書いた「瑣事」と云ふ小説でお清に使つた名が、偶然鳥山が一二年前に執着した芸子の名になつてゐた。その話から鳥山は、／「此奴怪しからん奴だと思つたよ」／お清は顔を赤くして笑つた。／「本名で書くと思ふのは呑気だな」／「うむ」鳥山も笑つてゐたが、嫉妬といふものは左ういふものだと彼は自分でも思つた。殆ど執着は消えたつもりでも、これからも此家に若し来るとすれば、恐らく自分は色々な事で嫉妬を感ずるかも知れないと思つた。そして嫉妬でも感ずるやうなら、それも面白さうな気がした。／時間が来たので彼は送るといふ鳥山と一緒に自動車で停車場へ向つた。

（二）

引用3

清書して見て、彼は余り面白い作品とは思へなくなつた。家庭に波瀾を起こしてまで出すのは馬鹿々々しいやうな気になつた。その張合ひもないものだつた。然し其処まで〆切を引張つて来ては雑誌社の方を断はる事は出来なかつた。それに遂に出来なかつたと云ふのは父にも何か気の毒な気がした。彼は上高畑の友を訪ね、読んで貰つた。そして友がつまらないと云へばよすつもりだつたが、友は、「此前のよりいゝやうに思ふ」と云つた。彼は出す事に決めた。／Trifles of life と云ふやうな言葉が浮んだので、彼はそのまま「瑣事」と題したが、それは書かれた事柄が□事であるといふよりも此小説の為め郁子と物議を起こした場合、要するに trifles of life だといふ意味を云ふ自身が想ひ浮んだからである。／それが郁子にとつて□事でない事はよく分つて居たが、今は遅かれ早かれ埒のあく問題だつたから、彼は郁子にもなるべく軽く左う思つて貰ひたかつたのだ。　（二）

引用4

父は読まないが、妹達は読むかも知れない。郁子の上機嫌が後で妹達の前に顔を赧らめねばならぬ事になつては可哀想だと彼は思つた。彼は座敷に待つてゐていつた。／「今度の小説はお前には不愉快な材料だからね」／郁子は一寸暗い顔をした。然し思ひ返したやうに、／「いゝわ」と云つた。「もう何も彼も済んで了つたんだから、……」／「見ない方がいゝよ」／「見ない事よ。気持を悪くするだけ損ですもの。見ない事よ」と繰返えして云つた。／実はその年二月にお清には別れた事になつてゐた。それ以来彼は郁子を欺き続けて来たのだ。／京都から雑誌社の人が原稿を取りに来た時、彼は、「新聞広告はなるべく内容を暗示しないやうにして下さい」と云つた。　（二）

引用5

二ケ月程経つた。或日郁子宛に或劇団の下端の女優である千代子から手紙が来た。千代子といふのは四五年前、作家志望で山陰の或町から、一年余り彼の所に来てゐた事のある娘だつた。然し来た目的から云へば何の為めに来たか分らない程、彼とは没交渉な関係で、只家事を手伝つてゐたが、何時か作家志望は捨て、今は女優になつてゐる。善良な堅人で、遠慮深い形式家だつたが、田舎の人に時にあるやうな思ひがけない脱線をした。彼から云へばこれも其脱線の一つであるが、千代子は郁子に宛てた手紙に「お好きな方が出来て、時々京都へお出かけになると云ふのは本統でムいますか」と書いて来た。「小説の事本統でムいますか」ならば未だ曖昧にする余地もあつたが、かう明ら様では彼はどうする事も出来なかつた。（二）

引用6

やがてお清は静かになつた。食卓に両臂を突き、指先で茶托を廻はしてゐたが、暫くすると、不図、／「割りが悪いわ」と云つた。／「何が割りが悪い」／お清は初めて自分のひとり言に気がついたやうに淋しさうな眼つきで微笑した。／彼は一寸不思議な気がした。何が割りが悪いのか押して訊いたがお清は返事をしなかつた。／若しお清自身の気持と云ふものが幾らかでもあれば、このやうに全然発言権を与へない自分のやり方は少しひど過ぎるかしらと彼は思つた。左う云ふ意味でならお清が割りが悪いと思ふのは無理ないと思つた。然し彼の癖として、自分の方からは如何に女に甘くとも、又甘いと思はれても困らないが、女の自分に対する気持を甘く解する事は恐れて居た。（三）

引用7

「（略）——二時間か三時間だつたけど、今日は何だか、すつかり疲れちまひましたわ」／「もう、それでいゝや。東京へ行けば皆ゐるし、気が変るよ」／「えゝ。でも麻布の方がお書きになつた物を御覧になつて知つていらつしやると思ふと、いやあね」／「知つてゐたつて誰もそんな事に触れる奴はないよ」／「そりやあ、さうよ。——でも、お母様ならお話してもいいけど…………」／「馬鹿。そんな事、云ふ必要はない」／彼は笑つた。汽車は安土あたりを走つて居た。（四）

底本：「晩秋」（『文藝春秋』第四巻第九号、一九二六・九）

5　本文の解釈と考察

確定的記述と「私小説」

「晩秋」は、「彼には郁子の心が動揺してゐる事はよく解つた。」（引用1）の一文で始まる。主人公の名前は、最後まで明らかにならない。英語の代名詞「he」と異なり、固有名詞を受けずにいきなり用いられる「彼」を、柳父章は日本の近代小説独特の言葉づかいとして注目した（『翻訳語成立事情』岩波新書、一九八二）。「山科の記憶」の初出には、「これはすでに過去の記憶だ。自分を彼と書くのが適はしい。」という断りが掲げられていた。志賀直哉においては、自己の体験を題材とする場合でも、出来事のとらえかたによって選択される人称が三人称の場合もありえたことがわかる。「山科の記憶」連作の人称は、すべて「彼」が選ばれており、完結した過去として事象が扱われていること（あるいは過去と見なしたいこと）をうかがわせる。

「晩秋」は、登場人物や舞台について、積極的に説明しようはしない。「彼」も妻の郁子も、年齢はわからない。雑誌社の依頼で小説を書いており、作家らしいと察しがつくが、明言されてはいない。女中が雇われており、生活は余裕があるようであるが、具体的には示されていない。最初から登場する井浪の女将や池野のお勝も、「彼」のどのような知り合いなのかは、判然としない。読み手に背景や登場人物を紹介しながら進める確認的な記述とは対極的な姿勢が本作には認められる。取り上げられるものを周知のものであるかのように語っていく、確定的な記述（篠沢秀夫『文体学原理』新曜社、一九八四）が、「晩秋」の基調である。

作品発表時の志賀直哉は四十三歳、妻康子との間に四人の子どもがあった。古美術への関心などから、志賀は一九二三年三月に京都に、また、一九二五年四月に奈良に移り住んでいる。父直温、義母浩の家は東京青山にあり、直哉の年の離れた義妹たちもそこで暮らしていた。「晩秋」の設定は、現実と一致しており、また、伝記的事実をある程度参照しなければ、状況を呑みこむことはできない。作者に関する知識を有していることが読む前提にされている、といえよう。

確定的な記述は、「山科の記憶」ものを貫き、ほかの志賀作品の多くに見られる特徴である。事実に準拠することは、「私小説」における一つの表現方法と解することができる。しかし、志賀において確定的な記述態度は、最初から確立されていたわけではなかった。一九一〇年のデビュー当時は自己の題材化に慎重であり、生母を早くに亡くした事情などが明かされるには、多少の時間を要している。自身を語ることが当然視されるようになるのは、「城の崎にて」(一九一七)以降である。

確定的な記述の採用は、大幅な省筆を可能にした。主人公の境遇を説明しなくてよい分、作り手は、関心事とそれをめぐる心身の反応との描出に集中することができた。近代化を体現した存在である文学者のありようをさらに微細にとらえる記述は、時代の要請にかない、作家の情報を欠く者には理解しづらいという問題を一方で抱えつつ、特定の層の関心を集めるものであった。文学青年を中心とする読者共同体に支えられることで「私小説」はジャンルとして意識されるようになる。一九二〇年代において、「私小説」の成立と志賀文芸の展開とは軌を一にするところがあった。

「晩秋」には「瑣事」という小説が登場する。「瑣事」は、実際に志賀が発表した作品でもあった。題名の一致は、「彼」が志賀その人であることを読者に意識させる情報となる。「城の崎にて」で旧作「范の犯罪」に触れて以来、志賀はしばしば小説中で自作への言及を行っている。新たな創作の原動力となる反省作業は、一面で語り手、主人公と作者とを同一視させる推進力となった。現実と同じ固有名を用いることも、虚構を事実らしく感じさせる方法の一つに数えられよう。

なぜ小説家は自分のことを書くのか

『白樺』に集った同人たちは、書きたいものだけを書くという姿勢で世間から注目された。創作動機の純粋さは、芸術家にまず求められるものであり、意に染まない場合は長期の休筆をいとわない志賀は、理想視される存在であった。しかし、職業作家である以上、彼も執筆依頼には対応しないわけにはいかない。「晩秋」における、雑誌社の注文に窮して手持ちの作品を渡す挿話は、単なる楽屋話にとどまらない。

「山科の記憶」連作は、発表の順序と出来事のそれとが一致していない。作品内の時系列に即せば、「山科の記憶」、「痴情」、「瑣事」、「晩秋」となる。清との関係が妻に知られて別れるように迫られる（「山科の記憶」）→清に別れ話を切り出すも、妻の精神状態は安定しない（「痴情」）→妻に内緒で清との関係を復活させる（「瑣事」）→再び別れて一か月後、清と顔を合わせる（「晩秋」）というように起こったことを整理できるが、相互の連絡は希薄であり、不連続の印象を受ける。妻の視点の記述が見られたり（「山科の記憶」）、妻の手紙が長く引用されたりするなど、連作は形式においても一様ではない。

南部修太郎が同時代評で指摘するように、「晩秋」は記述が入り組んでいる。「一」（引用1、2）、「四」（引用7）の作品内現在に、過去の「二」（引用3〜5）、「三」（引用6）が挟まる入れ子型となっているが、初読時にはわかりづらい。作中で「彼」は「瑣事」と題した作品を制作している（引用3）。現実の「瑣事」を想起させる創作が登場することによって、「晩秋」は小説をめぐる小説である一面を持つ。公表をためらう創作をめぐって物語の時間が錯綜するところには、作品の根幹に関わる揺らぎが現れている。

清は、「二十か二十一の大柄な女で、精神的な何ものをも持たぬ男のやうな女」（「痴情」）という。「彼」は、「彼の妻では遠の昔失はれた新鮮な果物の味」に惹かれ、「放蕩」を始めた。清との関係が続いても妻への愛情はまったく変わらないという「彼」の言い分は、妻を納得させることはできない。妻の主張に譲歩し、清と別れるに至る経緯を「山科の記憶」ものではたどることができる。家庭の危機が回避された、あるいは身勝手な夫の主張が妻の抗議の前に敗北する話として、連作を評価することも可能である。志賀文芸における男性は、主我的な傾向が強いが、夫婦の関係においては一線を越えない抑制が働いていた。「痴情」における、窮状を訴える妻の手紙の引用は、「彼」の主張の敗北を象徴している。地の文とは異なる文体による妻の言葉が持ち込まれることで、小説世界の安定があえて損なわれていると言ってよい。

清との関係が「自身の停滞した生活気分に何か溌剌とした生気を与へて呉れるだろう」(「山科の記憶」)という期待を「彼」は抱いていた。連作ではそれ以上の掘り下げはないが、「前(引用者注――「山科の記憶」ものを指す)の材料での心的経験を素に、存分に作つた小説」(「続創作余談」)という中編「邦子」(『文藝春秋』第五年第一〇号、一一号、一九二七・一〇、一一)には、創作との関連も語られている。戯曲家の「私」は、仕事のうえで行き詰まり、女優浅間雪子との肉体関係が停滞状態を変えるきっかけとなることを期待する。

雪子との関係で、兎に角私は一種の生気が感ぜられるようになつた。此四五年間藻がき抜いて出る事の出来なかつた泥沼で、それが一寸した私の足掛りとなつたのは事実だ。私は私の為事に頭が向き、其所に興味が生れた。全体的にいへば今までの変にとぢ込められた生活から、解放されたやうに感ぜられるのだ。私は漸く自分の為事に還つた。(「邦子」)

「邦子」においては、惰性化した日常に刺激をもたらす体験として情事が受け取られ、新しい創作の呼び水となっている。「山科の記憶」ものの「放蕩」に同様の期待があったと想像することは許されよう。「邦子」には、「芸術至上主義」という言葉も見られる。稀な才能を発揮するためには家族を犠牲にすることも赦されると思う

「私」の意識は、「晩秋」の「彼」にも共有されていたかもしれない。そうでないとしても、「晩秋」において、前の三作よりも創作への関心がせり出して来ていることは確かである。「私小説」の「芸術と実生活との相関をめぐる二律背反的な矛盾」(平野謙)が集約的に現われた短編として、本作は評価しうる。

「私小説」の読者の拡大

「彼」が清と関係を結んだのは、創作のためという功利的な意識が先立ってのものではないであろう。一方で、清に対する「彼」の思いに抑制のようなものがあることは否定できない。妻への愛情は変わらないという発言はさまざまに解釈できるが、「彼」は結婚制度の枠組みを破るようなことを考える人物には描かれていない。郁子との夫婦関係を解消することを「彼」は思わず、申し出があることも想定していない。別れ話を切り出す場面(引用6)では、清を観察する「彼」のまなざしが印象的である。その時点で「彼」の意識がすでに冷静なことは、「放蕩」が一過性のものであったことを物語る。郁子に心労をもたらしたにせよ、家庭は維持される。連作でそれまで姿を見せなかった子供たちと共に「彼」と妻とは、「彼」の実家に向かう。汽車の中で会話する締めくくりは、二人の仲が修復されていくことを予見させる(引用7)。「此事が如何に家庭に反映したかといふ方に本気なものがあ」ったという志賀の解説に見合うように、「山科の記憶」ものにおける関心は、清ではなく郁子に傾いている。

「晩秋」において、清は当事者として扱われていない。それでも騒動は、「彼」および妻の二人だけの問題には収まらなかった。自身を扱った小説を「彼」が雑誌に発表したがゆえに、事件は多くの人の目に触れることになる。読者には知人も含まれ、感想を伝えてくる者もいた。女優の千代子は、その一人であり、郁子に宛てた手紙で「お好きな方が出来て、時々京都へお出かけになると云ふのは本統で厶《ござ》いますか」とたずねてきた(引用5)。

千代子の問い合わせのぶしつけさに怒った「彼」は、「田舎つぺえ」と彼女のことを蔑む。しかし、プライベートな秘密を公表したのは「彼」であり、千代子を非難するのはいささかおかしい。どこまで自覚できているかは不明であるが、「彼」のちぐはぐな反応の背景には、読者層の拡大という事情があった。

『中央公論』や『太陽』に加えて、『改造』（いずれも一九一九年創刊）など新しい総合雑誌が刊行され、一九二〇年前後の出版ジャーナリズムは活況を呈していた。『文藝春秋』（一九二三年創刊）は、当初は小さな随筆雑誌に過ぎなかったが、菊池寛のすぐれた編集手腕によって内容を充実させ、三年後には発行部数が十万を超えた。女性を対象とした雑誌の創刊も相次ぎ、プラトン社の『女性』（一九二二年創刊）は、都市中間層を意識して文芸欄に力を注いだ。新雑誌の参入は、発表機会の増加や原稿料の上昇など、経済的な潤いを文学者にもたらした。また、活字メディアが彼らの知名度を高めることに貢献したことも見逃せない。グラビアや紹介記事などで得た情報を踏まえて「私小説」を読む、新しい層の読者が生まれつつあった。『改造』、『文藝春秋』、『女性』は、いずれも同時期の志賀にとって、主要な発表舞台である。かつて作家を志望し、現在俳優を職業とする千代子は、従来の享受層に収まる存在ではない。小説読者の飛躍的な増加を実感できなかったがために、「彼」は自作の反響の度合いを見誤っていたのである。郁子は、「瑣事」が「彼」の実家の人間に読まれることを懸念しているが（引用5）、以前よりも可能性が高まっていることは疑えない。

ジャーナリズムで自身が取り上げられ、作家像が形成されていくことに、志賀は無関心ではなかった。「転生」（『文藝春秋』第二年第三号、一九二四・三）は、短気な夫と気の利かない妻とのすれちがいが死後も続くことを描いた戯作である。最後に会話文が付されており、「これは貴方の御家庭がモデルなのでせう？」という問いに対して、「文藝春秋と云ふ雑誌に私の名で家内安全の秘法を授く、と広告が出て居た位です」と打ち消す回答が掲げられている。話題になっているのは、『文藝春秋』第一年第一一号（一九二三・一一）に掲載された「文藝春秋よろず案内欄」である。本記事は、新聞広告の形を借りて諸作家の趣味や性格を穿ったものである（図1参照）。四か月後に同じ雑誌に発表した創作で軽妙に応じてみせた志賀において、夫婦像が一人歩きをしている感触があったのであろう。「晩秋」が同誌に発表されるのは、「転生」の二年半後であった。平和な家庭というイメージを裏切るような題材が選ばれていることは、留意されてよい。

「山科の記憶」ものは、内容、形式の不連続性によって、「私小説」の変容を指し示す作品群であった。中でも「晩秋」は、書き手の思惑を越えて小説が読者を獲得してしまう事態を描いたところに新しさがあった。「彼」の私生活を切り取ったかのような本作には、文学を取り巻く大きな環境の変化が、明瞭に刻まれている。以後「私小説」は、大衆という不特定多数の読者と向き合うことを引き受けなければならなくなる。

事実の再現が意識される「私小説」においても、登場人物の名前は変えられていることが多い。郁子も千代子も実際とは異なる。茶屋の仲居も同様であろうが、彼女についてはいささか奇妙な事態が起きている（引用2）。作中作の「瑣事」を読んだ友人の鳥山は、清をかつて執着していた女性のことだと思う。鳥山の推測は、「清」が実名であると信じたためであり、考え違いは「彼」との間で笑い話になる。余談のような記述であるが、このくだりでも仲居は「清」と記されている。本当ではないと打ち消された名が、なお小説で使い続けられていることは、本当らしさに対する疑問を浮かび上がらせる。計算された措置とは考えにくいが、「清」をめぐる混乱は、「私小説」のリアリティとは何かを議論す

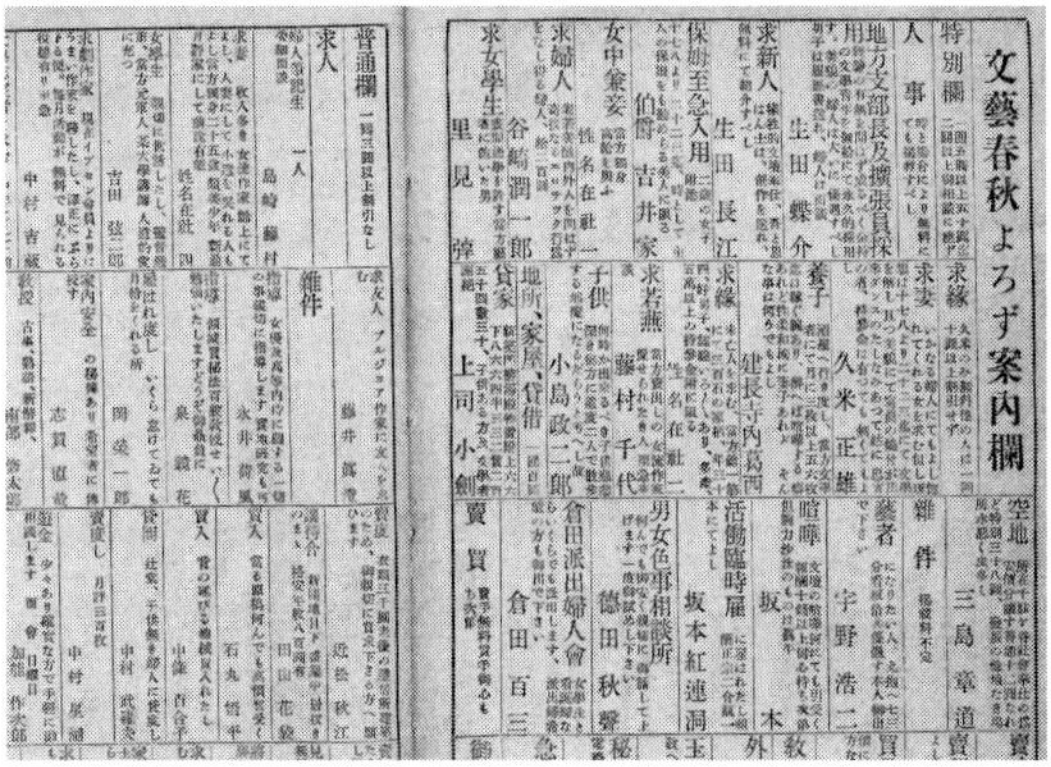
文藝春秋よろず案内欄

図1　文藝春秋よろず案内欄

るうえでは重要な箇所である。

言葉による現実の再現や読者への伝達を楽観的に信じられなくなった下の世代の書き手たちは、記述の矛盾など、小説の破れ目をあえて露呈させる実験に挑むことになる。牧野信一や太宰治の創作が、例として挙げられよう。「瑣事」という作中作が本当にあったことと感じさせる方法の一つである、と先に指摘した。同様の記述は、牧野や太宰にも見られるが、彼らにおいては、題名の一致によって読者が記述を事実であると受け止めることへの自覚があった。時にはわざと事実と違うことを述べたり、誇張を加えたりすることが彼らの創作には見られる。他者の視線を十分に意識しながら、牧野や太宰は体験の作品化を行った。安易な理解を拒むような操作によって、作品の作りは複雑になり、語り手や主人公の意識は屈折したものとなっていく。

「晩秋」は、「私小説」が自意識をめぐって変容していく手前に位置づけられる。自身の体験を書くことで「彼」が直面した事態には、彼自身がまだ気づいていない、小説の発展を促す要素が含まれていた。本文を丹念に読み解き、作品に刻印された固有の歴史の相を見出すことは、後世の読者に与えられた楽しみといえる。

6　課題

基礎的課題一　登場人物のプロフィールや背景について、説明されていないことを整理し、確認してください。

基礎的課題二　「晩秋」において、「彼」はなぜ自身の体験を「瑣事」という小説として発表したのでしょうか。「彼」にとって創作が持つ意味と合わせて、考えてください。

発展的課題　「私小説」という言葉がどのように生まれ、意味づけられていったか、また、誰のどういう作品が典型とされたか、調べてください。

7 参考文献

平野謙「私小説の二律背反」(『芸術と実生活』〔講談社、一九五八〕所収)
宗像和重「大正九(一九二〇)年の「私小説」論―その発端をめぐって」(『学術研究―国語・国文学編』一九八三・一二)
山本芳明「〈私小説〉言説に関する覚書―〈文学史〉・マルクス主義・小林秀雄」(『学習院大学文学部研究年報』二〇一一・三)
重永楽「「晩秋」論―志賀直哉〈山科もの〉概念の解体と「材料」の問題について」(『人文公共学研究論集』二〇二一・三)
永井善久『〈志賀直哉〉の軌跡―メディアにおける作家表象』(森話社、二〇一四)
中村智「志賀直哉「山科もの」論」(『山口国文』一九九五・三)
中村光夫『志賀直哉論』(文藝春秋新社、一九五四)
林廣親「志賀直哉〈山科もの〉ノート―『痴情』を中心に」(『成蹊国文』二〇一六・三)

第二章

描写と比喩

レトリックの挑戦

宮沢賢治「小岩井農場」

大島丈志

1　本章で学ぶこと

文学作品を主体的に深く読むということを考えるのであれば、描写、その中でも比喩に代表される言葉の技巧、「レトリック」を学ばなければならないだろう。この学びにより比喩の使用が詩の表現の幅をどれだけ広げているのか、人間の心情という不可思議なものをどれだけ適切な言葉で表現しようとしているのかを知ることが出来る。詩人の新川和江は比喩について以下のように語っている。

比喩なしでも詩は成立しますが、比喩を用いると、作品の中の風景が賑やかになるんですね。どんなに短い詩でも、宇宙的な広がりをさえ、持たせることができます。そのコツは、手近なもので間に合わせず、できるだけ遠方から比喩の材料を選んでくる、ということです。

（新川和江「自作について」『川並総合研究所　論叢1』聖徳学園川並総合研究所、一九九三・二）

比喩なしでも相手に情報を伝えることは出来る。しかし、比喩を用いることでイメージを豊かに、日常使用する言葉とは少し異なる、目立つ表現を使用することが出来る。その意味で、言葉に技巧を加えること、言葉を工夫すること、「ことばをたくみにもちい、効果的に表現すること、そしてその技術」（佐藤信夫『レトリック感覚―ことばは新しい視点をひらく』）・「常識的な表現とはちがって風変わりな、目立つことばづかいのかたち」（佐藤信夫『レトリック認識―ことばは新しい世界をつくる』）という「レトリック（修辞）」は、日常会話から文学に至るまでさまざまな場面で使われている。

見事な表現に感動した体験は多くの人にあると思う。見事なレトリックに触れることは快楽なのである。また、レトリックを読み解くことは、散文・韻文にかかわらず、深く多様な読みを行う基盤となり、さらには自らの心情に最適な言葉を選択し、使用し、相手に伝えること、つまり表現することに繋がるのである。

本章では、宮沢賢治の『心象スケッチ　春と修羅』の中から「小岩井農場」を取り上げ、文学作品の描写、レトリックの比喩を中心としながら学んでいく。

2　描写と比喩、レトリック

本章では、レトリックの「発想・配置・修辞（表現法）・記憶・発表」（佐藤信夫『レトリック感覚―ことばは新しい視点をひらく』）の中心である「修辞」を扱う。その「修辞」も隠喩などの「意味のレトリック」、倒置法などの「形のレトリック」、諷喩などの「構成のレトリック」に分けられる。

意味のレトリックの中心となる比喩（ある表現対象を他の事柄を表す言葉をもちいて効果的に表そうとする表現方法）には、直喩（シミリー）、隠喩（メタファー）、換喩（メトニミー）、提喩（シネクドキ）、擬人法（パーソニフィケーション）等がある。

本章では、これらの比喩の中でも使用頻度の高いものを扱う。類似性を「〜のよう」等の直喩指標（直喩であることを示す指標）を用いて示す直喩。同じく類似性にもとづく比喩で、典型的には抽象的な対象を具象的なものに見立てて表現する隠喩。隠喩のように類似性ではなく、ふたつのものごとの隣接性にもとづく比喩で、対象物の一部を用いて表す換喩。音や様子を模した声喩（オノマトペ）である。以上を使用して文学作品における描写と比喩を考えていく。比喩の内容については「5　本文の解釈と考察」で併せて解説する。

レトリックについてはアリストテレスやソクラテスが活躍した古代ギリシアから多くの研究がなされている。元来レトリックは「説得の技術」であり、次に文学的な「表現の技術」へと発展した。レトリックを技術研究として集成したアリストテレスの『詩学』（三浦洋訳、光文社、二〇一九）には風変わりな語の使用法として比喩が、『弁論術』（戸塚七朗訳、岩波書店、一九九二）には比喩の適切さ等の詩法が論じられている。以降、教育科目としての修辞学となり、そして近代日本に導入された。速水博司『近代日本修辞学史—西洋修辞学の導入から挫折まで』に導入の経緯が論じられており、「修辞学」の現代の動向にも一章が割かれている。

近年では、ベルギー・リエージュ大学の研究者たちによる共同研究であるグループμの成果をまとめた『一般修辞学』が文学を文学たらしめている言語特性、その変換の種類と技法を論じた。それを批判的に継承した佐藤信夫『レトリック感覚—ことばは新しい視点をひらく』はレトリックの日本における受容と複数のレトリックについて従来の定義の問い直しを行っている。テクスト分析においては、大塚常樹『宮沢賢治　心象の記号論』は宮沢賢治のテクストを隠喩・諷喩・引喩等から読み解く。中村三春『修辞的モダニズム—テクスト様式論の試み』ではレトリックそのものに重点を置き、宮沢賢治・横光利一のテクストの様式を記述することを試みている。

3　作家紹介

宮沢賢治（みやざわ・けんじ）は、一八九六年八月、質・古着商の父宮沢政次郎、母イチの長男として、岩手県稗貫郡里川口村川口町（現、花巻市豊沢町）に生まれた。一九〇九年、岩手県立盛岡中学校に入学。一九一一年から短歌を作り始める。父は熱心な仏教の信仰者であり、宮沢賢治の熱心な信仰の基盤は家庭環境にあったといえる。一九一五年、盛岡高等農林学校（現岩手大学農学部）農学科第二部（のちの農芸化学科）に入学する。卒業、上京の

後、一九二一年一二月に稗貫農学校（後の花巻農学校）教師となる。一九二四年四月『心象スケッチ　春と修羅』（関根書店）刊行、自費出版。同年一二月イーハトヴ童話『注文の多い料理店』（東京光原社）刊行、自費出版に近いものであった。ともに初版一〇〇〇部。

一九二六年四月より下根子桜の別宅にて自炊生活を始め、北上川端の砂畑を開墾した。宮沢家の別宅を開放し、地元・花巻農学校の卒業生を中心とした農民のための私塾「羅須地人協会」を開いた。この試みは短期間のものであり、成果が出たとは明確に言い難いが、その理想は作品として形象化されていった。一九三一年、東北砕石工場の嘱託技師の辞令を受けるも病に倒れる。一九三三年九月二一日死去。

4　作品を読むための基本情報

宮沢賢治の口語自由詩「小岩井農場」は、『心象スケッチ　春と修羅』（以降『春と修羅』と省略）に収録されている。『春と修羅』は宮沢賢治の生前唯一の刊行された詩集であり、「序」を含め七〇篇の作品を収める。続編の予定があったものの未刊となった。『春と修羅』には初版本・自筆手入れ本があるが、本章では、特にことわりが無い場合は初版本を使用する。初版本の目次にはそれぞれの詩に日付が付されており、一九二二年一月六日から一九二三年一二月一〇日まで。また「序」には一九二四年一月二〇日の日付が付されている。

成立過程

「小岩井農場」は五月、小岩井駅で汽車を降り、小岩井農場を横切り小岩井農場の北側にある姥屋敷の集落の手前まで行き、雨にあって引き返して同じ道を戻り、小岩井駅へ向かう道中をスケッチした長編詩である。「パート一」から「パート九」まであり、「パート五」「パート六」はタイトルのみ、「パート八」は無い。『春と修羅』の詩篇の中でも歩行しながら「心象スケッチ」を行う試みとして特徴がある。

次に成立過程だが、「小岩井農場」には四種類の異稿が存在する。杉浦静は原稿用紙の使用時期から、まず、「小岩井農場」に付けられている日付の一九二二年五月二一日に小岩井農場を歩きながらスケッチを行い、同年一一月までに「下書稿」と「清書後手入稿」が成立、その後幾度の差し替えを行い一九二四年一月までに「詩稿原稿」へと推敲されたとする。また「心象の明滅のスケッチという方法が、どれほどの長い時間にわたって可能であるか、持続できるかの実験としての小岩井農場行」（「小岩井農場」の成立―推敲過程をふまえつつ」『日本文学』第二五巻第一〇号、一九七六・一〇）と考察する。天沢退二郎は「アクションとしての試作が問題だった」（『宮沢賢治の彼方へ』）とする。これに対して、渡部芳紀は「いかに生きるかの問題が切実に問いかけられている」（「小岩井農場論」『国文学　解釈と鑑賞』第四七巻一三号、一九八二・一二）と反論する。歩行詩の試みと他者との関わりの困難から生まれる苦悩の両方が存在しているという理解でよいだろう。

入沢康夫は「このような執拗なまでの手直しは、この作品に限らず、先駆稿が残っていないで印刷用原稿だけしか見ることのできない他の作品についてもおそらくは同じであろう」（「解説」『宮沢賢治全集1』筑摩書房、一九八六）と推定している。宮沢賢治の詩は「心象スケッチ」という方法と日付から、当時のそのままの情景と考えがちだが、「小岩井農場」も含め「心象スケッチ」の原点は詩人がある特定の日時に見たもの、感じたものではあるものの、それが幾度も改稿されて発表されたことを忘れてはならないだろう。

作品についての作者の解説

一九二五年二月九日の森佐一宛書簡では、『春と修羅』に関して、出版者が「詩集」と銘うったものの、「これらはみんな到底詩ではありません」「何とかして完成したいと思って居ります、或る心理学的な仕事の仕度」であるとし「ほんの粗硬な心象のスケッチ」（『新校本　宮澤賢治全集』第一五巻、本文篇、筑摩書房、一九九五、以降新校本全集からの引用は巻数・本文／校異篇・出版年のみ記載する）と記している。作者自身は『春と修羅』を詩集と呼ばれることを好まなかったようである。「心象スケッチ」に関しては「5　本文の解釈と考察」にて論じる。

同時代評

宮沢賢治の作品は生前全く評価されなかったという言説がまかり通っているが、当時、数は少ないが評価はなされていた。辻潤は『春と修羅』を「惰眠洞妄語（二）」（『読売新聞』一九二四・七・二三）にて「近頃珍しい詩集だ」「この詩人はまつたく特異な個性の持主だ」と批評している。佐藤惣之助は、「十三年度の詩集」（『日本詩人』第四巻第一二号、一九二四・一二）において、「この詩集はいちばん僕を驚かした。何故なら彼は詩壇に流布されてゐる一個の語葉《ママ》も所有してゐない」と評価した。草野新平は「三人」（『詩神』第二巻第八号、一九二六・八）にて高く評価した。同時代において衝撃を持って受け入れられたことがわかる。

本文

「小岩井農場」

パート一

わたくしはずゐぶんすばやく汽車からおりた
そのために雲がぎらつとひかつたくらゐだ
けれどももつとはやいひとはある
化学の並川さんによく肖《に》たひとだ
あのオリーブのせびろなどは
そつくりをとなしい農学士だ
さつき盛岡のていしやばでも
たしかにわたくしはさうおもつてゐた

このひとが砂糖水のなかの
つめたくあかるい待合室から
ひとあしでるとき……わたくしもでる
馬車がいちだいたつてゐる
馭者《ぎよしや》がひとことなにかいふ
黒塗りのすてきな馬車だ
光沢《つや》消《け》しだ
馬も上等のハツクニー
このひとはかすかにうなづき
それからじぶんといふ小さな荷物を
載つけるといふ気軽《きがる》なふうで
馬車にのぼつてこしかける
　（わづかの光の交錯《かうさく》だ）
その陽《ひ》のあたつたせなかが
すこし屈んでしんとしてゐる
わたくしはあるいて馬と並ぶ
〔〕これはあるひは客馬車だ
どうも農場のらしくない
わたくしにも乗れといへばいい
馭者がよこから呼べばいい
乗らなくたつていゝのだが

これから五里もあるくのだし
くらかけ山の下あたりで
ゆつくり時間もほしいのだ
あすこなら空気もひどく明瞭で
樹でも艸でもみんな幻燈だ
もちろんおきなぐさも咲いてゐるし
野はらは黒ぶだう酒《しゆ》のコツプもならべて
わたくしを款待するだらう
そこでゆつくりとどまるために
本部まででも乗つた方がいい
今日ならわたくしだつて
馬車に乗れないわけではない
（あいまいな思惟の蛍光《けいくわう》
　きつといつでもかうなのだ）
もう馬車がうごいてゐる
（これがじつにいゝことだ
　どうしやうか考へてゐるひまに
　それが過ぎて滅《な》くなるといふこと）
ひらつとわたくしを通り越す

（中略）

パート二

たむぼりんも遠くのそらで〔鳴〕つてるし
雨はけふはだいじやうぶふらない
しかし馬車もはやいと云つたところで
そんなにすてきなわけではない
いままでたつてやつとあすこまで
ここからあすこまでのこのまつすぐな
火山灰のみちの分だけ行つたのだ
あすこはちやうどまがり目で
すがれの草穂《ぼ》もゆれてゐる
（山は青い雲でいつぱい　光つてゐるし
　かけて行く馬車はくろくてりつぱだ）
ひばり　ひばり
銀の微塵《みぢん》のちらばるそらへ
たつたいまのぼつたひばりなのだ
くろくてすばやくきんいろだ
そらでやる Brownian movement
おまけにあいつの翅《はね》ときたら
甲虫のやうに四まいある
飴いろのやつと硬い漆ぬりの方と
たしかに二重《ふたへ》にもつてゐる
よほど上手に〔鳴〕いてゐる
そらのひかりを呑みこんでゐる
光波のために溺れてゐる
もちろんずつと遠くでは
もつとたくさんないてゐる
そいつの〔は〕うはいけいだ
向ふからはこつちのやつがひどく勇敢に見える
うしろから五月のいまごろ
黒いながいオーヴアを着た
医者らしいものがやつてくる
たびたびこつちをみてゐるやうだ
それは一本みちを行くときに
ごくありふれたことなのだ
冬にもやつぱりこんなあんばいに
①くろいイムバネスがやつてきて
本部へはこれでいいん〔で〕すかと
遠くからことばの浮標《ブイ》をなげつけた
でこぼこのゆきみちを
辛うじて咀嚼《そしやく》するといふ風にあるきながら

本部へはこれでいゝんですかと
心細《こゝろぼそ》さうにきいたのだ
おれはぶつきら棒にああと言つただけなので
ちやうどそれだけ大《たい》へんかあいさうな気がした
けふのはもつと遠くからくる

（中略）

パート四

本部の気取《きど》つた建物が
桜やポプラのこつちに立ち
そのさびしい観測台のうへに
ロビンソン風力計の小さな椀や
ぐらぐらゆれる風信器を
わたくしはもう見出さない
　さつきの光沢《つやけ》消しの立派な馬車は
いまごろどこかで忘れたやうにとまつてやうし。
五月の黒いオーヴアコートも
どの建物かにまがつて行つた

冬にはこゝの凍つた池で
こどもらがひどくわらつた
（から松はとびいろのすてきな脚です
向ふにひかるのは雲でせうか粉雪でせうか
それとも野はらの雪に日が照つてゐるのでせうか
氷滑りをやりながらなにがそんなにおかしいのです
おまへさんたちの頬つぺたはまつ赤ですよ）
葱いろの春の水に
楊《ベム〔ベ〕ロ》の花芽ももうぼやける……

（中略）

雲はけふも白金《〔は〕くきん》と白金黒《はくきんこく》
そのまばゆい明暗《〔め〕いあん》のなかで
ひ〔ば〕りはしきりに啼いてゐる
　（雲の讃歌《〔さ〕んか》と日の軋《きし》り）
それから眼をまたあげるなら
灰いろなもの走るもの蛇に似たもの　雉子だ

亜鉛鍍金《あえんめつき》の雉子なのだ
あんまり長い尾をひいてうららかに過ぎれば
もう一疋が飛びおりる
山鳥ではない
　（山鳥ですか？　山で？　夏に？）
あるくのははやい　流れてゐる
オレンヂいろの日光のなかを
雉子はするするながれてゐる
啼いてゐる
それが雉子の声だ
いま見はらかす耕地のはづれ
向ふの青草の高みに四五本乱れて
なんといふ気まぐれなさくらだらう
みんなさくらの幽霊だ
内面はしだれやなぎで
鴇《とき》いろの花をつけてゐる
　④（空でひとむらの海綿白金《プラチナムスポンヂ》がちぎれる）
それらかゞやく氷片の懸吊《けんちょう》をふみ
青らむ天のうつろのなかへ
②かたなのやうにつきすすみ
すべて水いろの哀愁を焚《た》き

さびしい反照《はんせう》の偏光《へんくわう》を截れ
いま日を横ぎる黒雲は
侏羅《じゅら》や白堊のまつくらな森林のなか
爬虫《はちゅう》がけはしく歯を〔鳴〕らして飛ぶ
その〔氾〕濫の水けむりからのぼつたのだ
たれも見てゐないその地質時代の林の底を
水は濁つてどんどんながれた
いまこそおれはさびしくない
たつたひとりで生きて行く
こんなきままなたましひと
たれがいつしよに行けやうか
大びらにまつすぐに進んで
それでいけないといふのなら
田舎ふうのダブルカラなど引き裂いてしまへ
それからさきがあんまり青黒くなつてきたら
……
そんなさきまでかんがへないでいい
ちからいつぱい口笛を吹け
口笛をふけ　陽《ひ》の錯綜《さくさう》
たよりもない光波のふるひ
すきとほるものが一列わたくしのあとからくる

ひかり　かすれ　またうたふやうに小さな胸を
張り
またほのぼのとかゞやいてわらふ
みんなすあしのこどもらだ
ちらちら瓔珞《やうらく》もゆれてゐるし
めいめい遠くのうたのひとくさりづつ
緑金寂静《ろくきんじやくじやう》のほのほをたもち
これらはあるいは天の鼓手《こしゆ》、緊那羅《きんなら》のこどもら
（五本の透明なさくらの木は
　青々とかげらふをあげる）
わたくしは白い雑嚢をぶらぶらさげて
きままな林務官のやうに
五月のきんいろの外光のなかで
口笛をふき歩調をふんでわるいだらうか
たのしい太陽系の春だ
みんなはしつたりうたつたり
はねあがつたりするがいい
③（コロナは八十三万二百……）
あの四月の実習のはじめの日
液肥をはこぶいちにちいつぱい
光炎菩薩太陽マヂツクの歌が〔鳴〕つた

（コロナは八十三万四百……）
ああ陽光のマヂツクよ
ひとつのせきをこえるとき
ひとりがかつぎ棒をわたせば
それは太陽のマヂツクにより
磁石のやうにもひとりの手に吸ひついた
（コロナは七十七万五千……）
どのこどもかが笛を吹いてゐる
それはわたくしにきこえない
けれどもたしかにふいてゐる
（ぜんたい笛といふものは
　きまぐれなひよろひよろの酋長だ）

（中略）

〔パ〕ート七

とびいろのはたけがゆるやかに傾斜して
すきとほる雨のつぶに洗はれてゐる
そのふもとに白い笠の農夫が立ち
つくづくとそらのくもを見あげ

こんどはゆつくりあるきだす
　（まるで行きつかれたたび人だ）
汽車の時間をたづねてみやう
こゝはぐちやぐちやした青い湿地で
もうせんごけも生えてゐる

（中略）

この人はわたくしとはなすのを
なにか大へんはばかつ〔て〕ゐる
それはふたつのくるまのよこ
はたけのをはりの天〔末〕線《スカイライン》
ぐらぐらの空のこつち側を
すこし猫背でせいの高い
くろい外套の男が
雨雲に銃を構へて立つてゐる
あの男がどこか気がへんで
急に鉄砲をこつちへ向けるのか
あるいはMiss Robinたちのことか
それとも両方いつし〔よ〕なのか
どつちも心配しないでくれ

わたしはどつちもこわくない
やつてるやつてるそらで鳥が
⑤（あの鳥何て云ふす　此処らで）
（ぶどしぎ）
（ぶどしぎて云ふのか〔〕）
（あん　曇るづどよぐ出はら）
から松の芽の緑玉髄《クリソプレース》
かけて行く雲のこつちの射手《しやしゆ》は
またもつたいらしく銃を構へる
（三時の次あ何時だべす）
（五時だべが　ゆぐ知らない）
過燐酸石灰のヅツク袋
水溶《すゐやう》十九と書いてある
学校のは十五％だ
雨はふるしわたくしの黄いろな仕事着もぬれる
遠くのそらではそのぼとしぎどもが
⑦大きく口をあいてビール瓶のやうに〔鳴〕り
灰いろの咽喉の粘膜に風をあて
めざましく雨を飛んでゐる
少しばかり青いつめくさの交つた
かれくさと雨の雫との上に

菩薩樹《まだ》皮の厚いけらをかぶつて
さつきの娘たちがねむつてゐる
爺《ぢい》さんはもう向ふへ行き
射手は肩を怒らして銃を構へる
⑥（ぼとしぎのつめたい発動機は……）
⑧ぼとしぎはぶうぶう〔鳴〕り
いつたいなにを射たうといふのだ

（中略）

すきとほつて火が燃えて〔ゐ〕る
青い炭素のけむりも立つ
わたくしもすこしあたりたい
《おらも中《あだ》つてもいいがべが》
《いてす　さあおあだりやんせ》
《汽車三時すか》
（三時四十分
　まだ一時にもならないも）
火は雨でかへつて燃える
自由射手《フライシユツツ》は銀のそら
⑨ぼとしぎどもは〔鳴〕らす〔鳴〕らす
すつかりぬれた　寒い　がたがたする

底本：宮沢賢治『新校本　宮澤賢治全集』第二巻・本文篇（筑摩書房、一九九五）

＊「小岩井農場」パート一からパート七より抜粋して引用。

＊傍線と番号は筆者による。

＊〔　〕は全集編者による校訂箇所（草稿・原文を校訂して本文を決定した部分など）。

＊紙面の都合上、抜粋しての引用となったが、詩「小岩井農場」全文は底本を読んでください。

5　本文の解釈と考察

小岩井農場は盛岡市の北西約一六キロメートル、岩手山の南東山麓に位置する。一八九一年に創業された当時、民間として最大規模の西洋式大規模農場であった。そこでは最先端の経営方法と農法が行われた。本部だけでなく小学校・郵便局等もあり「その設備の完全してゐること、将に東洋一の名に背かない」（『盛岡案内記』盛岡銀行、一九二三）とされた。農学校教師として農業の改良を意識した宮沢賢治にとって、学びの場であり憧れの場でもあっただろう。

詩「小岩井農場」において詩人は途中から雨の降りしきる中、五月の小岩井農場を歩いていく。歩行しながら、時に後ろ向きに歩きながら心象に浮かんだ風物がスケッチされていく。

ここで注意したいのは、宮沢賢治が自らの創作方法を「心象スケッチ」と称したことである。

童話集『注文の多い料理店』の自筆と推定される「広告ちらし（大）」においては、「この童話集の一列は実に作者の心象スケッチの一部である」（第一二巻・校異篇、一九九五）と記述されている。「心象スケッチ」という方法は、詩と童話というジャンルを横断して宮沢賢治作品の核となっている。

岩波書店創設者、岩波茂雄に宛てた一九二五年一二月二〇日の書簡では、「わたくしは岩手県の農学校の教師をして居りますが六七年前から歴史やその論料（データ、引用者注）、われわれの感ずるそのほかの空間といふやうなことについてどうもおかしな感じやうがしてたまりませんでした」（第一五巻、本文篇、一九九五）と記している。「心象スケッチ」とは前述の森宛書簡にあった「或る心理学的な仕事の仕度」であり、現実世界のみではなく「そのほかの空間」も「科学的に記載」しようと試みたものだといえる。

宮沢賢治の詩は難解だと言われるが、それは、目に見え、心に映った事物を科学的に記載するために、気象学、鉱物学、植物学、地質学、天文学に関する用語が多用されるためだと言える。さらには、「そのほかの空間」を感じたままに写そうすることも特異性の要因となっている。

ただ、一方で、『春と修羅』と同名の詩のタイトルは「春と修羅（mental sketch modified）」であり、「mental sketch」の「modified」、つまり「心象スケッチ」が変更・再構成されてもいることを示している。

おさえておきたいのは、科学用語や幻想的な事物も含めた心の中のイメージを写しとったもの、そのままの記録ではなく、その日付ごとに心に残り、記録された事柄を何重にも再創造したものが「心象スケッチ」として表現されたということだろう。

「mental sketch」と「mental sketch modified」は当然ながら混然としているものだろう。ただ、その混然とした描写を考えていくことで読みが深まるのである。詩人にとっては見たまま、感じたままの表現であり、比喩ではない可能性も含んでいることも前提としながら、「小岩井農場」から描写方法と隠喩等のレトリックを学んでいく。

一　換喩（メトニミー）

「小岩井農場」パート二には傍線①「くろいイムバネス」という描写がある。これは、比喩のうちの換喩である。ここでは、「くろいイムバネス」という描写によって、「黒いインバネスを着ている男」が喩えられている。

「インバネス」は、袖の代わりにケープが付いた男性用のコートで、明治に輸入され、明治の中頃に定着し、大正から昭和に流行した（図1　青木仙五郎『最新洋服概論』名古屋洋服専修學校、一九二五）。比較的高価であり、ある程度の富裕層でなければ着ることが出来なかった。資料によれば、一九一九・一九二〇（大正八・九）年に流行したものは安価品で六、七〇円、最上品では二〇〇円以上である（図2　辻清『洋服店の経営虎の巻』洋服通信社、一九二五）。

一九二〇年の小学校教員の初任給が四〇～五五円（週刊朝日編『続・値段の明治大正昭和風俗史』朝日新聞社、一九八一）であることからすると、イムバネスが安価品だとしてもかなり高価なものであることが分かる。

この換喩は、詩人にとって、男の一部であり目立つ部分、この文脈では「くろいイムバネス」と男を象徴的に

最新洋服概論 四八

第十二章

インバネス（第六十五圖）

用途 其の種類極めて多し、インバネスは外國に於ては禮用の外套《がいたう》にして日本で用ひらるトンビに似《に》たれども丈短く又羽根丈も短し。

布地は合着として薄羅紗及ウォーセット、ボーラー冬着はシモフリ羅紗《らしや》等用ひらる。

冬地としては、メルトン、ラクダメルトン、スコッチ等用ひ

第六十五圖

第六十五圖 インバネス

図1　インバネス

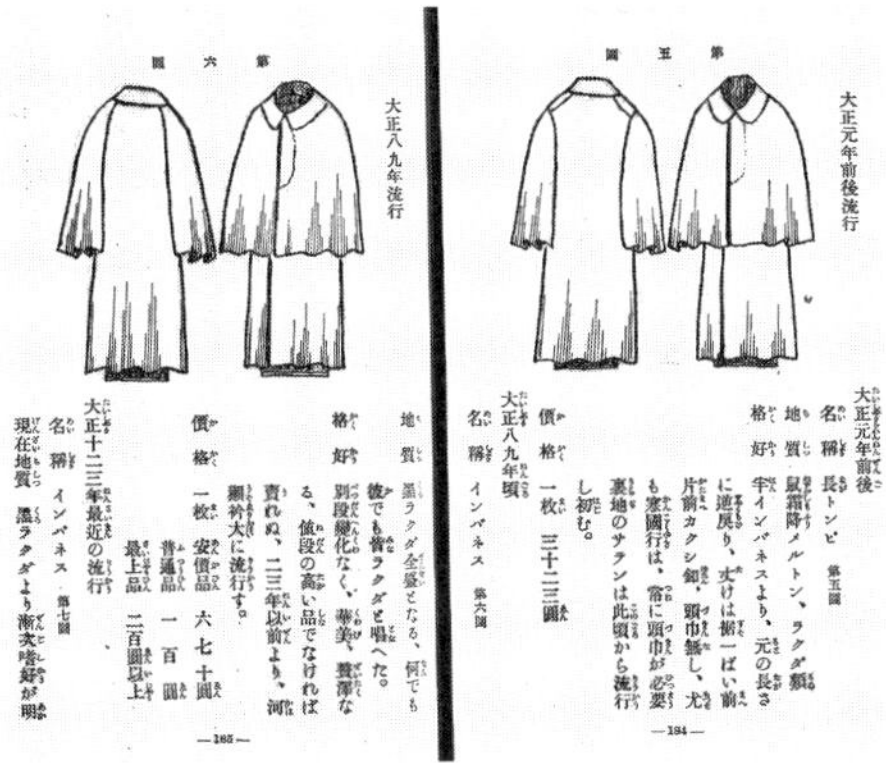

第五圖

大正元年前後流行

名稱 長トンビ 第五圖

地質 鼠霜降メルトン、ラクダ類

格好 半インバネスより、元の長さに逆戻り、丈けは衝一ぱい前片前カクシ釦、頭巾無し、尤も寒國行は、常に頭巾が必要裏地のサランは此頃から流行し初む。

價格 一枚 三十二三圓

大正八九年頃

名稱 インバネス 第六圖

—184—

第六圖

大正八九年流行

地質 黒ラクダ全盛となる、何でも彼でも皆ラクダと唱へた。

格好 別段變化なく、華美、贅澤なる、値段の高い品でなければ賣れぬ、二三年以前より、河襴袴大に流行す。

價格 一枚 安價品 六七十圓 普通品 一百圓 最上品 二百圓以上

大正十二三年最近の流行

名稱 インバネス 第七圖

現在地質 黒ラクダより漸次嗜好が明

—185—

図2　洋服店の経営虎の巻

描写することで、この男が、単なるコートを着た人物ではなく、また農場にて作業を行う者でもなく、高価なコートを着用した紳士であるということを示している。

詩人は「黒いながいオーヴアを着た／医者らしいものがやってくる／たびたびこつちをみてゐるやうだ」と不安そうな医者らしいものを見たことから、過去の冬に「くろいイムバネス」の男と出会った出来事を回想し、「でこぼこのゆきみちを／辛うじて咀嚼するといふ風にあるきながら／本部へはこれでいゝんですかと／心細さうにきいたのだ／おれはぶつきら棒にああと言つただけなので／ちやうどそれだけ大へんかあいさうな気がした」と描写する。

換喩とそれに続く回想からは、「くろいイムバネス」に喩えられる、「共通語」を使用する、都会から来たであろう、雪道に慣れない富裕層の男に対してぶっきらぼうに答えた詩人の富裕層に対する反感と同情が入り混じった心境を読み取ることが出来るだろう。

このように換喩は、対象の一部・目立つ部分で喩え

るため、その象徴に込められている意味を考えることでより作品の読みを深めることが出来るだろう。

二　直喩（シミリー）と多層的な描写

「小岩井農場」パート四において、「青らむ天のうつろのなかへ／かたなのやうにつきすすみ［2］／すべて水いろの哀愁を焚き／さびしい反照の偏光を截れ」とある。「反照」は照り返し、「偏光」は一定の方向に振動する光波。この描写では、「かたなのやうにつきすすみ」という直喩が使用される。詩人が、どのような苦悩を抱えて小岩井農場を歩行しているのかは明確にはし難い。この「かたなのやうに」という直喩には、「天のうつろ」という不穏な場につきすすむ詩人の心象に「かたな」という鋭く硬質なイメージを持ってくることによって、まっすぐに、孤独に、他者と隔絶して生きていかなければならないというイメージの広がりを読むことが出来るだろう。

この「かたな」に喩えられる心象は、九行後の「いまこそおれはさびしくない／たつたひとりで生きて行く／こんなきままなたましひと／たれがいつしよに行けようか」と呼応していることが分かる。五月の生命あふれる小岩井農場の中を「かたなのやうに」進む詩人の特異性、それゆえの孤独が浮かび上がる喩えである。

このような硬質な心情の後、詩人は「そんなさきまでかんがへないでいい／ちからいつぱい口笛を吹け」と自らを鼓舞する。そして「たのしい太陽系の春だ／みんなはしつたりうたつたり／はねあがつたりするがいい」と陽気な心象が描かれ、二字下げて「（コロナは八十三万二百……）」［3］という描写が行われる。この（　）内の描写は（コロナは八十三万四百……）（コロナは七十七万五千……）と変化していく。

詩において字下げや丸括弧の使用はそれまでの展開と位相の異なる言葉であることが多い。これらの使用によって異なる層の言葉を導入し、複数の声が独立して進行することで、詩の世界を多層化するのである。

童話「イーハトーボ農学校の春」において太陽を喩えた「あゝきれいだ　まるでまっ赤な花火のやうだよ。」

（第一〇巻、本文篇、一九九五）という太陽の直喩の後「コロナは六十七万四千」「コロナは八十三万五百」という描写がある。「小岩井農場」の「（コロナは八十三万二百……）」も同様である。このような不可思議な描写を主体的に解いていくことは、詩を読むことの面白さでもあるだろう。

「（コロナは八十三万二百……）」に関しては、二つの説がある。一つは、約一〇〇万度とされる太陽のコロナの温度ではないかという説である（須川力「「イーハトーボ農学校の春」における太陽コロナの温度」『賢治研究』三九、一九八五・一一）。この説で考えれば、この描写は太陽のコロナの光と熱が変化していることを示すだろう。もう一つは、太陽のプロミネンス（紅炎）の高さを示しているという説（『定本　宮澤賢治語彙辞典』筑摩書房、二〇一三）。宮沢賢治が読んだと考えられる、一戸直藏訳・アレニウス『宇宙發展論』（大倉書店、一九一四）では紅炎の高さとして、平均四万キロメートル、観測記録として五〇万、五六万キロメートルと紹介される。

筆者は詩人が「コロナ」として表現した数値はプロミネンスの高さを模したものととらえる。「さびし」さに負けそうな自らを鼓舞し、四月の実習のはじめの日を思い出した詩人の心象の背後に、太陽のプロミネンスの伸び縮みする紅炎の様が流れている多層的な描写だと考えられるだろう。

三　隠喩（メタファー）

隠喩は、宮沢賢治の詩の中で多用される。有名な「永訣の朝」でも「あぁあのとざされた病室の／くらいびやうぶやかやのなかに／やさしくあをじろく燃えてゐる／わたくしのけなげないもうとよ」（第二巻・本文篇、一九九五）とあり、「やさしくあをじろく燃えてゐる」は病に苦しめられている妹とその消え入りそうな命を喩えている。

「小岩井農場」パート四においては、「（空でひとむらの海綿白金がちぎれる）[4]」とある。この海綿白金（プラチナスポンジ）は雲の隠喩である。海綿白金は白金海綿ともいい「黒色の海綿状の白金」（『化学辞典（第二版）』森北出版、二〇〇九）。ここでは雲を「海綿白金」に喩えている。このように科（化）学の言葉で喩えるのは高等農林学校で学び、農学校の教師でもあった宮沢賢治の詩の特徴である。科学的な語以外の自然物の隠喩も興味深い。

「パート七」においては「ぼどしぎ」の音について、執着と思えるほどの描写がなされる。

まず、農夫との会話で「[5]（あの鳥何て云ふす　此処らで）／（ぶどしぎ）／（ぶどしぎて云ふのか〔〕）」とある。

「ぶどしぎ」は東北地方の「方言」であり、広く広まった名は「ぼとしぎ」。「ぼとしぎ」は「ヤマシギ」や「オオジシギ」のことを指し、山地の林や牧草地にすむ鳥である。「オオジシギ」が昼にも活動することや、その音からも、「小岩井農場」に登場する「ぼどしぎ」は「オオジシギ」だと考えられる。さらに「ぼとしぎ」は「空模様の変化を知るための大切な手がかりであったらしい」（『北海道野鳥だより』第一〇五号、一九九六・九）とされる。「小岩井農場」においても農夫の言葉で「[5]（あん　曇るづどよぐ出はら）」と説明されている。なお童話「よだかの星」の草稿表紙には「よだか」を斜線で消して左上に「ぶどしぎ。」と書き、修正しようとした形跡がある。

「小岩井農場」の下書稿では農夫の答えは「ぶどすぎ」であったものが、定稿では農夫との会話は「ぶどしぎ」、それ以外は「ぼとしぎ」に変えられている。ここからは、前述したように「心象スケッチ」が即興のスケッチであると同時に、その後に加工されたものであることが確認できるだろう。また「くろいイムバネス」の言葉が「共通語」であったことからも詩における「共通語」「方言」の使い分けの工夫を読み取ることが出来よう。

「小岩井農場」のその後の描写では、「[6]（ぼとしぎのつめたい発動機は……）」とあり、ぼとしぎの鳴き声が発動機（エンジン）に、それもただの発動機ではなく「つめたい発動機」に喩えられている。これはぼとしぎの鳴き声の隠喩である。この隠喩の直前に「⑦大きく口をあいてビール瓶のやうに鳴り」という直喩、その直後の「⑧ぼとしぎはぶうぶう〔鳴〕り」の「ぶうぶう」という声喩からも詩人が「ぼどしぎ」の音に執着していることが分かる。「パート七」の終結部では「⑨ぼとしぎどもは〔鳴〕らす〔鳴〕らす」とあり、ぼとしぎの鳴き声が、「パート七」後半に背景音楽のように響いていることが分かる。

隠喩は、類似性に基づく比喩である。言葉に表しにくい抽象的なものを、具象的なものに見立てるのが典型である。

「オオジシギ」の鳴き声については、直接、もしくはさまざまなメディアを用いて聞いてもらうしかないのだが、「ジージー」という鳴き声のあとに「ズビヤクズビヤク」という、繰り返される非常に硬質な声で鳴く。またオスは騒がしく求愛活動（ディスプレイ）することでも有名で、「尾羽で「ガガガガガ」」という大きな音を立てて急降下」（国松俊英『宮沢賢治　鳥の世界』）する。

この詩においては、硬質で特徴的な鳴き声や羽音が直喩、隠喩、声喩を使用して表現される。この多彩なレトリックからは、詩人によって「ぼとしぎ」の鳴き声についての最適な描写の探求が行われているとは言えないだろうか。

このような多彩なレトリックに注目すると、詩人が「小岩井農場」で何を試みたのかも考察できるだろう。その試みは、歩行しながら詩人の心象まで文字に起こす行為、見たものの感じたものを即興で写す「心象スケッチ」であり、同時にそのままのスケッチではなくレトリックを使用し、推敲された「詩」でもあるという二重性を持つ。

「ぼどしぎ」の鳴き声を喩える多彩なレトリックからは、詩人が、歩行しながら、即興で、その瞬間その瞬間の「心象スケッチ」を用いて詩を作っていくという実験を行い、それを世に問うていることがわかるだろう。同時に、詩人にとっての「ぼどしぎ」の鳴き声・羽音という何とも名状し難いものを、出来るだけ最適な言葉で表現するための試行錯誤の過程を読み解くことが出来る。

換喩・直喩・隠喩・声喩といった比喩の使用は詩の表現の幅を広げ、最適な言葉を探す挑戦でもある。描写にこだわり、比喩を読み解くことで韻文・散文を多様に、深く読むことが出来るだろう。

6　課題

基礎的課題一　「本文」の中から、比喩表現を探し出して抜き出し、比喩を使ったことによる効果を述べてください。

基礎的課題二　宮沢賢治の韻文・散文では、「共通語」と「方言」の使い分けがなされているが、それはどのような背景があり、どのような効果を狙ったものか、「永訣の朝」を用いて考えを述べてください。

発展的課題　レトリックは、提喩・擬人法・誇張法・婉曲法など多数存在する。自ら選んだテクストを用いて韻文・散文におけるレトリックを調査し、本章での学修内容と合わせて、自ら調査した韻文・散文におけるレトリックとその効果を論述してください。

7　参考文献

赤田秀子・杉浦嘉雄・中谷俊雄『賢治鳥類学』（新曜社、一九九八）
天沢退二郎『宮沢賢治の彼方へ』（思潮社、一九六八）
大塚常樹『宮沢賢治　心象の記号論』（朝文社、一九九九）
国松俊英『宮沢賢治　鳥の世界』（小学館、一九九六）

グループμ／佐々木健一・樋口桂子訳『一般修辞学』（大修館書店、一九八一、原著一九七〇）
佐藤信夫『レトリック感覚―ことばは新しい視点をひらく』（講談社、一九七八）
佐藤信夫『レトリック認識―ことばは新しい世界をつくる』（講談社、一九八一）
速水博司『近代日本修辞学史―西洋修辞学の導入から挫折まで』（有朋堂、一九八八）
中村三春『修辞的モダニズム―テクスト様式論の試み』（ひつじ書房、二〇〇六）
原子朗『定本 宮澤賢治語彙辞典』（筑摩書房、二〇一三）

第三章

作家研究の方法

なぜ作家を問題にするのか？

徳田秋聲『縮図』

大木志門

1　本章で学ぶこと

伝統的な日本近代文学研究では、何よりも作家の思想を読者が正確に受け取ることに主眼が置かれていた。作品を主な対象にした研究であっても、そこから作者の思想や作品に込められた意図を読み取ることが求められていたのである。しかし、「作家」という存在はそこまで自明なものと考えてよいのであろうか。あるいは「作者」と「作品」の関係を厳密にはどのように考えるべきであろうか。このことは文学研究において、大きな問題として横たわってきた。

本章では、作家を研究対象とする場合の基礎的な考え方と、現在において作家研究を行うに際してどのような可能性があるのかを、徳田秋聲の未完の長篇『縮図』（一九四一）を題材に学んでゆく。

2　作家研究をどのように考えるか？

かつては「作家」に絶対性が置かれてきた文学研究であったが、第二次世界大戦後、海外ではニュー・クリティシズムの流行や「作者の死」（ロラン・バルト）が叫ばれ、日本では三好行雄による「作品論」の提唱を経て一九八〇年代後半の小森陽一・石原千秋らが先導した「テクスト論」以降、読者が作品をどのように解釈するかが問われるようになった。わかりやすく言えば、実体としての作者を切り離して作品を情報の束＝「テクスト」とみなすことにより、その情報が読者にどのような効果を与えるかなどが問題になっていったのである。逆に言えば、作品を構成するのは言語という情報であり作者そのものではないので、それらは読者側が解釈することでしかアプローチできないということである。これは研究対象やその視点がますます拡散している現在でも基本的な方向性は変わらない。端的に言えば「作家」を押し出す研究は流行《はや》らなくなってきたのだ。

では、個々の作家についての研究は全く無効なのかと言えばそうではない。これまでの研究は作家ごとにかなり疎密があり、簡単に言えば「文学史」で重要と考えられてきた作家（さらに言えばその一部の作品）に圧倒的に偏っている。そうでない作家については年譜や著作年表さえ完備されておらず、いざ研究しようにもその手がかりさえないこともあるのだ。よって、そうした存在については、まず事実（作家や作品についての情報）を明らかにすることに意義がある。特に大衆的な文学や女性作家などこれまで文学史の正典《カノン》から除外されてきた周縁的存在に目を向けることで見えてくることは多いのだ。たとえば前者で言えば、松本清張や江戸川乱歩など「推理小説」に位置づけられてきた作家の研究が近年急速に進んでいる。それらの存在を通してメジャーな作家や文学史を相対化するような作業は今後も必要であろう。

また先述したような作家中心主義的な研究方法への批判は、必ずしも作家の存在やその作品の書かれた時代の文脈を無視してよいということには直結しない。むしろ作家もその作品背景も等しく「テクスト」として解釈するという考え方への地平を開いたと言える。よって、すでにある程度の研究の蓄積がある作家についても以下のようないくつかの意義があるであろう。たとえば、新しい問題意識や文脈の導入によって作家とその作品の存在を捉え直してみること、あるいはそれによって作家のこれまで定説となってきたような評価を揺るがすことなどである。さらに、特定の作家を題材としながら、たとえば夏目漱石や太宰治らが没してからどのように生前以上の評価を高めてゆき、「文豪」と見なされるようになったかというような「神話化」の様相を明らかにすることもできる。逆に小栗風葉や島田清次郎などを例に行われてきたように、その作家の存在が文壇から退場していった様相を明らかにすることで、当時の文壇や社会の価値観のメカニズムを検証することもできるだろう。また代作や共作などを題材に作者（著作者）のあり方や作品の間テクスト性（インターテクスチュアリティ、第八章参照）を検討することで、作家という「制度」が社会的に構築されてゆく様相を検討することなども考えられる。たとえば、明治期に尾崎紅葉の周辺で名義貸し（代作）が流行していたのは、弟子を文壇に送り込む徒弟制的慣習のためであり、文学市場の拡大による作品執筆の要請に応えるためでもあった。尾崎紅葉『金色夜叉』（一八九七）など当時の名篇が海外文学からの「翻案」（筋を借りること）によって成立したことも知られている。

まとめると、生身の主体と安易に同一視されてきた「作家」という存在もまた、市場に流通する記号＝情報の束として捉え直し、その作家にまつわる諸言説から構成された存在として再認識することが必要なのだ。以下では、自然主義作家・徳田秋聲を例にしながら、作品と作家の存在とその外部の同時代文脈とを広く併せ読むことを通して、作家イメージが変容する一例として提示してみたい。

3　作家紹介

徳田秋聲（とくだ・しゅうせい、本名は徳田末雄《すえお》）、一八七一（明治四）年―一九四三（昭和一八）年（なお明治五年末に改暦があったため、これを加味して西暦換算すると一八七二年二月一日にあたるためこちらを生誕日とする説もある）。金沢県金沢町（現石川県金沢市）第四区横山町に生まれる。徳田家は加賀八家と呼ばれた横山家に仕えた石高七十石の下級士族だったが、維新後に家運はみるみる傾いていった。貧困に加え実母タケは父雲平《うんぺい》の四番目の妻であり、異母兄姉に囲まれた家庭内は複雑であった。養成尋常小学校（現馬場小学校）、金沢区高等小学校、石川県専門学校、第四高等中学校（旧制四高の前身）と進み、落第と父の死を経て学校を退学し、親友・桐生悠々とともに上京、紆余曲折を経て、尾崎紅葉の門下として出発することになった。

その才能が開花するのは一九〇七年前後、「自然主義文学」の流行期で特に『新世帯《あらじょたい》』（一九〇八）『黴《かび》』

（一九一二）が高く評価されることによってであった。生涯六〇〇編以上におよぶ秋聲の小説は、多くが自身や身の回りの出来事に素材を取り、女弟子・山田順子との恋愛を描いた『仮装人物』（一九三五）は私小説の極北とされる。また『足迹《あしあと》』（一九一〇）『あらくれ』（一九一五）『縮図』（一九四一）など女性の一代記ものに定評がある。

4　作品を読むための基本情報

『縮図』梗概

舞台は戦時の東京、妻の没後に恋人・銀子の芸者屋で暮らしている均平《きんぺい》は、長男の均一を療養所に訪ねた際に娘の加世子と銀子を対面させる。やがて均平が銀子の半生を聞き出すうちに、物語は彼女の生涯を辿り始める。江東の靴職人の家に生まれた銀子だったが、多くの妹たちを抱えた家庭を救うために千葉の蓮池で芸者に出る。そこで出会った医師・栗栖《くりす》と恋仲になるが、芸者屋の主人・磯貝との恋愛的葛藤もあり、いったん東京へと戻り、次いで東北のI―町（石巻）へと住み替えてゆく。同地でも富豪の息子・倉持と恋仲になるが、自分の知らぬ間に倉持が土地の娘と結婚したのを知り東京へと戻り、日本橋芳町へとさらに住み替える。そこで株屋の若林や製菓会社社長の永瀬らを知るうち、銀子は急性肺炎に倒れ死線をさまようが何とか生きのびることができた（ここで中断）。

作品の成立過程

『縮図』（『都新聞』一九四一・六・二八～九・一五）は、秋聲が一九三一年頃から最晩年まで交際した、小石川白山で置屋を経営していた小林政子の半生を元に作品化された。太平洋戦争の開戦間近い一九四一年に連載開始されたが、内閣情報局の干渉により八〇回で中絶（紙面では「作者急病のため」と記載）。単行本は秋聲一周忌の香典返しの名目で刊行を許可され、未掲載分の原稿を加えて一九四四年一一月に小山書店より出版予定だったが、製本後に空襲で二度にわたり焼失。戦後、一九四六年七月に見本刷を元に同書店より刊行された。
現在入手しやすいテキストに岩波文庫『縮図』（一九七一年改版）がある。

作品についての作者解説

秋聲は連載三年前に「花柳界の裏面をあばいてみせる長篇小説を書きたい」と明かしており、それは「社会小説として花柳界を書いたもの」（「春日文芸雑感」『徳島毎日新聞』一九三八・四・二八）であるとされ、これが本作の腹案であったと考えられる。連載開始時の「作者の言葉」では「都新聞の作品への註文が、商売意識を離れた芸術本位なものなので、私にも多少の感激があり、時代の許す範囲で自由に書きたいと思ふ」と述べている。

同時代評

前述の事情により連載途中で中止させられたため、連載時とその直後にはほぼ同時代評がなく、戦前では廣津和郎「徳田秋聲論」（『八雲』一九四四・七）が「この絵巻に現れた男女の生活や愛欲の悲喜こもごもの姿の上に行き亙《わた》つてゐる作者の心の温かさが、この作の味を生んでゐる」としたのが目立つくらいである。
戦後になって単行本の刊行後は、川端康成「徳田秋聲『縮図』」（『展望』一九四六・八）の「近代日本の最高の小説」という評があり、秋聲文学の総決算という評価が定着している。その一方で荒正人「庶民的生命観に抗して―秋聲の作品を中心に」（『個性』一九四九・一二）の「庶民感覚そのもの」という評や、河上徹太郎「秋聲の『縮図』」（『戦後の虚実』、文学界社、一九四七）の「没主観即《そく》没理想の結果」による「古い文学の一典型」という評など、戦後の新しい文学を希求する立場からは必ずしも歓迎されなかった。

本文

引用1

岩谷《いわや》は或《ある》大政党の幹事長であり銀子がこの土地で出た三日目に呼ばれ、ずつと続いてゐた客であつた。（中略）岩谷は下町でも遊びつけの女があり、それが余り面白く行かず、気紛れにこの土地へ御輿《みこし》を舁《かつ》ぎ込んだものだつたが、銀子がちよつと気障つたらしく思つたのは、いつも折鞄《おりかばん》のなかに入れてあるく写真帖であつた。／写真帖には肺病で死んだ、美しい夫人の小《しょう》照《しょう》（注1）が幾枚となく貼りこまれてあり、彼に取つては寸時傍《そば》を離すことの出来ない愛妻の記念であつた。（中略）「私岩谷だと思つたから、いきなり上つて行つて電話にかゝつたの。岩谷はその時興津《おきつ》にゐたんだわ。始終《しょつちゅう》方々飛びまはつてゐたから。それで行く先々に仲間の人がゐて、何かしら話があるのね。お金も遣《や》るのよ。あれから間もなく松島遊廓の移転問題で、収賄事件が起《おこ》つたでせう。そしてあの男は、ピストルで死んだでせう。」／「あの時分から政党も、そろ〳〵ケチがつき出したんぢやないか。」

引用2

猪野《いの》は大きな詐欺事件で、長く未決《みけつ》（注2）へ投込《なげこ》まれてゐたが、この頃《ころ》漸《ようや》く保釈で解放され、係争中を暫《しば》く家に謹慎してゐるのだつた。それはちやうど其《そ》の頃世の中を騒がしてゐた鈴弁《すずべん》事件と似たか寄つたかの米に関する詐欺事件だつたが隠匿《いんとく》の方法がそれよりも巧妙に出来てをり、相手の弁護士を手甲摺《てこず》らせてゐた。（中略）猪野は小《おさな》い時分から、米の大問屋へ奉公にやられ、機敏に立ち働き、主人の信用を得てゐたが、主人がなくなり妻の代になつてから、店を一手に切りまはしてゐたところから、今迄《まで》の信用を逆に利用し、盛んに空取引の手を拡《ひろ》めて、幾年かの間に大きな穴をあけ、さしも大身代の主家を破産の悲運に陥《おとしい》れたものであつた。

引用3

しかし今は長いあひだ恵まれなかつた銀子の生活にも少しは余裕が出来《でき》、いくらか吻《ほつ》とするやうな日々を送ることが出来るので、いつとはなし均平《きんぺい》を誘つての映画館の帰りにも、いくらかの贅沢が許されるやうになり、喰《く》ひしん坊の彼の時々の食慾を充たすことくらゐは出来るのであつた。勿論食通といふ程《ほど》料理の趣味に耽るやうな柄でもなかつたが、均平自身は経済的にも成《な》るべく合理的な選択はする方であつた。戦争も足かけ五年つゞき物資も無くなつてゐるには違ひないが、生活の何《ど》の部面でも公定価格（注3）にまで総《すべ》ての粗悪な品物が吊りあげられ、商品に信用のおけない時代であり、景気のいゝに委せて、無責任な商売をする店も少《すくな》くないやうに思はれたが、一方購買力の旺盛《おうせい》なことは疑ふ余地もなかつた。

引用4

そこは今の江東橋、その頃の柳原で、日露戦争後の好景気で、田舎から出て来て方々《ほうぼう》転々した果《はて》に、一家はそこに落ち着き、小僧と職人四五人をつかつて、靴《くつ》屋をしてゐたのだつたが、銀子が尋常を出る時分には、既に寂れてゐた。ちやうど千葉街道に通じたところで水の流れがあり、上潮の時は青い水が漫々と差して来た。伝《でん》馬（注4）や筏《いかだ》、水上警察（注5）の舟などが絶えず往来《ゆきき》してゐた。伝馬は米、砂糖、肥料、小倉石油などを積《つ》んで、両国からと江戸川からと入つて来るのだつた。舟にモータアもなく陸にトラックといつたものも未だなかつた。／銀子は千葉や習志野へ行軍に行く兵隊を屢々《しばしば》見たが、彼等は高らかに「雪の進軍」や「こゝは御国《おくに》の何百里」（注6）を謳《うた》つて足並を揃へてゐた。

引用5

銀子が顔を直し、仕度をして行つてみると、薄色の間の背広を著た倉持《くらもち》は、大振りな赭《あか》い一閑張《いつかんばり》（注7）の卓に倚《よ》つて、緊張した顔をしてゐたが、看《み》ると鞄が一つ床の間においてあつた。縁側から畳のうへに薄い秋の西日が差し、裏町に飴屋の太鼓の音がしてゐた。／「何《ど》うしたの、旅行？」／銀子がきくと、倉持はにつこりして、／「いや、さういふ訳《わけ》ぢやないが、何だか家の形勢が変だから、僕の名義の株券を全部持ち出して来たんだ。」／「さう、何うして？」／「どうも母が感づいて、用心しだして来たらしいんだ。この間山を少し許《ばか》り売らうと思つてちよつと分家に当《あた》つて見たところ、買はないといふから、誰か買ひ手がないか聞いてみてくれないかと頼んで見たけれど、おいそれと直《す》ぐ買手がつくものでもないから、止した方がいゝだらうと言ふんだ。分家の口吻ぢや、渡の叔父が先手をうつて警戒網を張つてゐるものらしいんだ。」

引用6

この製菓会社も、明治時代から京浜間の工場地帯に洋風製菓の工場をもち、大量製産と広範囲の販路を開拓し、製菓界に重きを成してゐたもので、社長の永瀬は五十に近い人柄の紳士だつたが、悪辣《あくらつ》な株屋のE―某とか、関東牛肉屋のK―某ほどではなくても、到《いた》る処《ところ》のこの世界に顔が利き、夫人が永らく肺患で、茅ケ崎の別荘にぶらぶらしてゐるせゐもあらうが、文字通り八方に妾宅《しょうたく》をおき、商売をもたせて自活の道をあけてやつてゐた。それも彼の放蕩癖や打算のためとばかりは言へず、枕籍《ちんせき》（注8）の度が重なるにつれて、つひ絆《ほだ》され易《やす》い人情も出て来て、いつか持株の数が殖《ふ》えて行くのであつた。景気の好い時、株屋の某は夫《それ》から夫へと棄てがたい女が出来、そつち此方《こつち》に家をもたせておいたが、転落して裏長屋に逼塞《ひつそく》する身になつても、思ひ切つて清算することが出来ず、身の皮を剥《は》ぎ酷《ひど》工面《くめん》しても、月々のものは自身で軒別配つて歩き、人を嬉しがらせてゐたといふ、芝居じみた人情も、その頃にはあり得たのであつた。

引用7

芝居の帰りに、銀子は梅園横丁でお神《かみ》に別れ、「厭《いや》な奴」と思ひながら、外《ほか》の妓《こ》も行つてゐるといふので、教へられた通り、大川端《おほかわばた》（注9）に近い浜町の待合へ行つて見た。その時間には若林の来る心配もなかつた。彼は病気あがりの銀子が、座敷へ現はれるやうになつてから、又一時《ひとしきり》頻繁《ひんぱん》に足を運ぶのだつたが、ちやうどその頃経済界に恐慌があり、破産する店もあり、彼も痛手を負ひ、遊んでも顔色が冴えず座敷がぱつとしなかつた。銀子も傍《そば》で電話を聞きつけてゐたので、緊張したその表情がわかり、喰ひこんだ時の苦悩の色が熟々《つくづく》厭《いや》だつた。／「一生株屋なんか亭主にするものぢやない。」／彼女は思つた。

引用8

均平はこんな知名の華やかな食堂へなぞへ入る度に、今ではちよつと照れ気味であつた。今から十年余も前の四十前後には、一時ぐれてゐた時代もあつて、ネオンの光を求めて、其頃《そのころ》全盛を極めてゐたカフヱ(注10)へ入り浸《びた》つたこともあり本来さう好きでもない酒を呷《あお》つて連中と一緒に京浜国道をドライブして本牧《ほんもく》あたりまで踊りに行つたこともあつたが、その頃には船会社で資産を作つた養家から貰つた株券なども多少残つてゐて、可《か》なり派手に札びらを切ることも出来たのだが、今は悉皆《すつかり》境遇がかはつてゐた。(中略)今は既にその悪夢からもさめてゐたが、醒めた頃には金も余すところ幾許《いくら》もなかつた。それでも気紛れな株さへやらなかつたら、新婚当時養家で建《たて》てくれた邸宅まで人手に渡るやうなことにもならなかつたかも知れなかつた。

引用9

広い道路の前は、二千坪ばかりの空地で、見番《けんばん》(注11)がそれを買ひ取るまでは、この花柳界が許可されるずつと前からの、可也《かなり》大規模の印刷工場があり、教科書が刷られてゐた。がつたんがつたんと単調で鈍重な機械の音が、朝から晩まで続き、夜の稼業に疲れて少時間の眠りを取らうとする女達を困らせてゐたのは勿論、起きてゐるものゝ神経をも苛立せ、頭脳を痺らせてしまうのであつた。しかし工場の在《あ》る処《ところ》へ、殆《ほとん》ど埋立地に等しい少し許《ばか》りの土地を、数年かゝつて其処《そこ》を地盤としてゐる有名な代議士の尽力で許可して貰ひ、かさかさした間に合せの普新《ふしん》で、兎《と》に角三業地《かくさんぎょうち》(注12)の草分《くさわけ》が出来たのであつた。(中略)その以前はそこは馬場で、菖蒲《しょうぶ》など咲いてゐたほど水づいてゐた。この付近に銘酒屋や矢場(注13)のあつたことは、均平もその頃薄々思ひ出せたのだが、彼《かれ》も読んだことのある一葉といふ小説家が晩年をそこに過《す》ごし、銘酒屋を題材にして「濁《にご》り江《え》」といふ抒情的な傑作を書いたのも、其《それ》から十年も前の日清戦争の少し後のことであつた。そんな銘酒屋のなかには、この創始時代の三業に加入したものもあり、空地のほとりにあつた荷馬車屋の娘が俄《にわか》作りの芸者《げいしゃ》になつたりした。

底本：『徳田秋聲全集』第十八巻（八木書店、二〇〇〇）

注1　小さな肖像画・人物写真。
注2　未決監のことで、未決の刑事被告人を収容・拘禁する場所。
注3　日中戦争中の価格等統制令（一九三九年一〇月施行）に基づき国家が指定した物品の販売価格。
注4　伝馬舟のことで、木造の小型和船。通常は櫓か櫂でこいで本船と岸との間を往復して荷などの積み降ろしを行う。艀《はしけ》。
注5　海、河川、湖沼等の水上において行われる警察業務のことで、一八七七年の河海警察規則に始まる。
注6　前者は「雪の進軍」、後者は「戦友」で、いずれも日露戦争時に流行した軍歌。
注7　漆器の一種。木型などを用いて和紙を張り重ね、型を抜いて表面に漆を塗ったもので江戸時代前期に中国から帰化した飛来一閑《ひらいいっかん》の考案といわれる。
注8　男女が一緒に寝ること。同衾《どうきん》。
注9　東京の隅田川の下流、特に吾妻橋から新大橋付近までの右岸一帯をいう。
注10　喫茶店ではなく、女性が給仕することを売りにした飲酒業。関東大震災後に都市部で流行した。
注11　明治時代以降、土地の料理屋・待合・芸者屋の業者が集まってつくる組合の事務所の俗称で、主に芸妓の斡旋や料金に関する事務を行う。
注12　三業とは芸妓置屋、待合、料亭のことで、置屋からそれらの女性が派遣された。
注13　明治時代から大正時代にかけて見られた、いずれも表向きは銘酒販売や的場の看板をあげて、実際は女性を斡旋した遊女屋。

5　本文の解釈と考察

徳田秋聲はもちろん全く研究されていない存在ではなく、『徳田秋聲傳』（筑摩書房、一九六五）『徳田秋聲の文学』（筑摩書房、一九七九）を著した野口冨士男や『徳田秋聲』（笠間書院、一九八八）『徳田秋聲の時代』（鼎書房、二〇一八）を著した松本徹を代表的な存在として、それなりの研究の蓄積がある。しかし主流の研究対象に比べると研究者の数も極めて少なく、充分とは言えない。また近年、大杉重男、紅野謙介らによりその作家像の読み替えが徐々に進んできてはいるが、専門の研究者以外にはそのことがほとんど知られておらず、過去の古典的な作家評価がいまだに通用しているのが現状である。

その秋聲の作家評価とは、生田長江が「生れたる自然派」と同時代に称したように、「無理想無解決」の自然主義文学を生涯描き続けたというものである。秋聲は晩年に『仮装人物』（一九三五）のような明らかにモダニズム文学の影響を受けた前衛的作品もあるのだが、それは言わば例外的と捉えられ、最後の長篇『縮図』（一九四一）で再び本来の自然主義に回帰し、その未完の長篇を遺して世を去ったと認識されている。

だが実際のところ、『縮図』はなかなか厄介な作品である。晩年に交際した小石川白山の芸者・小林政子をモデルに用いた、秋聲がこれまで得意としてきた女性の一代記小説であるとともに、彼女と交際する自身の分身的存在が出てくる私小説的な要素もある。しかしその分身は後述のようにかなり虚構化されてもいるのだ。物語は女性主人公とその恋人である男との現在から始まり、途中から女性の出自とその後芸者として各地を転々とする半生が語られてゆく。しかし未完であるために作品の全体像が明確でなく、また日米開戦を控えた時期の連載であったため、常に検閲に配慮しながらの執筆でもあった。

一般的に『縮図』は、芸者として金銭に縛られて生きる女性の悲哀の生涯を描いた長篇と要約される。しかし、それだけではないことを作品の細部に着目することで確認してみたい。また、そのことは徳田秋聲の作家像をどのように変容させ、作家をどのような歴史的文脈に開き得るだろうか。

引用1は、芸者屋で働く銀子が馴染み客であった「大政党の幹事長」岩谷に呼びだされ、それを抱えの主人の松島に嫉妬されたという思い出を均平に語る場面（「素猫」（一））である。この「岩谷」は政友会総裁・岩崎勲がモデルであり、銀子が言うように、一九二六年に起きた大阪の松島遊廓の移転を巡る事件で起訴された人物である。これは有名な汚職事件で、岩崎に加え憲政会前総務・箕浦勝人《かつんど》、政友本党党務委員長・高見之通《ゆきみち》という政界の重鎮たちが次々と起訴された。ここで均平が「あの時分から政党も、そろそろケチがつき出した」と返すように、事件は実業界と政界の癒着と政争に明け暮れる政党の腐敗を社会に印象づけ、やがて軍閥が跋扈《ばっこ》する道を開く歴史の分岐点となった。ここで重要なのは、この当時有名な政界と花柳界に絡むスキャンダル「松島遊廓事件」が、銀子の半生の語られ始められる作品の転換点に象徴的に置かれていることである。

『縮図』には、当時の読者ならすぐに思い当たったであろうもう一つの社会的事件も描かれている。引用2は、銀子が東北の「I―市」（石巻）に移り、そこで抱えの主人・猪野が裁判で係争中であることを知る場面（「郷愁」（二））である。猪野は、置屋経営の前は米問屋に奉公に出ていたが、「盛んに空取引の手を拡めて、幾年かの間に大きな穴をあけ、さしも大身代の主家を破産の悲運に陥れた」というのだ。この出来事と対比されるのが「鈴弁《すずべん》事件」で、これは一九一九年六月、帝大農学部出身で農商務省米穀局技師の山田憲という男が、横浜の米成金・鈴木弁蔵（鈴弁）を殺害した事件である。犯人は外米の輸入商だった鈴木から借金して米穀取引所株を購入し、その見返りに内部情報を渡していた。だが株価の下落で大損害を出した上に鈴木より借金返済を求められたため、米の指定商にすると騙して五万円を略取した上、野球のバットで撲殺し、死体を切断してトランクに詰め信濃川に遺棄したのである。本件は殺人に加え、外米輸入にからむ汚職事件として捜査がなされ、山田は法廷で死刑判決を受ける。犯人が高級官僚であることに加え、その猟奇性が大衆の興味を引き、「鈴弁」は一種の流行現象となった。なおこの事件の背景には、前年一九一八年の「米騒動」以降に米価が高騰し、米商人たちが相場を操作して利益をあげていた状況があった。作中の猪野も時勢に乗じてひそかに利殖を試みたが失敗して告訴されたと想像される。

この「松島遊郭事件」と「鈴弁事件」の共通項は、いずれも金銭と汚職にまつわる事件であることだ。なぜこれらが作品に描かれたかと言えば、もちろん第一には銀子の生きてきた時代を読者に実感させるためであるだろう。しかし第二には、その銀子の個人史が他ならぬ金銭との関係において語られねばならなかったからではないか。本作の特異さは、語り手や作中人物たちが、常に世間の景気の動向に注意を傾け、物事が常に経済史的なフィルターを通して描かれているということにある。

たとえば作品冒頭の引用3では、均平と銀子のいる銀座周辺が「戦争も足かけ五年つゞき物資も無くなつてゐる」が「購買力の旺盛なことは疑ふ余地もな」く「景気のいゝに委せて、無責任をする店も少なくない」現状が紹介されている（「日陰に居りて」（一））。また、銀子が最初に出た頃の白山の景気も「見栄ばつた札びらの切り方をするのは、大抵近郊の地主とか、株屋であり、最近では鉄成金であり、重工業関係の人たちであつたが、それも時局情勢の進展につれて漸く下火になつて来た」（「時の流れ」（二））とか、前の家の「大黒屋という大きな芸者屋」が「好況時代にめきめき羽を伸ばした」（「時の流れ」（四））頃が回想されるなど、世間の景気動向が常に描写され続けるのだ。

先の岩崎とのエピソードを経て、第四章「素描」で語られる銀子の生い立ちにも近代日本の好不況が色濃く背景にあらわれている。銀子は江東の靴職人の家の生まれであり、また自身も蔵前の靴屋に住み込みで技術を習得した、当時の東京でも珍しい女性靴職人であった。引用4にあるように、銀子の父はロシア向けに靴の輸出をしている友人のもとで職人の修行を始め、日露戦後の好景気にまかせ「今の江東橋、その頃の柳原」に落ち着き「小僧と職人四五人をつかつて、靴屋をしてゐた」とある。『靴産業百年史』（日本靴連盟、一九七〇）によれば、日露戦前の一九〇三年には東京市内の靴業者は五〇〇名に満たなかったが、一九〇九年には九六三名に激増する。

これは戦時の靴工大量養成計画の結果、戦後に独立開業した者が多かったためである。銀子の父も靴組合の下請け職工として軍靴を製造していたのが、日露戦景気に乗じて店を出したと想像される。だが、その店も「銀子が尋常を出る頃には既に寂れていた」(「素描」(三))とあるように、終戦に伴い軍靴需要はすぐに潰え、銀子は千葉の蓮池へと売られて行くのである。

また、こちらは明確には書かれていないが、青年医師・栗栖との結婚の夢破れて蓮池から戻った銀子が製靴業に戻るものの「銀子の稼ぎではやっぱり追つかず」(「素描」(十九))再び石巻で芸者に出ることになった経緯にも、靴業界の好不況が影を落としている。製靴業界は第一次大戦景気で一九一七年に再び軍靴の輸出が最高額に達したが、戦後はロシアからの注文が打ち切られて沈滞しており、業界が未だ継続的な不況下にあることが背景にあると考えられるからだ。

第五章「郷愁」で描かれる銀子の石巻時代は、対照的に好況期を時代背景としている。東北の一地方都市である石巻にも大戦景気が波及し、銀子のいる花柳界も潤っている様子が描かれる。その典型とも言えるのが、客として銀子に出会い恋仲になる青年・倉持である。倉持は豪農の息子で地元の政治家との関係深く、彼らの票集めにも重要な存在であるが、この章で描かれるのは、引用5のように倉持が「家の形勢が変だから」と自身の「名義の株券を全部持ち出して来た」という事件である。この株持ち出しは、銀子との結婚に執着する倉持とそれに反対する家族との確執から生じたことだが、この農家の息子・倉持が株を所有しているという事態はこの時代を象徴するものである。

日本の株式市場は日露戦後に急成長したが、一九一九年に至って株価は急騰し全国的な投機ブームが起きる。株の個人投資家、ブローカーが激増し、それは広く農村にまで波及した。銀子との結婚を目論んで株を持ち出した倉持は、結局親族の暗躍で株を換金できないことになり計画は失敗、やがて彼は「高利貸としてあまねく名前の通つてゐる」資産家の子女と結婚することが決まり、またも失恋した銀子は転籍することを決めるのである。

以上のような好況下の石巻時代に対して、次の日本橋芳町時代（第六章「裏木戸」）では、すでに好況期は終焉している。一九二〇年三月から四月の株価暴落に発する戦後恐慌は一気に景気を反転させ、以後日本は慢性的な不況へと陥っていた。ここでは引用6のように好景気時に多くの女性を囲っていた「株屋の某」が不景気で没落しても「身の皮を剥ぎ酷工面しても、月々のものは自身で軒別配つて歩き、人を嬉しがらせてゐたといふ、芝居じみた人情」が紹介される。引用7にあるように銀子の旦那・若林はまさしく株屋であり、「ちやうどその頃経済界に恐慌があ」り、「彼も痛手を負ひ、遊んでも顔色が冴え」ず、それを見た銀子が「一生株屋なんか亭主にするものじやない」と思う場面が登場し、これも一九二二年四月の株価下落を指していると推定される。このように本作は、年代や記述に不正確さはあるが、日本の経済史を積極的に取り込み、登場人物たちの営為も常にその動向と対応するように構成されているのだ。

また、この作品構成の意識は、秋聲をモデルにした主人公・三村《みむら》均平の造型にも現れている。均平は学校を卒業後に官僚や新聞記者となるが続かず、実業界の大物である三村家が持つ製紙会社へ入社し三村の婿養子となるものの、やがて妻と財産を失い、失意の中で訪れた白山で銀子と出会ったという設定になっている。しかし引用8に描かれるとおり、過去に「船会社で資産を作った養家から貰った株券なども多少残っていて、かなり派手に札びらを切ることもできた」が「株さえやらなかったら、新婚当時養家で建ててくれた邸宅まで人手に渡るようなことにもならなかった」と紹介される均平は、当時の成金のカリカチュア的存在であることが明瞭である（「日陰に居りて」（三））。

この視点を敷衍すれば、そもそも均平と銀子が出会い、また彼女の半生が語られてゆく物語の根となる場所が「白山」であった事も示唆的である。作品冒頭で均平と銀子は銀座資生堂の二階から新橋に向かう人力車の群れを眺めていたが、非常時にもかかわらず栄える新橋の花柳界に対し、二人が戻ってゆく白山は対照的に寂れている。引用9で描かれる白山は「殆ど埋立地に等しい少し許りの土地を、数年かゝつて其処を地盤としてゐる有名な代議士の尽力で許可して貰ひ、かさかさした間に合せの普請で、兎に角三業地の草分が出来」「日露戦争で飛躍した経済界の発展や、都市の膨脹につれて、浮き揚がつて来た」と説明されている（「日陰に居りて」（六））。これは概ね正確な歴史で、もともとは樋口一葉『にごりえ』（一八九五）の舞台にもなった私娼窟街であり、明治新政府は花街の新設をなかなか認めなかったが、この通例を破って一九一二年六月に白山三業地が江戸・明治始め以来の花街地（いわゆる「慣例地」）以外ではじめての指定地許可を受けたのである。

加藤政洋『花街―異空間の都市史』（朝日新聞出版、二〇〇五）は、この白山三業地の画期性を「地主、業者、政治家、警察の結び付きが強化され花街が利権化し」、「その過程で花街の経営が特定の地域を開発発展させるための手段としてひろく認識されることとなった」と論じている。つまり白山は、花街を利用した都市計画のモデルケースだったということだ。この流れから生じたのが、先述した大阪の松島遊郭事件ということになる。

これらから見えてくるのは、秋聲の最後の長篇小説『縮図』が、世界が「経済」に覆われているということを徹底して記述した特異な作品ということである。そして本作が描いていたのは、花柳界内部の経済のみではなく、花柳界と連動するその外部の社会との経済的相関関係であった。『縮図』執筆前の構想にあったように、花柳界という閉鎖社会の内部だけが「非人道的」「非文明的」（前掲「春日文芸雑感」）な金銭の支配する「悪所」なのではなく、むしろその外側に広がる「世界」そのものが「経済」＝「資本」の統御する「悪所」であることが示されているのである。そしてそれは近代日本国家が繰り返してきた複数の戦争、そして『縮図』連載当時の帝国主義国家間の巨大な戦争に繋がっていることまで示唆されているのではなかろうか。

少なくとも以上のことから『縮図』が伝統的な自然主義的作品ではなく、社会的な視点を多分に取り込んだ小説であったことが理解されるであろう。また、あらためて昭和期のモダニズム文学風の長篇『仮装人物』から『縮図』への流れを見直したときに、秋聲がその時代々の中から問題を抽出し、晩年まで常に新しい作品に挑戦していたことがうかがえるのだ。そのことは、当時の社会状況と強まる文芸統制において、徳田秋聲という老作家がどのような立場にあったかを併せて考えることでより明確に見えてくるであろう。いずれにせよ、このように「作家」という存在は新たな視点による作家研究や精緻な作品読解などによって、そのイメージが更新されることを待っているのである。

6 課題

基礎的課題一 人身売買を批判するという当初の作者の目的に対して、自らも置屋の手伝いをしているという作中の男（均平）の立場はどのようなものか、考えてください。

基礎的課題二 本章で問題にしたような作品のテーマがこれまで充分に読者に理解されてこなかったのにはどのような理由が考え得るか。作家個人の問題と時代の問題から考えてみよう。

発展的課題 任意の近代作家を例に、その作家が生きている間と没後でどのように評価が変わったかを調べてみましょう。また、いくつかの例を集めることで、どのような要素がその作家の評価に影響するかを考えてみてください。

7 参考文献

日本近代文学会関西支部編『作家／作者とは何か―テクスト・教室・サブカルチャー』（和泉書院、二〇一五）
ハルオ・シラネ・鈴木登美・小峯和明・十重田裕一編『〈作者〉とは何か―継承・占有・共同性』（岩波書店、二〇二一）
大木志門『徳田秋聲の昭和―更新される自然主義』（立教大学出版会、二〇一六）

大杉重男『小説家の起源　徳田秋聲論』（講談社、二〇〇〇）
紅野謙介・大木志門編『21世紀日本文学ガイドブック6　徳田秋聲』（ひつじ書房、二〇一七）
小林修「徳田秋声『縮図』の行方―軍靴と三絃」（『歌子』二〇〇二・三）
内藤千珠子『アイドルの国の性暴力』（新曜社、二〇二一）
松本徹『徳田秋聲』（笠間書院、一九八八）
松本徹『徳田秋聲の時代』（鼎書房、二〇一八）

第四章

同時代評、批評の役割　作品を位置づける

中村光夫『風俗小説論』、柄谷行人『日本近代文学の起源』

佐藤泉

1　本章で学ぶこと

ひとつの作品を手に取って読み始めるということは、とても複雑な出来事である。家の本棚にその本があったから、最近、あちこちで話題になっているようだから、学校の課題だから、理由はさまざまだろう。ある本との出会いは、私個人がそれを手に取る以前から、前もって幾重にも準備されている。私は社会のなかで、歴史のなかで、その本に出会うのだ。

ある作品が発表され、ただちに文芸時評、創作合評、書評などで取り上げられる。実際には取り上げられない作品は膨大な量に及ぶし、取り上げられたとしても一時的に消費されるだけの作品も少なくない。やがてある作品が何らかの意味で重要だと認められ、批評家やアカデミズムの文学研究者らによって本格的に論じられるようになる。そして後年、文学史の流れのなかに位置づけられ、「古典」と呼ばれるようになっていく。「研究」に値するとされる作品の多くは、こうして繰り返しふるいにかけられ、重層的に意味づけられ、位置づけられた作品である。この章では、ふるいにかける、位置づけるという作業を何段階かにわたって行う実践、すなわち「同時代評」や「批評」「文学史」の役割について学ぶことにしよう。

2　同時代評・批評・文学史

ここでは一例として、日本自然主義文学を代表する田山花袋の「蒲団」に関する同時代評、批評、文学史的言説を取り上げることにする。花袋の「蒲団」は、島崎藤村『破戒』（上田屋、一九〇六（明治三九））が自然主義文学の礎石を築いた作として高く評価されたその翌年に発表されている（『新小説』一九〇七（明治四〇）・九）。生活に疲労を感じていた中年の作家が、彼のもとに弟子入りしてきた若い女に恋をするが、彼女にはすでに恋人がいたという失恋譚にすぎないが、彼女の使っていた蒲団の匂いを嗅ぐという結末部に代表される生々しい描写が発表当初からセンセーションを巻き起こした。だが、本章で考えたいのは「蒲団」そのものではない。これに評価を与え、文学史的に位置づけたさまざまな言説である。「蒲団」は、まずいちはやく「「蒲団」合評」（正宗白鳥、星月夜他、『早稲田文学』一九〇七（明治四〇）・一〇）などで取り上げられた他、雑誌『早稲田文学』『太陽』『文章世界』などを舞台に展開される自然主義論を活性化させ、また「性欲描写論争」の端緒となるなど広く論議を引き起こすことになった（光石亜由美「〈性〉的現象としての文学―性欲描写論争と田山花袋「蒲団」」）。同時代評として残されたこれら多くの反響のなかでも、島村抱月が星月夜という別号で書いた「「蒲団」評」は花袋の作品を「此の一篇は肉の人、赤裸々の人間の大胆なる懺悔録である」と評し、さらに他の作家たちが「醜なる事を書いて心を書かなかった」のに対し「蒲団」の作者は「醜なる心を書いて事を書かなかつた」という名文句を与えてこの作品の価値を定めた。「蒲団」をこの時代の文学思潮を代表する作として認定した抱月の同時代評はその後の批評において繰り返し引用されることになる。

ただし、後年の批評は、かならずしも抱月のそれに代表される同時代的な反響の延長線上で書かれていたわけではない。発表当時に巻き起こったある種の熱狂に対して一歩距離を置き、むしろそれを「不思議」な現象としてとらえ直した上で、それが日本の近代小説観を決定づけたということの問題性、ひいては近代文学史そのものの根本的な歪みを見出すというものだった。

一九三八年の平野謙「「破戒」を繞る問題」は、「「破戒」を浪漫主義的残滓と自然主義的萌芽との混淆になる過渡的習作として葬り去り、「蒲団」「春」を以って日本自然主義確立と看做す文学史的定説」を見直して、「私見によれば日本自然主義の正統な発展のためには、「破戒」こそ絶対不可欠の出発点にほかならなかった。藤村が刻苦して築きあげたこの礎石の上に、日本自然主義は組成さるべきであった」と断じている。

これを受けて戦後の中村光夫が書いたのが『風俗小説論』である。中村は平野の見解に同意しつつ、日本の自然主義が島崎藤村「破戒」の上にでなく、花袋の「蒲団」の上に築かれたのは動かしがたい事実であり、その影響は遠く戦後の現代の文学にまで及んでいる以上、この事実の意味を究めてみなければならないという問題意識に立っている。本来そうあるべき道筋をたどってこなかった「文学史」に異を唱えた平野、また「蒲団」によって定まった日本の近代小説観の異様さとその根深さを分析した中村の批評が、今度は次なる「文学史的定説」となっていく。実際に、中村光夫は後年『明治文学史』を書いて「定説」を築くことになる。

敗戦直後に広く普及したこの「定説」をさらに相対化したのが竹内好「近代主義と民族の問題」である。中村光夫だけではなく戦後すぐの文学史的言説はみな一様に西欧の近代文学を文学的規範とし、その尺度でもって日本近代文学の「歪み」や「遅れ」を強調するものだった。魯迅をはじめとする現代中国文学を専門とした竹内は「西欧と日本」という思考の枠組みでなく、「中国と日本」という別の枠組みを批評に導入し、そこに生じる視差によって日本の文学史的言説の偏向に気づくことができたのである。暗黙のうちに言説を規制している西欧中心主義を浮かび上がらせた竹内の議論は、後年のポストコロニアリズムの思想をすでに早く先取りしていたことになる。また、そこから「文学史」が客観的な過去の事実の記述に徹した実証的な歴史などではありえないことが示唆される。

さらに時代は下って『日本近代文学の起源』の柄谷行人は、「文学」「文学史」そのものが歴史のある時点で発明された制度なのだという議論を展開した。柄谷の批判は、歴史のなかに順当な進歩、発展を見るのではなく、むしろ「歴史」という思考そのものを可能にしたような切断を見出すミシェル・フーコーの「考古学」を思わせる。これ以後、批評の風景は一変し、いまや「内面」や「自我」は自明の前提ではなくなった。問うべきことは、それがどのような布置において創出されたかである。そうでないなら、私たちは「近代」の思考習慣の閉域内に閉じこめられたままだろう。他の批評家がいうように日本の近代文学は西欧近代文学の急ごしらえの模倣であるかもしれないが、急ごしらえであるだけに西欧では見えにくくなっている思想史の切断、転倒がむしろここではよく見えると柄谷はいう。

花袋の「蒲団」に言及した同時代史（島村抱月）、批評（平野謙）、文学史（中村光夫）、そして文学史批判（竹内好）、さらに文学史という制度に対する批判（柄谷行人）の展開を概観した。まず第一には手放しで名作と呼ぶわけにいかない類の一つの作品をめぐるこうした文学的言説のダイナミックな転換の面白さを感じとってほしいと思う。抱月の同時代評に始まり、それぞれの文章が先行する規範的原理を組み替える言説創出的な実践となっているのだ。そして、批評の魅力はそれにつきない。抱月の同時代評の「肉の人、赤裸々の人間の大胆なる懺悔録」という句はその後の論者によって繰り返し引用された。参照する際の姿勢はいくぶんアイロニカルだったかもしれないが、それでもやはり「名句」と認めた上での引用であることは間違いない。ひとつには、どのような批評文も常に明示的、暗示的なやり方で先行する批評文と相互に参照しあう関係にあるためだが、それだけではない。抱月の言葉じたいにやはり力があった。読むに値する批評とは、それ自身が言葉の魅力を湛えている。「蒲団」であれ何であれ既存の文字作品に言及する批評文は、しばしば作品あっての批評にすぎないと言われる。他の作品への「寄生」「従属」ともいわれる。しかし、後に掲げる本文を読んでほしい。すぐれた批評はそれ自体が作品だということがわかるだろう。

3　作家紹介

中村光夫（なかむら・みつお　本名は木庭一郎）　一九一一（明治四四）年―一九八八（昭和六三）年。東京都下谷区（現・台東区）に生まれる。いったん東京帝国大学法学部に入学したが退学、翌一九三二年に文学部仏文学科に再

入学し、在学中から『文學界』に評論を発表、一九三五年には文芸時評を連載し、新進批評家として注目される。戦後、一九四九年に丹羽文雄との間で「風俗小説」論争を展開。翌年、近代日本文学批判である『風俗小説論』を『文藝』に連載し刊行した。『谷崎潤一郎論』（河出書房、一九五二）、『二葉亭四迷伝』（講談社、一九五八）、『明治文学史』（筑摩書房、一九六三）など。

©『週刊読書人』

柄谷行人（からたに・こうじん　本名は柄谷善男）一九四一（昭和一六）年―。兵庫県尼崎市に生まれる。東京大学経済学部卒業後、同大学院で英文学の修士課程を修了。一九六九年、「〈意識〉と〈自然〉―漱石試論」で群像新人賞を評論部門で受賞する。『マルクス　その可能性の中心』（講談社、一九七八）など文学に限定されない批評を執筆し、一九八〇年代のいわゆるポスト・モダンの潮流をリードしつつその内在的な批判を展開した。一九九八年には『群像』で「トランスクリティーク―カントとマルクス」の連載を開始し、二〇〇一年に刊行、これに並行し、資本主義への対抗運動としてNAM（New Associationist Movement）を結成、さまざまな議論を引き起こした。

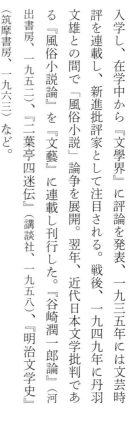

4　作品を読むための基本情報

中村光夫『風俗小説論』梗概

西欧の自然派作家の描く人間がすべて広汎な社会を背景とする「典型」であり、特定人物としての「個性」とともに思想としての「普遍性」を併せ持っていたのに対し、「蒲団」の成功によって作者即主人公という奇妙な定式を「真実」の名のもとにつくりあげてしまった我国の自然主義文学は、自己の内面を普遍化しその思想を具象化するという近代小説本来の困難な作業から解放されてしまったのだと論じる。本書が書かれるきっかけとなったのは丹羽文雄との「風俗小説」論争だが、これについては最終章で、「蒲団」以来の「私小説」を支えた文学的自我すら解体したのちも、私小説的リアリズムを技法のレベルで引き継いだところに丹羽らによる戦後の「風俗小説」が繁茂しえたのだと断じる。

柄谷行人『日本近代文学の起源』梗概

「内面的深化」とその表現が文学的価値を決するかのような考えが「文学史」を支配してきたが、しかし、近代文学を成り立たしめたその「内面」とは、決して自然でも自明でもなく「言文一致」や「告白」といった制度の中ではじめて可能になった近代の発明品である。にもかかわらず、それらは発見されるやいなやただちに自然で自明のものとされた。本書はこうした思想的布置の「転倒」を指摘することで、私たちの思考がある特定の歴史と権力の内に閉じられていることを暴露する。第6章の「構成力について」では、近代絵画の一点透視の作図法としての「遠近法」によって「内面的深化」が可能になるとともに、ひとつの消失点（中心）によって配列された全体においては差異的多様性が不可視化されるという構図を提示する。それとともに、構築の抑圧性を指摘することと自体が奇妙な形で日本的な無構築と結託しかねないというやっかいな逆説をも示唆し、日本でも流行思想となった「ポスト・モダン」の問題構成を衝くものとなっている。

作品の成立過程

『風俗小説論』

初出は『文藝』(一九五〇・二―五)に掲載された。後に『風俗小説論』(河出書房、一九五〇・六)として刊行。その後新潮文庫に収録されてさらに広く普及。現在は講談社文芸文庫で読める。

『日本近代文学の起源』

一九七八年七月から『季刊芸術』に連載、その後発表誌を『群像』に移し、『日本近代文学の起源』(講談社、一九八〇)として刊行。現在は講談社文芸文庫で読めるほか、新たな一章と英語・ドイツ語・韓国語・中国語版の序文を加えた改訂版が岩波現代文庫から刊行されている(『定本　日本近代文学の起源』岩波書店、二〇〇八)。

作品についての作者解説

中村光夫は『風俗小説論』のあとがきに、「丹羽との論争で、一番痛感したのは、お互の話がまったく通じないということです。「小説」または「リアリズム」というような極く初歩の概念さえ食いちがっているところに、正当な論争が成り立つ筈はないのです。/しかしそこでとりあげられた問題は現代小説の根幹にもふれていて、そのままにはしておけないので、問題の所在を明かにするためにも、まず自分の考えをはっきり書いて見ようと思ったことが、この小論執筆の動機になりました」と書いている。中村が明治期の「蒲団」を取り上げたのは、この作品に始まる「近代文学」に対する誤解が、戦後に至るも文学観そのものを支配し続けているという問題意識からだった。

柄谷行人は『『日本近代文学の起源』というタイトルにおいて、実は、日本・近代・文学といった語、さらにとりわけ起源という語にカッコが附されねばならない」と述べている。「本書は、そのタイトルが指示するような「文学史」ではない。「文学史」を批判するためにだけ文学史的資料が用いられているのである。だから、本書がもう一つの「文学史」として読まれてしまうとしたら、私は苦笑するだろう」(「あとがき」)。本書はイェール大学で明治文学史のセミナーを行ったときにその輪郭ができたという。思考の制度に対する異邦人として在ること、暗黙のうちに前提とされている諸条件を自明の理としないことによって、この本が書かれたということだ。

本文

引用1

中村光夫『風俗小説論』

「破戒」が発表された翌年に、田山花袋が「蒲団」を書き、更にその翌年には藤村自身が「春」を書きました(注1)。／この二年間の文学界の動きは甚だ重大で、ほとんど我が国の近代文学にとって宿命的な意味を持っています。／一口に云えば、この間に「破戒」と「蒲団」との決闘が行われ、その闘いは少なくも同時代の文学に対する影響については、「蒲団」の完全な勝利に終ったのです。／①花袋の勝利は徹底的であり、かつ無慈悲なものでした。ちょうど敗者の一家眷属が根絶しにされる昔の戦争のように、「破戒」の系列は作者自身からさえ見捨てられて、文壇からまったく抹殺され、「蒲団」の子孫ばかりが繁栄して文壇の主流を形造った当然の結果、今日では「蒲団」によってつくりあげられた文学の理念から「破戒」を評価するのが、文壇の常識になってしまいました。

引用2

[2]「此の一篇は肉の人、赤裸々の人間の大胆なる懺悔録である」という抱月の有名な賛辞は、この小説の正確な批評であるというよりむしろ、このような肉体を獲た時代の文学の歓喜と見るべきで「自然主義論の中へ、この作が挿し絵として刷り込まれたような形である」と彼自身も云っています。（注2）／批評家としての彼の優れた洞察は、これに続く、「（略）無論今までにも斯かる方面は前に挙げた諸家の外、近時の新作家中にも之に筆を着けたものが無いではない。併しそれ等は多く醜なる事を書いて心を書かなかった。『蒲団』の作者は之れに反し、醜なる心を書いて事を書かなかった」というような言葉に現れているので、このとき彼は「蒲団」が文学史上に占める位置を正しく判定するとともに、将来の文学の流れの方向も正確に見透していたのです。／「醜なる心を書いて事を書かぬ」花袋の独創は、二葉亭にはじまる我国の文学の近代性の模索に一応終止符を打ち、その型を踏襲した多くの作家の手で磨きをかけられ、やがて心境小説と呼ばれる独自な散文詩にまで熟して行きました。／しかし問題は或る作者がその手本にした作品の作中人物に自分が成り切ってしまって、果してその手本となった作品と同じ次元の深みを持つ小説が書き得るかどうかという点です。

引用3

その錯誤とは何かをここに要約して云えば、それはほぼ次の二点に帰着します。／第一に花袋がせっかく「寂しき人々」に「頭と体とを」深く動かされながら、作家と作中人物との距離をまったく無視して、自分をフォケラァトに擬すれば、そのままハウプトマンになれると速断したこと。（注3）近代文学のもっとも大切な次元のひとつを見落して、作者即主人公という奇妙な定式を、近代小説の要求する真実の名の下につくりあげたこと、そのために作家はその作品の主人公を彼を超えた立場から批判する自由を奪われ、たえず主人公の内部に縛られていなければならないことです。／第二にはこのような構成の当然の結果として、主人公は作品と同じ幅に拡がってしまい、しかも作者と主人公はたえず同一視されるため、作品全体が結局作者の「主観的感慨」の吐露に終ってしまうことです。「蒲団」とそこから流れでた我国の私小説は本質的に他人の登場を許さない小説なので、その基調は作者（または主人公）のモノローグです。／しかしこういう不都合は小説が小説である以上許されぬことなので、私小説発達の歴史は、作者がその「主観的感慨」にそのまま客観性を獲得するための苦闘史であり、そこに得られた主観的客観または客観的主観が「心境」と呼ばれたのは周知の通りです。しかしこのような「心境」も結局世間智の域を出ず、しかも小説家という特殊な職業に成熟した智慧であるために、結局は花袋の「醜なる心」と同様に文学臭を免れず、そのために我国の私小説は描写の技術が円熟し、人間の写実が繊細な感性に達したときですら、作者の文学理論にまず共感せぬ者には理解し得ぬものになり、文壇とその周囲の狭隘な読者だけを相手にせざるを得なかったことは、私小説の文壇性、または非社会性として、くりかえして指摘されたところです。

底本：『風俗小説論』（講談社文芸文庫、二〇一一）

注1　島崎藤村『破戒』（一九〇六（明治三九））、田山花袋『蒲団』（一九〇七（明治四〇））、島崎藤村『春』（一九〇八（明治四一））

注2　「「蒲団」合評」（正宗白鳥、星月夜他、『早稲田文学』一九〇七（明治四〇）・一〇）のうち、星月夜という別号で発表された島村抱月の評。

注3　中村光夫は、小栗風葉の『青春』はツルゲーネフの『ルージン』、島崎藤村の『破戒』はドストエフスキーの『罪と罰』、そして花袋の「蒲団」がハウプトマンの『寂しき人々』の翻案、模倣、アダプテーションだという前提に立っている。文中の「フォケラァト」は『寂しき人々』の主人公、ヨハンネス・フォケラァト。

柄谷行人『日本近代文学の起源』

引用4

日本の「近代文学」は告白の形式とともにはじまったといってもよい。それはたんなる告白とは根本的に異質な形式であって、逆にこの形式にこそ告白されるべき「内面」をつくりだしたのである。したがって、狭義の告白がどんなに否定され克服されても、むしろそれだけいっそう無傷のままにこの形式は残っている。すなわち、表現さるべきもの（内面）と、表現されたものの二分法である。[3]たとえば、批評家たちが私小説を批判したとき、告白そのものを否定したのではない。ただ、告白する「私」と告白された「私」との同一視を批判してきたのである。つまり、作品は作者の自己表現であるが、作者の「私」とは異なる自立した世界を形成すべきであり、日本の私小説は「私」と作品の「私」を同一化したために自立した作品空間を形成しえなかったというのである。この観点からみれば、明治二十年代初めの二葉亭四迷『浮雲』の方が、そのずっとあとの小説より西洋的な意味での小説を実現しかけていたことになり、その次には島崎藤村の『破戒』がその方向を示したにもかかわらず、田山花袋の『蒲団』によってねじまげられて行ったことになる。おおよそこれが文学史的常識である。／しかし、こうしたパースペクティヴはあることを自明の前提としている。それは表現さるべき自己と表現されたものとの二分法である。

引用5

前章で、私は表現さるべき「内面」あるいは自己がアプリオリにあるのではなく、それは一つの物質的な形式によって可能になったのだと述べ、そしてそれを「言文一致」という制度の確立においてみようとした。同じことが告白についていえる。告白という形式、あるいは告白という制度が、告白さるべき内面、あるいは「真の自己」なるものを産出するのだ。

引用6

花袋は「真実」を書こうとしたのだが、すでに「真実」そのものが告白という制度のなかで可視的となったのである。精神分析という告白の技術が深層意識を実在させたように。告白という行為に先立って、告白という制度が存在するのだ。「精神」はアプリオリにあるのではない。これもまた告白という制度によって作り出されたのである。「精神」なるものはいつもその物質的な起源を忘れさせるのである。／④花袋の『蒲団』によって、日本の小説の方向がねじまげられたという説をかりに認めてもよい。しかし、ねじまげられなかったらどうだったというのか。批評家たちが夢想してきた、日本の小説のありうべき正常な発達は、はたして正常なのか。もし、彼らが範《はん》とする西洋の正常さが、それ自体異常だとすればどうなのか。日本の「私小説」の異常さがむしろそこからはじまっているとすればどうなのか。／⑤花袋は「心」を書いて「事」を書かなかったと、島村抱月はいう。しかし、そのような「心」ははじめから在るのではなく、存在させられたのである。〈「姦淫《かんいん》するなかれ」と云へることあるを汝等きけり。されど我は汝らに告ぐ、すべて色情を懐きて女を見るものは、既に心のいち姦淫したるなり〉（「マタイ伝」）。ここには恐るべき転倒がある。姦淫するなというのはユダヤ教ばかりでなくその宗教にもある戒律であるが、姦淫という「事」ではなく「心」を問題にしたところに、キリスト教の比類ない倒錯性がある。もしこのような意識をもてば、たえず色情を看視しているようなものである。彼らはいつも「内面」を注視しなければならない。「内面」にどこからか湧いてくる色情を見つづけねばならない。しかし、「内面」こそそのような注視によって存在させられたのである。さらに重要なことは、それによって「肉体」が、あるいは「性」が見出されたということである。

引用7

花袋の『蒲団』がなぜセンセーショナルに受けとられたのだろうか。それは、この作品のなかではじめて「性」が書かれたからだ。つまり、それまでの日本文学における性とはまったく異質な性、抑圧によってはじめて存在させられた性が書かれたのである。この新しさが、花袋自身も思わなかった衝撃を他に与えた。花袋は「かくして置いたもの」を告白したというのだが、実際はその逆である。告白という制度が、そのような性を見出さしめたのだから。

引用8

⑥今日の文学史家が、明治の文学者の闘いを、あるいは「近代的自我の確立」を評価するとき、もはやそれはわれわれを浸しているイデオロギーを追認することにしかならない。たとえば、国家・政治の権力に対して、自己・内面への誠実さを対置するという発想は、「内面」こそ政治であり専制権力なのだということを見ないのだ。「国家」に就く者と「内面」に就く者は互いに補完しあうものでしかない。／明治二十年代のおける「国家」および「内面」の成立は、西洋世界の圧倒的な支配下において不可避的であった。われわれはそれを批判することはできない。批判すべきなのは、そのような転倒の所産を自明とする今日の思考である。それは各〻明治にさかのぼって、自らの根拠を確立しようとする。それらのイメージは互いに補完《ほかん》しあいながら、互いの起源をおおいかくすのである。⑦「文学史」はたんに書きかえられるだけでは足りない。「文学」、すなわち制度としてたえず自らを再生産する「文学」の歴史性がみきわめられねばならないのである。

底本：『日本近代文学の起源　原本』（講談社文芸文庫　二〇〇九）

5　本文の解釈と考察

本章では中村光夫『風俗小説論』、柄谷行人『日本近代文学の起源』、それぞれ異なる時代に書かれた批評の一部を本文に掲げた。中村は傍線①に見られるように「決闘」「戦争」の比喩を効果的に使い、それによって文学史を生死を賭した闘いの戦場として構築している。ことに「ちょうど敗者の一家眷属が根絶やしにされる昔の戦争のように」という大仰なたとえは、戦場としての文学史の非情さを劇的に表象し、血の匂いさえ漂わせている。たとえ文学史に『破戒』の項目があったとしても、この作品の内に可能性として胚胎されていた真の近代リアリズムの方向性は子々孫々まですべて跡形もなく抹殺されたというのである。ここに見られるように中村は表現の端々で歌舞伎役者が見栄を切るような強いアクセントを打つ。批評家はある意味、言語による役者であることが実感できるだろう。

戦場の比喩には『風俗小説論』が書かれた敗戦間もない時代のリアリティが重ねられていたかもしれない。他の箇所で中村は「昔の戦争」でなくほんの少し前まで自分達の現実だった戦争にも以下のように言及している。

我国の「近代」が戦争を惹きおこしたことで、さまざまな弱点を暴露したように、我国の「近代文学」の弱点もそれが風俗小説などというものを生んでしまったことではじめてはっきりしたと云えましょう。／戦争が一面において明治以来の我国の「近代」の帰結であるとともに他面においてその否定と崩壊とであったように、風俗小説という小説俗化の形式も、或る意味で我国の「近代文学」の欠陥の露呈であるとともに、その解体と否定でもあったのは興味ある一致です。

西欧の近代文学を手本にしながらそれを誤解し、ついに自らの非近代性を自覚することができなかった日本の疑似近代文学を批判する中村は、文学を語りつつ文学以上に敗戦のカタストロフに行き着いた日本の近代そのものを批判していた。明治維新以来近代化を進めた日本だが、そこには根本的に近代精神が欠落していたのではないか——こうした問題意識は文学批評に限られるものではなく、無謀な戦争を始め、徹底的な敗北を経験したこの時期の論壇に一般的な認識だった。西欧の「正しい」近代を基準とする中村らの批評を「近代主義」と呼んで対象化した竹内好の批評はきわめて重要だが、しかし同時にその「近代主義」に依拠しなければ「戦後」という一つの時代を立ち上げることすらできなかった歴史的現実があったのである。批評を可能にすると同時に条件づけもする時代性を、私たちはここに認めることができる。

中村の②、柄谷の⑤は、ともに島村抱月による同時代評に言及している。中村光夫の場合は抱月の評に代表される「蒲団」発表当時の興奮の様子を引用で示すとともに、それに対する自らの皮肉な姿勢をそこに重ねており、柄谷の場合には抱月の認識がどのような認識上の死角によって可能になったかを指摘している。これらの例に見られるように、しばしば批評家は先行する批評家の作り出した言説を受け取りつつ、それとの差異において自らの批評的立場を構築する。

柄谷の③は、「批評家たち」の私小説批判に言及し、それがおおよその「文学史的常識」となっているという。ここで言う「批評家たち」とは、まず第一には『風俗小説論』の中村光夫のことであり、また中村の文学史観を支えている規範に対し疑いを抱くことなく文学を評価してきた多くの批評家のことだと考えられる。柄谷の立場は先行する批評家たちによって構築された「文学史的常識」が決して問おうとしないものは何なのか、何が彼らにとっての自明の前提となっているかを問うことで、文学や文学史という歴史的制度の外部を照らし出そうというものだ。

④もまた暗に中村に言及した部分であろう。中村は『風俗小説論』の中で、頻繁にフローベールやバルザックといったフランスの近代小説を「範」として参照している。批評家たちはその「正常」な近代小説との比較において日本の私小説を「異常」だというが、その西欧にあっても近代以後の人間が当然のものとする「内面」「文学」がもとからあったわけではない。それはやはり近代の歴史的所産だったのではないか。西欧においてはその近代が長期にわたったために発見の契機が隠蔽されるが、日本において「文学」という制度の成立はほぼ明治二〇年代に集中的に検証しうる。日本の急ごしらえの近代は特殊な近代だといわれてきたが、近代一般の問題が

そこに露呈されているという意味でむしろ便利な縮図だといえよう。

かつては「国家の抑圧」に対し「内面の自由」という対立の構図が自明視されていた。しかしながら⑥でいわれていることは、近代国家の成立と近代個人の内面の成立が同時的であり互いに補完関係にあるということだ。『日本近代文学の起源』が刊行された一九八〇年代は「権力」のとらえ方が変化していった時期である。ミシェル・フーコーによれば、権力とはもはや露骨な強制力を意味するのではなく、個々人の身体に働きかけ、「内面」に忍び込み、それ自体を成型するものとしてとらえられるようになっている。よって、「内面」「自我」の権力に対する独立性を称揚するのはむしろイデオロギーの追認となってしまうということだ。そこで柄谷は⑦のように、真に問わねばならないのは「内面」や「自我」、そしてそれらを価値基準とする「文学」それ自体の歴史性であるという。

『日本近代文学の起源』が刊行されてからすでに四〇年あまりが過ぎた。その「文学」も当時とは異なる「文学」に変わっているかもしれない。それゆえ私たちは、つねに現在の自明性がいつ成立したかの「起源」を問う目を維持する必要がある。大きくいうと、それこそが「批評」の持つ意味なのである。

また、「批評」はいたるところに潜んでいる。その例として、ここでは中島京子が二〇〇三年に発表した小説『FUTON』を上げておこう。この作品は作者の中島自身があとがきでそう述べているように、田山花袋「蒲団」をジェンダーや時代性など現代的な問題意識を折り込んで読みかえ、書きかえた作品となっている。現代小説が、自らがそこからうまれた「文学史」に対するすぐれた批評性を持ち得るということにも注意しておきたい。

6 課題

基礎的課題一 八〇頁一三行目の「「文学史」が客観的な過去の事実の記述に徹した実証的な歴史などではありえないこと」について、本章の内容をふまえて自分なりに説明してください。

基礎的課題二 八五頁一行目の「この作品に始まる「近代文学」に対する誤解」という言葉の内容を、『風俗小説論』の引用文を参照しながらまとめてください。

発展的課題 『風俗小説論』『日本近代文学の起源』の引用を読み、それぞれの「近代」「近代文学」のとらえ方の違いについて考えてください。

7 参考文献

猪野健二『明治文学史　上・下』（講談社、一九八五）
慎改康之『ミシェル・フーコー―自己から脱け出すための哲学』（岩波新書、二〇一九）
フーコー、ミシェル／慎改康之訳『知の考古学』（河出文庫、二〇一二）
フーコー、ミシェル／渡辺守章訳『性の歴史Ⅰ　知への意志』（新潮社、一九八六）
光石亜由美「〈性〉的現象としての文学―性欲描写論争と田山花袋「蒲団」」（『日本文学』第四八巻第六号、一九九九）
本橋哲也『ポストコロニアリズム』（岩波新書、二〇〇五）
柄谷行人『批評とポスト・モダン』（講談社、一九八五）
竹内好「近代主義と民族の問題」（『文学』一九五一・九、『竹内好全集第七巻』（筑摩書房、一九八一）所収）
中村光夫『明治文学史』（筑摩書房、一九六三）

平野謙「明治文学評論史の一齣—「破戒」を繞る問題」(『学藝』一九三八(昭和一三)・一一、『昭和批評体系2』(番町書房、一九六八(昭和四三)所収))

中島京子『FUTON』(講談社文庫、二〇〇七)

第五章

生成と校異

テキストは変容する

織田作之助「人情噺」

斎藤理生

1　本章で学ぶこと

文学作品、特に文学史に載るような高名な作品は、確固として存在する唯一無二のもののように思われやすい。しかし作品の本文は変容する。たとえば夏目漱石の『こころ』は、『東京朝日新聞』連載時（一九一四・四・二〇―八・一一）には、『心』という題字の横に「先生の遺書」と記された形で第一回から一一〇回まで発表された。「上　先生と私」「中　両親と私」「下　先生と遺書」という区分は単行本（岩波書店、一九一四）収録時に設けられた。芥川龍之介の「羅生門」は、雑誌『帝国文学』（一九一五・一一）に発表されたときには「下人は、既に、雨を冒して、京都の町へ強盗を働きに急ぎつゝあつた。」という一文で終わっていた（作者名は「柳川隆之介」だった）。それが単行本『羅生門』（阿蘭陀書房、一九一七）に収録された際に、最後の一句だけ「働きに急いでゐた。」と改められ、次いで単行本『鼻』（春陽堂、一九一八）収録時に「下人の行方は、誰も知らない。」と一文が大きく書き換えられた。谷崎潤一郎の『卍』（改造社、一九三二）は、大阪弁の独白体が印象的な作品であるが、一九二八年三月から雑誌『改造』に連載され始めた当初は標準語で語られていた。

文学研究では、研究対象である目の前の作品を形成する言葉を丁寧にたどってゆくことが大切である。しかしその精読すべき本文は揺れ動く。だからこそ、その作品がどのように成り立ち、変わってきたのかを確かめる意義がある。草稿、初出、初版本、再録本などを比較すると、これまで文庫本などを通して知っていた本文とは大きく異なる語句や文に遭遇することがある。そこから、あり得た別の物語世界が垣間見えることさえあるのだ。

2　自筆資料と本文の校訂

わたしたちの前にある作品は、題名の最初の文字から本文の最後の文字まで、一直線に進む言葉の連なりとして存在する。しかし、創作の現場を想定すると、作家や詩人が一気呵成に書きあげることは稀であろう。ほとんどの場合、創作者は時に勢いよく筆を走らせつつ、時に立ち止まり、ふり返り、後戻りしながら書き進めてゆく。いったん書きあがった原稿を清書する過程でまた修正するケースも度々あるにちがいない。第一稿を書き出す前に創作メモやノートが用意されていることも多く、一つの作品のスタート地点を定めることは意外に困難である。

作家が区切りを付け、編集者に原稿を渡した後も終わりではない。校正時にも手が入れられるし、編集者の介入もありうる。三島由紀夫は「春子」（『人間』一九四七・一二）という作品について、「百余枚を書き、木村徳三編集長のところへ持って行ったが、小説の精読者《リズール》たる木村氏は、いくつかの冗漫な個所を指定し、その場で私は氏の言葉どおり削って行って、八十枚ばかりにした」と回想している（「解説」『真夏の死』新潮文庫、一九七〇）。永井荷風『濹東綺譚』（『東京朝日新聞』一九三七・四・一六―六・一五）に対して、一度に全文の原稿を受け取った学芸部の記者、新延修三は、掲載回数を稼ぐために「行改めを「無断」で多くした」という（『朝日新聞の作家たち―新聞小説誕生の秘密』波書房、一九七三）。編集者の手を離れ、印刷され、ひとたび世に流通した後も、先に述べたように、作家自身の手で書き換えられたり、補完されたりすることは珍しくない。

日本近代文学において、自筆資料の取り扱いや初出以降の本文異同の調査は、主に各作家の全集で個別に試みられてきた。そのため方法として体系的にまとめられることはなかった。これは具体的な手稿があるかどうか、それがどのような種類のものなのか（清書原稿か、文字通りの草稿か、メモの切れ端か）、作家の生前に形を変えて公刊されたかどうかなど、研究対象の資料の状況によってアプローチが大きく左右されるためでもあろう。

ただ、ペンと原稿用紙からデジタル機器に筆記用具が代わり、またいわゆるテクスト論の時代を経て、現在は自筆資料の重要性が再認識されるようになっていると思われる。それには吉田城、松澤和宏らフランス文学研究者による生成論の紹介と試みの意義が大きい。生成論という新たな研究方法は、書かれたものだけを研究対象にする。作家の実人生などは参照しない。同時に、書かれたものすべてをフラットに見る。世に出た成果を到達点として遡るのではなく、執筆を通じた生成状態を動的に捉えようとする。このような立場を通じて、読解はむしろ作者の意図からは遠ざかってゆく。書き手が何を考えて〈正しい〉表現にたどり着いたかではなく、もっぱら書かれたものにどのような対立や矛盾や葛藤があり、論理を超えて複数の意味を持ちながらたゆたっているかを探ってゆく。

このような先鋭的な立場に忠実に則った研究は必ずしも多くはない。しかし、生成論が起爆剤となり、〈執筆〉というより〈入力〉が当たり前になった時代に、作品が構想され、混沌の中から形をなしてゆく過程の痕跡を生々しく留めた書かれたものの価値が見直されるにしたがって、自筆資料を用いた研究は深化・多様化しつつある。松澤『生成論の探究―テクスト　草稿　エクリチュール』が出版された後、渡部麻実『流動するテクスト堀辰雄』、戸松泉『複数のテクストへ―樋口一葉と草稿研究』などの成果が刊行され、『文学』（二〇一〇・九―一〇）、『国語と国文学』（二〇二〇・五）など、雑誌でも特集が組まれた。

本文校訂も、山下浩『本文の生態学―漱石・鷗外・芥川』のような少数の例外を除くと盛んに研究されてきたとは言い難いが、近年はドイツ文学研究者である明星聖子による「編集文献学」という考えに基づく問題提起が目を引く。前提として、原稿も初出も初版も再版も、いずれもある意味で〈正しい〉本文だと認めつつ、研究の基盤として共有されるべき本文を再構築していこうとする立場である。テキストデータはもちろん、画像データさえモニター上に容易に並べられるようになった時代において、自筆資料を含めたあらゆる本文を集めるとともに、各々の目的にふさわしい本文をいかに確定し、分かち合うか。国際化、デジタル化の時代に至って改めて、作品本文をどのように扱うかという問題が重要性を増しているのである。

3　作家紹介

織田作之助（おだ・さくのすけ）一九一三（大正二）年―一九四七（昭和二二）年。大阪に生まれ、大阪に育ち、大阪を拠点に創作し、作中にも大阪を多く描いた作家である。高津中学（現・高津高校）を卒業し、第三高等学校（現・京都大学）に入学するが中退。当初は劇作家を志し、戯曲を書いていたが小説家に転身。一九四〇年に発表した「夫婦善哉」が「文藝推薦」賞を受賞し、新進作家として認められる。敗戦直後の一九四六年、「世相」「競馬」「土曜夫人」「可能性の文学」など、立て続けに話題作を発表した。文学史では太宰治・坂口安吾らと共に「無頼派（新戯作派）」として知られる。

4　作品を読むための基本情報

「人情噺」梗概

三右衛門は一八歳で和歌山から大阪に出て来た。風呂屋に雇われ、三平と呼ばれるようになった。最初は下足番をやり、二一歳から風呂の釜を焚く仕事を受け持った。

律儀に勤め、一三年経ち、主人の世話で女中と結婚した。しかし生活はほとんど変わらなかった。三平が朝三時に起きて釜を焚き、女中が七時に起きて下足番をする生活が一五年続いた。

ある日、三平は主人の使いで大金を預かって銀行に行ったまま帰ってこなかった。いよいよ逐電したのかと人々が思った翌日の昼に三平は戻ってきて、主人に金を渡し、暇をくれという。大金を手にして、ふと魔が差して逐電しかけたが、思いとどまって帰って来たのだった。主人はその正直さに感心し、暇を出さなかった。

夫婦はその後も勤勉に働き続けた。ところが入浴時間が改正され、早起きして働く必要がなくなった。五一歳と四三歳になった夫婦は、二人で睦まじく過ごす時間を得た。

作品の初出

「人情噺」は、一九四一年三月一四日、『夕刊大阪』に「美談」という題名で発表されたという。管見の限り、この時期の『夕刊大阪』は現存していない。ただ大阪府立中之島図書館織田文庫に寄贈された作之助の一九四一年の日記に「三月六日　夕刊大阪小説十四枚「美談」脱稿」および「三月一四日　夕刊大阪に「美談」のる」という記述がある。翌年には『漂流』（輝文館、一九四二）に収録された。また戦後『人情噺』（ぐらすぷ・らいぶらり、一九四六）に収録された。この際に「人情噺」に改題された（本文に大きな異同はない）。没後は『漂流他　織田作之助名作選集13』（現代社、一九五六）、『織田作之助全集』（講談社、一九七〇）、『織田作之助作品集』（沖積舎、一九九九）などに、いずれも「人情噺」の題名で収録されている。作之助の小説として決して有名とは言えないが、近年も北村薫・宮部みゆき編『名短篇ほりだしもの』（ちくま文庫、二〇一一）に収録され、高い評価を得ている。なお、織田文庫には一二枚の草稿が残っている。本章でもこの草稿を用いた。

本文

引用1

年中夜中の三時に起された。風呂の釜を焚くのだ。
毎日毎日釜を焚いて、もうかれこれ三十年になる。／

十八の時、和歌山から大阪へ出て来て、下寺町の風呂屋へ雇はれた。三右衛門といふ名が呼びにくいといふので、いきなり三平と呼ばれ、下足番をやらされた。女客の下駄を男客の下駄棚にいれたりして、随分まご

ついた。悲しいと思つた。が、直ぐ馴れて、客のない時の欠伸のしかたなどもいかにも下足番らしく板について、やがて二十一になつた。

引用2

その年の春から、風呂の釜を焚かされることになつた。夜中の三時に起されてびつくりした眼で釜の下を覗いたときは、さすがに随分情けない気持になつたが、これも直ぐ馴れた。あまり日に当らぬので、顔色が無気力に蒼ざめて、しよつちゆう赤い目をしてゐたが、鏡を見ても、べつになんの感慨もなかつた。そして十年経つた。／まる十三年一つ風呂屋に勤めた勘定だが、べつに苦労して辛抱したわけではない。根気がよいとも自分では思はなかつた。うかうかと十三年経つてしまつたのだ。／しかし、三平は知らず主人夫婦はよう勤めてくれると感心した。給金は安かつたが、油を売ることもしなかつたのだ。欠伸も目立たなかつた。鼾も小さかつた。けれども、べつに三平を目立つて可愛がつたわけでもない。／たとへば、晩菜に河豚汁をたべるときなど、まづ三平に食べさせて見て中毒らぬとわかつてから、ほかの者がたべるといふ風だつた。／これにも三平は不平をいはなかつた。／「御馳走さんでした」／十八のときと少しもかはらぬ恰好でぺこんと頭を下げ、こそこそと自分の膳をもつて立つその様子を見ては、さすがにいぢらしく、あれで、もう三十一になるのではないかと、主人夫婦は三平の年に想ひ当つた。／あの年でこれまで悪所通ひをしたためしもないのは、あるひは女ぎらひかも知れぬが、しかし国元の両親がなくなつたいまは、いはば自分たち夫婦が親代りだ。だから、たとへ口には出さず、素振りにも見せなくても、年頃といふ点はのみこんでやらねばならぬ。よしんば嫌ひなものにせよ、一応は世話してやらねば可哀相だと、笑ひながら嫁の話をもち掛けると／「……」／ぷつとふくれた顔をした。案の定だと、それきりになつた。／三年経つた。／三人ゐる女中のなかで、造作のいかつい顔といひ、ごつごつした体つきといひ、物言ひ、声音など、まるで男じみて、てんで誰にも相手にされぬ女中がゐた。些か斜視のせゐか、三平を見る眼がどこか違ふと、ふと思つたお内儀さんが、／「あの娘三平にどないでつしやろ。同じ紀州の生れでつさかい」／主人にいふと、／「なんぼなんでも……」／三平が可哀相だとは、しかし深くも思はなかつたから、三平を呼び寄せて、こんどは叱りつけるやうな調子で、／「貰つたらどないや」／三平はちよつと赤くなつたが、直ぐもとの無気力に蒼い顔色になり、ぺたりと両手を畳の上について、／「俺の体は旦那はんに委せてあるんやさけ、旦那はんのいふ通りにします。どなえな女子でもわが妻にしちやります」／と、まるで泣き出さんばかりだつた。／そして、三平と女中は結婚した。／が、婚礼の夜、三平は夜中の三時に起きた。風呂の釜を焚くのだ。花嫁は朝七時に起きた。下足番をするのだ。／三平は朝が早いので、夜十時に寝た。花嫁は夜なかの一時に寝た。仕舞風呂にはいつて、ちよつと白粉などつけて、女中部屋に戻つて、蒲団を敷いて寝た。三平は隣りにある三助の部屋で三助たちと一緒に寝てゐた。三平の遠慮深い鼾をききながら、彼女は横になつた。直ぐ寝入つた。ひどい歯軋りだつた。／その音で三平は眼がさめる。もう三時だ。起きて釜を焚くのだ。四時間経つと花嫁は起きて下足番をした。／三平はしよつちゆう裏の釜の前にゐた。花嫁はしよつちゆう表の入口にゐた。話し合ふ機会もなかつた。／主人は三平に一戸をもたしてやらうかといつたが、三平はきかなかつた。／「せめてどこぞ近所で二階借りしイな」／断つた。／月に二度の公休日にも、三平はひとりで湯舟を洗ってゐた。花嫁が盛装した着物の裾をからげて、湯殿にはいつて来て、／「活動へ行こら、連れもて行こら」／と、すすめたが、／「お主やひとりで行って来やえ」／そこらぢゆうごし〳〵と、たわしでやつてゐた。／そして十五年経つた。夫婦の間に子供も出来なかつたが、三平は少し白髪が出来た。五十に近かつた。男ざかりも過ぎた。／夫婦の仲はけつして睦まじいといへなかつたが、べつに喧嘩もしなかつた。三平はもともと口数が少く、女中もなにか諦めてゐた。雇人たちが一緒に並んで食事のときも、二人は余り口を利かなかつた。女中が三平の茶碗に飯を盛つてやる所作も夫婦めいては見えなかつた。ひとびとは二人が夫婦であることを忘れることがあつた。／しかし、三平があくまで正直一途の実直者だといふことは、誰も疑はなかつた。

引用3

ある日、急に大金のいることがあって、三平を銀行へ使ひに出した。三平のことだから、吩咐けられて銀行から引き出した千円の金を胴巻きのなかにいれ、とき〲上から押へて見ながら、立小便もせずに真直ぐ飛んでかへるだらうと、待つてゐたが、夕方になつても帰つて来なかつた。／今直ぐなくては困る金だから、主人も狼狽し、かつ困つたが、それよりも三平の身の上が案じられた。／まさか持逃げするやうな男とも思へず、自動車にはねとばされたのではなからうかと、夕刊を見たが、それらしいものも見当らなかつた。六ツの子供がダツトサンにはねとばされた記事だけが、眼に止つた。／あるひはどこかの小僧に自転車を打つつけられ、千円の金を巻きつけてある体になんちゆうことをするかと、喧嘩を吹つかけ、挙句は撲つて鼻血を出したため交番へひつぱられた……そんな大人気ないことをしたのではないかと、心当りの交番へさがしにやつたが、むなしかつた。／銀行へ電話すると、宿直の小使が出て、要領が得られなかつたが、たしかに金はひき出したらしかつた。それに違ひは無さうだつた。／夜になつても帰らなかつた。／探しに出てゐた女中は、しよんぼり夜ふけて帰つて来た。／「ああ、なんちゆうことをして呉れちやんなら。えらいことをしてくれたのし。てつきり、うちの人は持逃げしたに決つちやるわ。ああ、あの糞たれめが。阿呆んだらめが……」／女中は取乱して泣いた。主人は、「三平は持ち逃げするやうな男やあらへん。心配しィな」／と、慰め、これは半分自分にいひきかせた。／しかし、翌朝になつても三平が帰らないとわかると、主人はもはや三平の持ち逃げを半分信じた。金のこともあつたが、しかしあの実直者の三平がそんなことをしでかしたのかと思ふのが、一層情けなかつた。／人は油断のならぬ者だと、来る客ごとに、番台で愚痴り、愚痴つた。／昼過ぎになると、やつと三平が帰つて来た。そして千円の金と、銀行の通帳と実印を主人に渡したので、主人はびつくりした。ひとびとも顔を赤くして、びつくりした。三平の妻は夫婦になつてはじめて、三平の体に取りすがつて泣いた。／「なんでこないに遅なつてん？」／と、主人がきくと、三平はいきなり、／「俺に暇下さい」／といつたので、主人ははじめ皆一層びつくりした。／「なんでそないなことをいふのよう?」／三平の妻は思はず、三平の体から離れた。／三平は眼をばらくちさせながら、こんな意味のことをいつた。／——今後もあることだが、どんな正直者でも、われわれのやうな身分のものに千円の金を持たせるやうな使に出すのは、むごい話だ。／自分はかれこれ三十年ここで使うてもらつて、いまは五十近い。もう一生ここを動かぬ覚悟であり、葬式もここから出して貰ふつもりでゐたが、昨日銀行からの帰りに、ふと魔がさしました。／つくぐ考へてみると、自分らは一生貧乏で、千円といふやうな大金を手にしたことがない。此の末もこんな大金が手にはいるのは覚つかない。この金と、銀行の通帳をもつて今東京かどこかへ逐電したら一生気楽に暮せるだらう。／さう思ふと、えゝもうどうでもなれ、永年の女房も置逃げだと思ひ、直ぐ梅田の駅へ駆けつけましたが、切符を買はうとする段になつて、ふと、主人も自分を実直者だと信じて下すつたればこそ、かうやつて大事な使ひにも出してくれるのだ。その心にそむいては天罰がおそろしい。女房も悲しむだらうと頭に来て、どうにも切符が買へず、帰るなら今のうちだと駅を出て、それでも電車に乗らず歩いて一時間も掛かつて心斎橋まで来ました。／橋の上からほんやり川を見てゐると、とにかくこれだけの金があれば、われわれの身分ではもうほかにのぞむこともないと、また悪い心が出て来ました。／そして梅田の駅へ歩いて引きかへし、切符を買はうか、買ふまいか、思案に暮て、たゝずむ内に夜になりました。／結局、思ひまどひながら、待合室で一夜を明し、朝になりました。が、心は決しかね、梅田のあたりうろくしてゐるうちに、お正午のサイレンがきこえました。／腹がにはかに空つて、しよんぼり気がめいり、冥加おそろしい気持になり、とぼぐ帰つて来ました……。／「俺のやうな悪い者には暇下さい」／泣きながら三平がいふと、主人はすつかり感心して、むろん暇を出さなかつた。／三平の妻は嬉しさの余り、そはくと三平のまはりをうろついて、傍を離れなかつた。よそ眼にも睦じく見えたので、はじめて見ることだと、ひとびとは興奮した。／が、どちらかといふと、三平は鬱々としてその夜はたのしまず、夜中の三時になると、起きて釜を焚いた。女中は七時に起きて下足の番をした。／少しも以前と変りはなかつたから、ひとびとは雀百までだといつて、嘆息した。

引用4

ところが、入浴時間が改正されて、午後二時より風呂をわかすことになつた。三平は夜中の三時に起きたが、なんにもすることがないので、退屈した。間もなく、朝七時に起きることにした。妻と一緒に起きることになつたのだ。従つて寝る時間も同じだつた。／朝七時に起きたが、釜を焚くまでかなり時間があつた。妻も下足番をするまでかなり時間があつた。随分退屈した二人は、ときどき話し合ふやうになつた。三平は五十一、妻は四十三であつた。／いまでは二人はいつ見てもひそ〳〵と語り合つてゐた。／開浴の時間が来て、外で待つてゐる客が入口の障子をたゝいても、女中はあけなかつた。両手ともふさがつてゐるのだ。三平の白髪を抜いてやつてゐるのだ。客は随分待たされるのだつた。

底本：『人情噺』（ぐらすぷ・らいぶらり、一九四六）。
ただし一部句読点を補った。

5　本文の解釈と考察

「人情噺」の内容は四つに区分できる。この引用1〜4は、いわゆる起承転結と呼ばれる構成に近い。引用1で発端となる物語の主人公と舞台とが提示され、引用2でその内容が継続・展開し、引用3で意外な出来事が起こり、引用4でまとまりを得ているからである。

「人情噺」では、まず引用1と2において、出世作「夫婦善哉」（『海風』一九四〇・四）をはじめ、作之助が得意とした系譜小説ならではの手法が使われている。系譜小説とは、ある人物や一族の足どりを一気呵成に語ってゆく作風を指す。この作品でも、三平が罪を犯すまでの実直な男としての背景は、足早に読者に伝えられる。「年中夜中の三時に起された。風呂の釜を焚くのだ。毎日毎日釜を焚いて、もうかれこれ三十年になる」という「人情噺」の冒頭は、「夫婦善哉」の冒頭の「年中借金取が出はいりした」を想起させる。また、「夫婦善哉」が「節季はむろんまるで毎日のことで、醤油屋、油屋、八百屋、鰯屋、乾物屋、炭屋、米屋、家主その他、いづれも厳しい催促だつた」と続くのと同様に、「人情噺」でも三文目で「毎日毎日」とくり返されている。主人公の日常を簡潔に描くために、何度もあった出来事を一回でまとめて語る括復法的な表現がたたみかけられているのである。

この工夫は、やはり織田文庫所蔵の「人情噺」の草稿を確かめることで、より明瞭になる。「人情噺」の草稿一二枚のうち、冒頭部分にあたる原稿が二種類ある。執筆された時間的な順序がはっきりしているわけではないが、今それぞれの草稿を仮にAとBとして、先にあげた初版本および再録本の本文と比較したい。

夜中の三時に三平は起される。風呂の釜を焚くのだ。毎日毎日さうして、かれこれもう二十年になる。(A)
夜中夜中の三時に起される。風呂の釜を焚くのだ。毎日毎日釜を焚いて、もうかれこれ三十年になる。(B)

AとB、そして発表された本文を比較すると、第一に、勤労年数が十年延びたことに気づく。それによって三平が積み重ねた経験や、築きあげてきた信頼が増すだろう。第二に、書き出しに括復法が取り入れられていることがわかる。夜中の三時に起こされる日々が、延々と続いてきたことが強調されている。草稿Aにも二文目に「毎日毎日」はあったが、一文目には「夜中」としか書かれていない。しかしBでは「夜中夜中」と反復されており、また発表された本文では「年中」と書き変えられることで、より継続性が印象づけられる。Aでは「釜を焚く」と書いた直後に「さうして」と表現されていたのを、Bおよび発表された本文では「釜を焚」くと同じ言葉がくり返されているのも、同じ行動を絶えず続けている様子を強く伝える。第三に、Aにはあった「三平は」

という主語が、Bおよび発表された本文では省略されている。主語を割愛したまま短文を積み重ねることによって、三平のせわしない日常が読者にも感じられやすい本文になっているのである。

一般に、系譜小説では素早く時間が流れる。そのためその時々の人物たちの内面は、くわしくは語られない。三平の場合も、職に就いた直後、慣れない下足番をやらされて「悲しいと思つた」ことは語られている。しかし「直ぐ馴れて、客のない時の欠伸のしかたなどもいかにも下足番らしく板についてゐて、やがて二十一になつた」と即座に展開する。三平が「悲しい」気持ちを克服していった過程は取りあげられない。続く「その年の春から、風呂の釜を焚かされることになつた。夜中の三時に起されてびつくりした眼で釜の下を覗いたときは、さすがに随分情けない気持になつたが、これも直ぐ馴れた」という部分も同様である。落ちこんで、馴れてという経緯が一文に圧縮されているために、読者が三平に同情する余裕は少なくなっている。また、続いて「あまり日に当らぬので、顔色が無気力に蒼ざめて、しよつちゆう赤い目をしてゐたが、鏡を見ても、べつになんの感慨もなかつた。そして十年経つた」と一気に長い時間が経過させられる。「なんの感慨もな」いことは、必ずしも何も考えていなかったことを意味しないはずである。しかし、息もつかせずに語られるために、三平の内面は顧みられなくなりやすい。さらに、「まる十三年一つ風呂屋に勤めた勘定だが、べつに苦労して辛抱したわけではない。根気がよいとも自分では思はなかつた。うかうかと十三年経つてしまつたのだ」とも語られるために、三平は細かいことを気にしない人物のように受け取られよう。

このように語り手は、三平をただ実直な男だと思って読んでゆくように、読者を誘導しているのである。

織田文庫に所蔵されている「6」というノンブルの振ってある草稿を読むと、「しかし、三平が実直者だといふことは、誰も疑はなかつた」という一文の、「実直者」の上に「正直一途の」という一節が挿入された後で抹消され、「あくまで正直一途の」と改めて挿入されていることがわかる。このような改稿からも、三平の実直さが強調されていることがわかる。

そうした三平に対して、主人夫婦は「よう勤めてくれてゐる」と思いながら「目立つてかわいがつたわけでもない」。「いぢらしく」思い、「国元の両親がなくなつた今は、自分たち夫婦が親代わりだ」と思うことはある。しかし彼らにとって三平は、日ごろから河豚の毒味をさせるような扱いをしている使用人でもある。「てんで誰にも相手にされぬ女中」を結婚相手の候補とするとき、主人は「なんぼなんでも……」と思いながら「三平が可哀相だとは、しかし深くも思はなかつた」とされる。先に述べた、三平の内側の葛藤に思いを馳せさせにくい語りの構造は、読者をこうした周囲の立場に近づけてゆく。

織田文庫に所蔵されている草稿の一つに、主人に「せめてどこぞ近所で二階借りしイな」と言われたが「断つた」という逸話に続けて、「ひとびとは夫婦の仲をあやしんだ。あるひは夜中、湯殿のなかで会うてゐるのではないかと、思ふものもあつた」と書かれた後に、二重線で消されている一枚がある。三平と女中との夫婦仲に対する周囲の憶測が、一度書かれた後で抹消されているのである。それは、周囲はあくまで三平を裏表のない実直者だと信じこんでいることを示すため、また三平に人々の知らない面がある可能性を読者に考えさせないための措置であったにちがいない。「ひとびと」の「あやし」む目など一切ない方が、後の展開が効果的なのである。

ただ注意深く読み直すと、本文には、一連の苛酷な業務に取りかかり始めた直後には、三平も「悲しいと思つた」り「情けない気持になつた」りしていたことが、手短にとはいえ語られていることがわかる。このような三平の内面に、わずかとはいえ言及していたことが、引用3以降に伏線として効いてくる。

本作においては、引用3で大金を持ったまま行方不明になった三平が翌日の昼に帰宅し、主人に魔が差しかけたことを打ち明ける部分が山場になっている。その失踪して帰って来たときの告白で、周囲に「あくまで正直一途の実直者」と思われていた男が抱えた葛藤が浮上する。主人や妻の女中だけでなく、読者も三平を見誤っていたことに気づかされる。機械のように働いていた三平にも複雑な思いがあったこと。それは本文で示されていたにもかかわらず、つい見過ごされがちなものであった。そうすることによって、長いあいだ接してきたにもかかわらず、三平への配慮を怠りがちであった物語世界の人々と読者とが同じ思いを抱く仕組みになっているのである。

三平は事件後も、それまでと同じように実直に生きようとする。しかし引用4で時局を反映して制度が変わり、制度の変化に伴う仕事の変化が、夫婦の関係をも変えてゆく。戦争が長期化するに従い、燃料の値段は高騰し、働き手も不足した。そのため都会の銭湯では朝風呂を廃止し、営業時間も短縮することになった。風呂の時間が制限されるのは、人々にとって不便である。だがその不便をきっかけに、三平夫婦は仲睦まじくなった。不便や不足も悪いことばかりではない。自由が制限される中で、その肯定的な面を捉えた格好のこの小説は、三平の実直さばかりでなく、時局にもふさわしいために、「美談」なる題名が付けられ、新聞に掲載されたのだろう。

ただ、戦時下の「美談」という枠組みを取り払うとどうだろうか。改めて読むと、この作品では、実直な男の内面の機微を人々が軽視していたことがわかる一方で、三平も妻の心情を十分に考えていなかったことがわかる。新婚時代、三平は盛装した妻に、映画を一緒に見に行こうと誘われてもすげなく断っていた。魔が差して逐電しようとしたとき、一瞬「女房も悲しむだらう」と考えてはいるが、その女房への想いに「また悪い心が出来」るのを止める力はない。しかし事件後、制度の変化がきっかけとはいえ、生活のリズムを合わせ、会話を増やす二人は、距離を大きく縮めるようになった。

末尾で女房は「三平の白髪を抜いてやつてゐる」。これ以前に「十五年経つた。夫婦の間に子供も出来なかつたが、三平は少し白髪が出来た。五十に近かつた」と語られているように、この作品において白髪は年月の経過を示す指標となっている。その白髪を抜いてもらうことで、風呂屋の始業時間が遅れていること。それは三平が忙しなく働き続けてきた使用人としての時間から、家族との慰安の時間へと移りつつあることを示している。
最初に述べたように、この作品は再録本において題名が変わっている。時局にふさわしい要素を持つゆえに、戦時下の小説として「美談」という題名は理解されやすい。しかし戦後には状況が変わっている。一方で、小説にはもともと、お互いをよく理解していなかった夫婦の仲が睦まじくなってゆく過程が描かれていた。そのような作品に「人情噺」という題名はふさわしかったと言えるだろう。

6　課題

基礎的課題一　大阪府立中之島図書館織田文庫に所蔵されている「7」というノンブルの振ってある草稿には、「ある日、家に金のいることがあつて、三平を銀行へ使ひに出した。呟咐《いいつ》けられて銀行から引き出した千円の金を胴巻きのなかにいれ」（ルビは筆者による）という一節において、「金」の前に「大」という字が挿入され、「呟咐けられて」の前に「三平のことだから、」という語句が挿入されている。このような挿入によって、作品の印象はどのように変わるか考えてください。

基礎的課題二　この作品には、三平と女中とを結婚させようとしたお内儀さんが「あの娘三平にどないでつしやろ。同じ紀州の生れでつさかい」と主人に勧める場面がある。織田文庫の「3」というノンブルの振ってある草稿を読むと「同じ紀州の生れでつさかい」が後から挿入されたことがわかる。この一言があるのとないのとでは、作品の印象はどのように変わるか考えてください。

発展的課題　織田文庫所蔵の根岸守信編『耳袋』上巻（岩波文庫、一九三九）には、いくつかの話に、作家によるものと思しい印が付けられている。その一つである「下賤の者は心ありて召使ふべき事」は、題名部分に〇印が付けられている（一九四頁）。この話の変奏として「人情噺」を読むと、どのような特徴が浮かび上がるか考えてください。

7　参考文献

山下浩『本文の生態学―漱石・鷗外・芥川』（日本エディタースクール、一九九三）
松澤和宏『生成論の探究―テクスト　草稿　エクリチュール』（名古屋大学出版会、二〇〇三）
渡部麻実『流動するテクスト　堀辰雄』（翰林書房、二〇〇八）
戸松泉『複数のテクストへ―樋口一葉と草稿研究』（翰林書房、二〇一〇）
明星聖子・納富信留編『テクストとは何か―編集文献学入門』（慶應義塾大学出版会、二〇一五）
日本近代文学館編『近代文学草稿・原稿研究事典』（八木書店、二〇一五）
松澤和宏「生成論／本文研究」、清水康次「書誌学」（日本近代文学館編『ハンドブック　日本近代文学研究の方法』ひつじ書房、二〇一六）
日本近代文学館編『小説は書き直される―創作のバックヤード』（秀明大学出版会、二〇一八）
明星聖子「編集文献学の可能性」（『書物学　第一七巻　編集文献学への誘い』勉誠出版、二〇一九）
斎藤理生「織田作之助『人情噺』論」（『待兼山論叢　文学篇』五三、二〇一九・一二）

第六章　テクストの外に出る

境界への疑い

松浦理英子『裏ヴァージョン』

内藤千珠子

1　本章で学ぶこと

小説はフィクションである。だが、小説の言葉には、虚構の世界からはみ出し、現実世界に影響を与え、変化を及ぼす力がある。私たちがフィクションと現実世界の間に引かれていると信じている境界線は、実のところ、思った以上にあいまいだ。小説の言葉は書かれ、印刷されたテクストの「外に出る」こと、内側と外側を区切る境界線を行き来することを志向しているといえるだろう。

近代の文化は、境界線によって世界を二つに切り分ける認識をもとにして構成されてきた。男性と女性、帝国と植民地、西洋と東洋、白人と有色人種、異性愛者と非異性愛者、健康と病、といったように世界を二分割し、片方を標準的な存在、もう片方を印のついた他者として外部に送り出し、マイノリティ化した上で、差別を前提とする秩序や序列を生成してきたのである。

境界線を引いて序列を作るという文化の政治性は、もちろん文学的言語にも及んでいるが、そこには境界線を疑う視座が含まれる。本章では、松浦理英子『裏ヴァージョン』を取り上げ、境界線への疑いからはじまる批評的な読解や思考の可能性を検討する。

2　小説の言葉と境界

境界線による二元化が引き起こす差別や暴力、権力の構造を考察する上でおさえておくべき方法論のひとつに、カルチュラル・スタディーズがある（本書第一五章参照）。カルチュラル・スタディーズは、支配的な文化制度を組み立てる境界線の力学を再考する姿勢から、文化の政治学を明らかにしようとする方法論である。ハイカルチャーとサブカルチャーを区分する境界、人種や階級、ジェンダーを二元化する境界を批判的に考察する方法論的な試みは、「文学」というジャンルの境界、「文学研究」という領域の境界を問い直すことにつながり、文学研究のみならず、あらゆる学問分野に領域横断的な研究が行われる潮流を生みだした。

また、小説の言葉は、原理的に、越境という運動を含み込んでいる。小説のなかに境界が溶融する瞬間が描き出され、読者がそれを読みとるとき、現実世界の差別や暴力を支える境界線も危うくなり、いま存在するのとは別の世界像が共有される可能性が生まれてくる。したがって、小説が描く境界という現象への注目は、境界の力学そのものを考察する上で有効な視点を与えてくれるだろう。

3　作家紹介

松浦理英子（まつうら・りえこ）　一九五八年―。愛媛県松山市生まれ。青山学院大学文学部フランス文学科卒業。一九七八年、「葬儀の日」（『文學界』一九七八・一二）で文學界新人賞を受賞。小説に、『葬儀の日』（文藝春秋、一九八〇）、『セバスチャン』（文藝春秋、一九八一）、『ナチュラル・ウーマン』（トレヴィル、一九八七）、『親指Pの修業時代』（河出書房新社、一九九三）、『犬身』（朝日新聞社、二〇〇七）、『奇貨』（新潮社、二〇一二）、『最愛の子ども』（文藝春秋、二〇一七）、『ヒカリ文集』（講談社、二〇二二）などがある。デビュー以来一貫して性別に囚われない人間関係における親密さ、非性愛的なものをも含めた官能性、友愛、闘争などを多様に描き続けており、マジョリティの側が無意識に共有してしまう暴力や差別を問い返す文学的挑戦が展開されている。

4　作品を読むための基本情報

『裏ヴァージョン』梗概

小説の冒頭は、「第一話　オコジョ」から開かれる。タイトルのついた短い小説と、ゴチック体での感想めいた辛口のコメントが次々に示されていくが、次第に、それらの短篇小説が、登場人物の一人である「昌子」が、「鈴子」に向けて書いた小説であること、付されたコメントが読者の鈴子によって記されたものであることがわかってくる。二人は高校時代の友人で、四十歳となった現在、昌子は鈴子の家に「居候」として間借りしている。短篇小説は、毎月二〇枚ほどの分量で、家賃の代わりに書かれたものだったのだ。

前半部では、「仮想アメリカ」を舞台に、女性同性愛やSM的関係が主題として描かれる。後半部では、昌子と鈴子を架空の登場人物とした私小説風の短篇が示されていく。途中、「質問状」「詰問状」を通して、昌子と鈴子の間の直接的やりとりが現れ、同性愛やSMといったテーマが二人の高校時代の記憶と密接に関係していることが明らかになり、次第に、お互いに対する執着をはらんだ濃密な関係が見えてくる。

短篇小説という架空世界の次元と、小説をやりとりする二人の女性の現実世界の次元は、次第に境界線をあやうくして混じりあう。昌子が書く、鈴子が読むという関係も複雑に入れ替わり、誰が書き手で誰が読み手なのか、昌子と鈴子という固有名さえも疑わしくみえてくる。最後は、鈴子が昌子に向けて書いたという形式で示された「第十五話　昌子」によって小説が閉じる。

書誌情報

初出は『ちくま』一九九九・一二―七。単行本は筑摩書房、二〇〇〇。文春文庫、二〇〇七。小学館P+D BOOKS、二〇一七（電子書籍版あり）。

作品についての作者インタビュー

セクシュアリティを主題とした『親指Pの修業時代』（単行本上下巻、河出書房新社、一九九三・一一、河出文庫新装版、上下巻、二〇〇六・四）がベストセラーとなったこともあり、松浦理英子は「性愛を描く作家」というイメージによって評価される傾向があった。『裏ヴァージョン』刊行時のインタビューで松浦理英子は、「あえて自分の得意技を封じ」、「根底に信頼と愛情があって、激しく闘う」「真剣で濃密な関係を提示したかった」と述べている（『日本経済新聞』二〇〇〇・一一・五）。タイトルについて問われると、「一つは伝統的な小説とは別の形式という意味。また、世間が思い描いている松浦理英子の作品としては性描写もなく異質な傾向を持った『裏ヴァージョン』という意味合いもある」と答え、女性同士の性愛抜きの友情を「一対一の濃密な交わり」として描きたかったと語っている。「真実とは何なのかわからなくなるような混乱を呼ぶもの、虚構の上に虚構を重ねることで新しく確かな現実の様相を作り出すものの方がおもしろい」「作者すらも神のように君臨するのではなく、登場人物に影響されるような作品を書いてみたかった」という言葉は、小説のスタイルや構成を考察する上で示唆的である（『朝日新聞』夕刊、二〇〇〇・一一・九）。

『裏ヴァージョン』の先行研究

飯田祐子は、『裏ヴァージョン』を「書くことが読み手との交渉そのものであることを扱った小説」と位置づけた。小説の構造が含む三角関係が夏目漱石『こゝろ』の、〈女〉が「小説」を書くという行為が林芙美子『放浪記』のパロディとして読解できるこの小説について、近代文学という〈表ヴァージョン〉の〈裏〉となっていると指摘した上で、飯田は、書くことが「関係の継続そのものを志向する行為」として示された『裏ヴァージョン』は、近代文学のもつジェンダー化の力学を攪乱し、ひいては文学という制度そのものを攪乱する試みに通じていると論じている（「関係を続ける―松浦理英子『裏ヴァージョン』」）。吉田司雄は、「小説を書き小説を読むという行為自体への言及を包み込んだ小説『裏ヴァージョン』は、言葉と言葉が拮抗しつつ結び合い「それぞれの言葉が囲い込もうとする境界をも曖昧にしてしま」う力を帯び、「複層的な読み」が可能とされるため、「小説とは一体いかなるものかという問いを、読み終えたその後までも読者に突き付けてくる」と論じている（「小説を書く／読む」）。また、鳥羽耕史は、短篇小説のやりとりに用いられたフロッピー・ディスクという媒体に注目し、一見したところ「密室」とみえる小説の空間が、実は「二人だけの密室にはなっていない」可能性に開かれたトリックを備えていることを指摘し、作者が誰なのか、読者が誰なのかという「謎」を未解決のまま提示する、豊かな構造があることを分析している（「『裏ヴァージョン』―フロッピー・ディスクからは発見されえない手記」清水良典編『松浦理英子』）。

本文

引用1

第一話　オコジョ

ステファニー・クイーン

けだものは耳を伏せ丸めた背筋の毛を限界まで逆立て、ハーッと激しく息を吐いた後も、いつでも飛びかかれるように前肢《まえあし》をたわめたまま、険悪に細めた眼をアーネストから離そうとしなかった。アーネストの方も、全身の力を眼に集めて思いきりけだものを睨《にら》みつけた。しかし、アーネストの頭よりもやや高い本棚の天辺に乗ったけだものは、自分の方が有利な位置にいると確信しているのか、怯《ひる》むどころか眉間の皺をいっそう深くして眼下の敵を見下ろす。アーネストは睨み合いに負けたくなかった。

引用2

アーネストは再び苦笑した。俺は相当に気が小さいな。今やオコジョよりも自分の気の小ささを確認する気持ちで、アーネストはベッドの下に身をかがめた。暗がりに二つの邪悪な瞳が輝いていた——その輝きだけは、アーネストの右眼がけだものの渾身の力を浴びていっさいの光を奪われた後も、けだものの荒い鼻息とかすかな肢音《あしおと》がそばを通り過ぎ窓の方向へ遠ざかり室内から消えた後も、網膜に灼きついて失われることはなかったのである。

＊　＊

何なの、これは？　誰がホラー小説を書けって言った？　ステファニー・クイーンだなんて、オコジョだなんて、あほらし過ぎて泣けて来る。もっと真面目にやれ！

引用3

第四話　トリスティーン

本や映画や絵といった見ず知らずの他人のつくったものに触れて心の調子が乱れるということが、世の中に頻繁にあるのかどうかは知らないが、トリスティーンの身に起こったのはどうやらその類の出来事だったらしい。トリスティーンが触れたのは映画で、映画といってもレンタル・ビデオだけれども、わりと有名な何とかという監督の何とかというタイトルのキャスリーン・ターナーの出ているのを、水曜の夜会社の帰りに借りて観て、その晩遅くにグラディスが帰宅した時にはもう、リビング・ルームのカウチの上でゼラチンに固められたように重苦しく澱《よど》んでいたのだそうだ。

嫌なものを観た、不愉快でしかたがない、気分が治らないと言ってトリスティーンが話して聞かせたのは、その映画の中でキャスリーン・ターナー扮する娼婦がマゾヒストの客をとって客の望むSMプレイをしてあげた後、まだベッドに横たわっている客に優しく話しかけると、突然客の男は激しい勢いでキャスリーン・ターナーに唾を吐きつける、続くカットではキャスリーン・ターナーが鏡に向かって化粧を直そうとしているのだが体は震え涙が止まらないので直すことができない、というシークエンスだった。確かにむごたらしい場面のようではあるけれども、観終わって何時間もたつのに不快な気分が尾を引くというほどのものともグラディスには思えず、トリスティーンが自室に引き揚げてから一人で映画を観てみたが、やはりトリスティーンがそれほど嫌がる理由が腑に落ちなかった。

翌晩もその次の晩もトリスティーンは元気がなくずっと何事か思い煩《わずら》っていて、グラディスがあのマゾヒストの客の陰険さはあんたにはよくわかるんじゃないの？　と挑発すると少しむきになって、わかるけれどわたしは絶対あんなひどいことはしない、あんなふうに自分の強さや誇りを誇示する必要は感じないと答え、あああんたならもっとさりげなく優雅に誇りを顕わして見せるんだったわよねとさらにグラディスが挑発を進めると、困った顔になり一呼吸置くと、あんなこと現実にはないよねえ、娼婦にはたいていヒモがいるんでしょう、娼婦にあんなことをしたらヒモが黙ってないよねえと呟き、そこまで考えて自分を慰めなければならないとはどういうことかとグラディスはほとんど啞然《あぜん》とした。

コーヒーを何杯も飲みながらじっくり話し合ってみたところ、トリスティーンとしては、第一にあの場面ではマゾヒストの誇り高さを醜悪に誇張して描いているのが公正と思えない、第二に客の男の女に対する残酷さがたまらない、もし客が同性愛で売春する方も男であったなら逆襲が怖いから唾をかけるなどということができるはずがなく、相手が自分よりも非力な女だから平気であんなふるまいに及ぶのだ、女に対する自分の肉体的優位を恥じらいもためらいもなく行使するああいう男が現実に存在するのを見せつけられると生きているのが嫌になるということで、なるほどね、それでマゾヒストでもあり女でもあるトリスティーンは二重に傷つくわけ、とグラディスは納得のことばを口にした。

引用4

テキーラを一息に流し込むとマグノリアは、トリッシー、映画観て壊れちゃったんだって？　あの映画はわたしも前に観たけど別にどうってことはなかったけどね、そりゃあ気持ちよく観られる場面じゃないけどあのマゾヒストの客の気持ちもわからなくはないでしょ、事の後で得意げに優しくふるまうサド役なんて最低じゃないと潑剌《はつらつ》とした調子で喋り、マグノリアの前では姉を敬う妹のようにどことなく神妙になるトリスティーンは、父方の遺伝でいかにもアイリッシュ的といわれている緑色の瞳を伏せて、見方が一致しなくて残念と呟いた。

グラディスとトリスティーンは、グラディスが十九、トリスティーンが十七の時に知り合って、途中離れていた時期もあったとはいえもう七年にもなる仲で、グラディスは最初から一貫してサディストであったそうだから、マゾヒストのマグノリアの好き勝手な性愛談義が耳に快いはずはないのだが、トリスティーンの気持ちの整理を優先するつもりなのか、八歳年上のマグノリアを立てているのか、それとも意外に寛大なのか、マグノリアがなおも、映画とか小説とかで自分の属するグループがどんなふうに描かれようが気にする必要なんかないわよ、これはわたしじゃない、この作者はいろいろ調査して描いているんだろうけれど少なくともわたしのことは知らないって、そう思ってりゃいいんじゃないの、とトリスティーンに話すのを黙って聞いていた。

話が一段落して新しい飲み物も注文してから、マグノリアはトリスティーン越しにグラディスに眼を向け、グラディス、わたしばかりがべらべら喋っちゃって退屈した？　と尋ねた。グラディスは愛想よく、とんでもない、マ・レディと答えたのだけれども、グラディスがマグノリアに呼びかける際に時々使うこの〈マ・レディ〉という愛称はスライ・アンド・ファミリー・ストーンの古い曲からの引用で、型に嵌《は》まった黒人扱いを断固拒否するマグノリアがグラディスにそういう呼び方を許している理由を知っている者はいない。

マグノリアとグラディスが肝胆《かんたん》相照らす友人同士なのかというとそうではなく奇妙な緊張を孕《はら》んだ間柄だというのが大方の意見で、ほどなくグラディスはマグノリアに尋ねた、マグノリアはあの映画の中の男みたいに、楽しんだ後で相手を叩き斬るようなことをやってるのよね？　マグノリアは、いや、この頃はやってないのよと首を振る、二人の間にいるトリスティーンがグラディスの方を向いて、母親が死んでから憑《つ》きものが落ちたらしいのと冗談めかして口を挟むと、母親が死んだくらいじゃ落ちないけど何だか気分が変わってねとの説明、後を引き取るようにグラディスが、世界史が変わりでもしないと憑きものは落ちない？　と問いを重ねれば、そうかもねと軽く受け流す、そんな遣り取りも決して気軽なものではなかった。

グラディスはさらに尋ねる、マグノリアは白人と白人が何をやってたってどうでもいい、知ったことじゃないって思ってるんじゃないの？　トリスティーンがちらりとグラディスの顔を窺う、マグノリアは問いの意図を推し測るようにグラディスをひたと見据えてから、どうしてそう思うの？　と逆に質問する、グラディスは用意していたように問い直す、たとえばもしあの客が黒人だったらまた別なふうに感じるんじゃない？　マグノリアは笑う、娼婦はキャスリーン・ターナーのままで？　アメリカでつくられる映画にそんな黒人の男が白人の女を侮辱する場面は絶対出て来ないわよ、グラディスは頷く、その通り、だけど、じゃあもし客が黒人の女だったら？　トリスティーンは堅くなってチンザノのグラスを見つめ、マグノリアは短い沈黙を経て一気に言った、そしたらわたしみたいな人物が映画に出て来たと思って嬉しくなるわね、わたしが役者だったらこの役をやりたかったたって思うわよ、ついでに言えば相手役の娼婦はグラディス・スミスでね。

それは光栄とグラディスは言いチンザノを飲み干す。トリスティーンはグラスの中のオリーヴを指先で弄《もてあそ》び、マグノリアはもうアルコールはほしくないのかジンジャー・エールを注文する。不意にマグノリアがグラディスに向き直る、確かにそう、白人と白人が何をやってたってわたしにはどうでもいい。グラディスは静かな表情でマグノリアの視線を受け止め、ああそうとだけ答える。グラディスを見るともなしに見ていたマグノリアがまた口を開く、今度は親しげな口調で、グラディス、いいスカーフしてるのね、くれない？　グラディスは落ちつき払って応じる、あげたいんだけどね、マ・レディ、さっき化粧室に行った時これで手を拭いちゃったし、おまけに床に落として踏んじゃったから、あげない方がよさそうね。マグノリアもいっこうに動じず続ける、いいのよ、何がついてたって。グラディスは楽しそうに笑う、じゃあ代わりにあなたが一週間履き続けた靴下でもくれる？　マグノリアの答は、靴下は毎日取り替えるからねえ、このピアスなら今週ずっとつけてるんだけど。

引用5

マ・シャハラザード、マ・シャハラザード、今回は甘美なお話ですことと褒めてもいいんだけどさ。人の忠告に耳を貸さないその曲がった性格が気に入らない。次こそ想を練り直してアメリカとSMから離れるように。そもそもあなたはアメリカになんか行ったことないんでしょう?

引用6

どうして私が親から譲り受けたこの家を出て行ったりするのよ、バカ。出て行ったのはあなたでしょう? 予告通り、だけど「いつ越す」という挨拶もなしに突然、それでいて妙に律儀に家賃代わりの小説を一本残して。その小説には「昌子」と「鈴子」が登場して、実際に私たちの間で交わされた遣り取りがほぼ忠実に再現されていたけれど、小説と違って現実にこの家から消えたのは昌子の方だった、というわけ。私は「出て行け」なんて一度も口にしていないのに。

底本:『裏ヴァージョン』(小学館P+D BOOKS、二〇一七)

5　本文の解釈と考察

引用1は、小説の冒頭である。アーネストの視点から「けだもの」と呼ばれるのは、かつて、恋人のサラが一緒に暮らす条件として飼うことを望んだ野良猫で、アーネストはこの猫を強引に家に引き入れ「オコジョ」と名づけたのだった。だがオコジョは凶暴で、一緒に暮らし始めたものの、サラは結局オコジョに愛想を尽かし、アーネストのもとを去ってしまう。家に残されたオコジョとアーネストは、ある日、食べ物をめぐる諍いから、流血をともなう激しい闘争を繰り広げることとなった。それが、小説冒頭の睨み合いの場面である。この第一話は、「だから猫なんか家に入れるべきじゃなかったんだ」「こんな猫をほしがったのは俺じゃないのに」「こいつがなついていればサラは出て行かなかったかも知れない」と過去を想起するアーネストの心情と、自分と猫の肉体的な強弱を引き比べ、「俺とおまえと、どっちの方が強いか」「あいつは俺より強いのか？」と考える現在とが入り交じりながら構成されている。

引用2は第一話の末尾で、猫が家を出て行ったのかどうかを疑うアーネストが、「オコジョの憎々しい顔つき」を思い浮かべ、「怖い。もしいるとしたら見たくはない」と「臆病風に吹かれ」ながらも、ベッドの下を確認したところ、襲われて右眼の光を奪われるという結末が描き出されている。「スティーヴン・キングまがいのホラー」といった体裁をもつ短篇に対し、「何なの、これは？」と否定的なコメントが付されるが、小説を読み進めていくと、これが読み手による応答の言葉であることがわかってくる。小説全体の構造を理解した上で第一話に立ち戻ると、アーネスト、オコジョ、サラという三角関係は、それぞれ三つの二者関係から成る三者関係であり、家に残される側と出て行く側という関係性や、「強さ」をめぐって真剣に戦われる闘争、現在と過去の記憶の交錯、固有名が与えられることの意味など、小説全体に通底する主題を深読みできる設定があると理解されてくる。

引用3〜引用5は「第四話　トリスティーン」からの引用である。引用3では、映画の一場面に心の調子を乱したトリスティーンとその恋人のグラディスとのやりとりが読まれるが、映画の情景についてグラディスは、女として「マチズモに対する嫌悪」は共有できるものの、「マゾヒストでもあり女でもあるトリスティーン」とサディストである自分との間には差異があり、「グラディスはマゾヒストではないのでトリスティーンの目下の憂鬱を半分くらいしか理解できない」と考えるのだった。あくる日もトリスティーンの不調が続いているようなので、グラディスは、「ニューヨークの知り合いの中でトリスティーンがいちばん好意を寄せていると思われる、マゾヒストでレズビアンのマグノリアに意見を求めることを思い立った」。

引用3と引用4に見られる、解釈をめぐる闘争から、何が読み取れるだろうか。第一に、セクシュアリティやジェンダー、人種などの属性によって、ある出来事からどのような意味を読み取るのかに差異が生じることが浮き彫りにされる。第二には、トリスティーンの「あんなこと現実にはないよねえ」「誇張して描いているのが公正と思えない」「ああいう男が現実に存在するのを見せつけられると生きているのが嫌になる」といった台詞が象徴するように、映画というフィクションと現実の間の距離や関係が問われている。第三に、現実とフィクションの間に「これはわたしじゃない」と境界線を引こうとするマグノリアの姿勢は、マイノリティである「自分の属するグループ」が、作り手によって一方的に意味を与えられ、表象されることの暴力を問題化しているといえるだろう。

こうした次元が可視化された上で、マグノリアとグラディスのやりとりが展開されていくわけだが、引用4の後半で、二人が映画のなかの登場人物を現実の自分たちに置き換え、クィア（第一四章参照）な関係性のなかで物語の暴力を高度に上演してみせる過程では、もともとあった定型に差異を織り込んで反復を遂行することにより、定型が見事に攪乱されていく。マジョリティからマイノリティに向から暴力のステレオタイプは組み変わり、拮抗した強度で力がぶつかりあう構造へと変質していることが読まれよう。加えて、暴力をはらんだ言葉をぶつけあわせて闘争する二人は、その過程で、相手と真っ向から関わろうとしていることにも注意を払っておきたい。

トリスティーンとグラディスとマグノリアの三人は、現実のなかにフィクションを呼び寄せながら、三通りの二者関係という緊張を含んだ三角関係によって物語を進行させる。引用4の最後で、マグノリアの言及したピアスがグラディスに差し出されるが、トリスティーンはピアスを奪い、「いつもことばだけで戯れてるけどほんとうは二人ともお互いにやりたいと思ってるんでしょ？　やればいいじゃない」と言い放って二人の間に介入する。現在の三人の関係には、過去の記憶の物語が重ねられていく。小説が書き継がれていくと、各短篇の設定のつながりから、一話完結にみえた境界は揺らいでいくし、実はトリスティーンという登場人物が、昌子が高校時代に創作したキャラクターであったことが判明し、フィクションと現実をめぐる入れ子状の構造はますます錯綜していく。

さて、ここで、「テクストの外」に視点を移し、小説に引用された二つの記号について、踏み込んで考えてみたい。一つは、引用3と引用4で言及されるキャスリーン・ターナー主演の映画に内包される記号であり、もう一つは、引用5に含まれる「シャハラザード」という記号である。

まず、映画の方は、テクストの外、すなわち私たちの現実世界にも実在しているアメリカ映画、ケン・ラッセル監督「クライム・オブ・パッション」（一九八四）だと推定できる。キャスリーン・ターナー演じるヒロインは、昼はデザイナーとして活躍し、夜はファム・ファタール的な娼婦としての顔をもつ。すなわち、この映画には、女の二面性の「謎」といった定型が設定されている。その謎を明らかにするのが彼女の身辺調査を依頼された男の探偵で、最終的に、謎を知った彼とヒロインの間に恋愛的関係が生まれるといった展開があるのだが、映画の設定にみられる女の謎、ファム・ファタール、〈真実の愛〉を思わせる異性愛関係といった要素は、近代の差別構造に裏打ちされたステレオタイプにほかならない。

さらに、トリスティーンを憂鬱にさせる該当場面を見ると、ヒロインが唾を吐きつけられた直後には、彼女が顔を洗う行為が続き、水が流れる音を背景にして、ミレーの絵画「オフィーリア」が一瞬挿入される。シェイクスピア「ハムレット」のヒロインであるオフィーリアは、画材としても好まれた主題であったが、水に浮かぶオフィーリア、すなわち「水の女」のイメージが、洗顔のために水を用いるヒロインの行為の間に割って入り、そのあと、鏡に向かって化粧直しをしようとするものの体が震え、涙が出てきてうまくいかないヒロインの姿が映し出されるのだ。客を取ったあとに化粧直しするという行為は、ヒロインがルーティーンとして反復してきたことだった。したがってこの場面では、いつもしてきた行為の反復を阻むほど、暴力から受けた傷が深かったことが象徴されているといえるだろう。吐きつけられた唾、流れる水、にじみだす涙といった水の表象に取り囲まれ、うまく化粧直しができないヒロインは、傷を受け、受動化され、身体の境界線を自分の意志でコントロールすることができない危機にさらされていると分析することができる。

このように「テクストの外」を内側に呼び込んで、トリスティーンの憂鬱を考えてみるなら、「他人のつくったもの」であるこの物語には、女性差別的な近代の文化の政治性が織り込まれていることが理解される。ファム・ファタールの肖像には、女性を聖女と悪女に二元化して認識しようとする差別の構造が内在する。また、水と女を連結させた、いわゆる「水の女」とは、陸の男を誘惑する物語形式を基調とするもので、とりわけ日本の近代にあっては、世紀末幻想の文脈と結合し、ファム・ファタールとの関連性を強調されたかたちで移入されたと言われている。狂気による恋人への献身の果てに水死するオフィーリアは、女の死というモチーフに支えられ、その受動性ゆえに、陸の男たちが安心して誘惑の危険を消費することを可能にするだろう。「水の女」にもファム・ファタールにも、嫌悪と魅了の両義性を貼り合わせた、近代の女性嫌悪の様式が貼りついている。すなわち、映画の情景には、女性嫌悪を象徴する記号が内包されているのである。

トリスティーンが憂鬱にとらわれてしまうのは、近代的な差別の表象それ自体がもつ暴力に触れてしまったからだともいえようが、重要なのは、小説の言葉が、女性嫌悪に裏打ちされた表象をテクストに明示するスタイルをとって読者に伝達しないことである。小説の言葉は、ファム・ファタールの物語定型も、水の女のイメージも、魅力的対象として表層には現さず、表側にはタイトルと作り手の名をめぐる情報を欠いた細部の問題点と、それを見た女の憂鬱が示される。こうした引用の方法それ自体が、差別のシステムを同じかたちのまま反復はさせないという、文化の政治性に対する鮮やかな批評にほかならない。水の女もファム・ファタールも、欲望あるいは嫌悪の対象として繰り返し前景化されるべきではなく、そこにある暴力こそが問題なのだ。テクストの外側に出て確認された、近代の差別的表象システムも、女性嫌悪的な異性愛の物語も、ヒロインの身体をめぐる危機も、異性愛体制を批評するクィアな闘争によって異化される。小説の言葉は、三人の演じる身体と言葉によってこれまでとは異なるフィクションを立ち現し、現実に作用する物語の暴力を変容させるのだ。

次に、引用5は第四話を受けてのコメントで、「マ（「私の」の意）・シャハラザード」という冗談めかした呼びかけに用いられる「シャハラザード」とは、アラビアを中心とした説話集『アラビアン・ナイト』、すなわち『千夜一夜物語』のなかで、殺されることを避けるために、王に向かって物語を語り続ける女性の名である。読み手から書き手へのこの呼びかけには、テクストの外にある『千夜一夜物語』の物語世界を小説のなかの関係に結びつける効果をもつだろう。書き手の昌子をシャハラザードに例えることはすなわち、読み手の鈴子を王になぞらえることにつながる。王による女殺しという出来事を前提とするシャハラザードの語りは、聞き手から拒絶されることが自分の死につながる運命をもち、その関係を当てはめるなら、昌子もまた、鈴子に拒否されないよう、命がけで小説を書いているのだという、書き手と読み手の権力関係が浮上してくることになる。

ところで、岡真理は、『千夜一夜物語』の枠物語を構成する王とシェヘラザード（シャハラザード）の二者関係の間には、一緒に王のもとに赴いた妹のドゥンヤーザードが存在していたのであり、シェヘラザードの物語は、物語を聞きたいというドゥンヤーザードの所望をきっかけに語り始められ、つまり、物語を語る行為に先立って、その契機を作り出す聞き手と語り手の間の連帯があったことを指摘している。シェヘラザードの語りは、物語を語り続けることが自分自身を延命し、かつ一夜ごとに殺される運命をもった無数の女たちの死を避けるという機能をもっている。千と一夜をかけて語られる物語は、王に「暴虐に抗して女たちが生き延びることを正統づける法」を受け入れさせることになり、「物語」が「世界を統べる語りを別の語りに代え、それによって暴力的だった世界のありかたそれ自体が変わる」。彼女の語りは、王のもつ現実の権力を攪乱する。物語は現実と交渉し、現実とフィクションのあいだの境界を無効化する力をもつのである（岡真理「「二級読者」あるいは「読むこと」の正統性について」）。こうした観点から考えていくと、読み手である鈴子のポジションには、王の権力だけではなく、共闘する妹であるドゥンヤーザードの役割が重ねづけられるだろう。だとすれば、鈴子は、王のように、物語を聞くこと、読むことを通じて、世界のあり方が変わるような体験をするのと同時に、読みたいという欲望と、読むことそれ自体によって、物語を連帯しながら作りだしているのだといえる。『裏ヴァージョン』に引用された、フィクションと現実の境界を溶解させる「シャハラザード」の記号は、小説の空間が昌子と鈴子のいる現実にはみ出し、そして昌子と鈴子のいるフィクションの次元が私たち読者のいる現実のなかにはみ出していこうとする方向にシンクロしたものだといえるだろう。

最後の引用6は、鈴子が昌子に向けて書いたという体裁で示された最終章の一部分である。昌子が最後に書いた小説には、「昌子」と「鈴子」が登場して、「実際に私たちの間で交わされた遣り取りがほぼ忠実に再現されていた」。鈴子が主張しているのは、「再現」しながらも、昌子が現実とは異なる差異を小説に埋め込んだという点だ。疑い出すと切りがないとはいえ、それまでに昌子が書いた私小説風の短篇では、昌子、鈴子といった名とは異なる架空の名前に変えられて、二人が登場人物として描かれていた。小説全体を注意深く読んでいくと、昌子も鈴子も、はたして本当の名であるのかわからないし、短篇を書いたのが昌子ではなくて鈴子なのか、誰が作者で誰が読者なのか、完全に決定づけることが難しいあいまいさが最後まで残されることになる。

それでも、小説の言葉を媒介として、それぞれ、「あなた」という二人称を用いて互いに呼びかけあう、二人の登場人物、昌子と鈴子という「わたし（私）」が書きつける言葉は、相手への愛着と熱を確かにはらんでいる。わたしとあなたと、その間を行き来する小説の言葉は、物語と現実の間を接触させずにはいない。鈴子は、「帰って来い、昌子」と呼びかけ、昌子が帰ってきたら、「私たちは」「私たちの共作共演のゲームを」また始めるのだ、と宣言している。小説の言葉は、読者に呼びかけ、二人のあいだに「共作共演のゲーム」としての言葉のやりとりが継続する時空を夢想させ続けるだろう。

6 課題

基礎的課題一　「第四話　トリスティーン」の登場人物トリスティーン、グラディス、マグノリアが映画の一場面について抱く認識や解釈のあり方には、それぞれどのような批評性が現れているか、考察してください。

基礎的課題二　「第一話　オコジョ」のアーネスト、オコジョ（けだもの／猫）、サラの三者関係と、鈴子・小説・昌子の三者関係について整理し、その共通点と差異から、『裏ヴァージョン』に示される構造について分析してください。

発展的課題　別のフィクションを意図的に引用する形式をもった小説を探し、引用によって生成される具体的な効果について考察してください。

7 参考文献

岡真理「「二級読者」あるいは「読むこと」の正統性について」（『棗椰子の木陰で―第三世界フェミニズムと文学の力』青土社、二〇〇六）
小黒康正『水の女―トポスへの船路』（九州大学出版会、二〇一二）
河野哲也『境界の現象学―始原の海から流体の存在論へ』（筑摩選書、二〇一四）

ダイクストラ、ブラム／富士川義之ほか訳『倒錯の偶像―世紀末幻想としての女性悪』（パピルス、一九九四、原著一九八六）
バシュラール、ガストン／及川馥訳『水と夢』（法政大学出版局、二〇〇八、原著一九四二）
尹相仁『世紀末と漱石』（岩波書店、一九九四）
飯田祐子「関係を続ける―松浦理英子『裏ヴァージョン』」（『彼女たちの文学』名古屋大学出版会、二〇一六）
清水良典編『松浦理英子（現代女性作家読本5）』（鼎書房、二〇〇六）
吉田司雄「小説を書く／読む」（一柳廣孝・久米依子・内藤千珠子・吉田司雄編『文化のなかのテクスト』双文社出版、二〇〇五）

第七章

口絵・挿絵

もうひとつの〈本文〉

尾崎紅葉「多情多恨」

出口智之

1　本章で学ぶこと

文学研究とは、言語によって構成された作品を対象とし、それを執筆した作家主体と、社会やメディアといった周辺の状況の双方を見据えながら、言説にまつわるさまざまな問題を考究する学問である。

このような認識は、力点を置く角度に差こそあれ、専門の研究者から一般までおおむね広く共有されていると言えるだろう。だが、その背後にある、作品とは言語によって構成されたものだという基本的な前提は、実はかならずしも自明ではない。たとえば江戸の戯作者たちは、絵入りの作品を制作するに際し、まずは絵のほうの下絵（指示画）を描いてから、その空いたスペースに文章を埋めるという順序で稿本を作り、それを絵師と筆耕に回していた。そして、ほとんど知られていないことだが、この制作慣習は近代に入ってもしばらくは失われず、明治大正期の少なからぬ作家たちが、依然として自作に入る口絵や挿絵に指示を与えていたのである。

そのなかには、本文と絵がセットで読者に届くことを念頭に、協働的な効果を見込んで絵を指示した場合もあるし、逆に作家の執筆が滞り、絵と本文が齟齬する結果になった例もある。もちろん、特別な意図を持たず、いたって穏当に本文の場面を視覚化した例も数多い。だがいずれにしても、近代作家もまた絵に指示を出していたことの意味は軽くないはずで、それを一律に閑却し、当然のように本文だけが〈作品〉だとしてきた出版・研究上の問題は大きい。本章では、そうした従来の枠組みを捉えなおし、絵と本文の双方を視野に入れて作品に向きあう方法と、その可能性について学ぶ。

2　近代小説と口絵・挿絵

近代に入っても、作家たちが絵に指示を出していたことを示す資料は、けっして珍しいものではない。たとえば、坪内逍遥や尾崎紅葉らが描いて画人たちに与えた指示画が、現在では所蔵者の早稲田大学図書館のウェブサイトで一般公開されているし、紅葉の絵は別の一葉とともに、『紅葉全集』第一二巻（岩波書店、一九九五）にも転載されている。記事や書翰といった文献資料の数はさらに多く（注1）、画人の側でも絵師の武内桂舟が、「小説の口画となると本文は見た事がない」と明言した記事が知られている（注2）。そして、それらはいずれも、専門の研究者でさえ探しあてにくい無名の資料ではなく、頻繁に参照されるごく一般的なものばかりである。

にもかかわらず、近代作家も絵に指示していたという事実が看過され続けてきたのは、ひとえに文章こそが文学作品であるという観念が長く固定化してきたためだろう。その背景には、江戸戯作を除く多くの古典文学が文章のみで構成され、維新後に到来した西洋の文学もまたそうだったこと、近代作家が自身の業を文章に限定する方向に動いたこと、画人からの発言や資料が作家に比して圧倒的に少ないこと、また指示の存在を快く思わず公にしない画人もいたことなど、さまざまな要因が複合的に絡みあっていたと考えられる。結果、近年の研究であってもいまだ、口絵・挿絵は画人が完成した文学作品を読み、自由に描いたという前提に立脚したものが多い（注3）。文献等の整備が進み、当時の制作実態を示す資料がいくつも見つかりながら、なおこうした前提がくずれていないところに、その鞏固さと根深さがうかがわれる。

しかしながら、たとえば尾崎紅葉「多情多恨」（発表経緯は後述）や樋口一葉「ゆく雲」（『太陽』一八九五（明治二八）・五）といった作品について、作者の生前に発表された本文はすべて、作者自身が指示した絵とセットだったという事実は重要である。絵が略された文章だけの「多情多恨」「ゆく雲」とは、死後に編集や出版の都合で作られた、作者の関与しない別様の作品なのである。しかも、両者が絵を単なる添えものとして無頓着に指示するのではなく、絵にも一定の役割を持たせ、文章との協働で効果をあげようとしていたことを考えれば、それを省いた状態で作品が版行され、研究され続けていることは明らかに問題だろう。こと明治大正期の作品を扱う際には、まず当該作に絵が附されていなかったか、それは作者の指示によって描かれた可能性はないかといった確認からはじめねばならないのである。

本章を学ぶ基礎として把握しておきたいのは、以下の二点である。

○明治に入っても、作家が口絵・挿絵に指示を出す江戸以来の制作慣習は広く継続しており、それは徐々に失われながら、一部では昭和初期まで残っていた。ただし、その指示の形態は指示画まで描く場合、絵組と呼ばれる文章による指示のみの場合、原画や写真等の資料を与えるにとどまる場合など、さまざまである。

○絵画の制作と印刷は時間を要するため、特に雑誌掲載や新聞連載の場合、作者からの指示は起筆以前や直後などの早い段階で出されるのが一般的であり、したがって画人が完成した本文を読むことは原理的に不可能だった。既発表作品を収めた単行本においても、本文を読まず指示に従って描くだけの場合も少なくない。完成原稿を預け、絵師の創意によって自由に描かせた泉鏡花と鏑木清方のような形は例外的と見られ、これを一般的なモデルとすべきではない。

注

1　たとえば山田美妙は、裸体画論争で有名な「蝴蝶」(『国民之友』一八八九〈明治二二〉・一・二)の挿絵(渡辺省亭画)に関し、「蝴蝶の図案は主人(美妙自身、引用者注)が立てました」と明言している(「蝴蝶及び蝴蝶の図に就き学海先生と漣山人との評」、『国民之友』一八八九・二・二)。

2　武内桂舟「謦咳録　(二) 武内桂舟氏の談話」(『新小説』一八九八・一一)。

3　山田奈々子『増補改訂 木版口絵総覧』(文生書院、二〇一六)など。

3 作家紹介

尾崎紅葉（おざき・こうよう　本名は徳太郎）　一八六八（慶應三）年―一九〇三（明治三六）年。江戸の芝中門前町（現・東京都港区）に生まれる。東京大学予備門在学中の一八八五（明治一八）年、山田美妙・石橋思案・丸岡九華らと硯友社を結成、機関誌『我楽多文庫』を創刊して創作活動をはじめた。「二人比丘尼色懺悔」（吉岡書籍店、一八八九（明治二二））が出世作となり、この年入社した『読売新聞』をおもな活動の場として、「伽羅枕」「三人妻」「不言不語」「金色夜叉」などによって高い人気を博した。帝国大学中退。十千万堂の俳号で俳人としても一家をなし、新派俳壇の一角を担ったほか、後進の育成にもすぐれた力を発揮して、門下から泉鏡花・小栗風葉・徳田秋聲・柳川春葉・田山花袋らを輩出したが、胃癌を患って数え三七歳で他界した。

4 作品を読むための基本情報

「多情多恨」梗概

妻のお類を亡くしたばかりの鷲見柳之助は、悲嘆に暮れて日常生活にも支障が出るほどである。心配した友人の葉山誠哉は自邸への同居を勧めるが、気難しい柳之助は彼の妻お種がどうにも虫が好かず、厚意に感謝しながらも決断できない。一方、お類の母も彼の身を案じ、その妹お島を泊まりがけで世話に寄越すも、彼女にも馴染めなかった柳之助は無理に実家に帰らせ、ついに葉山宅への転居を決意するのだった。（前篇）

葉山のもとに移っても快々としていた柳之助は、いつしか無意識にお種に心惹かれはじめる。彼女は、時として度を超えた柳之助の行動を危ぶみながら、それも悲嘆ゆえに自分にすがるのだと解して許し、一方で柳之助は亡妻への思慕と痛哀とを意識するあまり、自身の感情の微細な変化に気づかない。だが、ついには夜中に悲しみが高じたとして、夫の出張中でひとり臥すお種の寝間を訪れるにおよび、葉山の父が帰宅した彼に柳之助を別居させるよう主張。疑いをかけられて一度は憤った柳之助だが、親の意を受け、情理をつくして頼む葉山の立場を慮ってこれを承諾、移った先の床の間には、お類の肖像画と、息子を連れたお種の写真とが掛けてあるのだった。（後篇）

作品の成立

前篇八四回は一八九六（明治二九）年二月二六日から六月一二日まで、後篇六四回は同年九月一日から一二月九日まで、いずれも『読売新聞』に連載された。

『読売』は一八七四（明治七）年の創刊以来、長く挿絵を用いず、したがって紅葉にも絵入りの連載はなかった。その方針を日清戦争期に転換、文芸欄では紅葉・花袋合作「笛吹川」（中江玉桂画、一八九五（明治二八）・五・一～七・一七）が本格的な絵入り連載小説の嚆矢となった。これについては勝本清一郎に、紅葉自筆の指示画を所蔵していたとの証言がある（注1、現存未確認）。その挿絵は、浮世絵風の人物を中心に描く他紙とは異なり、人物を排して関連する小物や風景だけで画面を構成する俳画のような趣を特徴とし、鏑木清方は仲間うちで「留守もやう」と呼んでいたと回想している（注2）。

本作は、これと「青葡萄」（中江玉桂画、同・九・一六～一一・一）に続く、紅葉の絵入り連載小説第三作にあたる。ただし、全回絵入りだった前二作とは異なり、挿絵が用いられたのは前篇の断続的な計二九回分にとどまる。落款を欠くため絵師は不明だが、引き続き「留守もやう」の様式が採用されていることや、後述するように作品の内容に立ち入った絵が存在することから、やはり紅葉自身の指示によると推定される。

「多情多恨」は連載完結の翌年、一八九七（明治三〇）年七月に、前後篇をあわせた単行本が春陽堂から刊行された。その際、初出の挿絵は収録されず、二〇名もの画人による二六葉の挿絵が新たに描きおろされている。このうち、尾形月耕「お客の災難」と寺崎広業「寐覚の盃」のために描かれた指示画が伝わり、『紅葉全集』第一二巻（前掲）に収められている。ほかの挿絵も紅葉の指示にもとづいて描かれた可能性が高く、かつこれが作家の生前最終版となったため、初出・単行本のいずれにおいても、本作は絵と文章のセットで構想された作品なのであった。

注

1 柳田泉・勝本清一郎・猪野謙二編『座談会　明治・大正文学史2』（岩波現代文庫、二〇〇〇）。

2 鏑木清方『こしかたの記』（中央公論美術出版、一九五一）。

本文

引用1

「如何《どう》かならんかな。僕はもう堪らぬ、不愉快で。這麼《こんな》不愉快な事は無い。如何しても慰められん不愉快だ。僕は今迄は甚麼《どんな》不愉快な事があつても、妻《さい》の為に慰められたのだ。僕は其妻を亡《うしな》つて了《しま》つた。今朝墓詣《はかまゐり》をしたのだ。実に、君、夢だね、赤土の土饅頭《どまんぢう》に一本の墓標が立つとるばかりで、雨が寂しく降つとるのだ。君、之《これ》を見てくれたまへ。」／例の絹の手巾《ハンカチーフ》で半面を掩《おさ》へながら、柳之助は本箱の上にある雲州焼の小さな瓢形《ふくべがた》の一輪挿を指《ゆびさ》す。葉山は見た。しみたれた山茶花《さゞんくわ》の半開《はんびらき》が一輪横向になつて挿してある。／

「君、是だよ。」／と柳之助は炬燵《こたつ》から這出《はひで》て、横向になつてゐるのを正面に正《なほ》さうとしたが、枝が曲《くね》つてゐ

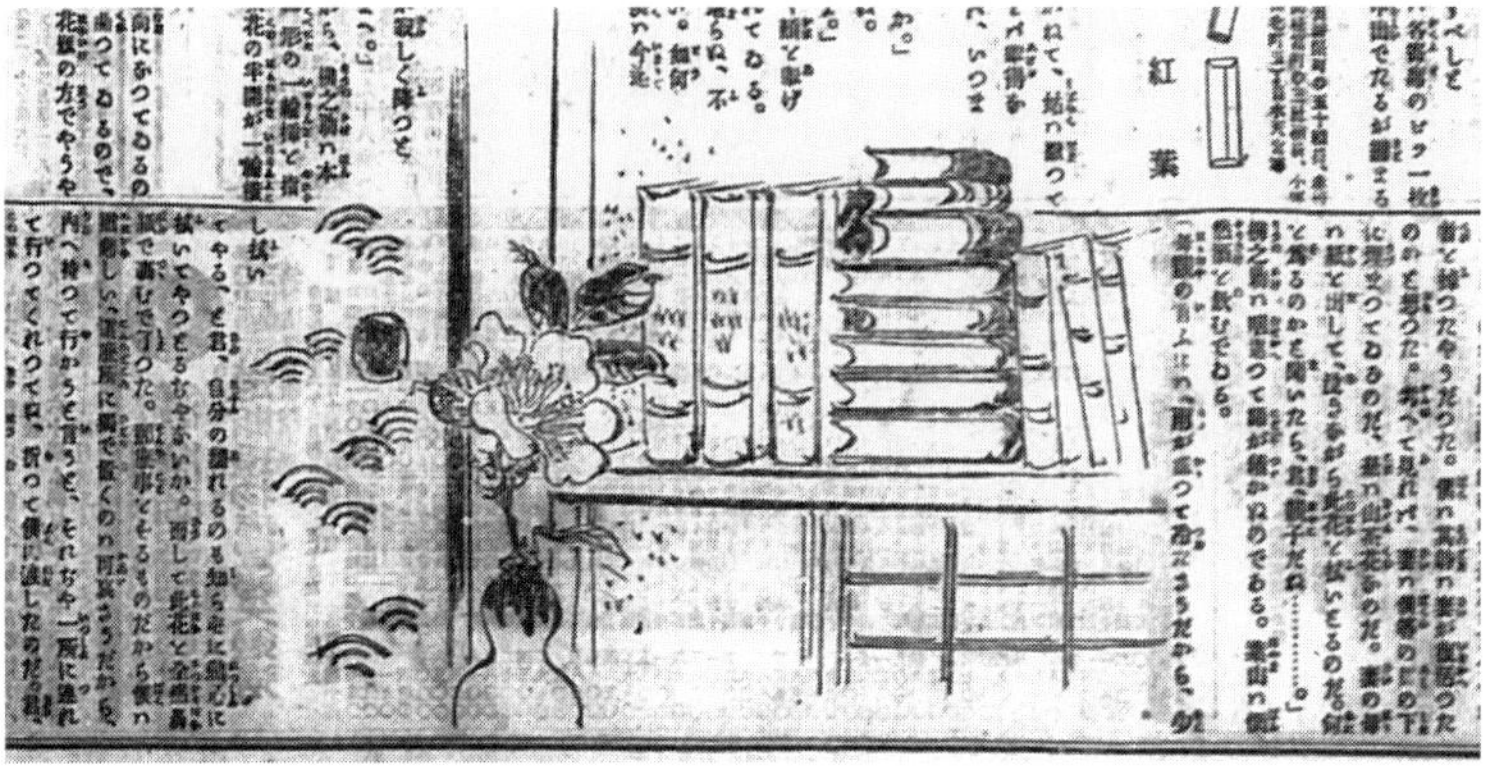

図1　『読売』明治29年3月5日挿絵（国立国会図書館蔵）

るので、如何しても外方《そつぽう》へ振つて了《しま》ふ。花瓶《はないけ》の方でやうやう塩梅《あんばい》をして此方《こちら》を向かせて、／「この山茶花だよ、好《い》いだらう。」／何が好いのだか、葉山には少しも解らぬ。／「君、好いだらう、好いと言つてやつてくれ給へ。」／「又思出したのかい。」／困り果てた所為事無《せうことな》しに葉山は麦酒《ビール》を飲む。／「妻は一体賑《にぎや》かなのが好きだつたに、寂しい森の中で雨に降られて、唯《たつた》一人埋《うづ》まつとるぢやないか。僕は実に胸が一杯になつて如何することも出来んだつた。而《さう》すると、姻家《さと》の母がね、此花を見付けて僕に教へたのだ。垣の隅を見ると、此花が唯一朶《たつたひとつ》咲いとるのだね、君、其木に唯一朶《たつたひとつ》なのだよ。母が言ふには、是は類の魂だ。類の思《おもひ》が遺つて花になつて咲いたのだ。類の大好の長襦袢には山茶花の摸様が着いてをつたから、是は類の魂に違無い、と言つて泣くのだ。僕も見ると、丁度此方《ちやうどこつち》を向いて此花が咲いとるのだ。変な事を言ふやうだけれど、其時は此花が実際類の顔に見えたよ。風が来て動くのが、類が薬を飲むのは否《いや》だと言つてね、首を掉《ふ》つたやうだつた。僕は其時は妻が復活《いきかへ》つたのかと想つた。（中略）這麼所《こんな》で独《ひとり》で置くのは可哀《かあい》さうだから、内へ持つて行かうと言うと、それぢや一所《いつしよ》に連れて行つて

くれつてね、折つて僕に渡したのだ。君、此花だよ、あゝ、君の方を向いとるよ。」／柳之助は壁に頭《かしら》を推《お》当《あ》てゝ泣出した。余り愚痴とは思ひながら、しみ〴〵哀《あはれ》に掻口説《かきくど》かれて、葉山も誘はれ気味の稍《やゝ》胸逼《せま》る。

（初出（二）の五）

引用2

此時気が着いて見ると、鉄瓶が架けてあつて、湯がチン〳〵沸いてゐる。／もう三時だと言ふのに、恁《かう》して火を熾《おこ》して、湯が沸いてゐる、何の為であらう。葉山は夜中に起きて茶でも飲むのか知らぬ。葉山は随分種々な事を識つて居つて、種々《いろいろ》な事を為る男だから、是も亦自《またおのづか》ら用うる所が有るのであらう。今に聞いて見やう、と自分は燈《あかり》をさへ消して寝るのに、湯が沸《わか》してあるには、何の為かは知らねど、その用意に驚きながら、冷たいと痛いで痺れる手を鉄瓶の胴に摩擦《こすりつ》けて、葉山の起きて来るのを待つてゐたのである。（中略）今夜のお種は信《まこと》に静淑《しめやか》に、弱々とした所も見えて、不相変《あひかはらず》愛嬌も世事気も無いが、更に憎むべしとも覚えぬまでに、女らしく可憐《あはれ》であつた。其所為《せゐ》か又美しくも見えた。固《もと》より醜い容色《きりやう》ではない、人に依つたら軽々しく美人と言ふかも知れぬ、色も白し、目鼻立も揃つてはゐる、が、自分は決して美しいなどゝは思はなかつたのが、今夜は左も右《とかく》も美しいと可《ゆる》されたのである。／何故に然《さう》まで変つて見えたのかは、柳之助も自分ながら解らぬ。洗晒《あらひざら》した小豆色のフランネルの

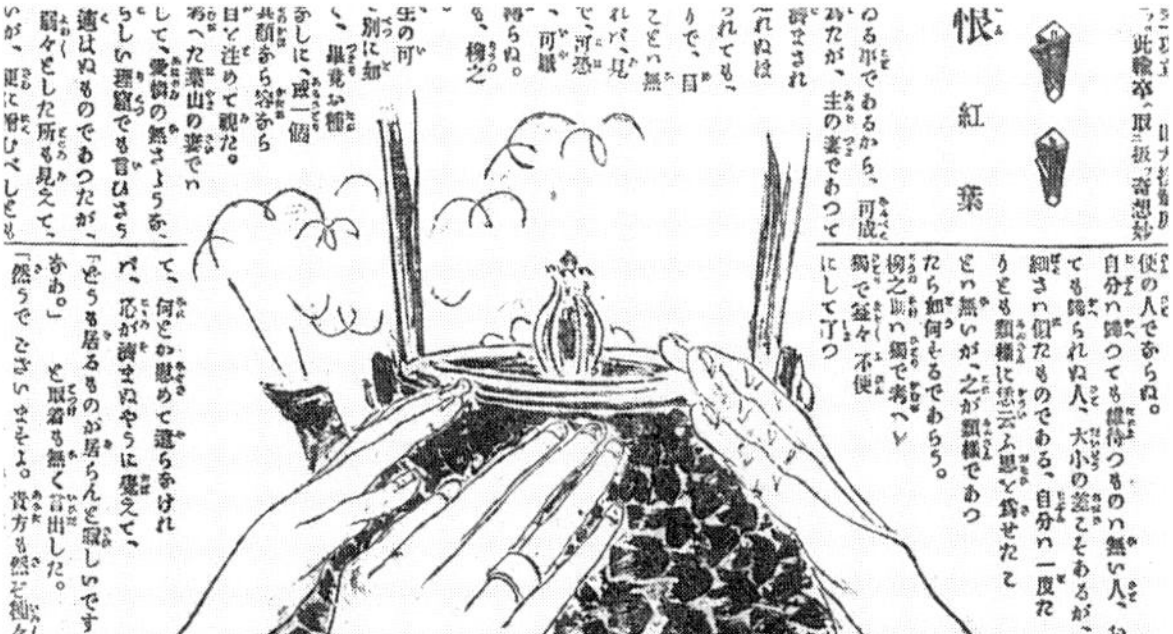

図2　『読売』明治29年5月25日挿絵（国立国会図書館蔵）

単衣《ひとへもの》に襟を懸けた縞の布子を重ねて、紫太織《むらさきふとり》の細帯を緊《し》めて、寝乱れた襟は寛《はだ》け勝《がち》に胸の白いのが覗かれる。天神の鬢《びん》が少しく綻《ほつ》れて萎《な》えたやうな肩状《かたつき》をして、何処と無く取締《とりしまり》無く、寒さうにしてゐる姿に、夜闌《よふけ》の燈《あかり》の射した所は、格別好く見えたのである。（中略）お種は寂しげに笑《えみ》を洩して、指輪を拈《ひね》りながら微《わづか》に俯《うつむ》く。／極《きまり》の悪い時、言出し難《にく》い時、指輪を拈りながら其を瞶《みつ》めるのは、お類の癖であつた。其の謂はれぬ可愛らしい様子をば、葉山の妻に見せられやうとは、甚麼《どんな》事にも思設けなかつたから、柳之助は殆ど其人のお種であることも、恐くは自分の柳之助なることも忘れて、心《むね》のみ怪しげに衝跳《ときめ》いた。

（初出（十）の二・五・六）

引用3

程無く三人（お類の母・妹お島・老婢お元―出口注）繋《つなが》つて推寄《おしよ》せたりと云ふ勢で昇《あが》つて来たが、いづれも効々《かひがひ》しい襷懸《たすきがけ》の手《て》拭冠《ぬぐひかぶり》、箒に払塵《はたき》、バケツトに雑巾、塵取等《ちりとりなんど》の得物を面々用意して、先《まづ》戸棚を始めて、座敷中の道具を順繰《じゆんぐり》に椽《えん》へ運出《はこびだ》して、煤掃《すゝはき》ほどの掃除を始めたのである。／四辺《そこら》に出てゐるお類の筐《かたみ》のやうなものは尽《ことごと》く取片附《とりかたづ》けて、従来《これまで》老婢《としより》の手の届かなかつた不潔《ぢゝむさ》をば刮去《こそげ》るやうに奇麗にして、天井裏も払へば、畳も拭く、散かして在つた道具を秩序《きまり》好く据直《すゑなほ》

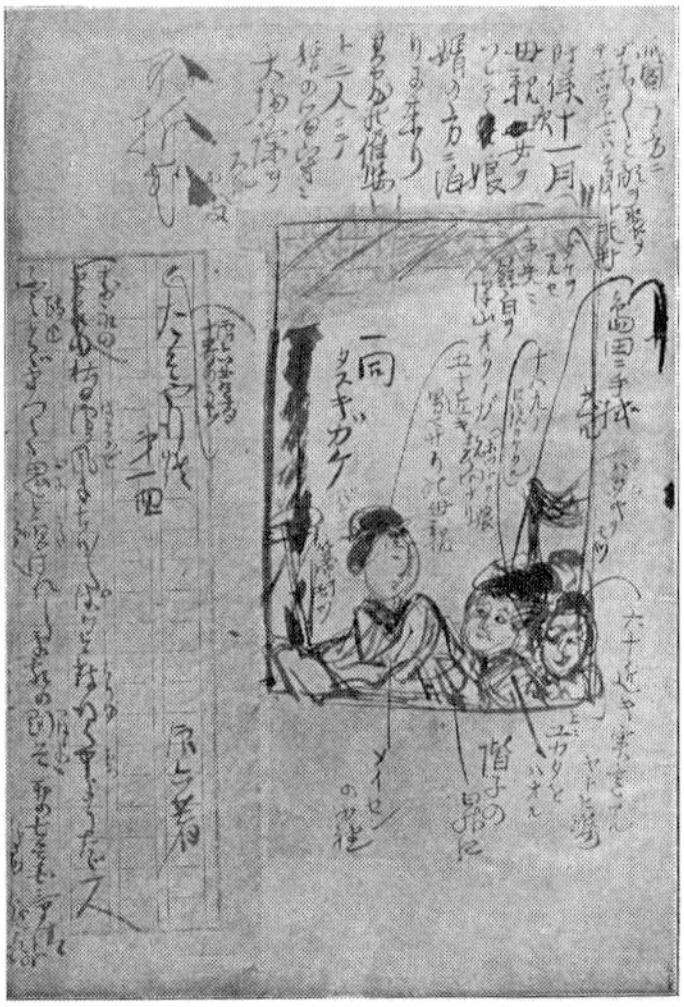
図3　尾崎紅葉の指示画
（『新小説』明治30年5月、立教大学図書館本）

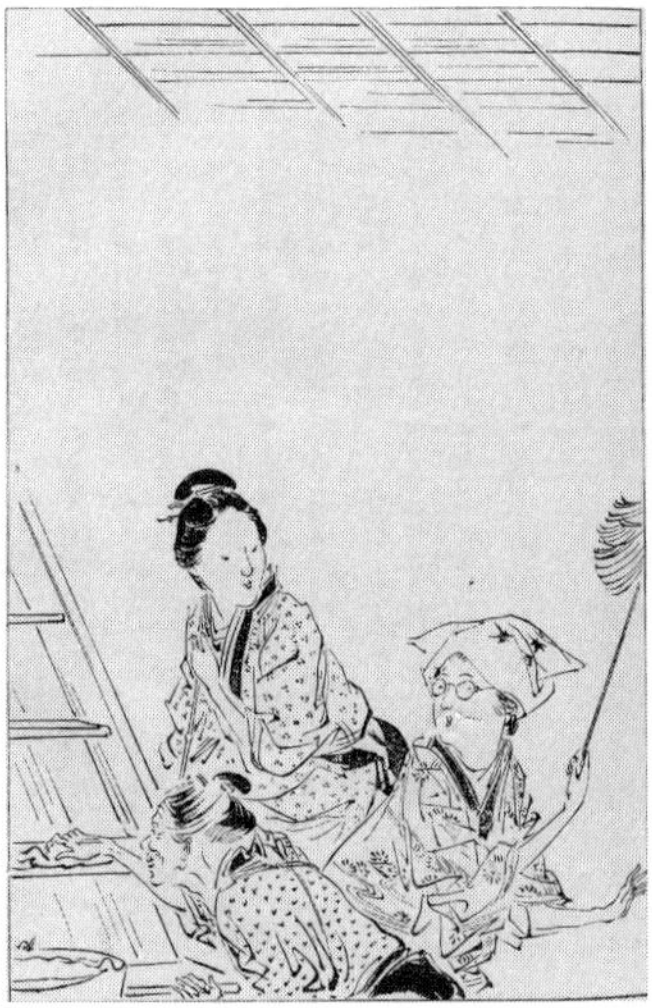
図4　尾形月耕画「お客の災難」
（東京大学総合図書館本）

して、障子の硝子《ガラス》を磨いて、次《ついで》に火鉢の灰も篩《ふる》つて、午《ひる》まで係つて三人とも委靡《ぐつたり》して、（中略）もう帰るか、もう帰るか、と（湯に行った三人を―出口注）待つ間《ま》を独兀然《ひとりまんじり》としてゐると、一旦蒸発したものが忽《たちま》ち集合して、又胸が苦しく塞《ふさ》がる。／這麼《こんな》に家《うち》を奇麗にした所を類さんに見せて、喜ぶ所が見たい。此家には限らぬ、甚麼《どんな》物が有つても、甚麼《どんな》事を為ても、自分一人が喜ぶだけでは、一向張合《はりあひ》は無い。類さんに喜むでもらふのが自分の一種の喜《よろこび》である。愁《つら》い事がある、類さんが傍《そば》から慰めてくれる！　楽みな事がある、類さんが一所《いつしよ》に喜むでくれる！　であるから何を為《す》る効《かひ》もあつたのだ。今では其張合を失つて了《しま》つた。吁《あゝ》、寂しい、心細い！　渺々《びようびよう》たる太洋に唯独《たゞひとり》泛《うか》むでゐるやうなものだ。世間に人は多いけれど、其は浪のやうなもので、決して頼《たのみ》にはならぬ。頼になる人は死で了つたのだ。／情無い、情無い！　生きてゐたらばと思ふと、身も世もあられぬほど恋しくなつて、コートの内衣兜《うちがくし》から急に紙包の写真を出して、づらりと四枚畳の上に並べて、片手を支《つ》いて、眤《ぢツ》と眺めてゐたが、軈《やが》て束髪の一枚を取挙げて、生けるが如く接吻《キツス》をすると、涙がほつたりと写真の横顔を霑《ぬら》した。

（単行本（前篇）第五章）

＊単行本の前半部については、巻末のみに「多情多恨　前編終」とあり、「後篇」に対応する「前篇」の記述はない。

引用4

思切つてラムプを吹消して夜着を引被《ひきかぶ》つたが、未だ目は冴えて転側《ねがへり》ばかりしてゐると、旋《やが》て階子《はしご》を昂《あが》つて来る音。／枕を欹《そばだ》てゝ待つてゐれば、又お種が、片手にラムプ、片手に台付のコツプを載せた銀鍍《ぎんめつき》の西洋盆を持つて、小腋に壜を抱へて、入つて来たが、燈《あかり》が消してあるので、／「おや、もうお寝《やす》みなすつたのですか。」／「いや、未《まだ》です。」と柳之助は頭を擡《もた》げる。／「葡萄酒を持つて参りましたから、之を一盃《ひとつ》あがつてお寐《やす》みなさいまし。」／「それは故々《わざわざ》……。」と起回《おきかへ》らうとすれば、／「然《さ》う為すつてゐらつしやい。」と一盃注いで盆を差寄せる。柳之助は腹這《はらばひ》になつたまゝで会釈をしたが、其時彼は一種異様の所感《かんじ》を起して、胸の内が漲《みなぎ》るやうに覚えた。先《まづ》一口に其半《なかば》を尽して、緩《ゆるやか》に息を継いで、旋《やが》て飲乾《のみほ》して了ふと、お種は待構へて、／「もう一盃《ひとつ》召上れ。」／「はあ。」とコツプを出せば溢れるほど注《つが》れて、彼は直《すぐ》に口を着けたが、其吃余《のみかけ》を楽しさうに燈《あかり》に翳《かざ》して子供らしく眺めてゐた。又一口飲むとコツプを盆の上に置いて、言難《いひにく》さうに少く笑ひかけて、／「妙ですな、恬《かう》して居ると何だか妻が居るやうな心地《こゝろもち》が為るです。失敬ですけれど貴方が妻のやうに思はれるです、大変それで酒が旨いです。」／「多度《たんと》召上れ。」／柳之助は嬉しげに、／「飲みますよ！　もう一盃下さい、是で三盃。あゝ酔つた。然《しか》し這麼《こんな》に愉快な事はありません。毎《いつ》でも酒を飲むと恬《か》う愉快になれるなら、毎日飲むですけれど、今晩のやうな事は実際有りませんものな。」

（単行本後篇第五章）

図5　尾崎紅葉の指示画
（早稲田大学図書館蔵）

図6　寺崎広業画「寐覚の盃」
（東京大学総合図書館本）

5　本文・挿絵の解釈と考察

引用1は、嘆き悲しむ柳之助を心配して葉山が見舞いに訪れた、物語序盤の場面である。柳之助は心許した親友を相手に、亡妻お類への思慕と、その早世を恨む心のたけを涙ながらに訴え、義母との墓参のおりに見出した山茶花をお類だと思って挿したと語る。当該本文とあわせ、初出（二）の五に入れられた掲示の挿絵（図1）は、その山茶花を本棚の前に配する形で描いている。

現在から見るといかにも自然に思われるこの挿絵は、同時代にあってはかなり斬新な趣向であった。たとえば、この時期の『東京朝日新聞』を見ると、半井桃水「お菰様」（明治二九・二・五〜三・十八）に、右田年英が従来どおりの浮世絵風の挿絵を描いていた。そうしたスタイルにならうなら、この場面の挿絵も当然、山茶花の前で涙を拭う柳之助と、対坐する葉山とを中心に大きく描いていたはずである。ところが、本作初出時の挿絵は一貫して人物を画面から排しており、清方の言う「留守もやう」の発想が受継がれている。

本文を見てみよう。墓参のおり、山茶花を見つけて「是は類の魂だ」と言い出したのは義母であったが、「此花が実際類の顔に見えた」とし、「あゝ、君の方を向いとるよ」と泣く柳之助もまた、それをお類の象徴と捉えていることは明らかである。だとすれば、彼がその山茶花を「正面に正《なほ》さう」としながら思うに任せず、「花瓶《はないけ》の方でやうやう塩梅を」せねばならなかったことは、彼の思いでも動かせなかった非情な運命や、それを受け止めかねている柳之助の身もだえの暗喩とも受け取れるだろう。ところが、葉山は柳之助の悲哀にこそ同情をそそぐものの、当の花はあくまで「しみたれた山茶花」にすぎず、それがお類の顔に見えることはけっしてないのである。

こうした本文の内容をふまえると、この挿絵は柳之助・葉山・読者という三者三様の視線を照らし出す位置にある。幽霊画のような描法で亡妻お類の姿を重ねるのではなく、あくまで山茶花しか描かないところに葉山の見る現実が存在するが、一方で柳之助の心情に寄り添うなら、亡きお類がいまだ大きな存在感を持って部屋の一隅を占めていることを如実に示している。そして読者の視点に立てば、山茶花の横に積まれた洋書を、教師である柳之助の象徴と解することは難しくない。本文では一輪挿しが「本箱の上にある」とされる一方、挿絵では山茶花と本が寄り添うように配置された相違を見逃すべきではなく、この絵は在りし日の仲むつまじい二人の姿を暗示しているようである。

「多情多恨」初出時の挿絵が、しばしばこうした象徴性を帯びていたことに照らせば、引用2の挿絵（図2）は重要である。これは前篇の終盤、まだ葉山宅に転居する前の柳之助が、冬の深夜二時すぎに彼の家を訪れた第十章の場面である。あいにくこの夜は葉山が帰宅していなかったため、すでに就蓐していたお種ひとりが起き出して迎え、鉄瓶の湯で茶を淹れてもてなす。ところが、柳之助には実は何の用もなく、夜中に目覚めた寂しさから来る気もなしに来たにすぎず、しばらくお種と対坐して帰っていったのだった。

以上がこの場面の概略だが、初出（十）の五の挿絵には、沸き立って湯気を噴く鉄瓶にあてられた二人の手が描かれている。しかし、実際にこのようなことをすれば、たちまち火傷することは間違いない。本文にはたしかに、柳之助が「冷たいと痛いで痺れる手を鉄瓶の胴に摩擦《こすりつ》け」たとあるが、これはあくまで寒中を歩いてきた彼が、その冷たい手を鉄瓶でこするようにして温めたにすぎない。描かれたような密着は明らかに不自然だし、またお種もそうしたという記述はなく、この絵は本文の視覚的な再現にはなっていないのである。

おそらくこの絵は、次第に危うい水域に入ってゆく、二人の関係の暗喩であった。お種は、非常識な柳之助の訪問を断ることも、別な形で対応することもできたはずだが、結局「寝衣《ねまき》に羽織」という「肌薄《はだうす》」のまま、二人ですごすことを選択する。おそらくは彼女の気遣いから出たこの行動が、しかし結果的に柳之助の思いを掻き立てていることは間違いない。お種を「寝乱れた襟は寛《はだ》け勝《がち》に胸の白いのが覗かれる」と眼差す柳之助の視線は、明らかに性的な色彩を帯びているし、彼女が亡妻同様に指輪をひねるのを見て「心《むね》のみ怪しげに衝跳《ときめ》いた」という記述は、柳之助の胸中に萌しはじめた思いを示している。
このように、当夜の出来事はやがて柳之助が葉山宅に転居したあと、後篇で描かれる心理的ドラマへとつながる、重要な契機となっていた。もちろん、結果的に見れば、この夜二人の間には何事も起こってはいない。だが、連載進行中の読者にとっては、両者の関係の推移は目を離せない興味の中心だったはずだし、そのサスペンスが後篇の駆動力となってゆくこともまたたしかである。すなわち、いかにも危うそうなこの絵は、連載を読む読者たちの興味をいざないながら、同時に以後の作品の中核となってゆくモチーフを暗に指し示す、すぐれた挿絵と言えるだろう。

引用3は、物語としては引用2より遡った前篇第五章、お類の母と妹のお島が柳之助の家に風を入れるべく、老婢と三人で大掃除をする場面である。仕事から帰宅した彼は綺麗な家中に驚き、喜ぶとともに胸底の沈鬱をやや散じたが、それでも寂しさは払拭されないのだった。掲示した図版は、単行本『多情多恨』に入れられた尾形月耕の挿絵（図4）と、もとになった紅葉自筆の指示画（図3）である。本作の本文は、初出と単行本との間に細かな異同があるため、ここでは挿絵にあわせて単行本から引用した。
まずは月耕の挿絵から見ると、描かれているのは掃除する三人の女たちで、本文との内容的な齟齬はない。ここで注目すべきは、絵の中央に設けられた大きな空白である。実はこの空白は、紅葉が特に指示して確保させたものだった。指示画の右上から中央にかけて、次のようにある。

此図下方ニゴチヤ〳〵と顔ヲ聚メテシマツテ上ニハチヨイト天井ダケヲ見セ中央ニ余白ヲ沢山オクノガ趣向ナリ

ほかに時候や人物、年恰好、性格、場面の情況などが略記されているが、これは連載完結後の単行本化であっても、絵師が本文を読まない可能性が低くなかったことを物語っている。かりに絵師が本文を読むのが当然だったなら、該当の章と人物名だけ記しておけば十分だからである。そのことを確認したうえで、紅葉が人物の心情などは何も記さず、ただ余白の確保だけを指示していることに注目したい。たしかに、このように念を押しておかないと、人物が中央に寄せて大きく描かれる可能性が高いとはいえ、見かたによっては不自然とさえ思われるこの空白は、なぜ確保されねばならなかったのか。

鍵となるのは、帰宅した柳之助の心情である。一度は気を散じた彼だが、しかしすぐに亡妻のことを思い出し、心寂しさに落涙する。すなわち、三人の女たちの献身的な働きも、お類を失った柳之助とこの家とが抱え込んだ空虚は埋められなかったのであり、中央の空白はその暗示と解せるだろう。加えてこの絵には、「下方ニゴチヤ〳〵」集められている彼女たちの限界、あるいは「チヨイト」見せられた天井によって示唆される、階上に起居する柳之助との心理的距離といった、この場面のさまざまなモチーフや力学、関係性なども浮びあがっているのである。

月耕の挿絵は、あえて空白を設けることで柳之助の胸中の空虚を示していたわけだが、描かれた事物の周囲の領域に本文の伝えるドラマが埋め込まれているとは、どこか江戸の草双紙の発想を継いでいるようである。というのも、近代の絵入り新聞小説のルーツとなった合巻は、まさに絵の周囲の余白に文字が書き記される形で版面が構成されていたからである。そうした視点に立つならば、引用4に挿入された寺崎広業の挿絵（図6）において、人物の周囲が黒々とした闇で塗りつぶされていることは興味深い。この闇もまた、紅葉が指示画（図5）に「人物ヲヤヽ小ブリ●〔ニ〕カキテ周囲の闇ニテ引立タセル」と記し、月耕作の余白同様に確保を指示していたものであった。

引用4は、柳之助が葉山宅の二階に住むようになって以降の、ある夜の場面である。深夜、彼が自室でひとり泣いているのに気づいたお種は、寝酒として葡萄酒をふるまう。勧められて、夜着に横臥したまま酌を受けた柳之助は、四時近くまで気持ちよく盃を重ねたのだった。挿絵に描かれているのは、葡萄酒の瓶・グラスとランプを手に、昇り段をあがってきたお種の姿である。

引用部の直前では、柳之助が泣き腫らした目で悲しみを切々と訴えており、その思いが亡妻のもとにあることは間違いない。だが、彼はランプのわずかな明かりのなかで、伏したままお種から葡萄酒を注がれ、「一種異様の所感《かんじ》」とともに胸中の昂ぶりを覚える。そして、いつしか悲しみを忘れるばかりか、お種を「妻のやうに」思うとまで言い、「愉快」に酒を飲むのであった。この心情の変化は、引用2のモチーフを引き受けるとともに、やがて彼がお種のひとり寝する寝間に忍んでゆく、後篇第九章への接続を準備している。

もちろん、柳之助はいまだお種を異性としてはっきり意識してはおらず、その行動も下心あってのことではない。彼の心はつねに、亡妻のいない寂しさと孤独とにとらわれているのだが、その一方で自分でも気づかないまま、お種への好意を強めていることもまたたしかであり、読者にはその微細な心の変化が言動の端々から読み取れる。そうした読解をふまえれば、お種の姿を闇で引き立たせよとの紅葉の指示も理解できよう。ここに描かれているのは、柳之助が見て胸をさざめかせた彼女の相貌にほかならず、その闇が濃ければ濃いほど、そしてお種が白く浮かべば浮かぶほど、彼の感情の動きと、二人が置かれた状況の危うさが際立つからである。

加えて言えば、この闇は月耕の絵の空白と同様、本文が伝えるさまざまなモチーフとも呼応している。たとえば、闇の向こうで寝静まる葉山と家人たちの存在や、暗い部屋でお類の肖像画を目にしたお種の恐怖、柳之助の胸中に湧き起こった穏やかならぬ思いなど、そこに秘められたドラマは数多い。すなわち、紅葉はここでも、人物の心情や関係といった重要なテーマは略し、ただ闇の確保を指示することによって、本文と挿絵の効果的な分業を達成しようとしていたと考えられる。以上のように、紅葉は単なる本文の視覚的な再現ではなく、しかし人物の複雑な心理を表現しようとして本文に干渉するのでもない、新しい形の挿絵を模索していたのであり、それが江戸時代から継いだ発想と制作慣習によって行われているところに、明治の作家としての彼の面白さが存しているのである。

なお、本書ではくずし字の翻字に関する章が設けられていないので、ひとこと附言しておく。本章で扱ったような自筆資料のほか、口絵・挿絵の讃や、または歴史小説執筆の際に参照された和書・古文書の類など、近現代文学研究でも毛筆による連綿体の翻字が必要となる機会は少なくない。ペン書きの資料であっても、墨書を学んだ世代の筆者はしばしば毛筆に準じた書体を用い、そのなかには楷書とはまるで違う形になる文字もあるため、単に書き癖だけの問題と考えていると基本的な読み誤りが生じかねない。実際、各種資料集や展示解説などに、不注意による誤りとは思えない未読（翻字できなかった文字）や誤翻が含まれることは、残念ながらきわめて多い。研究手法によっては不要な場合もあるが、文学研究の主要な対象が文字テキストである以上、字が読めることとは根幹となる能力の一つであり、ぜひ積極的にくずし字の翻字を学んでほしい。

6　課題

基礎的課題一　引用1・2に掲示した初出時の挿絵は、いずれも本文の記述とは若干異なった内容を描いている。これによって、どのような意味や効果が生まれるか、考えてください。

基礎的課題二　尾崎紅葉は単行本『多情多恨』の挿絵に関する絵師への指示において、人物の年恰好や服装などは細かに注記する一方、具体的な容貌や内面の心情にはふれなかった。そこにはどういった理由が想定されるか、考えてください。

発展的課題　引用1の場面について、単行本では渡辺省亭が「長襦袢の摸様」と題し、初出とは異なった図案で山茶花を描いている。これを初出時の挿絵と比較し、表現上の効果や生成する意味の違いについて述べてください。なお、省亭の挿絵については、国文学研究資料館のホームページ上、「近代書誌・近代画像データベース」で単行本『多情多恨』の全ページが公開されているほか、『紅葉全集』第六巻（岩波書店、一九九三）にも掲載されている。

7　参考文献

岩切信一郎『明治版画史』（吉川弘文館、二〇〇九）
出口智之「明治中期における口絵・挿絵の諸問題―小説作者は絵画にどう関わったか」（『湘南文学』二〇一四・一一）
平井華恵「坪内逍遙『牧の方』の渡邉省亭口絵―明治中期の文芸書における作意と画家」（『語文』二〇一七・六）
出口智之「挿絵無用論と明治中期の絵入り新聞小説―饗庭篁村「小町娘」・尾崎紅葉「笛吹川」「青葡萄」の挿絵」（『日本文学研究ジャーナル』二〇一九・三）
出口智之「尾崎紅葉「金色夜叉」の挿絵―『読売新聞』における絵入り小説の挑戦」（『湘南文学』二〇二〇・三）
出口智之「尾崎紅葉「多情多恨」の挿絵戦略―自筆の指示画から考える画文学」（『国語と国文学』二〇二〇・五）
出口智之『画文学への招待―口絵・挿絵から考える明治文化』（Humanities Center Booklet Vol.12、二〇二一）
日本近代文学館編・出口智之責任編集『明治文学の彩り―口絵・挿絵の世界』（春陽堂書店、二〇二二）

第八章　インターテクスチュアリティとアダプテーション

言説のネットワーク

大岡昇平『武蔵野夫人』

川崎賢子

1　本章で学ぶこと

無から有は生まれない。先行するテクストを読み、対話し、言葉を身体化し、身体を言語化し、世界への応答のしるしとして次なるテクストが生み出される。文学表現の、外在する歴史の動向からの自律と相関の側面は、先行するテクストとの対話の内にある。

テクストが新しい書き手によって引用され、言及され、ふまえられる場合には、書き手の批評的態度に応じて、讃辞（オマージュ）として権威が再生産されたり、権威の剥奪・逆転（パロディ）として意味が再生産されたりもする。生み出されたテクストが、また新たな読者を得て、言説のネットワークを再編する。

本章ではそうした事例として、大岡昇平「武蔵野夫人」の成立に関わるインターテクスチュアリティと、メディアを横断し、舞台化され映画化され、その過程であらわになった批評性について、考察する。

2　インターテクスチュアリティとアダプテーションの批評意識

インターテクスチュアリティ（intertextuality：間テクスト性、テクスト間相互関連性）について、読書行為とは読者とテクストの無媒介な対話ではなく、（再）構築されつつ機能する読解のコードを介した、作者と読者との間主観的ないとなみであると、ジュリア・クリステヴァ『テクストとしての小説』は指摘した。以後インターテクスチュアリティは、狭義において、引用、吸収、つくりかえなどの文学テクスト間の相互交渉（『現代の批評理論』第二巻）を、広義においては文学テクストと「文化のテクスト」ないし「非言語テクスト」との交渉（前田愛『文学テクスト入門』）を指すことになる。

さらに、文学と隣接諸メディアとりわけ映画、演劇との交渉への関心が、アダプテーション（adaptation：翻案）の研究を要請した。

リンダ・ハッチオン『アダプテーションの理論』は、アダプテーションを「翻案元作品との広範な間テクスト的繋がり」と定義する。つまり第一に〈形ある物体あるいはプロダクト〉として「特定の作品の公表された包括的な置換」であり、第二に〈製作のプロセス〉として翻案行為には「（再）解釈と（再）創造」の両方が含まれる。第三に〈受容のプロセス〉という観点からみると、「アダプテーションはインターテクスチュアリティの一形態」ということになる。ハッチオンはまた、受容者はアダプテーションを、他作品の記憶を呼び起こすパリンプセストとして体験する、と述べる。「パリンプセスト（Palimpsest：フランス語ではパランプセスト）」とは、羊皮紙の写本に書かれた記号を消して上書きしたものを指す。これを、あるテクストはつねに他のテクストを隠しもつとして、上書き的な二重化（多重化）を読むこと、読むことの二次性（二重性）の考察におもむいたのが、ジェラール・ジュネットであり、ハッチオンもそれをふまえている。

3　作家紹介

© 新潮社

大岡昇平（おおおか・しょうへい）一九〇九年―一九八八年。東京市牛込区（現・新宿区）に生まれる。旧制成城高等学校在学中に家庭教師の小林秀雄に学び、中原中也を知る。京都帝国大学文学部に進学し、中原、河上徹太郎と同人誌『白痴群』を刊行する。卒業後、スタンダール研究に力を注ぎ、アラン『スタンダアル』（創元社、一九三九）、スタンダール『ハイドン』（創元社、一九四一）、アルベール・ティボーデ『スタンダール伝』（青木書店、一九四二）、バルザック『スタンダール論』（小学館、一九四四）をあいついで訳出する。一九四四年に応召し、翌年米軍の捕虜となりフィリピンのレイテ島で敗戦を迎える。一九四五年一二月に引揚。『俘虜記』（創元社、一九四八）、『野火』（創元社、一九五二）。一九五三年にロックフェラー財団の招聘に応じて渡米した。

4　作品を読むための基本情報

『武蔵野夫人』梗概

中央線国分寺駅と武蔵小金井駅の南側、野川という古代多摩川の名残川と湧水に恵まれた「はけ」と呼ばれる窪地に、官吏宮地信三郎は家を築いた。娘の道子はフランス文学者秋山忠雄に望まれて結婚した。空襲で焼け出され宮地老人のはけの家に転がりこんだ秋山と道子だが、戦後の経済状況の変化から秋山と宮地の力関係は逆転する。秋山と道子の関係は、隣家に居を構えた、宮地老人の亡妻の甥である大野英治との家族ぐるみの関係を通じて、さらに蝕まれてゆく。秋山が、軍需景気で派手な生活を送る大野の妻富子に姦通願望を抱きはじめたのである。宮地は戦後まもなく世を去り、不実な夫との心細い暮らしのなかに道子はとりのこされる。道子にとってはもう一人の従兄弟にあたる勉が、ビルマの戦線から復員してくる。やがて道子と勉のあいだに男女としての思慕の情が芽生える。一方で、富子と関係を結んだ秋山は、妻に残された家屋敷を売り、離婚しようと目論む。道子は遺言によって財産を勉に残し、自殺を図る。

作品の成立過程

「武蔵野夫人」に関して、「夫を愛し得ぬ女達」という構想は、一九四七年一一月に遡る（大岡昇平「疎開日記」『群像』一九五三・九）。

「武蔵野夫人」は、一九五〇年一月から九月まで『群像』に連載され、同年一一月講談社より刊行された。現在、入手しやすいテクストとしては、新潮文庫版『武蔵野夫人』（初版一九五三）がある。「武蔵野夫人」は福田恆存によって舞台化され、溝口健二によって映画化された。

作品についての作者解説

執筆開始と構想については「私の文学手帖」（『群像』一九五三・九、改題「疎開日記」）にプランがあり、「パルムの僧院」翻訳のメモが並行して記されている。

「私の処方箋―「武蔵野夫人」の意図について」（『群像』一九五〇・一一、改題「「武蔵野夫人」の意図」）において、エピグラフについては、「わが女主人公の古風な貞淑を予め弁護しておくためでもありましたが、同時に僕がラヂゲの方法に拠つてゐることを明示しようといふ一種のフェア・プレイ趣味」と述べている。また「贋のスタンダリアンは最初はもつとカリカチュアになるはずでした」「秋山はスタンダールの後にゐ、勉はスタンダールの前にゐます。秋山は終始スタンダールの影の中にゐますが、勉は結末でジャコビニストとしてジュリアン・ソレルの可能性の中へ入つて来る」とも述懐した。

『武蔵野夫人』ノート」（『作家の日記』新潮社、一九五八）にも、作品の構想が記されている。コケットに対する嫉妬に関して「アルマンス」（スタンダール）、秋山の嫉妬に関して「クロイツェル・ソナタ」（トルストイ）への言及がある。

福田恆存による舞台化にあたり、「改めて恋女房の欠点を教へて貰つた喜びはさらに大きい」（大岡昇平「戯曲「武蔵野夫人」を読んで」『戯曲武蔵野夫人』河出書房、一九五二）との言葉を送っている。

福田恆存は「ぼくの作品は名作「武蔵野夫人」といふ獅子の皮をかぶつた驢馬」と謙遜しつつ「原作は心理小

説であります。が、ぼくの戯曲は勧善懲悪の道徳劇であります」（「解説」『戯曲武蔵野夫人』）と述べており、そこに大岡昇平が自著について概括した「ロマネスク」が、戯曲において「メロドラマ」へとずらされたという方向性が示されている。

同時代評

本作は、あいついで舞台化、映画化され、多くの同時代評に恵まれた。小林秀雄「武蔵野夫人」は、エピグラフに言及し「模倣は外面的になされる限り有効であるが、作者は武蔵野夫人の様な心の動きは、時代遅れであらうかといふ逆説的テーマにまで、のめり込んで行った」と指摘する。一方、亀井勝一郎「今日の二人の作家―「爬虫類」と「武蔵野夫人」を中心に」は、「フランス文学によつて姦通趣味を学んだ、スタンダールの滑稽な模倣者秋山」に注目し、「贋のスタンダリアンのカリカチユアを不徹底に終らしめた」とし、「「武蔵野夫人」は大げさな小説であり、大岡昇平は知的に大騒ぎの態《てい》だが、こゝにこそ日本の現代文学の苦悶のあることを忘れてはなるまい」と述べる。同時代の批評家にとっても、「武蔵野夫人」のインターテクスチュアリティ（当時はそのような批評概念はなかったものの）は「過剰」だったのである。それと同時に、亀井は、「大岡の知性は非常にエロテイツクなものである」と指摘しており、現代の読者はそこにインターテクスチュアリティの快楽をみてとることも可能である。また、インターテクスチュアリティに伴う、戯画化ないしパロディ化に触れて、匿名批評「武蔵野夫人その「作」と「劇」」は、「本書は実に巧みな「赤と黒」の戦後日本版」「日本産ジュリアンが、少々年を取り過ぎて、悪ずれし過ぎた気の利かぬアプレ派」、「侯爵令嬢ならざる石鹸夫人が日本資本主義コケットの伝統に栄えある娼婦」、「フランシュ・コンテの青々たる山河、堂々たる連峰に代ふるに、曾《か》つて「自由あり」き禿ちよろの田野」「ヴェルヂイのとある山の八月の太陽に灼かれた大空を高く翔る隼に代わるに、ジュラルミンを光らせた飛行機」と変形されざるを得なかったことを指摘する。舞台化、映画化によって改めて小説評価の焦点が定まったところもある。村上一郎「リアリティのゆくえ―「武蔵野夫人」の脚色上演について」は、「もしスタンダールの遺産を正しく受け継ぐものであるならば、その作風は当然十九世紀リアリズムの再批判的摂取の上に立ち、スタンダールが大革命後の西欧社会に向けた客観描写の筆に」学ぶべきところを、「現実の元型的諸関係と実験対象との間に生じている鋏差《きょうさ》を拡大再生産してゆくなら」危険であると論じている。こちらはカリカチュアやパロディを警戒する立場である。

舞台化をめぐっては、竹越和夫「『武蔵野夫人』舞台化の功罪」が、小説版「武蔵野夫人」の方は、「ヨーロッパ的小説の伝統に従つて、ガツシリ組みあげてある」「武蔵野といふ風光の清潔さと、ぬきさしならない緊密感のもとに、人間の心理がえぐらてゐる」のに対して、舞台では「武蔵野といふ雄大なバックを省略、等閑に附した人間像のうきぼりは、光りを失つた影のみの存在となり、生きてわれわれに迫つてくるものに欠けてしまつた」と惜しんだ。

映画化については、媒体の性格上、舞台と比べれば、自然風景の表象に関して、より自由度も可能性も高いはずだが、滋野辰彦「武蔵野夫人」は、その困難について、「勉が武蔵野のことを口にすると、かえってその自然は、二人の心から離れた独立の風景になりたがつてしまう」と評している。このことは小説「武蔵野夫人」の風景が、登場人物の語りと身体、心情と相関して融合的に表象された自然であるために、他のメディアに翻案することが困難であることを、あぶり出すものでもある。

本文

引用1

ドルジェル伯爵夫人のような心の動きは時代おくれであろうか　ラディゲ

引用2

彼が専門としたのがスタンダールであったのは、幾分ジュリアン・ソレルの出世主義に共鳴したところがあったからでもあるが、①主な動機は当時他の作家は大抵先輩たちによって分割し尽されていて、少し時代の古いこの作家より残されていなかったからである。しかし彼の時々専門雑誌などへ発表する論文は、要するに排他的熱狂と偏見に満ちたもので、到底彼の一枚看板を流行に押し出す力はなかった。／彼は憂鬱にフランス語教師の職に満足しなければならなかったが、そのスタンダール耽読から、②彼はこの十九世紀サロンの遊弋者の恋愛修行や姦通の趣味についてはなはだ熱っぽい影響を受けた。③彼の教師としての経歴も、道子との平穏な結婚生活も、この西欧の大エゴチストの冒険と何の関係もなかったにもかかわらず、「恋愛論」や日記等に現れた、シニックな恋愛術に彼は憧れた。

引用3

待てよ。秋山がいたっけ。いけ好かない奴だ。彼奴とスタンダールくらい妙な取合わせはない。もっとも俺は読まないから知らないが、仏文の友達にいわせると、あいつの講義はスタンダールの足を持って自分と同じレベルに引きずり下そうとしているだけなんだそうだ。／④勉が近親相姦的な「パルムの僧院」を読んでいなかったのは、秋山にとって倖せであった。読んでいたら、彼はこの時にすぐ彼の従姉に対する感情に別の名前をつける気になっていたかも知れなかった。

引用4

⑤学者秋山の出世主義にはもともと徳の入る余地は少なかったが、⑥彼の姦通の趣味は主として彼の専門

のスタンダール耽読によって涵養された。この十九世紀サロンの大恋愛者は、夫婦関係を少しも恋愛の障害とは考えていなかった。むしろ情熱をそそり、偉大にまで導く愉快な抵抗の一つと考えていた。⑦恋愛を知らない空想家であった秋山は、彼我国情と時代の相違を考えず、それをすこぶる真面目に、つまり自分勝手に取った。／当時あたかも委員会で審議され、その年の暮に予定されていた、姦通罪の廃止が、彼の希望に拍車をかけなかったとはいえない。

引用5

秋山は一夫一婦制が元来人間の性情からみて不合理であり、姦通が少しも罪悪でないことを証明しようとした。⑧彼がこの思想の応援に求めたのは、読者は随分奇妙に思われるかも知れないが、エンゲルスの「家族私有財産及国家の起源」である。／この共産主義の古典的名著の根本的思想は、無論財の蓄積が氏族共同体を破壊し、国家的支配形態を作り出すということである。一夫一婦制が私有財産とともに生れるというのはその準備のために提示された観念にすぎない。しかし⑨四十をすぎ、国家や社会について小市民的エゴイズムの習慣を固めた後初めてこの本を読んだ秋山は、折りしも彼自身と富子の家庭生活を否定するのに都合のいい、この副次的思想の方だけに共鳴した。

引用6

⑩ビルマ山中の記憶が甦った。熱帯の樹は四季の別なく落葉し、林中の道は細かった。そこで勉は武蔵野の林を思い出し、今、六月の武蔵野の林ではビルマの叢林を思った。／勉は草に坐った。遠く梢に隠れた鳥の啼き交わすほか物音はなかった。彼は大きく息をした。／⑪「山林に自由存す」と歌った明治の詩人の句が思い出された。しかし熱帯の山林を独り彷徨したことのある彼は、自由がいかに怖しいものであるかを知っている。明治の詩人にとって瞑想を伴奏する楢櫟の快い緑の階調も、今彼は薪の材料としか映らないのである。人間の手を加えずしてこれほど楢ばかり密生するとは考えられない。

引用7

家が近づくにつれ、あそこで汚らわしいことが行われている、と感じて足が震えた。彼はことに勉に憤慨した。あの不良少年を家に入れてどうせろくなことはないと思っていた。憤慨から彼に対して優越を感じた。⑫この時の怒りは恐らく、この贋のスタンダリアンが生れて初めて感じる真実の感情であった。

引用8

その夜から秋山には新しい意志が目覚めた。これはもう以前のいつも嫉妬している男ではなかった。このいやな感情を払い落すためにも、行動しなければならぬと彼は思った。⑬彼の師スタンダールは意志と行動を説いているではないか——⑭しかしこういう亜流の熱狂が人をどこへ導くものであるかは神様が知っている。

底本：「武蔵野夫人」『大岡昇平全集』第三巻（筑摩書房、一九九四）

注1　ラディゲ……ラディゲ（Raymond Radiguet 一九〇三—一九二三）はフランスの文学者である。早熟の天才として「肉体の悪魔」（一九二三）を発表し、遺作「ドルジェル伯爵の舞踏会」（一九二三）を残して夭折した。堀辰雄（一九〇四—一九五三）、三島由紀夫（一九二五—一九七〇）らにも影響を与えている。「ドルジェル伯爵の舞踏会」はフランス心理主義文学の傑作とされる。

注2　スタンダール……スタンダール（Stendhal 一七八三—一八四二）はフランスの作家。ナポレオン以後の王政復古の社会と鋭く対立した。ジュリアン・ソレルはスタンダール「赤と黒」（一八三〇）の主人公である。作中、貧しい出自のジュリアン・ソレルは、はじめナポレオンに憧れるが神学生に転じ、立身出世を目指して上流階級の女性たちを踏み台にしていく。ジュリアンとの関係を悔いた人妻の告白が転落のきっかけとなり、彼女を殺そうとしたジュリアンは死刑を宣告される。

注3　「パルムの僧院」……「パルムの僧院」（一八三九）

は、スタンダールの小説である。大岡昇平は一九五一年初版の新潮文庫版を訳出した。ワーテルローの戦いに傷ついて帰国したイタリア貴族のファブリス・デル・ドンゴは、彼をパルム公国の宮廷で出世させようとする叔母の公爵夫人とその愛人の総理大臣の奸計に巻き込まれる。

注4　エンゲルス……エンゲルス（Friedrich Engels 一八二〇―一八九五）はイギリスの思想家。「家族・私有財産及国家の起源」（一八八四）はエンゲルスの主著である。エンゲルスは有史時代以前の原始共産制社会においては男性による女性への支配の構造が確立されていなかったとし、無規律性愛（乱婚）から集団婚をへて父系制単婚への移行という発展図式を構想した。

注5　「山林に自由存す」……国木田独歩（一八七一―一九〇八）の詩。『抒情詩』中の「独歩吟」（一八九七）に収録された。独歩には小金井近辺の散策の記である『武蔵野』（一九〇一）もある。

注6　スタンダリアン……Stendhalian。スタンダールについての学殖が深く、愛着の強い人物をいう。

5　本文の解釈と考察

はじめにインターテクスチュアリティについて考察する。ラディゲ、スタンダールの引用は、「武蔵野夫人」の方法の手の内を明らかにしつつ、テクストの意味するところを重層化するようはたらいている。辻邦生「大岡昇平とスタンダール」は、「テクストからテクストへ創造的な形式と生成」が伝達された、あるいは「テクストからテクストへの形でしか、形式と作品形成の伝達はない」「先行する判断の「仕上がった形」の中から、その「形」を内面的に克服し、越え出ること（中略）その外側ではない」「大岡さんほどそれを意識化しようとした作家もめずらし」いと、論じている。

引用1はエピグラフの位置に置かれた文であり、ジェラール・ジュネット『スイユ』は、このようなテクストを、テクスト本文ではないがテクストの完全な外部でもない、テクストの「(可変的な)周縁部」として、パラテクストと呼んでいる。ここではラディゲ「ドルジェル伯爵の舞踏会」の女主人公と、「武蔵野夫人」の道子が重ね合わされる。ドルジェル伯爵夫人は、二〇歳の若者と恋に落ちたのだった。

秋山については、彼が(贋の)スタンダリアンとして、スタンダール自身とスタンダールの残したテクストに展開された恋愛模様を模倣するところ(②・③・⑥・⑦・⑬)、小市民的なエゴイストでありながら、エンゲルスを引用して一夫一婦制を否定しようとするところ(⑧・⑨)などが注目に値する。その場合インターテクスチュアリティ、引用行為は、フランス文学の権威を再生産するよりは、戯画化ともパロディ化とも呼ぶべき新たな意味を生産している(⑤・⑦)からである。大岡昇平が、スタンダールの翻訳者であり、「武蔵野夫人」の構想が「パルムの僧院」(思索社、一九四八)の訳出と並行してはじめられていたことを考慮するなら、秋山像は、外在的に批判されているだけではなく、①のように、スタンダリアンというイメージそのものの戯画化や自己批評をも含んでいると読める。

野田康文『大岡昇平の創作方法』は、「武蔵野夫人」と「パルムの僧院」とのテクストの相互交渉について、「読者を視野に入れた作者の創作方法」であり、「読者に絶えず『パルムの僧院』の物語を同時並行的に想起させていく、という有機的な構造」があり、「読書行為の過程において、読者の想像力の中でこの二つの文学テクストは合流し、絡み合っていく」と指摘する。

模倣による欲望の生成と変容について、大岡昇平は「恋愛は文明の産物ですから、最初は他人から教はるほかはありません。近代では大体小説から教はることになります」(「失恋者スタンダール」『文學界』一九五〇・一)と述べている。恋愛の欲望が、他者の欲望を欲望すること、他者の欲望の模倣、擬態、消費であることをいっているのである。

④で、勉はスタンダール「パルムの僧院」のファブリスに重ね合わされている。ファブリスはワーテルローの戦いからの復員者で、叔母と近親相姦的な恋愛に陥る。野田（前掲）は、「武蔵野夫人」が、「パルムの僧院」を意識しつつ読まれるように作者が方向づけているとしつつ、両者の類似点と「ズレ」について分析している。

くわえて、語りにおけるスタンダールのパスティーシュ（pastiche：文体模倣）ともいえる特徴については、「作中人物とのあいだに親密な関係を想定させる「わが復員者」というような言葉、あるいは読者と作者との共犯関係を創出する「読者は」というような表現、「作者の介入」（梶野吉郎「大岡昇平　スタンダールとのかかわり―『武蔵野夫人』の場合を中心に」『感性の変容』一九九九）という指摘がある。引用の本文では、⑬・⑭の語りに、こうした作者の介入が明示されている。

なお恋人たちの「誓い」が物語の重要な仕掛けになっていることは、「パルムの僧院」「武蔵野夫人」に共通して指摘されてきた。そのずれについて野田論文は、神の前に誓った「パルムの僧院」と、神なき「武蔵野夫人」の誓いの相違として、考察している。勉と道子の誓いは、「パルムの僧院」のそれと異なり、絶対的な唯一神の前での誓いではなかったがゆえに、あっけなく裏切られ、揺らいでしまうのである。

スタンダールのテクストとの相互交渉は認められつつも、「武蔵野夫人」には、道子と勉があくまで肉体的な結びつきを持たなかったという重要なプロットがあり、それは「武蔵野夫人」にロマネスクの強度をもたらしている。この点について花崎育代「〈永劫回帰〉を超えて―「武蔵野夫人」論」は、「トリスタン・イズー物語」（ケルトの伝説が起源の騎士道物語。マルク王の甥の騎士トリスタンと王の婚約者イゾルデは誤って媚薬を飲み激しい恋におちる。）を参照して分析している。

⑩は、大岡昇平「俘虜記」「野火」が描いた南方の熱帯林を想起させる自己言及的なインターテクスチュアリティといえる。

⑪は国木田独歩の「山林に自由存す」「武蔵野」の批評的引用である。樋口覚『一九四六年の大岡昇平』は、この批判について、柳田國男「武蔵野の昔」における「国木田氏が愛していた村境の楢木林なども、実は近世の人作であって、武蔵野の残影では無かつたのである」という言説をふまえたものと推測している。

⑭は先に述べたように作者の介入が、無条件の断定である「定言」的文体で表された箇所である。このほかにも、たとえば道子の自殺について「道子の試みが未遂に終わらなかったのは純然たる事故であった。事故によらなければ、悲劇が起こらない。それが二十世紀である」といった箴言《しんげん》風な定言がそここに記されており、そこにスタンダール論の筆者（大岡昇平が訳出している）でもあるアラン（一八六八―一九五一）の文体論との関連が指摘されている（巌谷大四「大岡昇平「武蔵野夫人」―古いテーマを新しい文体で」、宮澤隆義「「事故」としての「野」―大岡昇平『武蔵野夫人』論」など）。とくに文体の模倣についてはパスティーシュの概念で分析することもできる。なお、この「定言」に一九世紀を代表する小説の一つである「パルムの僧院」と、「武蔵野夫人」との対立が読み取れると、野田（前掲）は指摘する。

ついで、アダプテーションの事例として、福田恆存による舞台化（戯曲「武蔵野夫人」四幕、脚色福田恆存、一九五一年五月文学座公演、三越劇場、五月五日から二十七日まで　演出戌井市郎）と、溝口健二監督による映画化（脚本依田義賢、潤色福田恆存、演出溝口健二、撮影玉井正夫、東宝、一九五一）について考察する。

戯曲における小説との最大の相違点は、武蔵野の自然風景の表象に替えて、以下のように、「飛行機の爆音」が示すサウンドスケープによって、「はけ」の人々の恋愛模様がＧＨＱ占領期（占領期には、日本の制空権は完全に占領軍に握られていたので、「爆音」のすべてが米軍機に由来するはずなのである）のものであることを強調しているところである。この占領空間においては、恋人たちの心身と融合する武蔵野の自然表象は捨象され、人間関係の亀裂や欲望の闇を「爆音」が換喩的に示す。

第二幕

① 大野家のテラス。庭に小さな築山がある。第一幕より一月あまりのちの真夏の夜。（中略）ときどき飛行機の爆音が聞こえる。（中略）

大野　（飛行機の爆音に耳をおさへて）今夜は馬鹿に飛ばせやがるな

② 勉　ぼくたち……、いつしよになれないかしら……

をりから急降下してきた飛行機の爆音でこのせりふは消されてしまふ。（中略）

道子　だめ、だめ、もつとりこうにならなくちや。あんたの不良を世間がなんともいはなくなるまで発揮しちやだめよ。

ふたゝび飛行機の爆音が高くなると同時に、舞台まつくらになる。筧《かけい》の音も消える。

③ 奥から富子の声――「勉さん、ちょつときてちようだい……、雪子があんたにきゝたいことがあるんですつて。」勉な立ちあがつて、瞬間ためらふように周囲を見まはし、最後に道子の見あげる弱々しい表情と視線があふ。それにはじかれたように身をひるがへして奥へはいる。廊下の暗いところに富子が立つてゐて、はいつてきた勉にいどむ。勉は富子の胸を突き身をねぢつて避ける。飛行機の爆音。

第三幕

④ 勉（おもひあまつて鋭く）道子さん！

が、たまたま急降下してきた飛行機の爆音で、勉の声はかきけされてしまふ。道子がコップに口を当て、中味をのみほすのを、勉はぼんやり眺めているが、急にすべてを忘れようとするようなしぐさとともに、身をひるがへし去つていく。

以上、小説と演劇というメディアの相違によって、武蔵野の自然を舞台空間に移すことが困難であるため、演出は、爆音と筧の水の音を効果として象徴的に用いた。それは「イマジネーテイヴ」であったと高評価を得ている（中西武夫「道子と筧の水の音だけが―「武蔵野夫人」評」）。

一方、「武蔵野夫人」映画化は、溝口健二監督にとっては、道子役に配した田中絹代を主演に『西鶴一代女』（一九五二）を撮る、その前年の作にあたる。

映画は舞台より、武蔵野の自然の可視化に向いた媒体である。しかしながら依田義賢のシナリオ、そして映像を見比べるなら、とくに小説にはない以下のシーンに、武蔵野の自然に対する勉の幻想を相対化する視点が顕著である。

シーン15

勉　「（略）僕ね、戦地で何度も武蔵野の夢を見たんですよ」

富子「そう?」
勉「素朴な、美しい緑の武蔵野……」
秋山「ノスタルジアかね」
勉「えゝ、日本の……」
富子「でも、武蔵野つて、そんな美しいとこあるの。第一、武蔵野つて、あるの。今、東京都の街になつてるじやないの……どこにあるの」

あるいは最後のシークエンス。

シーン81　武蔵野
丘陵の上を歩く勉。
道子の声「あなたがあれほど愛している美しい武蔵野台地も、たゞあなたの気の迷いかも知れないわ。武蔵野と云うのは、もうなくなつているのよ。工場と学校とそれから東京の街、それがほんとうの武蔵野なのよ。」

溝口健二監督は『雨月物語』(一九五三)において、不穏な空模様と水の表象によって、物語世界の秩序の変容と悲劇の到来を示した成果と引き比べて、『武蔵野夫人』においてはあえて自然に雄弁に語らせることをしていない。むしろ小説「武蔵野夫人」の語りにおいては地の文に置かれている言説を、登場人物の台詞につくりかえたことで、その人物によって勉の幻想が相対化されるという批評的な構成になっている。

また、福田恆存が舞台化を通じて可視化した、もしくは舞台演出の際にサウンドスケープ（音響効果によってつくりだされる音風景および共同性、音響による遠近法の構築）において可聴化した、「爆音」すなわちＧＨＱ占領の表象（小説「武蔵野夫人」があえて具体化していない占領のしるしを、福田恆存がいちいち強調するのは、危機的かつ批評的な営為といえる）について、これを踏まえた映画ではさらに作り替えがなされている。

「武蔵野の道」の場面で依田義賢「シナリオ 武蔵野夫人」には、「勉が帰つてくる。頭上に飛行機の爆音。勉はふり仰いで、苦痛の面持。爆音はきゆうんと急降下の鋭い音に変る」とあるが、実際の映像にはこの場面はなく、ただ、音楽と蝉の声だけが流れる。他方、嵐の湖畔でホテルに宿することになった勉と道子はその食堂で、「客は他に一組外国人とその連れがあるだけ」「外国人は嵐がかえって面白いらしく口笛を吹いていた」という場に遭遇する。ＧＨＱ占領期の文脈では、「外国人」（占領軍関係者）と「その連れ」（日本人女性、いわゆるパンパン）と読まれるべきところである。占領軍関係者と占領される側の日本人女性との関係を可視化することは、fraternization（歓待）として、日本人女性の同胞による占領批判や怒りを刺激すると考えられ、ＧＨＱの検閲処分の対象とされていた。「武蔵野夫人」は、ＧＨＱの検閲機関であるＣＣＤ（Civil Censorship Detachment：民事検閲局）が一九四九年に解散されたものの、ＧＨＱ占領はまだ継続しているという微妙な時期に発表されていた。「外国人とその連れ」の性別、職業などを明示しないことは、検閲コードを内面化した自主検閲とでもいうべき書き振りであった。溝口監督の映画ではこれを、「「がらんと」した食堂に一人は確実に西洋系「外国人」と判じられる二人連れが差し向かいで着席している」（花崎育代「映画『武蔵野夫人』と原作――「怪物」の行方」）場面につくりかえている。ただし、花崎が「驚くような一瞬の細部の忠実」と述べるのと裏腹に、映画では「外国人」の性別が、小説とは転じているのである。なぜなら、映画で「確実に西洋系「外国人」と判じられる」のは、白黒映画の画面から明度の高い、おそらく金髪と判じられる、パーマネントのウエーブのかかったヘアスタイルの女性の後ろ姿だからである。映画では、原作の「外国人」が嵐の中で口笛を吹く占領軍の将兵であるのに対し、「外国人」を女性で表象し、それに従ってこの一組の関係性に占領する者とされる者との fraternization（歓待）という解釈が入る余地を消してしまっている。その意味ではジェンダー交替による恐るべき細部の作り替えというべきだろう。

舞台化および映画化というアダプテーションを通じて、批評的にあばかれていくのは、小説「武蔵野夫人」における、武蔵野の自然に対する幻想の虚構性であり、ＧＨＱ占領のしるしであった。

6 課題

基礎的課題一　本文における登場人物の恋愛観、結婚観および家族関係の特徴について分析してください。

基礎的課題二　本文におけるインターテクスチュアリティと解釈できる箇所を指摘し、先行テクストの記憶が、本作品に何をもたらしているのかを考察してください。

発展的課題　国木田独歩「武蔵野」を読み、調べて、「武蔵野夫人」における自然表象、言説との相違点について考察してください。

7 参考文献

岡本靖正他編『現代の批評理論第二巻　構造主義とポスト構造主義』（研究社出版、一九八九）
クリステヴァ、ジュリア／谷口勇訳『テクストとしての小説』（国文社、一九八五）
ジュネット、ジェラール／和泉涼一訳『パランプセスト　第二次の文学』（水声社、一九九五）
ジュネット、ジェラール／和泉涼一訳『スイユ』（水声社、二〇〇一）

ハッチオン、リンダ／片渕悦久・鴨川啓信・武田雅史訳『アダプテーションの理論』（晃洋書房、二〇一二）
前田愛『文学テクスト入門』（筑摩書房、一九八八）
巌谷大四「大岡昇平「武蔵野夫人」―古いテーマを新しい文体で」（『朝日ジャーナル』一九六六・二・一三）
梶野吉郎「大岡昇平　スタンダールとのかかわり―『武蔵野夫人』の場合を中心に」（野坂政司編『感性の変容』北海道大学言語文化部、一九九九）
亀井勝一郎「今日の二人の作家―「爬虫類」と「武蔵野夫人」を中心に」（『文学界』一九五一・五）
小林秀雄「武蔵野夫人」（『新潮』一九五一・一）
滋野辰彦「武蔵野夫人」（『映画評論』一九五一・一一）
竹越和夫「『武蔵野夫人』舞台化の功罪」（『悲劇喜劇』一九五一・七）
辻邦生「大岡昇平とスタンダール」（『國文学　解釈と教材の研究』一九七七・三）
中西武夫「道子と覓の水の音だけが―「武蔵野夫人」評」『舞台展望』（一九五一・七）
野田康文『大岡昇平の創作方法―『俘虜記』『野火』『武蔵野夫人』』（笠間書院、二〇〇六）
花崎育代「〈永劫回帰〉を超えて―「武蔵野夫人」論」（『昭和文学研究』、一九九二・二）
花崎育代「映画『武蔵野夫人』と原作―「怪物」の行方」（『湘南文学』、二〇〇一・一）
樋口覚『一九四六年の大岡昇平』（新潮社、一九九三）
福田恒存　戯曲「武蔵野夫人」四幕（『演劇』一九五一・六）
宮澤隆義「「事故」としての「野」―大岡昇平『武蔵野夫人』論」（『早稲田現代文芸研究』二〇一五・三）
村上一郎「リアリティのゆくえ―「武蔵野夫人」の脚色上演について」（『テアトロ』、一九五一・七）
依田義賢「シナリオ 武蔵野夫人」（『キネマ旬報』一九五一・八）

匿名批評「武蔵野夫人その「作」と「劇」」(『三田文学』一九五一・七)
柳田國男「武蔵野の昔」(『豆の葉と太陽』創元選書、一九四一)
溝口健二監督『武蔵野夫人』(東宝、一九五一、DVDあり)

第九章　掲載媒体

メディアの中の文学、メディアとしての文学

室生犀星「性に眼覚める頃」

日比嘉高

1　本章で学ぶこと

　この章では、文学作品を掲載したさまざまな媒体に着目することで、文学研究の発想の幅を広げる。小説でも詩でもよいが、ある作品が何に掲載されたのかということを考えてみよう。たとえば本章で扱う室生犀星の小説「性に眼覚める頃」は、部分的に引用される形で、いま『文学研究の扉をひらく——基礎と発展』という大学生短大生向けの教科書に掲載されている。このように、作品は書籍であったり雑誌であったり必ず何らかの掲載媒体を持つ。そして重要なのは、媒体が作品を掲載する単なる透明な乗り物ではなく、それ自体がなんらかの価値や意味づけの機能を持っているということである。ちょうどこの本が、大学生短大生向けの教科書であるというように。

　文学作品を運ぶ媒体には、たとえば新聞や雑誌などの定期刊行物、単行本や文庫、選集・全集・アンソロジーなどという各種の書籍がある。近年では電子書籍やウェブページも文学作品を載せているし、視野を広げれば、活字になる以前の原稿や、翻案作品を上演する各種のドラマや映像も、掲載媒体の問題系に入ってくるだろう。作品が何によって、どのように運ばれるか。掲載媒体は、作品のあり方に、そして作品の受容のされ方に、どのような影響を与えているのか。文学作品を考える道筋は、物語の内側から考えるだけにはとどまらないのだ。

2　近現代における文学作品と掲載媒体

　作品を運ぶ掲載媒体は単なる透明な乗り物などではない、ということを端的に指摘した著名な言葉がある。「メディアはメッセージである」。カナダの英文学者で文明批評家のマーシャル・マクルーハンの言葉である（『メディア論』）。掲載媒体は、その出版の形態や、物としての体裁、掲載する情報の構成法、送り手・受け手のあり方などによって、さまざまな姿をとる。そしてその媒体のありようは、掲載される作品の受容のされ方にしばしば影響を与える。新聞に掲載されるときには作品は細かく分けて連載という形をとるし、教科書に掲載されれば作品を読み進める主目的は娯楽ではなく学習になる、というように。

近現代の文学作品は、どのようなメディアに掲載されただろうか。以下、主要なものについて順に考えてみよう。まずは定期刊行物を考える。最初は、新聞である。多くの場合、文学作品は新聞の文芸欄か、連載小説の欄に載る。現代の新聞でも短歌や俳句、文芸時評を載せる定期的な欄がある。連載小説は、長編小説が一定の分量に分けられて、順次掲載されていく形をとる。平日はおおむね毎日掲載され、その都度挿絵が付されるのが普通である。長編小説を書籍の形で一気に読む読書と、毎日少しずつ読み進める読書とは、経験がまったく異なることがわかるだろう。小説は、大小の事件や報道、広告等と同じ紙面に並び、読者の目線はそうした紙面を縦横に動くはずだ。そして日々のニュースが過ぎ去っていくとともに、小説は掲載された新聞紙ごと、捨てられるのである。なお、近代小説の誕生は、そもそも明治初期の新聞雑報記事の連載化と密接な関係があったことも知っておきたい（本田康雄『新聞小説の誕生』）。

雑誌について考えよう。時には数百万という数の読者をめがけて刊行されるマス・メディアである新聞と違い、雑誌は読者を興味関心や年齢、性別などによって切り分け、専門化した内容を提供する。多様な内容を幅広く扱う総合雑誌なのか、一つの分野（もちろん文芸もその一つだ）に特化した専門誌なのか。少年少女向けなのか、青年向けなのか。男性向けか、女性向けか。知識人向けか、大衆向けか。商業誌か、同人誌か。そのそれぞれによって雑誌の性格も作りも、大きく変わる。ある文学作品がどのような雑誌に発表されたのかを考えることは、それゆえに重要である。文芸雑誌に掲載されていれば、読者による作品の理解度は高かっただろうし、中学生向けの雑誌であれば内容もまた読者たちの年齢や知的関心・程度に合わせたものとなっているかもしれない。あるいは、初出では雑誌の特集の一部となっていて、他の作家たちとの競作になっていることもあるだろう。総合雑誌であれば、掲載欄に注意を払うのも大切だ。文芸欄への掲載か、随想欄への掲載かでは、編集部の意図も読者の受け取り方も異なるからである。

新聞、雑誌と近代文学の関係を考える際の基本図書としては、前田愛『近代読者の成立』が外せない。このほかに掲載媒体と作家・作品との関係を考えた研究は数多くあるが、たとえば明治中期のメディアミックスの様態を分析した関肇『新聞小説の時代』、少女向け雑誌の記事分析から少女像の構築を考えた久米依子『「少女小説」の生成』、近年の成果としては昭和戦前期の若者向け文芸誌についての論考集である小平麻衣子編『文芸雑誌『若草』—私たちは文芸を愛好している』を例示しておこう。また文学研究だけでなく、メディア研究やジャーナリズム研究、出版研究の分野でも良質の蓄積がある。

次は書籍を考えよう。二一世紀を生きる私たちの手元には、多様な形態の書物が存在する。文学作品を収録するものだけを考えても、単行本があり文庫がある。一人の作家の作品を集めた選集や全集があり、特定のテーマによって編纂されたアンソロジーがある。朗読を収めたオーディオ・ブックや、学校の教科書を挙げることもできよう。近年では電子出版やウェブページへの掲載も増えており、パソコンのモニターやタブレット、スマートフォンなど多様なデバイスでそれらを読む／聞くことができる。たとえば夏目漱石の「こころ」が、今述べたさまざまな「書物」に掲載されているさまについて考えてみれば、媒体の性格が「こころ」という作品の受容のあり方に影響するさまを具体的に考えることができるだろう。

さて、今述べた多様な「書物」は、いずれも昔から存在したものではないし、ある時点でいちどきに現れたものでもない。近世期の木版和装本（これにも多様なかたちがあった）が、明治期に入って急速に活版洋装本へと置き換えられ、生産と流通においても、読書行為においても、その変化の速度を上げていくのである。近代に入って書物の形態が変容していくことと小説の姿が移り変わっていくこととの連関を、豊富な例を挙げながら説いた著作に紅野謙介『書物の近代—メディアの文学史』がある。一口に「本」と言っても、活字や紙、印刷・造本技術、装丁のデザインなど、技術と工夫が凝らされた切り口が豊富にあることが示されている。

この項の最後に、発展的な視点をいくつか付け加えておこう。一つは、編集者と読者の問題である。文学作品の研究は書き手に目が向きがちだが、掲載媒体への注目は、おのずからその媒体を編集したエディターや、その受け手となった読者への関心を呼び起こす。この項でさまざまに紹介してきた新聞や雑誌や書物は、それぞれの読書形態を伴い、また各々個性的な読書集団へと運ばれていたのである（読書行為については本書第一二章を参照）。

二つめは、文学者たちの収入との関係である。掲載媒体があるということは、そこには多くの場合、金銭的な対価が発生していたということである。つまり、原稿料や印税である。近代の文学者たちは、その出発期には原稿を売ることのみによっては生活を成り立たせることができなかった。漱石は朝日新聞社に高給で雇われ、田山花袋は博文館で雑誌や地理書の編集をした。樋口一葉は雑貨屋をしており、森鷗外は軍人だった。文学者と文壇の経済的変遷については、『カネと文学—日本近代文学の経済史』をはじめとした山本芳明の著作が詳しい。

最後に、下書き、そして浄書原稿から始まり、雑誌、単行本、文庫、今なら電子書籍、と続いていく一連の掲載媒体を、乗りかえ乗りかえして渡って行く文学作品の姿を、〈作品の死後の生〉という言い方で捉えてみよう。通常の文学研究は、作品の生まれる瞬間に関心を払う。作家の創造の秘密への関心である。あるいは生み出された直後のありさまを重視する。発表時の時代状況や評価を考えるということだ。だが、実際には、生み出された後の「生」の方が、圧倒的に長いのだ。創造や初出の瞬間にではなく、世に送り出されて後の、作品の長い生を考える〈持続の文学史〉を考えることができるはずである（日比嘉高「作品の死後の文学史」）。

3　作家紹介

室生犀星（むろう・さいせい　本名は室生照道）　一八八九（明治二二）年―一九六二（昭和三七）年。金沢市裏千日町に生まれる。旧加賀藩士と女中の子として生まれたが、七歳の時に雨宝院の住職室生真乗の養子となった。小学校を中退、裁判所の給仕となる。このころ、雑誌『新声』に詩を投稿する。地方新聞の記者に転じた後、上京する。北原白秋に師事し、「ふるさとは遠きにありて思ふもの」とうたった「小景異情」他を発表、萩原朔太郎と知り合う。一九一八年には詩集『愛の詩集』『叙情小曲集』を刊行した。一九一九年に自伝的小説「幼年時代」「性に眼覚める頃」を発表し、散文の世界にも踏み出す。その後、小説としては「あにいもうと」「女の図」があり、戦後には「杏っこ」「かげろふの日記遺文」を書いた。

4　作品を読むための基本情報

「性に眼覚める頃」梗概

一七歳の私は、犀川のほとりに立つ寺の子として日を送っている。学校へはあまり行かず、寺で父の茶の相手をしたり、本を読んだりして暮らしている。私は東京の雑誌『新声』に詩を投稿し、それが掲載される。感激した私は、自分がこの地方において、目立って頭角を現した詩人として注目を集めるのだと興奮する。詩の掲載を機に、私は表棹影という同年配の、やはり詩を書く若者と知り合う。二人は詩の友人として意気投合する。表は多くの女性と交際を行っており、私はうらやましさを感じる。寺には、近隣の郭の舞妓や芸者がよく参詣に来ていた。私は、寺の賽銭を盗む美しい娘を気にするようになり、彼女の雪駄を盗み出したりした。表は肺病を得て世を去る。彼と交際していた茶店の娘お玉さんも、「へんな咳」をするようになった。

作品について

「性に眼覚める頃」は『中央公論』（第三四巻第一一号、一九一九・一〇）発表。翌一九一九年一月に『性に眼覚める頃』として新潮社から刊行された。「幼年時代」（『中央公論』第三四巻第九号、一九一九・八）に続く、自らの若き時代に材を取った作品であり、翌月に発表された「或る少女の死まで」（『中央公論』第三四巻一二号、一九一九・一二）もあわせて初期三部作と呼ばれている。犀星の人生の出発期についてはこの自伝的な小説によってしばしば語られるが、このあと示すように、相当の脚色や構成が入っていることに注意が必要である。タイトルははじめ「発生」としていたが、『中央公論』の編集者瀧田樗陰によって、「性に眼覚める頃」とされたという。

本文

室生犀星「性に眼覚める頃」

引用1

私は私で学校をやめてから、いつも奥の院で自分のすきな書物を対手にくらしてゐた。学校は落第ばかり続いてゐたので、やさしい父は家にゐて勉強したつて同じだと言つてくれたのを幸ひにして、まるで若隠居のやうに、終日室にこもつてゐた。／そのころ私は詩の雑誌である「新声」をとつてゐて、はじめて詩を投書すると、すぐに採られた。K・K氏の選であつた。私はよく発行の遅れるこの雑誌を毎日片町の本屋へ見に行つた。この「新声」の詩壇に詩が載ることは、ことに私のやうに地方に居るものにとつては困難なことであつたし、実力以外では殆んど不可能なことであつた。そのかはりそこに掲載されれば、疑ひもなく一個の詩人としての存在が、わけても地方にあつては確実に獲得できるのであつた。私は、本屋までの途中、載るか載らないかといふ疑惑に胸さわぎして、ひとりで、蒼くなつたり赤くなつたりした。／『新声』ですか。まだ来てゐませんよ。来たらおとどけいたします。」／などと、本屋の小僧は、まるで私の詩が没書にでもなつたやうな冷たい顔をして言つた。私はそのたびに、／「あ。さう。」／と、きまり悪くそそくさと帰つた。そんな日は私は陰気に失望させられてゐたが、その夜が明けると、もう朝のうちに本屋へ行つて「新声」が来てゐるかどうかといふことを確めないと、落ちついて室にもゐることができなかつた。私は本屋の店さきに立つて、新刊雑誌を一と通りずつと見渡して、まだ着いてないことが判つても、もしも荷がついてまだ解かないのではなからうか（そんなこともあつたのだ。）などと思つて、一度問ひ訊して見なければ気がすまなかつた。／「君。『新声』はまだ来ないかね。」／と言つて私は赤くなつた。／「今お宅へとどけようと思つてゐたところです。お持ちになりますか。」／「あ。持つて行く――。」／私は、雑誌をうけとると、すぐ胸がどきどきしだした。本屋から旅館の角をまがつて、裏町へ出ると、私はいきなり目次をひろげて見た。いろいろな有名な詩人小説家の名前が一度にあたまへひびいてきて、たださへ慌ててゐる私であるのに、殆んど没書といふ運命を予期してゐた私の詩が、それらの有名な詩人連に挟まれて、規律正しい真面目な四角な活字が、しつかりと自分の名前を刷り込んであるのを見たとき、私はかつとなつた。血がみな頭へ上つたやうに、耳がやたらに熱くなるのであつた。／私はペエジを繰る手先が震へて、何度も同じペエジばかり繰つて居た。肝心の自分の詩のペエジを繰ることのできないほど慌ててゐた。やつと自分の詩のペエジに行きつくと、私はそこにこれまで見なかつた立派な世界に、いまここに居る私よりも別人のやうな偉さを見せて、しかも徹頭徹尾まるで鎧でも着て坐つてゐるやうに、私は私の姿を見た。東京の雑誌でなければ見られない四六二倍の大判の、しかも其中に自分の詩が出てゐるといふ事実は、まるで夢のやうに奇蹟的であつた。私は七月の太陽が白い街上に照りかへしてゐるのに眼を射られながら、どこからどう歩いてどの町へ出たか、誰に会ったか覚えてゐなかつた。私はまるで夢のやうに歩いて、いつの間にか寺の門の前に来てゐた。／私は室へ這入ると雑誌を机の上に置いて、あまりの嬉しさにしばらく呆然としてゐた。何を見るともない眼で、微笑をうかべたまま障子のそとの磧を見てゐた。磧から大橋が見えた。通行人が、たえず歩いて行つた。私はそのとき初めて大橋をいま渡つて来たことを、たしかに下駄の踏み工合で地面とは異つてゐたことを思ひ出した。けれどもやはりどの道を歩いたか覚えなかつた。／私は雑誌を机の上に置いたり読んだりしてゐるうちに、これは是非父に言つておかなければならないと思ひながらも、何だか非常に恥かしくも感じたが、しかし言ひたくてしかたがなかつた。私は父の室へ雑誌をもつて這入つて行つた。／「東京の雑誌に私の書いたものが載つたんです。この雑誌です。」／と私は「新声」をとり出した。／「さうか。それはいい塩梅だつた。一生懸命にやれば何だつてやれるよ。お見せなさい。」／と、父は私の詩をよんでゐたが、解りさうもないらしい顔をした。いくたびも読みかへして、／「むかしの漢詩みたいなものだ。それとは違ふかな。」／「まあ同じいものです。」／と、私は苦笑した。／私は自分の室へかへると、自分の詩が自分の尊敬する雑誌に載つたという事実を今ははつきりと意識することができた。そして、あの雑誌を読む人人はみな私のものに注意してゐるに違ひないと思つた。この故郷の人も近隣の若い娘らまできつと私の詩をよむに違ひない。私は全世界の眩しい注目と讃美の的になつているやうな、晴晴しい押へ難い昂奮のために、庭へ出て大声をあげたいやうにさへ思つた。私の詩のよしあしを正しく批判するに値する人は、決してこの故郷にはゐないやうに思はれた。私は私の故郷に於いて最も勝れた詩人であることを初めて信じていいと思つた。／私はその翌日から非常に愉快に生活することができた。私は毎日詩作をした。机にかじりつきながら、どうかして偉くならなければならないといふ要求のために、毎日、胸さわぎと故もない震へやうを心に感じながら、庭の一点をみつめたままで暮すやうなことがあつた。それから選者のK・K氏に長い手紙をかいて、自分は決して今の小さでゐたくないことや、これからも殆んど自分の全生涯をあげても詩をかきたいことなどを伝へた。K・K氏は強烈な日夜の飲酒のために、その若い時代をソシアリストとして、しかも社会主義詩集まで出した人であつた。

返事が来た。「君のやうな詩人は稀れだ。私は君に期待するから詩作を怠るな。」とあつた。それから、ハガキで朴訥な、にじりつけたやうな墨筆で「北国の荒い海浜にそだつた詩人に熱情あれ。」といふやうな、何処か酒場にでもゐて書いたもののやうなハガキも来た。／私はその選者の熱情に深い尊敬をもつてゐた。そのころ詩壇では新しい口語詩の運動が起りかけてゐたが、流行を趁うことなき生一本なK・K氏の熱情にたいしては、その芸術よりも私は深く敬愛してゐたのである。

いろ青き魚はなにを悲しみ
ひねもすそらを仰ぐや。
そらは水の上《へ》にかがやき亘りて
魚ののぞみとどかず。
あはれ、そらとみづとは遠くへだたり
魚はかたみに空をうかがふ。
（明治三十七年七月処女作）

そのころ私と同じく詩をかいてゐる表悼影といふ友人が居た。この友は、街のまん中の西町といふ処に住んでゐた。私に交際したいといふ手紙をよこしてから三日目に、この見ず知らずの友は、私の寺をたづねにやつて来た。／表は大柄なのに似合はない可愛い丸い顔をしてゐて、あまり饒舌らない黙つた人であつた。かれは私と同じ十七であつた。私たちはすぐに仲よしになつた。／私もすぐにこの新しい友を訪ねた。姉さんと母親との三人ぐらしで、友の室は二階の柿の若葉した瑞瑞しい窓際に机が据ゑられてあつた。「新声」や「文庫」といふ雑誌が机の上に重ねてあつた。／「君の『新声』の詩を読んで感心しました。たいへんうまいと思ひましたよ。」／と言つて、自分の短歌を見せた。「麦の穂は衣《ころも》へだてておん肌を刺すまで伸びぬいざや別れむ」「日は紅しひとにはひとの悲しみの厳そかなるに泪は落つれ」の二首は私を驚かしたものであつた。このやうな立派な美しく巧みな歌をよむ友が、私以外にもこの故郷にゐたことを喜んだ。それと同時に「おん肌を刺すまで伸びぬ」はたいへんうまいと思つた。表の作品はすべて情操のしつとりとした重み温かみを内にひそませてゐるものが多かつた。ことに「君」といふ相対的な名詞が私の注意を惹いたのみならず、きつと「君」といふからには、ラバアがあるにちがひないと思つた。／表はたえず手紙をかいて女のところに出してゐた。そして幾人の女からも手紙をもらつた、それをよく私に見せた。／「どうして君はそんなに女の人と近づく機会があるんだ。」／と、私は寂しい思ひをさせられながら訊ねると、／「女なんかすぐに友達になれるよ。君にも紹介してやるよ。」／と、わけもなく言つた。／「僕にも一人こさへてくれたまへ。」／などと私は思はず言ふと、かれは「もうしばらく待ちたまへ。」などと言つた。

引用2

この西町の午後は静かで、そとの明るい日光が小さい庭にも射し入つてゐた。私はそれを見てゐたが、約束の「邪宗門」を出して見せた。／「もう出たんだね。」／表は手にとつて嬉しさうに見た。草刷のやうな羽二重をまぜ張つた燃ゆるやうなこの詩集は彼を慰さめた。感覚と異国情調と新しい官能との盛りあがつたこの書物の一ページ毎に起る高い鼓動は、友の頬を紅く上気せしめたのみならず、友に強い生きるちからを与へさへした。／友はこの書物をよこに置いて、／「此間短いのを書いたから見てくれ。」／とノートを出して見せた。ノートも薬《くすり》が沁み込んで、頁をめくるとパッと匂ひがした。私はしばらく見なかつた作品を味ふやうにして読んだ。

この寂しさは何処よりおとづれて来るや。
たましひの奥の奥よりか
空とほく過ぎゆくごとく
わが胸にありてささやくごとく
とらへんとすれど形なし。
ああ、われ、ひねもす坐して
わが寂しさに触れんとはせり。
されどかたちなきものの影をおとして。
わが胸を日に日に衰へゆかしむ。

私はこの詩の精神にゆき亘つた霊の孤独になやまされてゆく友を見た。しかも彼は一日づつ何者かに力を掠められてゆくもののやうに、自分の生命の微妙な衰えを凝視してゐるさまが、私をしてこの友が死を否定してゐながら次第に肯定してゆくさまが、読み分けられて行くのであつた。

「病気になつてから書いたんだね。」／「四五日前にかいたのだ。やはりその気持から離れられないのだ。」／私たちはまた暫く黙つてゐた。表はその間に二三度咳をした。ちからのない声は、私をして面をそむけさせた。私はときどきは伝染《うつり》はしないだらうかといふ不安を感じたが、しかしすぐに消えて行つた。／私は間もなく別れてかへつた。かへるときにひどく発熱してゐた。

底本：「性に眼覚める頃」（『性に眼覚める頃』新潮社、一九一九年一月）ただし傍線は日比による。

引用3

室生犀星「さくら石斑魚《うぐひ》に添えて」

蘭をつたへる点滴の
岩匐ふ藤のむらさきに
触れては淵の藍濃く
老ひ吃りたる鶯の
底に沈みし声あらば
水苔青きうつろ戸に
唐紅き小鰭を掻きたてゝ
さくら石斑魚も歌あらむ。
はげし塗籠の朽ちたるを
笹の緑に覆して
水なき里の乾土に
粉米の花の散りしきて
蟻這ひのほる竹椽に
白き腕の妹が
拙なの手並包丁に
怖つる夕を参らせむ

＊うつろ＝なかみのないさま　＊鰭＝ひれ
＊椽＝たるき

底本：「さくら石斑魚に添えて」（『新声』第一七編第一号、一九〇七・七）ただしタイトルにルビを補っている。

5　本文の解釈と考察

本文には、三種類の掲載媒体への言及がある。『新声』という雑誌、『邪宗門』という単行本、そして表の創作ノートである。ここでは順にそれらの媒体に注目しながら、作品の外側から考えることと、内側から考えることを交差させて考察を深めてみよう。

まずは雑誌『新声』についてである。作品の外側に関して、基本的な情報を整理しながら考察してみよう。『新声』は一八九六年に、後の新潮社社主である佐藤義亮（発刊当時の名前は儀助）によって創刊された文芸雑誌である。文芸時評や社会批評なども載せたが、青年たちの投書雑誌という色彩が強かった。本文中の「K・K氏」は詩人の児玉花外である。小説が紹介するとおり『社会主義詩集』（一九〇三年、同年発売禁止）の著作もある社会主義者で、犀星が『新声』に活発に投稿を行っていた時期の詩の選者を務めていた。犀星は後年、「自分は天下に先生と呼ぶ人を持たない」が、「児玉さんだけは自分の比類なき先生であつた」（「先生」『薔薇の羹』一九三六・四）と述べている。

投書雑誌の機能は、単に読者から投稿された文や創作を掲載するだけではない。それは何より、同じ誌面、同じ興味関心を共有する読者の共同体を、仮想的に作り上げていく点にあった。読者の共同体を国家規模で作り上げた新聞に着目し、国民国家《ネイション》の誕生を論じたのは、ベネディクト・アンダーソンである（『想像の共同体』）。新聞に比して、投書雑誌の読者の範囲はむろん狭い。だが、新聞の読者が想像の共同体であったのに比して、投書欄を備えた雑誌の共同体は、より可視化され、より身近なものでありえた。読者たちが呼び交わし合う空間が、誌面上に欄として創出・維持されていたからである。しかも明治期の投書雑誌では、しばしば近隣の雑誌読者たちが現実の世界で集う「誌友会」が開催され、そのレポートが誌面に掲載されたりもしていた。たとえば、『新声』

の誌友会には、萩原朔太郎が参加していた。読者＝投稿者が互いを意識し合うなか、目立った活躍を見せる者が、中央の文壇へと飛び立っていく。そうした登竜門としての機能をも、投書雑誌は果たした。明治二〇年代以降、雑誌の全国的な流通が整っていくことと足並みをそろえて、有力な雑誌の読者の共同体は地方へも広がっていく。〝東京の中央文壇〟は、地方の文学青年たちにとってあこがれの的となった。逆に言えばこれは、中央の価値基準によるヒエラルキーが、全国に広がっていく過程だとも言える。時代が下り、「地方」の範囲が台湾や朝鮮など、植民地主義下で日本語教育が強制された地域にまで及ぶようになったとき、文壇のヒエラルキーは帝国のヒエラルキーとも結び合っていくのである。

さて室生犀星も、地方で頭角を現し、東京へと上京していった文学青年の一人だった。犀星がはじめて『新声』に作品を載せたのは一九〇六年一二月号で、俳句一句「稲の闇地蔵祭の灯赤し」であった。その後も犀星は一年半ほど『新声』に俳句を投稿、掲載し続けており（短歌の投稿もある）、はじめて詩が掲載されたのは一九〇七年七月号で、文語定型詩であった。「性に眼覚める頃」の本文を読むと、『新声』に作品が掲載された場面には、「そのころ詩壇では新しい口語詩の運動が起りかけていた」とあり、また「明治三十七年七月処女作」と注記した口語自由詩が掲出されていて、あたかも『新声』にはじめて掲載された犀星の作品は口語自由詩であったかのような印象を受けるが、実際には異なる（引用1）。出発期の犀星は、『新声』のみならず雑誌『文庫』や『北國新聞』『政教新聞』などといった新聞に活発な投句を行う年若い俳人だった。言い方を変えれば、そうした俳句愛好者から脱皮し、詩へと転じていくところに、詩人室生犀星の誕生があったわけである。雑誌『新声』は、俳句からスタートし詩へと舵を切った犀星のまさに転換の舞台となった雑誌だった。

作品の内側に目を転じてみよう。引用1は、まさに地方の青年が中央に進出していく前夜を、その胸の高鳴りを伝えるかのように描いている。誌友のネットワークができていくことも、まさに投書雑誌の機能の一つで、それをただしくなぞっている。『新声』に作品が掲載された犀星のもとに、同じ雑誌を愛読し、彼と同様に作品をいくつかの文芸雑誌に投稿している友人が訪れる。この早世した文芸上の友人との交友と別れが、自伝小説「性に眼覚める頃」の主筋の一つを成している。表棹影《おもてとうえい》（本名・作太郎）は一八九一年生まれで、実際には犀星の二つ年下であった。表の文業と犀星との交流については、近年では掘り起こしも行われている（表棹影著・笠森勇編『表棹影作品集』。また上田正行「「性に眼覚める頃」・室生犀星」）。

邪宗門秘曲

われは思ふ、末世《まつせ》の邪宗《じやしゆう》、切支丹《きりしたん》でうすの魔法《まはふ》。
黒船《くろふね》の加比丹《かひたん》を、紅毛《こうまう》の不可思議國《ふかしぎこく》を、
色赤《いろあか》きびいどろを、匂《にほひ》鋭《と》きあんじやべいいる、
南蠻《なんばん》の棧留縞《さんとめじま》を、はた、阿剌吉《あらき》、珍酡《ちんた》の酒を。

一

図1　北原白秋『邪宗門』1頁

だが、外側と内側を交差させて考えたときに、「性に眼覚める頃」は後に著名となる「詩人」室生犀星の誕生を、あまりにただしくなぞりすぎているのではないかという疑いを持たずにはいられない。犀星は俳人としてスタートしたのであるから、『新声』初掲載の胸の高鳴りは、一九〇六年一二月号の俳句一句によって得られていたものであるはずなのだ。「処女作」もまた、うたがわしい。鳥居邦朗をはじめ先行する研究も指摘するように、この詩の制作年が一九〇四年だとすれば、それは犀星が俳句を始めたばかりの時期であり、当時の彼がこの文体でこの質の詩を作れたとは考えにくい（「室生犀星集注釈」頭注一〇）。「性に眼覚める頃」の劇的な掲載の場面は、詩人犀星の誕生を印象づけるために、遡及的に作り上げられた姿だと考えるべきだろう。

次は書籍の『邪宗門』に目を向けてみよう。『新声』や『文

庫』という投書雑誌でつながった私と表だったが、その二人の間には一冊の詩集についてのやりとりも交わされている。近代日本を代表する詩人・歌人で、童謡でも多く名作を残した北原白秋の『邪宗門』である。『邪宗門』は一九〇九年に易風社から自費出版で刊行された。明治中期に人気を集めた浪漫的な詩雑誌『明星』から出た新人詩人として注目されていた北原白秋の、第一詩集である。金沢の地で、文芸雑誌などを通してこの詩人の活躍に触れていたらしい犀星は、「早速」「注文した」（犀星「北原白秋」『我が愛する詩人の伝記』中央公論社、一九五八・一二）。しかし同じ回想によれば、買ってはみたものの実のところ当時の犀星には「ひらいて読んでも、ちんぷんかんぷん何を表象してあるのか解らなかつた」らしい。『邪宗門』に収められた白秋の詩とは、たとえば図1のようなものだった。

九州旅行などから発想のヒントを得た南蛮趣味の彩りと、象徴的な言葉遣いが重ねられた白秋の詩句は、たしかに難解である。だが、そうした難しさと目新しさこそが、東京の詩壇の放つ先端的な魅力であり、それを理解しようとする若き犀星の誇りだったかもしれない。

詩集『邪宗門』が、書物として放った力にも着目しておこう。白秋の『邪宗門』は桜の花びら型にくりぬいた箱、天金、赤のクロス装に金文字という凝りに凝った豪華本である。複製されて発売されたこともあるため、大学等の図書館で比較的容易に手に取ることができる。書物の、物としての存在感を確かめてほしい。犀星は、前掲の「北原白秋」でこのように書いている。「ただうろ覚えにわかることは、活字といふものがこんなに美しく巧みに行を組み、あたらしい言葉となつて、目の前にキラキラして来る閃きを持つこともあるといふことであつた」。『邪宗門』の魅力は、犀星にとって詩の内容だけではなかった。詩を綴り出す活字の組みにも、犀星は目を向けている。本文で引用した引用2でも私は詩集の装幀に目を向けてこう語っている。「草刷《くさずり》のような羽二重《はぶたえ》をまぜ張った燃ゆるようなこの詩集は彼〔表、引用者注〕を慰めた。」（引用2）。

では、「性に眼覚める頃」の中で、『邪宗門』はどのような役割を果たしているだろうか。この詩集は、結核が進行し、ついに床に伏せった誌友と私とをつなぐものとして登場する。

私は表が殆んど此前に会つたときよりも、非常に神経過敏になつたことや、少しづつあの大胆なやり放しな性格が弱つてゆくのがだんだん分つて来た。

私は間もなく暇を告げて立ちかけると、

「明日来てくれるかね。」

「明日はどうだか分らない。来られたら来るよ。」

「来てくれたまえ。臥てゐると淋しくてね。待つてゐるからね。」

と、私の顔をいつもにもなく静かではあつたが、強く見詰めた。私はややうすくなつた友の髪を見ると、急に明日も来なければならないと思つた。

「きつと来るよ。それに『邪宗門』が著いたから持つてくるよ。」

「あ。『邪宗門』が来たのか。見たいなあ。今夜来てくれたまへ。」

表は急に昂奮して熱を含んで言つた。

「明日来るから待つてゐたまへ。ぢやさよなら。」

「きつとね。」

私は街路へ出ると深い呼吸をした。

表は、病勢の悪化とともに、気力までも弱りつつあった。「臥てゐると淋しくてね。待つてゐるからね。」という彼を見返すうちに、私は明日もまた彼を訪れようと思い、その手土産として到着したばかりだという新刊の詩集『邪宗門』の話題を出すのである。それを聞いた表は、急に興奮して熱を含んで、明日とは言わず今夜持って来てくれというのであった。

病床の友へ、詩のつながりを持つ友人からのとっておきの見舞いの品として、詩集がある。それは雑誌がつなぐ友情とはまた別のかたちの結びつきだ。そこには仰ぎ見る新進の先輩詩人がおり、そのあこがれを物象化したかのような美麗な詩集が存在する。「感覚と異国情調と新しい官能との盛りあがつたこの書物の一ページ毎に起る高い鼓動は、友の頬を紅く上気せしめたのみならず、友に強い生きるちからを与へさへ」(引用2)するのである。詩集は二人のあいだを手渡されながら、彼らの眼前に、時代の先頭を走る詩人の謎めいた詩句を繰り広げる。創作者である詩人と、それを追いかける地方の読者＝詩人予備軍、そしてその病んだ誌友という三角形の結びつきが、詩集という書物を中心に形作られているのである。

『邪宗門』をめぐる後年の犀星自身の回想を参照すれば、それはそのときの彼にとっては難解すぎ、「ちんぷんかんぷん」といわざるをえないものだった。だが、自伝小説のストーリーのなかでは、白秋の詩はしっかりと読み取られて、私と表の間をつなぐ小道具として機能している。付け加えれば、『邪宗門』の異国情緒と官能的表現が、胸を病んだ北国の無名の詩人の病室と対比されることで、才能がありながらも病を得て地方から飛び立つことなく早世した、若い詩人の悲劇を強調するものともなっている。

最後に、表のノートに着目しよう。ここでいうノートとは、創作の過程をメモしていく雑記帳のことだろう。ノートもまた、自分自身の詩人としての創作の日々をつないでいく掲載の媒体である。ただし、それを他者に見せないままであるならば、ノートは閉じたメディアのままである。一方ひとたび、それが自分とは異なった他者の手に渡り、他者が読者へと変わるならば、ノートは二人の文芸的コミュニケーションを支える大切なメディアとなる。そのとき、書き手の創作の試行錯誤の後をとどめた肉筆のノートは、活字の印刷物とはまったく違う、濃密な詩の掲載媒体となる。犀星は、表のノートを、肺を病んだ彼の匂いとともに、次のように描写する。「ノートも薬が沁み込んで、頁をめくるとパッと匂ひがした」。

表棹影が亡くなったのは、一九〇九年。犀星が『中央公論』に「性に眼覚める頃」を発表したのは一九一九年であるから、犀星は一〇年前の友の死を思い起こしながら、この自伝小説を書いたことになる。犀星の鼻や目に、表のノートの匂いや筆遣いは、甦っていただろうか。

『中央公論』という当時の文壇の檜舞台に載ったこの北国の青年詩人の最期のエピソードは、地方の数多くの青年たちのもとへと届いた。結核が、まだまだ死に至る病であった時代である。なかには、似たような境遇の者もいたことだろう。それらもう一人の「表」、もう一人の「私」たちが、この物語をどのように読んだのか空想してみてもいい。メディアが運んだ文学の先にもまた、別の物語があったはずなのだ。

6 課題

基礎的課題一 「いろ青き魚はなにを悲しみ」(引用1)の詩と、実際に俳句を除けば始めて『新声』に掲載された「さくら石斑魚《うぐひ》に添えて」(引用3)の詩を比較し、その違いを指摘してください。また前者が「処女作」とされていることで、「性に眼覚める頃」は自伝的作品としてどのような効果を持つことになるか考察してください。

基礎的課題二 「その気持」(引用2、傍線部)とはどのような気持ちか、端的に答えてください。また表のそうした気持ちが彼の書いた詩のなかに、どのように響いているのか、引用された詩の表現から考えてください。

発展的課題 任意の文学作品一つを取り上げて、その作品の掲載媒体について調べてください。またその作品と掲載媒体との関係を論じてください。

7　参考文献

アンダーソン、ベネディクト／白石隆・白石さや訳『定本　想像の共同体―ナショナリズムの起源と流行』（書籍工房早山、二〇〇七）

小平麻衣子編『文芸雑誌『若草』―私たちは文芸を愛好している』（翰林書房、二〇一八）

久米依子『「少女小説」の生成』（青弓社、二〇一三）

紅野謙介『書物の近代―メディアの文学史』（筑摩書房、一九九二）

関肇『新聞小説の時代』（新曜社、二〇〇七）

永嶺重敏『雑誌と読者の近代』（日本エディタースクール出版部、一九九七）

日比嘉高「作品の死後の文学史―夏目漱石「吾輩は猫である」とその続編、パロディ」（『文学の歴史をどう書き直すのか―二〇世紀日本の小説・空間・メディア』〔笠間書院、二〇一六〕所収）

本田康雄『新聞小説の誕生』（平凡社、一九九八）

前田愛『近代読者の成立』（有精堂、一九七三）

マクルーハン、マーシャル／栗原裕・河本仲聖訳『メディア論―人間の拡張の諸相』（みすず書房、一九八七）

山本芳明『カネと文学―日本近代文学の経済史』（新潮社、二〇一三）

上田正行「「性に眼覚める頃」・室生犀星―私・表棹影・お玉」（『国文学　解釈と教材の研究』第三六巻第一号、一九九一・一）

鳥居邦朗「室生犀星集注釈」『日本近代文学体系　第三九巻　佐藤春夫・室生犀星集』（角川書店、一九七三）

表棹影著・笠森勇編『表棹影作品集』（桂書房、二〇〇三）

第一〇章　検閲　テキストの傷痕

江戸川乱歩「悪夢」（のち「芋虫」）

石川巧

1　本章で学ぶこと

近代文学の歴史は〝表現の自由〟をめぐる抗争の歴史だった。言語で世界を意味付けようとする書き手、彼らの作品を世に送り出そうとする編集者や出版人は、国民国家を統制していくのに不都合な表現行為や出版活動を取り締まろうとする政治権力による弾圧、規制を懼《おそ》れ、検閲による発行禁止、全文削除処分などを回避するために細心の注意を払わなければならなかった。だが、創作や出版に関わる人々がいつも権力者の支配に従属してきたかといえば、必ずしもそうとはいえない。彼らは、検閲で処分されずに読者にメッセージを伝える方法を考え、さまざまな工夫を凝らすことで自らを鍛えていったのである。本章では、そうした事例のひとつとして江戸川乱歩「悪夢」に施された伏字について考察することでその問題に迫る。

2　近代小説と検閲

日本における検閲の歴史は、江戸時代の木版印刷に対する弾圧にはじまる。当初は、幕政への批判、徳川家の事情に関する記述、キリスト教関連書などが対象だったが、寛政の改革、天保の改革以降は文学作品も取り締まりの対象となり、山東京伝、恋川春町、為永春水、柳亭種彦らが版木没収処分を受けている。明治時代になると、出版法（一八九三年四月一三日公布）や新聞紙法（一九〇九年五月六日公布）に基づく検閲が行われ、共産主義や無政府主義の喧伝、天皇制批判、植民地の独立煽動などの思想弾圧はもとより、安寧秩序の紊乱《びんらん》や風俗壊乱に対する厳格な言論統制がなされた。文学作品に限っても、刊行直前の納本手続きと同時に発行禁止となった永井荷風『ふらんす物語』（博文館、一九〇九）、作品掲載誌が発禁処分となった森鷗外「キタ・セクスアリス」（『スバル』一九〇九・七）、詩集に所収されていた二つの詩が風俗壊乱と指摘され、該当部分を削除して出版した萩原朔太郎

『月に吠える』（白日社、一九一七）など、検閲で厳しい処分を受けた作品は枚挙に暇がないし、そうした処分を目の当たりにした書き手や出版社が自己規制というかたちで処分を受けるかもしれない表現を回避したであろうことを考えると、その影響は計り知れない。また本章では扱わないが、日本の検閲史で忘れてならないのは、敗戦後にはＧＨＱ／ＳＣＡＰ（連合国軍最高司令官総司令部、以下ＧＨＱ）の管轄下にあったＣＣＤ（民間検閲支隊）が統治政策の一環として一九四九年まで密かに検閲を行っていたにもかかわらず、人々がその事実を知らされずにいた事実である。戦前・戦中における内務省の検閲が発禁や削除処分といった強権的な暴力だったのに対し、ＧＨＱのそれは、検閲の痕跡そのものを抹消し、知らず知らずのうちに人々の思考や意識をコントロールする極めて巧妙なものだった。

占領が解かれてからの日本では、建前上〝表現の自由〟が保障され制度としての検閲は禁止されたが、実際、禁忌《タブー》や作家や出版社の自己規制がなくなったわけではない。また、〝表現の自由〟を楯に差別や偏見に充ちた言論を展開するような暴力、表現活動に対する政治権力の介入といった問題は現在も起こり続けている。

3　作家紹介

出典：国立国会図書館「近代日本人の肖像」(https://www.ndl.go.jp/portrait/)

江戸川乱歩（えどがわ・らんぽ　本名は平井太郎）一八九四（明治二七）年―一九六五（昭和四〇）年。三重県名張町（現・名張市）に生まれる。早稲田大学政治経済学科を卒業後、仕事を転々としながら探偵小説研究に没頭。一九二三（大正一二）年、森下雨村が編集長の『新青年』に「二銭銅貨」を発表。その後、「Ｄ坂の殺人事件」「人間椅子」「陰獣」「押絵と旅する男」などを次々と発表し怪奇小説、探偵小説の作家として絶大な人気を博す。戦時中は軍部の圧力ですべての作品が全文削除処分となり思うような執筆活動ができなかった。戦後は、日本探偵作家クラブ会長を長く務め、江戸川乱歩賞の設立、雑誌『宝石』の責任編集などで探偵小説界の発展に尽力した。

4　作品を読むための基本情報

「悪夢」梗概

戦争で両手両足を失い、視覚と触覚のみを拠りどころに生きる傷痍軍人の須永中尉と妻・時子は、上官だった鷲尾元少将の屋敷の離れに暮らしている。親戚や知人は誰も近寄ろうとしない。武勲を讃える新聞や勲章を眺めて悦に入っていた須永もそれに退屈し、二人は時を選ばず互いを求め合う「肉慾の餓鬼」と化す。やがて、嗜虐的な快楽に目醒めた時子は、彼女に冷たい視線を送る夫の両目を潰してしまう。涙ながらに指文字で「ユルシテ」と哀訴する妻に「ユルス」と応えた夫は、庭に這い出して井戸に身を沈める。語り手は、時子の内面に寄り添いながら彼らの生活を俯瞰する一方で、ときおりカッコ内で登場人物を冷たく突き放すような二重の語りをする。

作品の成立過程

「悪夢」（『新青年』第一〇巻第一号、一九二九・一）は、雑誌『改造』からの依頼を受けた江戸川乱歩が、同誌への掲載を前提に「芋虫」というタイトルで書きあげた作品である。だが、当時、左翼的な出版社と目され、内務省の厳しい検閲を受けることが多かった改造社が掲載を見合わせたため、原稿は博文館の『新青年』に廻された。博文館編集部にいた森下雨村、横溝正史、延原謙らは、タイトルを「悪夢」に変更するとともに、合計一四箇所の伏字を施して無事に検閲をパスさせた。だが、初出から一〇年以上が経った一九三九年、戦争の激化にともなう国家総動員体制のもとで「悪夢」の内容があらためて問題視され、全文削除の処分が下される。また、この処分がきっかけで戦時中の乱歩は他の作品も重版が不可能になった。「悪夢」は、戦後、岩谷選書のひとつとして『芋虫』（岩谷書店、一九五〇）に所収される際、江戸川乱歩自身によって加筆修正が施され、以後「芋虫」として読まれている。現在、入手しやすいテキストとしては千葉俊二編『江戸川乱歩短篇集』（岩波文庫、二〇〇八）などがある。

作品についての作者解説

「非常にふせ字が多いのは、癈兵を主人公として、やや非軍国的な文句があったからである。私は戦争は嫌いだけれど、別にイデオロギーがあった訳ではなく、ただ怪奇と戦慄の興味のみで書いた」（「探偵小説十年」『江戸川乱歩全集』第一三巻、平凡社、一九三二）という述懐をはじめ、乱歩はこの作品が単行本等に収録されるたびに自解を書き直している。なかでも、「「芋虫」のこと」『探偵小説三十年』（岩谷書店、一九五四）における「戦争小説であろうと平和小説であろうと、ミステリ小説の面白さが強烈であれば、よろしいのである。「芋虫」は探偵小説ではない。極端な苦痛と快楽と悲惨とを描こうとした小説で、それだけのものである。強いていえば、あれには「物のあわれ」というようなものも含まれていた。反戦よりはその方がむしろ意識的であった」という言説には注目する必要がある。

同時代評

平林初之輔は「乱歩氏の諸作」（『東京朝日新聞』一九二九・一・五）において、「江戸川氏の想像力の怪異さはある意味で、世界の文学に盛る異例のない程のもので、この作品でも、さういふ人間を性的きやう《ママ》楽の対象に考へだしたといふことは私たちを驚歎《きょうたん》させる」と評価する一方で、「作者の想像力が、常に変態的な、異常なものにのみ向けられることに対して私たちは不満を感ずるのである」と注文を付けた。一方、小酒井不木は、義足、鬘《かつら》、義歯、義眼、つけ顎という作り物の身体をもつ元軍人を描いたポオの"The man who was used up"（邦題「使い切った男」）と比較しつつ、「悪夢」は「題材の取扱ひ方があくまで厳粛である。厳粛であるために却つてユーモアを感じさせることがある」（「新年号読後感」『新青年』一九二九・二）と述べた。

本文

引用1

考へて見ると、我ながらかうも人間の気持が変るものかと思ふ程、ひどい変り方であつた。初めの程は、世間知らずで、内気者で、文字通り貞節な妻でしかなかつた彼女が、今では、外見はともあれ、心の内には、身の毛もよだつ情慾の鬼が巣を食つて、哀れな片輪者（片輪者といふ言葉では不充分な程の無残な片輪者であつた）の亭主を、――嘗つては……………………………………①〔忠勇なる国家の干城であつた人物を〕、何か彼女の情慾を満す丈けの為に、飼つてあるけだものでもある様に、或は一種の道具ででもある様に、思ひなす程に果てゝゐるのだ。／このみだりがましき鬼奴は、全体どこから来たものであらう。

引用2

癈人（注1）の方では、彼女の過分の好意に面喰つて、息もつけぬ苦しさに、身をもだえ、醜い顔を不思議に歪めて苦悶もしてゐる。それを見ると、時子は、いつもの通り、ある感情がうづうづと、身内に湧起つて来るのを感じるのだつた。／彼女は狂気の様になつて、……………………………………………。……………、……………、……………………………………………………………………………②〔癈人にいどみかかつて行き、大島銘仙の風呂敷包みを、引きちぎる様に剝ぎとつてしまつた。すると、その中から、何ともえたいの知れぬ肉塊がころがり出して来た〕。／この様な姿になつて、どうして命をとり止めることが出来たかと、当時医界を騒がせ、新聞が未曽有の奇談として書き立てた通り、須永癈中尉の身体は、まるで手足のもげた人形みたいに、これ以上毀れた様がない程、無残に、不気味に傷《きずつ》けられてゐた。

引用3

机の上の枕時計を見ると一時を少し過ぎてゐた。／恐らくそれが悪夢の原因を為したのであらうけれど、時子は目が覚めるとすぐ、身体にある不快を覚えたが、やゝ寝ぼけた形で、その不快をハツキリ感じる前に、何だか変だとは思ひながら、ふと、別の事を、……、…………③〔さいぜんの異様な遊戯の有様を〕、幻の様に目を浮べてゐた。そこには、きり〳〵と廻る、生きた独楽の様な肉塊があつた。そして、肥え太つて、脂ぎつた三十女の不様な身体があつた。それがまるで地獄絵みたいにもつれ合つてゐるのだ。何といふいまはしさ、醜さであらう。だが、そのいまはしさ、醜さが、どんな外の対象よりも、麻薬の様に彼女の情欲をそそり、彼女の神経をしびれさせる力を持つてゐやうとは、三十年の半生を通じて、彼女の嘗つて想像だもしなかつた所である。

注2

引用4

夢の間に半年ばかりは過去《た》つてしまつた。上官や同僚の軍人達がつき添つて、須永の生きたむくろが家に運ばれると、殆ど同時位に彼の四肢の代償として、……………④〔功五級の金鵄勲章が授けられた〕。時子が不具者の介抱に涙を流してゐる時、世の中は凱旋祝で大騒ぎをやつてゐた。彼女の所へも、親戚や知人や町内の人々から、名誉、名誉といふ言葉が、雨の様に降込んで来た。／間もなく、僅かの年金では暮しのおぼつかなかつた彼女達は、戦地での上長官であつた鷲尾少将の好意にあまへて、その邸内の離座敷を無償で貸して貰つて住むことになつた。田舎に引込んだせゐもあつたけれど、その頃から彼女達の生活はガラリと淋しいものになつてしまつた。凱旋騒ぎの熱がさめて世間も淋しくなつてゐた。もう誰も以前の様には彼女達を見舞はなくなつた。…………………………………………、……………………………………、………………………………………………、……………………………。……………………………………⑤〔月日がたつにつれて、戦捷の興奮もしづまり、それにつれて、戦争の功労者達への感謝の情もうすらいで行つた。須永癈中尉のことなど、もう誰も口にするものはなかつた〕。／夫の親戚達も、不具者を気味悪がつてか、物資的な援助を恐れてか、殆ど彼女の家に足踏みしなくなつた（注3）。（中略）／時子の思ひつきで、鉛筆の口書きによる会話を取交す様になつた時、先づ第一に癈人がそこに書いた言葉は「シンブン」「クンショウ」の二つであつた。「シンブン」といふのは、彼の武勲を大きく書立てた戦争当時の新聞記事の切抜きのことで、「クンショウ」といふのは云ふまでもなく例の金鵄勲章（注4）のことであつた。（中略）彼女が「名誉」を軽蔑し始めたよりは随分遅れてではあつたけれど、癈人も亦「名誉」に飽き飽きしてしまつた様に見えた。彼はもう以前みたいに、かの二品を要求しなくなつた。そして、あとに残つたものは、不具者なるが故に病的に烈しい、肉体上の欲望ばかりであつた。彼は恢復期の胃腸病患者みたいに、ガツガツと食物を要求し、時を選ばず…………⑥〔彼女の肉体を〕要求した。時子がそれに応じない時には、彼は偉大なる肉独楽となつて気違ひの様に畳の上を這い廻つた。／時子は最初の間、それが何だか空恐ろしく、いとはしかつたのだが、やがて、月日がたつに従つて、彼女も亦、徐々に…………⑦〔肉欲の餓鬼〕と化して行つた。野中の一軒家にとぢ籠められ、行末に何の望みをも失つた、殆ど無智と云つてもよかつた二人の男女にとつては、それが生活の凡てであつた。動物園の檻の中で暮らす、二匹のけだものの様に。／そんな風であつたから、時子が彼女の夫を、彼女の思ふがまゝに、自由自在に弄ぶことの出来る、一個の大きな玩具と見做すに至つたのは、誠に当然であつた。又、不具者の恥知らずな行為に感化された彼女が、常人に比べてさへ丈夫丈夫してゐた彼女が、今では不具者を困らせる程も、飽くなきものとなり果てたのも、至極当り前のことであつた。／彼女は時々気違ひになるのではないかと思つた。………、………………………………………………、………………………………………………………⑧〔自分のどこに、こんないまはしい感情がひそんでゐたのかと、あきれ果てて身ぶるひすることがあつた〕。／物も云へないし、こちらの言葉も聞えない、自分では自由に動くことさへ出来ない、この奇しく哀れな一個の道具が、決して木や土で出来たものではなく、喜怒哀楽を持つた生きものであるといふ点が、限りなく魅力となつた。その上、たつた一つの表情器官であるつぶらな両眼が、………………………⑨〔彼女の飽くなき要求に対して〕、或時はさも悲しげに、或時はさも腹立たしげに物を云ふ、しかもいくら悲しくとも、涙を流す外には、それを拭ふすべもなく、いくら腹立たしくとも、彼女を威嚇する腕力もなく、遂には彼女の圧倒的な誘惑に耐へ兼ねて、彼も亦異常な病的昂奮に陥つてしまふのだが、この全く無力な生きものを、相手の意にさからつて責めさいなむことが、彼女にとつては、もう此上もない愉悦とさへなつてゐたのである。

引用5

「怒つたの？　何だい、その目。」／時子はそんなことを呶鳴りながら、………………………。……………、………………………………………………⑩〔夫にいどみかかつて行つた。わざと相手の眼を見ないやうにして、いつもの遊戯を求めて行つた〕。／「怒つたつて駄目よ。あんたは、私の思ふまゝなんだもの。」／だが、…………………⑪〔彼女がどんな手段をつくしても〕、その時に限つて癈人はいつもの様に、彼の方から妥協して来る様子はなかつた。さつきから、ぢつと天井を見つめて考へてゐたことがそれであつたのか、又は単に女房のえて勝手な振舞が癇に触つたのか、いつまでも〳〵、大きな目を飛び出すばかりにいからして、刺す様に時子の顔を見据ゑてゐた。／「何だい、こんな目」／彼女は叫びながら、両手を相手の眼に当てがつた。そして、「なんだい」「なんだい」と気違ひみたいに叫び続けた。……⑫〔病的な興奮が、彼女を無感覚にした。両手の指にどれほどの暴力が加はつたかさへ、殆んど意識してゐなかつた〕／ハッと夢から醒めた様に、気がつくと、彼女の下で、癈人が踊り狂つてゐた。胴体丈けとは云へ、非常な力で、死にもの狂ひに躍るものだから、重い彼女がはね飛ばされた程であつた。不思議なことには、癈人の両眼から真赤な血が吹き出して、ひつつりの顔全体が、ゆでだこみたいに上気してゐた。……⑬〔※挿入なし〕（引用者注：ここに1行アキが入る）／「………、…………………………………………。」⑭〔※挿入なし〕／時子はその時、凡てのことをハッキリ意識した。彼女は無残にも、彼女の夫の、たつた一つ残つてゐた、外界との窓を、夢中に傷つけてしまつたのである。

底本：「悪夢」（『新青年』第一〇巻第一号、一九二九・一）

注1　癈人……日清日露戦争当時、戦闘や公務に基因する傷痍疾病で「不具癈疾」となり「軍人恩給法の増加恩恵を受ける者」は「癈兵」とよばれた。一九一七年の軍事救援法以降「傷病兵」の名が併用され、一九三一年一月の兵役義務者及癈兵待遇審議会の答申によって、満州事変以降、「傷病兵」「傷痍軍人」の呼称が定着する。「癈兵」という表現が傷痍軍人の名誉を傷つけること、国家総力戦体制にふさわしくないことがその理由である。ただし、「悪夢」においては「癈兵」という表現が用いられている。

注2　「悪夢」の挿絵は竹中英太郎作である。一九〇六年、福岡県に生まれた竹中は不具や畸型の身体を好んで描き、妖艶で頽廃的な画風で人気を博した。一九二八年、江戸川乱歩「陰獣」の挿絵で流行作家となり、『新青年』を中心に江戸川乱歩、横溝正史らの作品の挿絵を発表するが、思想的な疑問により筆を折り大陸に渡った。引用した挿絵には新聞記事の切り抜きと金鵄勲章が描かれており、作中で重要な意味を持つことがうかがえる。

注3　「悪夢」が発表された時期は、生活困難者を慈

恵的に救護する恤救《じゅっきゅう》規則（一八七四年の太政官達《だじょうかんたつし》）に代わり、老衰、幼少、病弱、貧困、身体障害などの理由で自立できない人々を公的に救護する義務があるという思想に立つ救護法（一九二九年四月二日公布）が成立した時期である。ただし、救護法では救護機関、救護内容、救護方法、救護費負担が厳密に定められていたため、生活困難者が保護を受ける権利はなかなか認められなかった。戸主が家の統率者として家族に対する扶養義務を負い家族以外の者に迷惑をかけない、という建前を美風とする風潮も普及を妨げる要因だった。

注4　金鵄勲章……一八九〇年の詔勅《しょうちょく》で創設された。一般庶民の下級兵士をも対象とし、「武功抜群」の軍人や軍属に授与された。須永に与えられた「功五級」は尉官の初叙せられる功級、准士官・下士官の中で功労を重ねた者の功級（兵の最高位の功級）で、一九二九年当時の年金額は年一四〇円。

5　本文の解釈と考察

「悪夢」に全文削除処分が科せられた一九三九年三月は、国家総動員法の公布から内閣情報部の設置に至る時期である。この作品は、（1）「癈兵」となった皇国軍人を「芋虫」に喩《たと》えて侮辱していること、（2）「癈兵」に尽くさなければならない貞淑な妻を淫乱な色欲魔のように表象していること、（3）一八九〇年の紀元節に明治天皇が発した「金鵄勲章創設ノ詔勅」によって制定された金鵄勲章を粗雑に扱っていること、（4）男女の奔放な性愛を露骨に描写していること、（5）ラストシーンにおいて皇国軍人の自殺を肯定するような書き方がなされていることなど、「国体」を冒瀆する記述を数多く含んでいる。以上を踏まえて、本章では博文館の『新青年』編集部が検閲による処分を回避するためにどのような対応をしたのか、この作品に付された伏字にはどのような意味が込められているのかを考察する。「悪夢」の伏字は、検閲を行う当局が自分たちの都合で付すものではなく厳しい言論統制下における出版社の自主規制であること、そうした自主規制のなかにも知恵と工夫、戦略的なレトリックが存在していることを学んでもらう。

ここに引用した本文は、初出「悪夢」の伏字箇所と戦後に刊行された「芋虫」（『芋虫』岩谷選書、前出）で復元された箇所を比較対照したものである。伏字箇所は初出に合わせて……で表記し、それに続く〔　〕内に復元された言葉を挿入している。また、⑬と⑭は乱歩自身が言葉を補っていないため、そもそも伏字にした理由が分からない箇所として〔※挿入なし〕と表記した。全一四箇所の伏字を分類すると、A・軍人である須永の名誉を棄損する可能性がある表現を含んだ箇所（①、④、⑤）、B・時子と須永の病的な「情慾」が表現されている箇所（②、③、⑦、⑨、⑩）、C・凄惨を極めた表現がなされている箇所（⑫）、D・特に伏字にしなければならなかった事情が分からない箇所（⑥、⑧、⑪、⑬）、E・伏字が復元された際に表現が補充されなかった箇所（⑬、⑭）に分類できる。

「悪夢」は、作品冒頭に「須永中尉（予備少将は、今でも、あの人間だか何だか分らない様な癈兵を、滑稽にも、昔のいかめしい肩書で呼ぶのである）」とあり、語り手が名誉ある傷痍軍人を「人間だか何だか分らない」存在と呼ぶことからはじまる。本文中には「情慾の鬼」「哀れな片輪者」「けだもの」という表現もある。だが、編集部はこれらの侮蔑的な表現を残し、「忠勇なる国家の干城であつた人物」（①）を伏字にした。対して、「功五級の金鵄勲章が授けられた」（④）は武勲として授けられた「名誉」が何であるかを隠すための伏字である。「癈人」となった須永は、鉛筆の口書きで「シンブン」と「クンショウ」を求め、自らの武勲の証を眺めては「満足そうな目つき」をするようになるのだが、そこには、はっきりと「例の金鵄勲章」という記述があり、さきの伏字に入る言葉が分かるようになっている。「悪夢」では、このようなかたちで類似した表現を複数箇所に散りばめ、そのうちの一箇所だけを伏字にしている事例が少なくない。

①、④が皇軍兵士の名誉に関する配慮だったのに対し、⑤は国民の戦争協力体制が問われる箇所である。ここで伏字にされた一文は、そうした世間の冷酷さを鋭く突いたものである。ただし、この一文のなかに検閲の対象となりそうな記述はない。

②は、直前に「起居の自由を失つた哀れな片輪者を、勝手気儘《きまま》にいぢめてやり度《た》い」とあり、時子が自らの欲望のままに須永の身体を弄ぶ描写が入るであろうことは想像できる。また、「物狂はしい接吻」「甘い興奮」といった表現を残したまま「彼女は狂気の様になつて」（②）を伏字にしている。ここでの二行に亙る………は、その長さそのものが時子の愛撫の執拗さを示している。「異様な遊戯」（③）、「肉欲の餓鬼」（⑦）、「彼女の飽くなき要求」（⑨）、「夫にいどみかかつて行つた」（⑩）とあるように、それぞれは妻の時子の貪欲な「情慾」に向けられている。さきに解説した②も含めて、『新青年』編集部は、自らの性欲を満たすために「芋虫」となり果てた夫の身体を弄ぶ時子の、「情慾」が描かれている箇所を重点的に伏せていることがわかる。当時の検閲では「性、性欲又は性愛等に関係する記述にして淫猥、羞恥の情を起さしめ社会を害する事項」についても厳しい対応が取られていたが、女性が自らの「情慾」を顕わにすることが「淫猥、羞恥の情を起さしめ」る行為と認識されていた可能性もある。

⑥は、特に伏字にしなければならなかった事情が分からない箇所に含めておいたが、⑥の前後は「ガツガツと食物を要求し、時を選ばず…………要求した。時子がそれに応じない時には、彼は偉大なる肉独楽《にくごま》となつて気違ひの様に畳の上を這い廻つた」とある以上、そこにどのような表現が入るかは容易に想像がつく。『新青年』編集部は「彼女の肉体を」という箇所だけを伏すことで、須永の「情慾」の激しさに対する読者の妄想を手助けするような措置を施したのである。

次に凄惨を極めた表現について。当時の「風俗紊乱出版物の検閲標準」には「残忍なる事項」が含まれているため、時子が須永の両目を突いて失明に至らしめる描写がそれに該当する懸念は確かにあったと思われる。だが、⑫は、わずか二文字分の伏字にもかかわらず、のちの岩谷選書版「芋虫」では、「病的な興奮が、彼女を無感覚にした。両手の指にどれほどの力が加わったかさえ、ほとんど意識していなかった」という一文が書き加えられている。

「悪夢」の伏字が同時代における他の文芸雑誌掲載作品のそれと違っているのは、D・伏字にしなければならない事情が分からない箇所が少なからずあることである。さきに紹介した⑥はもとより、⑧、⑪、⑬の四箇所がそれに該当する。これらに共通しているのは、伏字の箇所がなくても前後の文意が通じてしまうということである。これも穿った見方かもしれないが、『新青年』編集部は、中抜きにしても前後の文意が通じやすい箇所を探してそれをダミーとし、伏字の数を稼いだのではないだろうか。その証拠に、「悪夢」の伏字は前半に集中しており、時子が須永の両目を突いたあとの場面には伏字がない。作品の後半にも猟奇的な描写はあるし、妻に両目を潰された傷痍軍人がこの世を果敢《はか》なんで自殺を遂げる顚末《てんまつ》も問題にされてよいはずだが、そこには、いっさい手が加えられていないのである。

最後は伏字が復元された際に表現が補充されなかった箇所（⑬、⑭）である。⑬についてはすでに考察を加えているので、ここでは⑭に限定してその特徴に迫りたい。この⑭が他の箇所と決定的に違っているのは、伏字の前が空行となっており、実質的に新しい章の冒頭にあたっているということである。空行のさらに前には⑬の伏字があるため、⑭はまったくしがらみのないかたちで書き出された新章の冒頭句ということになる。また、「『……、……………………。』／時子はその時、凡てのことをハツキリ意識した。彼女は無残にも、彼女の夫の、たつた一つ残つてゐた、外界との窓を、夢中に傷つけてしまつたのである。」とあるように、⑭の伏字は時子の言葉を直接話法で表現した言葉ということになる。伏字箇所の途中には読点まであり、いかにも具体的な言葉が入っていた箇所だったとでもいいたげな痕跡を残している。要するに、⑭の伏字には「癈人の両眼から真赤な血が吹き出して」いるのを見た時子の叫び声が入ることになるのである。

だが、伏字として消された言葉のあとに置かれているのは、「時子はその時、凡てのことをハッキリ意識した。」という一文であり、読者は伏字の箇所を読み飛ばした方がスムースに文脈を理解できてしまう。岩谷選書版「芋虫」で、この部分に文章が加筆されず伏字の箇所そのものが削除されたのは、極めて合理的かつ自然な修正だったといえる。⑭に限っては、乱歩が『新青年』に届けた原稿がどうなっていたのかわからないため明確な結論を出すことは難しいが、存在していなくてもよいカギ括弧表記を用意し、そこにわざわざ伏字を付して見せることによって、読者はポッカリと口を開けた言葉の空洞を見ることになったとはいえないだろうか。

以上、「悪夢」の伏字には意味がないにもかかわらず意味ありげに見せる伏字、前後の文脈からその内容が容易に推察できるように仕組まれた伏字、言葉を傷つける行為そのものが作品世界の残虐さや悍《おぞ》ましさを増幅させる効果を発揮する伏字などがあり、言論統制の抑圧を逆手に取った表現技法として解釈することができる。

山本明は「伏字・検閲・自己規制―言論機関の「自主規制」について」(『思想の科学』一九六四・一二)で、「絶対主義的検閲の下では、伏字は検閲への一つの抵抗としても機能することができた。伏字の使用については、長年の経験と工夫によって著者と読者との間に暗黙の了解が成立していた」、「伏字は、読者にたいして何がタブーであるかを知らせた。そのタブーについて直接的表現で語ることをさけろ、という警告をおこなうこともできた。そして、戦時中、伏字が出版物にみられなくなったとき、それは政治的自由の完全な圧殺のしるしであったのだ」と指摘したうえで、「私は国家権力の検閲の下では伏字はもうゴメンだが、送り手が勝手に規制してできあがった美しい紙面や番組より、「伏字」の機能を大切にしたいと思う。「伏字」にみちあふれて、マスコミと国家権力との緊張関係や送り手と作り手の矛盾を生のまま反映し、そのことによって何かを訴えかけ、何がタブーになっているかを国民の前に暴露する、そういう「伏字」がいま必要なのではないか」と論じているが、それは『新青年』編集部の実践でもあったのだ。

6　課題

基礎的課題一　のちに伏字箇所をもとに戻した際、江戸川乱歩は伏字の⑬、⑭に関してまったく文言を挿入しなかった。その理由としてどのようなことが推測できるか、考えてください。

基礎的課題二　『新青年』編集部は、作者である江戸川乱歩にさえ断りを入れずに「芋虫」というタイトルを「悪夢」に変更し、一四箇所もの伏字を付して活字化したが、そこにはどのような狙いがあったか、考えてください。

発展的課題　日本では、戦後占領期にもＧＨＱ／ＳＣＡＰによって検閲が行われたが、ＧＨＱの検閲の特徴を調べてください。

7　参考文献

山本武利『新聞・雑誌・出版』（ミネルヴァ書房、二〇〇五）
ミルトン、ジョン／原田純訳『言論・出版の自由　アレオパジティカ他一篇』（岩波文庫、二〇〇八）
吉村敬子『戦前・戦後検閲資料及び文書（１９５５年以前）』（文生書院、二〇〇九）
浅岡邦雄『〈著者〉の出版史―権利と報酬をめぐる近代』（森話社、二〇〇九）
鈴木登美・十重田裕一・堀ひかり・宗像和重編『検閲・メディア・文学―江戸から戦後まで』（新曜社、二〇一二）
紅野謙介・高榮蘭・鄭根埴・韓基亨・李惠鈴編『検閲の帝国―文化の統制と再生産』（新曜社、二〇一四）
牧義之『伏字の文化史―検閲・文学・出版』（森話社、二〇一四）

水沢不二夫『検閲と発禁―近代日本の言論統制』（森話社、二〇一六）
石川巧「江戸川乱歩「芋虫」における〝物のあわれ〟」（『立教大学日本文学』、二〇二〇・一二）
石川巧「グロテスクの見せ方―江戸川乱歩「悪夢」の伏字」（『敍説Ⅲ』二〇二一・一〇）

【戦前の検閲年表　「悪夢」との関連を中心に】

一九二五	九月一六日付の『読売新聞』朝刊に「読書界出版界　全国出版物の総元締（下）内務省図書課」という記事が掲載され「検閲方法にもその道でコツがある。先づ紊乱ものにしろ壊乱ものにしろ危なさうなものから先に手をつける。それから題名と書出を調べてペラ〳〵とやつて大体の経過を拾つてみるともうチヤンと目星をつけるんだがそれで決して外れないといふから驚く、こうして特別に滞らない限り一日か二日で全部検閲が済むといふことだ」という記事を掲載。同年、東京帝国大学学長を務めた哲学者・井上哲次郎の『我が国体と国民道徳』（広文堂書店、一九二五年）で論じた「三種の神器」に関する記述が不敬罪にあたると糾弾される。井上は著書の表記を書き直したが、検事局の取調べを受けることになり、「大赦」による不起訴処分とされる。その後、歴史、文学関連での検閲処分が相次ぐ。
一九二六	一月、京都学連事件をめぐってはじめて治安維持法が適用される。三月、朴烈、金子文子夫妻に対して大逆罪による死刑判決が出される。
一九二七	円本ブームや岩波文庫の創刊にともない出版物が激増する。検閲担当部局がパンク状態に陥ったため、内務省は内検閲（出版社から提出されたゲラをもとにした事前の打ち合わせ）を一方的に廃止。以後、出版社側の自主検閲が強化され、検閲対象となりそうな著者の原稿を敬遠するようになる。内務省はその代替措置として分割還付（検閲をパスしなかった出版物のうち、問題がある箇所、作品を切断すれば販売できる仕組み）をはじめるが、裁断された出版物は商品的価値がなくなるため、出版社にとっては重い負担となった。
一九二八	内務省警保局の検閲担当者が前年の二四名から六一名に増員（一九三五年には一〇〇名超となる）。『新青年』（新春増大号）が江戸川乱歩「悪夢」を掲載。

一九二九	四月一六日付『読売新聞』夕刊が「閲覧地獄に検閲係の悲鳴」という見出しのもと内務省の図書館に毎日「八千五百種類」もの新聞・雑誌が納本されていると報じる。
一九三六	内務省警保局開催の全国特高課長会議が「伏字はかえつて抵抗感を強め逆効果を生ずる」という理由で「伏字の濫用排除」を定める。
一九三七	警察部長会議における「言論取締強化の方針」を経て、翌年末までに「出版物から伏字がいつさい追放」されることになる。
一九三八	国家総動員法が公布され情報の一元化が促進される。
一九三九	江戸川乱歩「悪夢」が全文削除処分となる。
一九四〇	陸軍省、海軍省、外務省、逓信省それぞれの情報関連部局、及び内務省の検閲課の担当者が集う内閣情報部が設置され、同情報部の第四部第一課が検閲を担当することになる。一二月、日本出版文化協会が設立され、翌年六月から出版用紙配給割当規定が定められる。
一九四一	新聞紙等掲載制限令、国防保安法、言論・出版・集会・結社等臨時取締法が制定され言論統制強化。治安維持法の全面改訂により「国体ノ変革」をもくろむ「組織ヲ準備スルコト」が処罰の対象となり、「罪ヲ犯スノ虞アルコト顕著」なる者の予防拘禁も可能となる。

第II部　批評理論を用いた分析

第一一章　ナラトロジー

どのように語られているかという問い
太宰治「饗応夫人」

飯田祐子

1　本章で学ぶこと

ナラトロジーとは、物語の形式や構造を論じるための理論である。ナラティブ、つまり物語は、文学だけではなく映画や絵画やマンガ、広告や報道、歴史記述や記憶の表出など、ありとあらゆるものに組み入れられ、またそれらを組み立てているものなので、ナラトロジーは幅広い分野で応用されているが、本章では文学作品を前提に説明する。ナラトロジーの枠組みを把握し、語りという観点から作品について考えよう。具体的に取り上げるのは、太宰治「饗応夫人」である。太宰は、女性独白体という特徴的な語りを用いた小説を一六作品書いており、「饗応夫人」はその最後の一作である。作品の特異性を理解する視座の一つとしてジェンダーに注目し、太宰という「作者」に結び合わせて考察する。

2　ナラトロジー

私たちが読んでいる作品の言葉の連なりそのものを、ここでは「テクスト」という用語で扱う。私たちが直に接することができるのは「テクスト」だけである。そこから私たちは解釈を通して「何」が語られているのかを引き出す。私たちが、「テクスト」から「何」に辿りつく過程を明らかにするために、「どのように」語られているのかについて分析する方法を、ナラトロジーは示してきた。

ナラトロジーの基礎理論として参照されてきたものに、ジェラール・ジュネット『物語のディスクール』がある。原著（仏語）は一九七二年で英訳が一九八〇年、日本語に訳されたのは一九八五年、ナラトロジーにおける代表的古典の一つである。ジュネットの理論の用語は、現在でも広く使われている。ジュネットは、語りの「順序」や「速度」、「頻度」などの時間の記述方法について分類を行い、語りの「焦点」を整理し（視覚情報だけでなく内面や身体感覚などの情報についても含むことができるように、「視点」ではなく「焦点」という言葉が選ばれている）、語り手の水準を理論化した。それらの分類は、語りの特徴を記述するのにたいへん役立つ。とはいえ、その理論はプルーストの『失われた時を求めて』の特異性を説明するために整理されたものでもあり、分類のみが目的だったわけではない。示された典型的なパターンからの逸脱を説明するときにこそ、これらの分類は役立つのである。

ナラトロジーの出発点は、「物語内容」と物語の「語り」の水準の違いを認識することにある。経験的に理解できることだが、同じ出来事を素材としていても、どのように語るかによって、伝わる内容や意味は大きく異なってくる。たとえば喧嘩の当事者たちは、同じ出来事を経験するが、それぞれの立場で全く異なる物語が生み出される。「語り」に目を向けずに、「物語内容」を考えることはできない。

また作者と「語り手」の水準の差異も重要である。この差異は、一人称の虚構を例にすれば分かりやすい。たとえば夏目漱石の『こころ』の「先生の遺書」という章は、「私」によって語られているが、明治天皇の崩御の後、自死する語り手は先生であって、漱石ではない。両者を結び付けつつ読むことはできるが、原理的には作者と語り手の水準を分別することが必要である。テクストの外側に、現実の作者と現実の読者の関係があり、テクストの内側に語り手とその聞き手の関係がある。さらに、内包された作者と読者という設定（ウェイン・ブース『フィクションの修辞学』書肆風の薔薇、一九九一）や、代理話者と代理の聞き手の関係を設定する理論（マリー＝ロール・ライアン『可能世界・人工知能・物語理論』）もある。パトリック・オニールは、以下のように整理している。

現実の作者―内包された作者―語り手―登場人物―聞き手―内包された読者―現実の読者

登場人物の場所が物語内容にあたる。テクストの語り手と現実の作者の間に、内包された作者がいる。内包された作者は、テクストによって仮構される存在である。また聞き手と現実の読者の間には、内包された作者がテクストに折り込んだ意味を受け取る、内包された読者がいる。私たちは、テクストを読むとき現実の自分自身を離れ、内包された読者の場所に身を移す。向かい合う内包された作者は、読者がつくりあげる作者のイメージである。先に作者と語り手の差異を強調したが、一方で私たちは、作者の情報があればそれを読みに引き込み、またテクストを読むことから作者をつくりあげる。フーコーは、作者を「言説の可変的で複雑な機能」として論じ、「何か主体というようなもの」がテクストの中に現れると説明した(ミシェル・フーコー『作者とは何か?』哲学書房、一九九〇)。読者がそのようにテクストへの応答のなかで作りあげる存在が内包された作者である。

この内包された作者と読者の関係は、理論の上では、意思疎通が理想的に成り立っているものとして抽象的に想定されている。一方、現実の作者と読者は、もちろん歴史的で文化的な存在である。そして、現実の読者は非常に多様でもある。それゆえ、一つのテクストを介してつくられる内包された作者と読者の関係も、実は多様である。これらの図式は、送り手と受け手のコミュニケーションのモデルを用いて説明されているが、モデルとしてはコミュニケーションが齟齬を発生させずに達成されるものとして想定されるとしても、実際のコミュニケーションはつねに何らかの齟齬を含んでいる。ときには、全く通じないことすらある。むしろコミュニケーションには、ある種の交渉が常に発生しているというべきだろう。であれば、具体的なテクストを分析するにあたっても、内包された作者と読者の関係、またその内側の語り手と聞き手においても、ある種のずれや亀裂、また交渉や意味の争奪が発生している可能性を含みつつ、議論することができるはずだ。そのとき重要なのは、情報の発信者と受信者の歴史的、文化的なポジションである。

オニールは、読む行為についての理解のしかたを四つの段階で説明している。第一には、読むことは、作者の意図を受け取ることだった。第二に作者からも読者からも自立したテクストそれ自体の自律性が提唱された。第三に作者ではなく読者の役割が強調されるようになり、第四には作者とテクストと読者の相互作用として理解されるようになった。オニールは第四の段階において重要な三者の相互行為性を「テクスト性」という用語で説明し、テクストには、決して確定されないテクスト性があるという。こうした相互行為性をふまえることで、ナラトロジーを、分類による記述から歴史性や文化性へと接続して展開していくことができる。

テクストの特異性をとらえるには、定型からの逸脱が重要だ。たとえば語り手は必ずしも信頼できるとは限らない（ウェイン・C・ブース『フィクションの修辞学』水声社、一九九一）。語り手の詐術や、腹話術的な語りの二重化についても考察してみよう。聞き手は、どうか。聞き手もまた信頼できるとは限らないし、複数の聞き手がいる場合もある（ジェラルド・プリンス『物語論の位相―物語の形成と機能』松柏社、一九九六）。また、どこに焦点化しているか、誰の視点で語られているのかという問題は、物語における情報の量や質、限定性を考えることにつながる。ある人物に焦点化していながら、その人物が知り得ない情報が語られている箇所などには、語りの揺れや不具合が指摘し得るだろう。プロットについても、要素の整理がなされているが（ウラジーミル・プロップ『昔話の形態学』白馬書房、一九八七）、プロットは、一筋とは限らない。その多重性に目を向け、メイン・プロットに隠れたサブ・プロットを抽出したり、さらにその拮抗を読んだりすることもできる。また時間の記述のされ方は、時間に対する認識と関係している。近代における進歩主義的な時間認識が、いつも支持されているとは限らない。逆行や切断や複数化などを見つけ出し、その文化的な意味を考えることもできる。

ナラトロジーには多岐にわたる観点がある（英語圏の議論をまとめたサイト「the living handbook of narratology」は、その広さを確認するのに役立つ）。テクストは、さまざまな水準で歴史的、文化的に類型を形成しつつ、その類型を引用したり改変したり、抵抗したり逸脱したりする。日本近代文学研究の領域では、小説というジャンルの形成において語りのあり方がいかに模索されてきたのか、その歴史性についても議論が重ねられてきた（小森陽一『物語としての語り』、安藤宏『近代小説の表現機構』)。語りの人称や間接話法／直接話法といった形式を日本語の特質と関わらせる考察（橋本陽介『物語論―基礎と応用』）もある。ナラトロジーの知見は、こうしたテクストの特性の詳細な検討を可能にするのである。

3　作家紹介

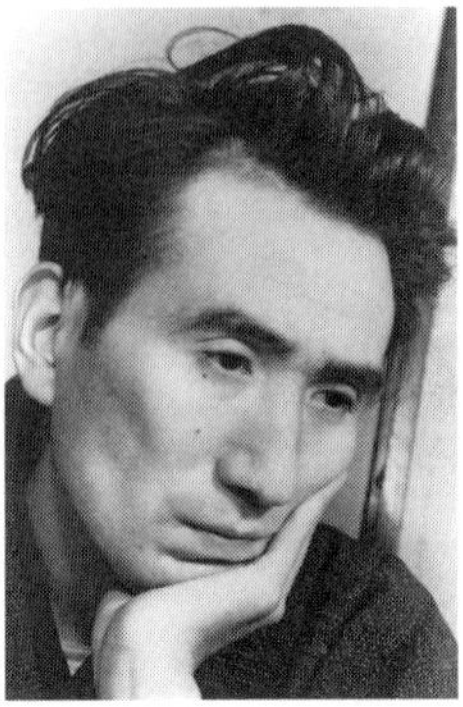

太宰治（だざい・おさむ　本名は津島修治）一九〇九年―一九四八年。青森県北津軽郡金木村に生まれる。生家は、津軽の大地主であった。旧制弘前高校在学中に、同人雑誌に小説を発表し始める。一九二九年に、カルモチンによる自殺未遂。一九三〇年に東京大学仏文学科に入学する。同年、鎌倉で心中をはかり相手の女性のみが死亡するという経験をする。その後も、自殺・心中未遂を繰り返した。一九三三年発表の「魚服記」で注目され、一九三五年には「逆行」で芥川賞候補となる。一九三六年、最初の作品集『晩年』を刊行。戦時下も戦後も、途切れることなく作品を執筆し続けた。その内容は、自己の経験を素材にしたものから古典に材をとったものなどまで多彩である。一九四七年の『斜陽』は「斜陽族」が流行語となるほどに広く読まれ、一九四八年には代表作といえる『人間失格』を雑誌『展望』に発表したが、連載最終回直前の同年六月、玉川上水で山崎富栄と入水自殺を遂げた。

4　作品を読むための基本情報

「饗応夫人」梗概

主人公の夫人を「奥さま」と語る女中ウメの視点で語られている。夫人の夫は召集されたまま戦地から戻らず、夫人は東京郊外で女中と静かに暮らしている。夫も夫人自身も資産家の生まれで郊外は戦災にもあわなかったため、戦後も余裕のある生活を続けていたが、夫のかつての友人である笹島と再会し、家へ招いて歓待したことをきっかけに、仲間も連れて笹島たちが度々訪れるようになる。もともと夫人は客を迎えた際にはできる限りの「饗応」をする質であったため、彼らは増長し傍若無人に振る舞うようになる。夫人は、資産を失っていくばかりか、ついには体調を崩すほどになる。女中の「私」は様子を見かねて、実家に戻るよう促し切符を用意する。しかし、出立しようとした瞬間にまたしても客が現れ、夫人は切符をそっと破り棄て「饗応」に戻ってしまう。「私」は驚きながらも、そこに人間の貴さを見出すのだった。

作品の成立事情

「饗応夫人」は、一九四八年一月『光CLARTE』第四巻第一号に発表され、太宰の没後一九四八年七月に刊行された『桜桃』（実業之日本社）に収録された。「饗応夫人」のモデルは、秋沢三郎夫人であった画家の桜井浜江、女中ウメのモデルは、桜井浜江宅の女中近藤ヨシであると指摘されている。桜井浜江については、野原一夫の回想がある（野原一夫『「饗応夫人」と『メリイクリスマス』』『回想　太宰治』新潮社、一九八〇）。それによると、画家を目指して山形から上京した桜井浜江が新進作家秋沢三郎と結婚して阿佐ヶ谷にいる頃に太宰と知り合い、離婚後三鷹に移ってしばらくして太宰と再会したという。「知り合いの絵描きさん」というだけの知識で繰り返し饗応に預かっていたというから、「饗応夫人」に描かれた笹島と友人たちの無体ぶりと重なる。とはいえ、浜江は画家としての野心を実現する能力を持ち得ていた女性である。極端に受動的な「饗応夫人」と同一視することはできない。

女性独白体についての先行研究

「饗応夫人」は、女性独白体で語られている。作家と語り手のジェンダーが異なっていることが、このテクストの語りにおける第一の特徴である。太宰は、中期以降、女性独白体小説を一六作品書いており、研究においても注目されてきた。

東郷克美は、「女性独白体の発見は、それ自体女性へのある種の差別意識を含むものであるにしろ、太宰治の表現史の上で画期的な出来事だった」と指摘する。また「「女」のことばで語ることが、何も「女」になりきることを意味するものでないことはいうまでもない」とし、「あくまでも実体としてのそれではなく、男の描く『観念の女』であることが自覚されていたのである」という(『太宰治という物語』)。太宰の「女」についての考え方を捉える際にしばしば引用される「女人創造」には、「男と女は、ちがふものである」「男は、女になれるものではない。女装することは、できる」とある。太宰の女性独白体は、「女装」の実践である。女装するためには、男と女の差異が必要である。それゆえ太宰の女性独白体にジェンダーの制度を転覆させる契機を見出すことは難しい。男が、男の声で語るのとは違うことを語りうるからこそ、女性独白体は選ばれている。

その効果についての評価は、分かれている。積極的に肯定する論では「「書くこと」にまつわる〈男〉の創作意識、ないしはその意識の過剰性を相対化する役割」があるとし、「太宰文学における「女性」は、時に語り手の意図を超えて自律し、現実にはどこにもない虚構の「性」として、作品を内側から批判し続ける役割を果たして行くことになった」(安藤宏「太宰文学における〈女性〉」『国文学　解釈と鑑賞』一九九九・九)とみる。しかしながら、「女性」を「男性」の相対化に必要な存在とみる構図は、男性中心的でもある。それゆえ「太宰治文学研究は、「太宰治」を翻訳者としてではなく作家として立ち上げることによって、女の「創造者」としての権威を与え、翻訳不可能な女という可能性を抹殺した」という批判があり(榊原理智「「皮膚と心」―語る〈女〉・語られる〈非対称〉」『国文学　解釈と教材の研究』特集）、「妻としての語り手」は「夫を映し出す反照鏡として造形」されていて「主体を奪われて」おり「狂気語りこそは男性作者の創出した女性独白体の正体」とも論じられてきた（坪井秀人「語る女たちに耳傾けて―太宰治・女性独白体の再検討」『国文学　解釈と教材の研究』二〇〇二・一二）。女性独白体の男性中心性をふまえたうえで「「女の言葉」が男性中心的な言語システムの内部で生産されていく様相そのものが方法化されている事態を見定めることが要求される」（千田洋幸「「千代女」の言説をめぐって―自壊する「女語り」」『国文学　解釈と教材の研究』特集）という指摘もある。ここでも、男性中心性を結論とするのではなく、前提としてふまえたうえで、その機能について考えてみよう。

5　本文の解釈と考察

先行研究が論じてきたように、女性独白体の第一の機能は、語られる男を徹底的に批判することにある。「饗応夫人」の語り手「私」は、女中のウメで、自らも登場人物の一人である物語を語る語り手である。焦点化は一貫しており、すべてが「私」の目を通して語られている。語り手ウメは、他の女性独白体の作品と同じく、登場人物に対して超越的な批評性を持っている。無遠慮で図々しい客に対して、はっきりと批判的であるだけでなく、夫人に対しても「いぢらしいのを通りこして、にがにがしい感じさへするのでした」と語り、最後には「だつて、こんなにからだが悪くなつて、奥さまは、これからどうなさるおつもり？　やはり、起きてお客の御接待をなさるのですか？　雑魚寝のさいちゆうに血なんか吐いたら、いい見世物ですわよ」と、言いわたす。合理的で、しかも忠心に溢れる訴えゆえ、ついに夫人は里へ戻る決心をする。客も主人も暴走するなかで、語り手のウメ一人が、現実的で常識的な判断力を維持している。

ただし「饗応夫人」には、他の女性独白体小説と異なる特徴もある。他の女性独白体小説では、主人公となるのは語り手自身である。語り手は、男との関係を描きながら、内面を独白し彼らを相対化する。読者は、その枠組みの中で太宰に重なる男性登場人物に対する批評性を読んできた。しかし「饗応夫人」の語り手は、主人公格の夫人ではなく、女中ウメである。さらに重要なのは、語られる対象が男性ではなく女性だということである。つまり「饗応夫人」では、「女」が二重に配置されている。そこで考えてみたいのは、女性独白体の語り手が男の「女装」として捉えられるならば、内側に重ねられた夫人についても、同様の可能性があるのではないかということだ。

　実は、太宰は「饗応」を他の作品で「男」の行為として繰り返し描いている。たとえば「桜桃」。「私は家庭に在つては、いつも冗談を言つてゐる。（略）いや、家庭に在る時ばかりでなく、私は人に接する時でも、心がどんなにつらくても、からだがどんなに苦しくても、ほとんど必死で、楽しい雰囲気を創る事に努力する。さうして、客とわかれた後、私は疲労によろめき、お金の事、道徳の事、自殺の事を考へる」。この「私」の必死の奉仕は、「饗応夫人」の強迫症めいた饗応の様子とほとんど同一である。「父」における「私」の饗応も、「私自身、何のたのしいところも無い」うえに「私の饗応を受ける知人たちも、ただはらはらするばかりで、少しも楽しくない様子である」と語られる。「親友交歓」の「私」は、記憶にない「親友」に「残り少なの秘蔵のウヰスキイ」を飲み干され、「強姦といふ極端な言葉さへ思ひ浮かんだ」と語られる。「交歓」と「強姦」が紙一重になるという事態は、「饗応」の、洒落にならない被虐性を自嘲的に浮かび上がらせる。

　もてなしは、もてなされる側があってはじめて成立する、きわめて相互的な行為である。その意味で、饗応は受動性を帯びた行為である。デリダは「絶対的ないし無条件の歓待」を倫理として論じている（ジャック・デリダ『歓待について―パリのゼミナールの記録』産業図書、一九九九）。「到来者に我が家のすべてやおのれの自己を与えること、名前も代償も求めることなく、どんなわずかな条件でもみたすことを求めることもなく、彼におのれの固有《プロプル》なもの、われわれの固有なものを与えること」と、一切の条件や掟を廃した歓待を理念として語った。そのとき、主人と客との「置き換え」が発生する。「家の主人は自分の家にいるが、客の力を借りて自分の家になんとか入り込むことができるのです」というように、客は、主人を主人たらしめる存在である。太宰の描く饗応においても、この「置き換え」が生じている。客の存在によって生まれる饗応の主体は、弱く、踏み込まれやすく、きわめて受動的である。

もう一つ、重要な例がある。太宰が客の側として描かれた「津軽」における饗応である。津軽を訪れた太宰を、友人知人が歓待する。なかでも、Sさんによる「疾風怒濤の如き接待」のエピソードは印象深い。酒だ、リンゴ酒だ、干鱈だ、砂糖だ、音楽だ、アンコーのフライだ、そして卵味噌のカヤキだ、と畳みかけるように数々の思いつきが羅列される。太宰は、こうした饗応を「津軽人の愛情の表現」と説明し、「津軽人の愚直可憐、見るべしである」という。続いて語られるのは「ちぎつては投げ、むしつては投げ、取つて投げ、果ては自分の命までも、といふ愛情の表現は、関東、関西の人たちにはかへつて無礼な暴力的なもののやうに思はれ、つひには敬遠といふ事になるのではあるまいか」という、やはり饗応における主人の被傷性である。

しかしながら、この甚だしさが饗応を倫理的なものとする。「生粋の津軽人といふものは、ふだんは、決して粗野な野蛮人ではない。なまなかの都会人よりも、はるかに優雅な、こまかい思ひやりを持つてゐる」という尊い美質が語り得るのは、饗応が徹底して他者に向かう行為であるからだ。饗応に対する自嘲的な評価は、中央（都会）と周縁（津軽）の力学におけるマイノリティとしてのポジションに結びつき、こうして裏返る可能性を帯びている。饗応は単純に否定してよい行為ではない。

「饗応夫人」に戻ろう。この小説では興味深いことに、最後の最後に、超越的だった語り手ウメが自らの判断を翻す。末部のエピソードで、二人で家を出ようとしたそのとき、客が来襲、再び夫人の「接待の狂奔」が始まってしまう。ウメが抱えてきた客に対する怒りと夫人に対する苛立ちが一気に高まるのではないかと思われる展開だが、夫人が客に「逢つたとたんに」切符を「そつと引き裂いた」のだと気がついたとき、唐突に開眼の言葉が語られる。「奥さまの底知れぬ優しさに呆然となると共に、人間といふものは、他の動物と何かまるでちがつた貴いものを持つてゐるといふ事を生れてはじめて知らされたやうな気がして」と、ウメは呟く。ここにおいて、夫人の饗応は、一貫して示されてきたウメの合理性や現実的な批評性とは全く別の水準へ、昇華する。それは、「人間」だけがなしうる「貴いもの」である。説明を排して唐突に開示される倫理的な真実として、饗応は、絶対的に肯定されている。

ここで太宰による女性独白体の第二の特徴を指摘しよう。「おさん」や「ヴィヨンの妻」など、戦後の女性独白体の作品では、最後に曇りのない認識が断定的に示される。男性登場人物の批判でもあるそれらの言葉は、作品のメッセージと思われる強度をもち、読者によって肯定されるべき言葉となっている。女装した言葉には、批判するだけでなく、肯定されるという機能が付されているのである。女装した者は、肯定する者ではなく、肯定される者である。重要なのは、この受動性である。

末部で反転するウメの悟りの言葉もまた、肯定されるべきものとして提示されている。そして忘れてはならないのは、もう一重の女装がなされていたことだ。おろおろと動き回り、客に命をも与えてしまう完全に主体性を欠いた主人。他の饗応を描いた作品と異なる「女装」によって、この饗応の主体は、肯定されるべき者となる。二重の女装は、被肯定性（肯定されるという性質）を二重化する。その中心に、意志も意味も超えた「底知れぬ優しさ」として饗応という行為が置かれている。マイノリティとしての倫理とジェンダーがつくる装置の交差によって、饗応は肯定されるものとして語られる。認識しておきたいのは、ここには聞き手への配慮があることだ。マイノリティの語りにおける応答性の高さが見出されるのである。

「桜桃」に、「いや、それは人に接する場合だけではない。小説を書く時も、それと同じである。私は、悲しい時に、かへつて軽い楽しい物語の創造に努力する。自分では、もつとも、おいしい奉仕のつもりでゐるのだが、人はそれに気づかず、太宰といふ作家も、このごろは軽薄である、面白さだけで読者を釣る、すこぶる安易、と私をさげすむ。／人間が、人間に奉仕するといふのは、悪い事であらうか」という一節がある。饗応は、太宰にとって書くことにおける態度でもあった。徹底的に受動的な饗応に対する承認は、太宰という作家を承認することと深く関わって、切実に求められていたのではないだろうか。「津軽」に結びついたマリノリティ性と交差する二重の「女装」は、自己の露出を抑えた迂回であると同時に、そうした深い欲望によって求められた応答的語りの方法なのである。

6 課題

基礎的課題一 物語内容のレベルでのウメの行動と、語り手としてのウメの態度とは、どのように重なりまたどのように異なるか考察してください。

基礎的課題二 語り手を変更したら物語はどのように変わるだろうか。夫人自身の視点、あるいは笹島の視点、または全知の三人称の語り手の場合などを想定し、語り手のポジションと内容の関係について考察してください。

発展的課題 語りの形式には歴史性がある。日本において一人称独白体の語りはいつごろ生まれ、どのように展開してきたのか、調べてください。

7 参考文献

安藤宏『近代小説の表現機構』(岩波書店、二〇一二)

オニール、パトリック／遠藤健一監訳『言説のフィクション　ポスト・モダンのナラトロジー』（松柏社、二〇〇一）
小森陽一『構造としての語り・増補版』（青弓社、二〇一七）
ジュネット、ジェラール／花輪光・和泉涼一訳『物語のディスクール　方法論の試み』（書肆風の薔薇、一九八五）
橋本陽介『物語論―基礎と応用』（講談社、二〇一七）
ライアン、マリー＝ロール／岩松正洋訳『可能世界・人工知能・物語理論』（水声社、二〇〇六）
the living handbook of narratology（Ｗｅｂサイト、https://www.lhn.uni-hamburg.de）
飯田祐子「二重の「女装」―「饗応夫人」論」（『太宰治研究 15』山内祥史編、和泉書院、二〇〇七）
東郷克美『太宰治という物語』（筑摩書房、二〇〇一）
「特集　検証・〈女性〉の独白体」（『国文学　解釈と教材の研究』、一九九九・六）

第一二章 読書行為論

コミュニケーションの空白を読む
芥川龍之介「開化の殺人」

金子明雄

1　本章で学ぶこと

読書行為を考察の対象とする研究には、特定の社会階層に属し、固有の文化的背景を持った読者が、ある時代にどのような読書を行ったのかという、集合的なリテラシー（知識や理解力の活用の仕方）の様相を実証的に明らかにしようとするアプローチや、芸術作品を読む行為の過程をモデル化しようとする、いわゆる受容美学（受容理論）や、認知言語学を背景にして、書物を読んで意味を受け取る一般的な過程について、主に読者の身体の側から把握しようとする認知物語論など、さまざまな広がりがあるが、本章が問題にするのは、文学的なテクストの中に引き込まれた読書行為が、そのテクストの意味作用と結びつく様相である。本章では、輻輳《ふくそう》する複数的なコミュニケーションの束としての文学テクストの中で読者が果たす役割を考えたい。そのために、物語世界の中の誰かが、同じ世界にいる誰かに送った書き物という体裁をとる書簡体小説に着目し、コミュニケーションの観点からテクストを意味づける可能性を探る。

2　書簡体小説の空白とコミュニケーションの束としての小説の言葉

ぼんやりとテレビを眺めていると、スポーツの試合後のヒーロー／ヒロイン・インタビューに出くわすことがある。多くの選手は「次の試合も頑張りますので応援よろしく」などとファンに呼びかける。この場面、送り手である選手が、受け手である競技場やテレビの前のファンにメッセージを伝えているように見える。では、その場面にたまたま出くわしたわたしは、そのコミュニケーションとどのように関わるのか。選手が「ケガで出場できなかった間も応援してくれたファンに感謝します」と声を詰まらせたりした場合、事情を共有していないわたしはすぐに応答できないが、そのメッセージによって背景を一定程度共有することでファンの位置に近づいて、場面の中に少し引き込まれるかもしれない。傍観していたわたしは、選手とファンの交流を見守る位置につくばかりでなく、ファンの位置に少し近づくことで、その場に構成されている複数的なメッセージの受け手の位置の間を移動するのである。「ご家族にメッセージを」などという促しを想起すると、この場のコミュニケーションの複数性はいっそう鮮明になる。その場合、当然家族間の日常的なメッセージ交換が期待されているわけではなく、家族間のコミュニケーションの一断面にふれる、メッセージの受け手ではない大多数の人々が、そのコミュニケーションのあり方から意味を酌み取れる発話が求められているのである。つまり、インタビューは、あらかじめ繋がっている送り手と受け手の間の限定されたコミュニケーションであるばかりでなく、その場面に関わるさまざまな存在にさまざまなかたちで受け手となりうる場所を与える、限定されない複数のコミュニケーションのパッケージなのであり、その場に関わっていろいろなことを脳裏に浮かべるわたしは、複数的な受け手の場所を渡り歩きながらその場面に参加しているのである。

多くの場合、小説の言葉は、複数の言語的コミュニケーションを水平的に連結したり、並列させたり、重ね合わせて、あるコミュニケーションそのものをメッセージとするメタ・コミュニケーションを組み込んだりしている。読者は、輻輳するコミュニケーションの束をいきなり総体として受け取るのではなく、継起的にそれぞれのコミュニケーションの受け手の位置に接近することを繰り返しながら、総体としての意味の生成に向かう。スポーツ選手のインタビューを傍観するわたしの振る舞いは、小説の読者の振る舞いに重なる。小説の読者は、小説の言葉が内包するさまざまなコミュニケーションやメタ・コミュニケーションの受け手の役割を代行することで、さまざまなレベルのメッセージを受け取るのである。

このことを少し別の角度から小説を例にして考えてみよう。江戸川乱歩「人間椅子」(『苦楽』一九二五・一〇)は、ある朝「美しい閨秀《けいしゅう》作家」佳子《よしこ》が官吏の夫を送り出した後、洋館の書斎の机の前で、差出人のわからない、手紙とも創作原稿ともつかない書き物を読む場面から始まる。「奥様」という呼びかけで始まるその書き物は、佳子がいままさに腰掛けている肘掛椅子の中に潜んでいたとする男からの熱烈なラブレターであった。佳子は烈《はげ》しい恐怖に脅える。当然のことながら、この恐怖は、その書き物が自分を宛先にした真実のメッセージであるという認識に基づいている。その後、同じ人物からと思しい短い手紙が届き、その書き物が「人間椅子」というタイトルの創作であったことを明かす。江戸川乱歩の創作である「人間椅子」は、この作品内「人間椅子」の前後を状況説明や第二の手紙をめぐる出来事で挟むように構成されているのだが、仮に作品内「人間椅子」を独立した創作と見た場合、はたしてそれは小説として成功していると言えるだろうか。

佳子の感じる恐怖や不気味さの強度は、作品内「人間椅子」を自分宛の真実のメッセージ（「奥様」＝自分・佳子）と信じた彼女に固有のものである。それが創作と明かされた後も、彼女は書斎の椅子を調べて、人の潜んだ痕跡のないことを確認せずにはいられないであろう。また、虚構である（「奥様」＝虚構の登場人物≠自分・佳子）ことが確認できても、彼女の日常の細部に肉薄する謎の書き手の存在は不気味であり、純粋な創作であるよりもむしろ悪ふざけや嫌がらせである可能性が払拭できないであろう。しかしながら、その反応もメッセージを直接的に受け取ってしまった者ならではのものであり、自分だけに宛てたメッセージではなく、一般読者に向けた創作と納得することができれば霧消する意味作用である。このことは、作品内「人間椅子」が佳子に向けた特別の意味作用を有するテクストであり、不特定の読者における恐怖や不気味の意味作用に弱点を抱えていることを示す。作品内「人間椅子」だけを読む読者であっても、虚構のコミュニケーションの宛先として空白の場所にいる「奥様」に思いを馳せることはあるだろうが、あくまでも漠然とした想像にとどまる。それに比して、乱歩の「人間椅子」が、読んでいる「奥様」を想像するための手掛かりをより多く読者に与えていることは間違いなく、テクスト全体で、空白の場所にいる佳子の恐怖感や嫌悪感の読解（「奥様」＝佳子＝読者）をコード化しているのである。

その一方で、佳子に出会うまでの経緯をいささか冗長な語り口で示す作品内「人間椅子」から、椅子になる喜びや革越しの接触の快楽に興味・共感を覚える読者もあろう。そのような意味作用は虚構世界内の「奥様」にはたぶん生じないものであり、虚構のコミュニケーションの設定を飛び越えて、読者が作品内「人間椅子」の語りの直接の受け手となった場合（「奥様」＝佳子≠読者）に生じる意味である。佳子の強い嫌悪感というスパイスがあってこそ人間椅子嗜好の深みが増すという見方もあろうし、創作というオチが特異な嗜好の切実さを減じているという立場もあろうが、作品内「人間椅子」は乱歩の「人間椅子」とほぼ同等の強度で奇妙な嗜好を描く作品になりえている。

この簡略な考察からわかるのは、文学テクストには、その具体的なあり方に対応した固有の意味を生み出すさまざまな虚構のコミュニケーションが埋め込まれており、読者はテクストに導かれる場合もあれば、自由気ままに振る舞って、それぞれの受け手の役割を代行的に引き受けていくことである。言い換えれば、文学テクストを読むことは、他人に宛てられた（決して直接自分に宛てたものではない）言葉を他人に成り代わって読んでいくことなのである。その時、読者はいったん身体的な単一性や精神的な同一性から解き放たれ、言語的仮象になっている。だからこそ乱歩の「人間椅子」を読む読者は、佳子の恐怖感や嫌悪感と謎の創作家の人間椅子嗜好を同時に引き受けること（「佳子＝読者」であると同時に「佳子≠読者」であること）ができるのである。

バンヴェニストは、「わたし」や「あなた」という人称代名詞や、「いま」「ここ」という指示機能をもつ語が、具体的なコミュニケーションの場面を想定しない限り、意味も指向対象も欠いた「虚」の記号であることに着目して、具体的な場面で他者に働きかける言語行為のあり方を問題にする概念としての「ディスクール」を提唱した。具体的なコミュニケーションの中に入り込まない限り、そこで生じる意味はつかめないということなのだが、注目すべきは、発話する主体としての「わたし」と、その発話の中で言語上指し示される者としての「わたし」が、ディスクールの中で二重化して出現する事態である。そのような二重化は話しかけられる「あなた」においても対称的に生起する。発話主体としての、あるいは呼びかけを受ける主体としての「わたし」「あなた」と、発話の中で言語上構成される「わたし」「あなた」を分離することによって、コミュニケーションの場面に関わる分析とメッセージの内容に関わる分析を分け、両者の関係性を問題にすることができるようになると同時に、メッセージの正当な受け手ではない存在がコミュニケーションの中に入り込むルートが論理的に切り開かれるのである。

ディスクールの受け手としての「あなた」の二重性は、小説の物語世界で虚構化されるコミュニケーションの受け手のあり方から、小説のディスクール全体を受けとめる仮想的な読者の位置、すなわち文学作品の意味作用に必要なテクストに内在する前提条件を具象化した機能の働く場所（イーザーのいう「内包された読者」）を経由して、小説の外側に存在する読者とテクストの相互作用へと繋がっていく。

本章で取り上げる書簡体小説とは、狭義には書簡の形式で叙述される小説を指すが、書簡についての説明など、叙述形式の異なる部分が添えられる場合が多い一方で、一人称手記との境界線が曖昧なので、叙述の中心に書簡が組み込まれている小説を広く呼ぶのが一般的である。一通の書簡で構成されるとは限らず、書簡の書き手も一人とは限らない。それが書簡である以上、書簡の外側にその送り手がおり、その受け手がいて、モノとしての書簡の移動に関わる接触（コンタクト）があるのだが、書簡のディスクールにおいて、それらはすべて空白（虚構世界の内部にある明示を欠いた要素）を構成することになる。書簡の言説上の主語が実際の送り手と一致するとは限らないし、現に小説の外側にいる読者がそれを読んでいるという事態からも明らかなように、言説上の宛先が手紙を受け取った主体と合致するとは限らない。さらに言えば、そこで語られている内容が外部の（虚構世界内の）現実と照応しているかどうかもわからない。つまり、書簡という設定が、書簡の言説から浮かび上がってくる意味内容やコミュニケーションの様相と、それが空白に置いている外部世界やコミュニケーションの構成要素との関係性を問うことを読者に要求するのである。現実の世界で書簡を受け取るとき、受け手がそのような空白に取り囲まれることはめったにないが、書簡体小説の読者は書簡の言説の正当な受け手からもっとも遠い場所で書簡のコミュニケーションに連なる存在なのである。そして自ら空白を埋めていくことによって、そのコミュニケーションの全体像を再構築していく。だからこそ、書簡体小説は文学テクストにおけるコミュニケーションの意味や読者（受け手）の役割を考える格好の素材なのである。

3　作家紹介

芥川龍之介（あくたがわ・りゅうのすけ　本名同じ）一八九二（明治二五）年―一九二七（昭和二）年。東京市京橋区（現東京都中央区）に生まれる。生家は牛乳販売業を営む新原家。生後しばらくして母フクが精神を病んだため、母方の実家芥川家に引き取られ（後に養子となる）、伯母フキに面倒を見てもらう。学業優秀で、東京府立第三中学校、第一高等学校と進学する中、文学創作に手を染め、東京帝国大学文科大学（英文科）に進むと、菊池寛、久米正雄、成瀬正一、松岡譲らと第三次・第四次『新思潮』を創刊する。また、一九一五（大正四）年には夏目漱石の自宅で開かれる木曜会に参加し門下生となる。大学卒業後も短篇を中心とした創作活動を継続し、「新技巧派」（新理知派）の中心的な作家と見なされる。一九二七年四月二四日、自宅で薬物自殺を遂げた。

4　作品を読むための基本情報

「開化の殺人」梗概

「開化の殺人」は、作品の中心となる本多子爵夫妻に宛てた医師北畠義一郎の遺書、語り手である「予」がその遺書の来歴を説明する導入部分、一九一八（大正七）年の小説発表後のエピソードに関わる附記の三つの部分によって構成される。

導入部分、予は「明治初期の逸事瑣談《いつじさだん》を聞かせて貰ふ」間柄である本多子爵から「借覧」した故ドクトル北畠義一郎の遺書を、部分的な修整の上で公にすると説明する。遺書では、北畠が幼い頃から従妹である（甘露寺）明子を愛していたが、儒教主義のために気持ちを伝えられないままにロンドンへ留学し、帰国すると彼女がすでに銀行頭取満村恭介に嫁していたことを知って絶望し、死を望んだこと、キリスト教宣教師の導きを得て、明子の幸せを祈る肉親的愛情に気持ちを向けることで苦悶から脱したこと、ところが、満村が「濫淫《らんいん》の賤貨」であることを知り、「妹明子をこの色鬼の手より救助」しなければならないと決意し、さらには満村に許婚の仲を裂かれた本多子爵の境遇を知るに及んで、ついに病死の体で人を死に至らしめる丸薬を使って満村を殺害したこと、その後、子爵と明子の縁組みが進む過程で、同じ丸薬を使って子爵を毒殺する誘惑と戦い続けたこと、そして、満村殺害が「利己主義」によるものとなってしまう事態を回避し、自己の「人格を樹立せんが為」に丸薬による自殺を決意し、いよいよそれを決行することが語られる。附記は、小説発表後のPall Mallの発音をめぐる指摘にコメントする。

成立過程

「開化の殺人」は、大正期の文学界の探偵小説への関心を象徴する『中央公論』定期増刊「秘密と開放号」（一九一八・七）に「芸術的探偵小説（新探偵小説）」として掲載された。同じ欄には他に谷崎潤一郎「二人の芸術家の話」（「金と銀」の後半部）、佐藤春夫「指紋」、里見弴「刑事の家」が掲載されている。「探偵小説じみた」作品の構想が、予定する掲載媒体は異なるものの、前年の一一月頃にあったことは書簡から確認できるが（一九一七年一一月二三日松岡譲宛書簡など）、当初はもう少しオーソドックスな探偵小説的構想であった可能性があり、具体的に確認されていないが、『芥川龍之介資料集』（山梨県立文学館、一九九三）に収録される「〈開化の殺人〉関連草稿」に見られるような、殺人事件の真相を探偵役が追求する初期形態を措定することも無根拠ではない。結果として「中央公論に探偵小説を書く約束をしたのでいやいやへんなものを書いてゐる　どうも才能をプロステイテユウトするやうな気がして心細くつていけない　それに探偵小説のつもりで書いてゐても探偵小説ではなくなりさうなのだ」（一九一八年六月一九日松岡譲宛書簡）とぼやくような、遺書の体裁をとった書簡体小説が完成する。雑誌初出の「開化の殺人」が附記を欠くのは当然としても、初出には導入部分も存在せず、北畠の遺書がそのまま作品本体となっていて、その末尾に「追白、この遺書の書かれた当時は、まだ爵位の制が定められてゐなかつた。茲に子爵と云ふのは、本多家の後年の称に従ふのである。」と、具体的な経緯は曖昧なまま編集者の介在を示唆するコメントが付されていた。導入部分が附記と共に加えられたのは、第三短編集『傀儡師《かいらいし》』（新潮社、一九一九）収録の際である。

「開化の殺人」の発表後、厳密に言えば必ずしも同一人物とは見なせないが、予（私、青年の小説家）、本多子爵、本多子爵夫人（H老夫人）明子という登場人物の関係性を引き継いだ「開化の良人《りょうじん》」（『中外』一九一九・二）、「舞踏会」（『新潮』一九二〇・一）が発表され、回想の中に明治初期を浮かび上がらせる作品群として、登場人物を共有しない「お富の貞操」(『改造』一九二二・五、九)、「雛《ひな》」(『中央公論』一九二三・三)なども含め、「開化物」「開化期物」の名で括られることになる。

これまでの解釈の主な論点

まず、同年に発表され、『傀儡師』に収録された「奉教人の死」(『三田文学』一九一八・九)の一つの眼目がいわゆるキリシタン版の文体模倣(むしろ文体翻訳)にあるのと同様に、明治開化期の知識人による遺書の文体翻訳(「層々塁々体《そうそうるいるい》」一九一九年二月八日小島政二郎宛書簡)にこの小説の読みどころの一つが認められる。

次に、遺書の内容に目を向けたとき、さまざまなレベルでの二元的対立の相剋を内面化した北畠に、開化期の知識人青年に特有の精神的横顔が見出せるのはもちろんだが、その評価については、現代(大正期)を生きる予、老本多子爵との遠近法の意味づけによって、現代に至る物質主義の始発点として文明批評的に把握する立場から、矛盾を調和の中に包み込んだ絵画的構図に接続される憧憬の対象を見る立場まで、大きな振り幅が生じている。いずれにせよ、この論点は「開化の殺人」一作で完結させることは難しく、「連環小説」(中村真一郎「連環小説としての開化物」『名著復刻芥川龍之介文学館　解説』日本近代文学館、一九七七)とも見なせる開化物全体の構図の検討が必要となる。

また、北畠が本多子爵夫妻に遺書を送った行為の意味も大きな論点となっているが、それについては「本文の解釈と考察」でふれることにする。

5　本文の解釈と考察

「成立過程」で示したように、「開化の殺人」の初出本文は、ほぼそのまま北畠の遺書であった。単行本収録に際して導入部分が付加されたのである。両者を比較すると、古い遺書を取りまく環境やそれが現代（大正期）の読者に伝えられる経緯などについての情報のない初出本文が、遺書をどのように読むべきかという枠組みの提示を欠いているのに対して、北畠の言葉と現代読者の接点となる遺書についての背景情報を提供する現行本文は、テクストの空白の可読性を前景化していると言えよう。たとえば、遺書の内容のみから判断すれば、記されている一切（あるいは大部分）が北畠の虚言である可能性や、「予」（北畠）を言表の主語の位置においた（虚構世界の中での）創作という可能性が否定できないし、北畠が狂気に陥って妄言を連ねている可能性も排除できない（言うまでもなく、自己の精神の健全をいくら訴えても、それだけでは何の証明にもならない）。しかし、遺書の正当な宛先と記され、虚構世界に実在している本多子爵が、それを後年まで保存しており、予の借覧を許して内容訂正の要求もなく公表を認めたということは、遺書が創作でないことはもちろん、虚偽・妄想を多く含むものでないことの証左にもなろう。子爵夫人明子について、その反応をうかがわせる情報が示されないことには、このテクストのジェンダー論的問題を指摘すべきであろうが、少なくとも子爵については、遺書で語られる北畠の一連の行為や内面的葛藤の劇についてそれなりの敬意を払い、だからこそ多年にわたって保存し、あえて予に貸し与えたと理解するのが妥当であろう。また、導入部分での説明によって、遺書の物質的実在が前景化すると同時に、劇場の帰りに満村を毒殺した手口を忠実に反復して自殺を図る北畠の芝居じみた振る舞いに対しては、急進的演劇改良論者で「一種の劇通」であったことを示し、正義と利己主義の間で葛藤し、極端な精神主義を貫いて己を抹殺するに至った過激さに対しては、精力抜群で容貌魁偉な紳士像を示すなど、遺書読解のコードとなる参考的情報が読者に提供されている点も確認しておきたい。

それでは、子爵から貸し与えられた遺書を読者に公開するという、テクストに書き込まれた予のコミュニケーション行為の意味はどのようなものか。

「開化の殺人」のテクストに即する限り、予がなぜ「明治初期の逸事瑣談」に興味を持ち、遺書を公開しようと考えたかについての情報は存在しない。そのため、先行研究でこれまで問題にされてきたのは、もっぱら子爵夫妻にとっての遺書の意味作用であった。今日的な感覚に従えば、友人の死の知らせの後にこのような遺書が届いたら、驚愕、憐憫と共に漠とした不気味さを禁じ得ないであろうから、遺書が子爵夫妻の結婚生活に暗い影をもたらしたとする想定（松本常彦「開化の二人」海老井英次・宮坂覺編『作品論　芥川龍之介』双文社出版、一九九〇など）も頷けるのだが、そのような発想の延長線上にある北畠と本多子爵夫妻の間の遺書の意味作用の穿鑿《せんさく》（真杉秀樹『芥川龍之介のナラトロジー』沖積舎、一九九七）や、予に遺書を提供した子爵の欲望についての推測（篠崎美生子「開化の殺人」『芥川龍之介全作品事典』勉誠出版、二〇〇〇）は、本多子爵側の個別的事情を浮上させてしまい、本多子爵からのメッセージとして遺書を受け取り、それを読者にリレーした予の存在を後景化する憾《うら》みを残す。テクストでは空白となっている予の役割を考察するには、あとに続く開化物の構図を補助線として導入するのが有効であろう。

愛ある結婚の理想に殉じた「開化の良人」の三浦直記の物語は、話の聴き手であり、小説全体の語り手である「私」が明治初期の銅版画に見出す「一種の和洋折衷」の「美しい調和」、本多子爵が同じ時代の浮世絵に感じる「江戸とも東京ともつかない、夜と昼とを一つにしたやうな世界」を背景に展開する、その時代の人間の幽霊が耳元で囁くような「昔の話」の一つである。その物語は「美しい調和」が覆い隠す矛盾や葛藤を暴き出しているとも言えようが、あらかじめその不可能性を折り込んだ上で「子供の夢」に命を賭す刹那を生きた実践とも言えよう。話を聞いた私の反応は記述されていないが、その空白は、私が「昔の話」の聴き手に徹したことを表しており、二人して「過去の幽霊か何かのやうに」陳列室を出る結末と重ね合わせると、開化期を愛好する二人の感性の同調を示しつつも、開化期の目撃者である（目撃者でしかなかった）本多子爵のノスタルジーに導かれて、現代と隔絶した過去の世界を垣間見る私の受動性は担保されており、慕わしく感じながらも絶対的な距離で隔てられているかのような微妙な距離感が保たれている。

「舞踏会」の「我々の生《ヴィ》のやうな花火」について、三好行雄は「刹那の感動を具現して、たちまち消えねばならぬ〈生〉のむなしさが二重うつしになる」として、そこに芥川の「青春の〈虚無〉」の投影を見ているのだが、あらかじめ消え去ることのわかっている刹那の感動を現実として生きた明子の記憶の特権性が、青年小説家の知識を批評的に相対化するとも指摘する（『芥川龍之介論』筑摩書房、一九七六）。青年小説家は夫人の話に「多大の興味」を抱きながらも、夫人の記憶の純粋さが彼の知的アプローチを疎外するのである。ここでも、青年小説家と開化期との間接性、隔たりが強調されていると言えよう。

つまり、話の聴き手となる青年たちは、現代の自己の生とは隔絶された過去の空間での特異な出来事を、聞く主体の関与のないかたちで受容しており、その態度は彼が主体となって読者に伝達する（「舞踏会」の場合、伝達していると仮定すればだが、その仮定は不可能ではない）話の構成原理とも対応している。そして、そのような認識を「開化の殺人」に当てはめても、さほどの矛盾は生じないのである。伝達される話の内容は、現代社会においては不可能な刹那の生のきらめきを、明治初期の青年たちが自らの時代において代行するかのような話なのだが、「開化の殺人」における遺書の語り、「開化の良人」における本多子爵の語り、「舞踏会」の三人称の語りは、もともとの話の受け手であり、読者への伝達の主体である青年たちの態度に呼応するように、極めて人工的に誇張され、表層的な記号や象徴を駆使して装飾された開化期の舞台を構築する。それはとうてい現実的な歴史空間には見えない、不可能な出来事が生起しうる「架空の世界」（三好行雄前掲）なのである。そして同時に、その世界は、青年たちが確保している距離感や間接性と対応して、一種の遠近法の中で「逸事瑣談」「昔の話」といったかたちで意図的に遠くに配置され、小さな額縁（浅野洋「開化へのまなざし―〈画〉あるいは額縁の文法《グラマトロジィ》」『国文学　解釈と教材の研究』一九九六・四）の中に収められている。そのようなことが何を意味するかについてはさらに詳しい検討が必要であろうが、過去の話の受け手であり、次に伝達の主体となる青年たちのあり方が、そのコミュニケーションのプロセスの中に刻印されていることは確認できるのである。

6 課題

基礎的課題一 北畠が本多子爵を殺害した場合としない場合で、彼の満村殺害の動機がどのように変化する可能性があるか整理してください。

基礎的課題二 あなたが明子の立場であったら、北畠からの遺書の内容とそれを自分に宛てる行為をどのように受けとめるでしょうか。北畠との距離感をさまざまに想定しながら想像してみてください。

発展的課題 芥川龍之介「二つの手紙」、夢野久作「瓶詰地獄」、葉山嘉樹「セメント樽の中の手紙」、村上春樹「カンガルー通信」は、それぞれ一種の書簡体小説です。どれか一つを読んで、メッセージの背後にある空白についてなるべく具体的に考察してください。

7 参考文献

イーザー、ヴォルフガング／轡田収訳『行為としての読書』（岩波書店、一九八二）
石原千秋・木股知史・小森陽一・島村輝・高橋修・高橋世織『読むための理論』（世織書房、一九九一）
小森陽一『文体としての物語・増補版』（青弓社、二〇一二）
西田谷洋・日高佳紀・日比嘉高・浜田秀『認知物語論キーワード』（和泉書院、二〇一〇）
バンヴェニスト、エミール／岸本通夫ほか訳『一般言語学の諸問題』（みすず書房、一九八三）

ヤウス、H・R／轡田収訳『挑発としての文学史』（岩波現代文庫、二〇〇一）
ロッジ、デイヴィッド／柴田元幸・斎藤兆史訳『小説の技巧』（白水社、一九九七）
石割透『〈芥川〉とよばれた藝術家』（有精堂出版、一九九二）
三好行雄『芥川龍之介論』（筑摩書房、一九七六）

第一三章　ポストコロニアリズム

翻訳という植民地

中野重治「雨の降る品川駅」

高榮蘭

1　本章で学ぶこと

日本語の空間では近現代の歴史的な時間について、「戦前」と「戦後」という言葉を軸に思考することが求められる。近現代文学を学ぶときも「戦後文学」は一つの用語として定着しており、それの前史として「戦前文学」ではなく、「戦前」の「文学」という時間が呼び出される。このような分断線は、改めていうまでもなく「戦争」を媒介としており、その切れ目として「一九四五年八月一五日」を連想する人々が多いだろう。しかし、同じ日のことが、たとえば台湾や韓国、朝鮮民主主義人民共和国では、日本の植民地支配からの「解放」あるいは「独立」した日として意味づけられている。これらの地域において、日本語で言う「戦前」という時代は、「植民地時代」「日帝（大日本帝国）時代」と名付けられ、「戦後」という言葉は日本語と同じ意味では機能していない。本章では、旧宗主国と旧植民地のあいだで見られる歴史的な時間に対する感覚的なずれを意識しながら、ポストコロニアルな視点から文学テクストを読んでみたい。具体的な事例として、中野重治「雨の降る品川駅」の改訂や受容、朝鮮語訳の問題を取り上げる。

2　ポストコロニアリズム　日本の近現代文学を植民地／主義から読み直す

ポストコロニアル（postcolonial）とは、植民地支配以後という意味であると同時に、植民地支配の遺産をいまだ背負い続けているという意味でもある。ポスト（post-）という接頭語は、必ずしも時間的な前後関係を示すだけではない。植民地支配の負の遺産を、現在に生きる自分たちの問題として見つめ直そうとするのが、ポストコロニアル批評である。そこから転じて、ポストコロニアリズム（postcolonialism）とは、植民地主義や帝国主義の伝統が、その後（post-）の歴史的展開の中でも、さまざまな形を通して継続しているという、時間的、空間的、そして精神的な概念のことをさす。世界中で同時期に同様な形で、それぞれの植民地期の傷が残存し、植民地以後の困難なプロセスが存在するということはあり得ない。それらは、非連続的かつ、しばしば不均衡なままで共存するからである。植民地の経験が帝国とその中心をいかに形作ってきたのか、あるいは、宗主国の人間は、その経験をいかに忘却しつつ、記憶してきたのかということもあわせて批判的に検討することが求められる。

ポストコロニアリズムの理論的な背景として最も知られているのは、エドワード・サイードの『オリエンタリズム』(原著一九七八)である。ここでサイードはミシェル・フーコーの言説理論を参照しながら、オリエンタリズムとは言説、すなわち西洋がオリエントを支配し、整合性あるものとして表象するための諸制度、語彙、学識のネットワークの総体として定義(理論化)した。このような言説支配とも言うべきものが、植民地の独立後の政治や経済の配置のなかで生き延びて、新しい植民地主義をうみだしていることを批判的に問うことの大切さをあきらかにした。しかし、「旅する理論」でサイードは「オリエンタリズム」に対する自己批判とも取れる形で言説の限界を指摘する。言説は知識人自身をその内側に閉じ込めてしまい、外側を思考する可能性、権力への抵抗の可能性を奪っていると指摘し、『文化と帝国主義』(原著一九九三)ではイデオロギーやシステムが統御し尽くすことのできない経験にこそ目を向けなくてはならないと語るようになる。

ポストコロニアリズムの重要な成果の一つは、フェミニズム、ジェンダー批評への介入である。特にG・C・スピヴァクはサバルタン研究においてさえ、性抑圧に対する視点が希薄なことを批判した。『サバルタンは語ることができるか』(原著一九八八)のなかで、植民地の「女」を前景化して「歴史」も「語る声」も奪われて「なお深い陰のなかに沈み込む」サバルタンと位置づけた。竹村和子の指摘通り「ポストコロニアリズムは、フェミニズム批判」ともなっており、それまでフェミニズムのなかに存在していながら言表化されることが少なかった「女のなかの差異」(人種・民族・国籍・宗教・資本など)を「ポストコロニアリズムが明らかにし、フェミニズムを内部から切り拓いている」のである（竹村和子『フェミニズム』）。

ポストコロニアル批評もやはり学問制度に飼い慣らされ、ラディカルな批評意識を失ったという批判から自由ではない。特に日本において「ポスコロ」という言葉で侮蔑的に揶揄され、敬遠される背景には、ポストコロニアリズムも学会の知的ファッションとして消費されたという認識が影響している。しかし、その一方で「ポスコロ」は姜尚中の指摘通り「民族差別や性差別さらには人種主義の機制によって支えられる政治・経済システムや、それらとの不均等な交換過程のなかで産出される「他者」の表象やイメージに対するポストコロニアリズムからの切り込みが、〈近代〉の物語に亀裂を持ち込み、その物語に浸っている人々のアイデンティティや知のパラダイム、あるいは感情構造すらも揺るがす異化作用をもたらしている」（姜尚中編『思想読本［4］ポストコロニアリズム』）ことへの反応とも考えられる。これと合わせて考えるべきは、「戦後日本」という時間意識が介在する形で、植民地支配の記憶が後景に追いやられてきたこともポストコロニアリズムをめぐる議論が充分に展開できなかった要因の一つになっていることである。しかし、「われわれ」と「彼ら」のあいだの境界線が、時代の地政学的・経済的な利害関心に沿って、常に新たに引き直されるならば、帝国の中心において帝国主義と植民地主義を何度も問い直すという持続的な試みは、いまだに必要とされていると言えよう。

3　作家紹介

中野重治（なかの・しげはる　本名同じ）一九〇二—一九七九年。福井県坂井郡高椋村（現・坂井市丸岡町）に生まれる。父藤作は、台湾総督府、大蔵省煙草専売局、朝鮮総督府臨時土地調査局などに勤務している。特に朝鮮には日韓併合前後に赴任しており、土地調査局での仕事を通して、日本帝国が近代的な法律を導入し、合法的な土地の収奪を可能にする基盤作りに貢献した。中野は朝鮮半島の様々な地域から送られてくる両親の手紙を読み、

講談社写真部 撮影

日朝関係について考えるようになり、「朝鮮問題」についてかかわりを持ち続けた。東京帝国大学独文科に在学中、堀辰雄らと『驢馬』を創刊する一方、新人会に入会、プロレタリア文学運動に向かう。日本プロレタリア芸術連盟、全日本無産者芸術連盟（ナップ）、日本プロレタリア文化連盟（コップ）の結成に参加。運動の方針をめぐる議論のなかで多くの評論、詩、小説を発表。『中野重治詩集』に収められた詩はほとんどこの時期までに書かれた。一九三一年日本共産党に入党、翌年に投獄され、一九三四年に転向し、執行猶予の判決で出所した。それ以来「村の家」をはじめとする転向小説を発表していく。敗戦後、再び日本共産党に入党。また中心メンバーとして『新日本文学』の創刊に参加。一九四七―一九五〇年参議院議員。『むらぎも』、『梨の花』、共産党〈除名〉後の『甲乙丙丁』など、評論も含めての旺盛な文学活動を死の間際まで続けた。

4 作品を読むための基本情報

「雨の降る品川駅」梗概

「雨の降る品川駅」は、一九二八年一一月昭和天皇の即位式である御大典の二ヶ月後に発表された。日本帝国の政治権力が、一九二八年に特高警察体制を確立させたのは、即位式に万全を期するためでもあった。即位式の前後、社会主義者と朝鮮人に対する監視が強まっていた時期に、帝国日本の中心である東京から排除される「朝鮮人」を見送りに出た「日本人」の立場から語られた詩である。朝鮮人たちは、品川を出て、名古屋・神戸・下関を経由し、海峡をわたり、朝鮮に追放される。その朝鮮人たちが辿っていく地名を朝鮮に向かう方向ではなく、朝鮮から東京（品川）に戻ってくる方向に配置し、帝国日本の抑圧を象徴する場としての「東京」という空間とその始発点としての「品川」を際立たせている。

作品の成立過程

雑誌『改造』（一九二九年二月号）に掲載された。この詩が収められた『中野重治詩集』（ナップ出版部、一九三一）は、警察に押収されたために刊行されなかった。伊藤信吉がとっさに隠した一冊が中野の手元に残った。一九三五年ナウカ社版の詩集は検閲によって大幅な削除処分をうけた。一九四七年に削除された部分を加え、伏字を復元した小山書店版が出る。「雨の降る品川駅」は中野が亡くなるまで、雑誌や単行本の形式で一二回（朝鮮語訳関連を除く）ほど収録され、表現上の微修正がほぼ毎回のように施された。現在、流通している「雨の降る品川駅」は小山書店版をもとにしている。これはナップ版とナウカ版を踏まえたものであり、最初の改造版をかなり改訂したものである。

一九二九年の改造版に再び注目が集まったのは、水野直樹によって朝鮮語訳「비날이는《ビナリヌン》品川駅《プムチョンヨク》」が紹介された一九七六年前後である。朝鮮語訳は、改造版の三ヵ月後に、朝鮮語の雑誌『無産者《ムサンザ》』に掲載された。伏字だらけだった改造版にくらべ、無産者版は、「天皇」を指す「彼」という三人称代名詞だけに伏字が施されている。水野は彼自身による無産者版の日本語訳を加え、松尾尊兊を介して中野重治に届けた。一九七七年に刊行された『中野重治全集 第九巻』の「月報7」には、松下裕によって改造版の伏字の数を意識し、その「×」のところに当てはまると思われる日本語が選ばれる形で作られた無産者版の日本語訳が掲載された。

同時代の反応

改造版の半年後に発表された林和《イムファ》の詩「우산《ウサン》 받은《バドゥン》 요코하마의《ヨコハマウ》 부두《ブドゥ》（雨傘さす横浜の埠頭）」（朝鮮語、雑誌『朝鮮之

光』、一九二九・九）が、中野の詩への「応答歌」として知られている。林和（一九〇八―一九五三）は、一九二〇年代の映画俳優であり、一九二〇年代後半から三〇年代にかけて朝鮮プロレタリア芸術同盟（ＫＡＰＦ）の中心を担った詩人であり、評論家である。植民地の青年が「追放の標し」を背に帰国する別れの場面で、見送りに来た「（愛する）娘（日本人）」を激励する内容である。改造版は見送りにきた「日本人」が「朝鮮人」に送る内容であったとすれば、林和の歌は追われていく「朝鮮人」が異性愛関係にある「日本人」に送る内容である。また内容においても、たとえば、改造版が「そして再び／海峡を躍りこえて舞ひ戻れ／神戸　名古屋を経て　東京に入り込み」と、戻ってくることを促す内容であったとすれば、林和の歌は「そうすれば　その時ならば　今は行くおれも　すでに釜山・東京を経て　友と共に横浜に来ている時だ」（大村益夫訳『三千里』四三号、一九八五）と、必ず戻ってくると歌っており、同時代の日本人と朝鮮人の「連帯」の象徴として評価されている。しかし、二つの詩をジェンダーの問題から読み解くと、男性同士の絆が前景化されていることがわかる。

5　本文の解釈と考察

改造版には、「×××記念に李北満《イブクマン》 金《キム》浩《ホ》永《ヨン》におくる」という献辞がついている。「×××」は天皇の即位式を意味する「御大典」である。渡部直己の『不敬文学論序説』（太田出版、一九九九）によれば、一八八〇年前後の自由民権運動時代に至るまで、文学とメディアにおいて「「天皇」は、もっとも頻繁かつ無遠慮に論じられる対象と化して」いた。しかし、一八八二年の不敬罪施行をきっかけにメディアと文学言説は萎縮し、「天皇」をナラティブ化すること自体に対する禁欲的な態度が形成されたという。特に、一九二八年一一月の昭和天皇即位式に際し、一九二八年の三・一五事件、一九二九年の四・一六事件など、共産党関係者に対する悪名高い大検挙があった。また、一九二八年六月には国体変革を企てる結社行為を死刑・無期懲役などの重刑に処すことができる

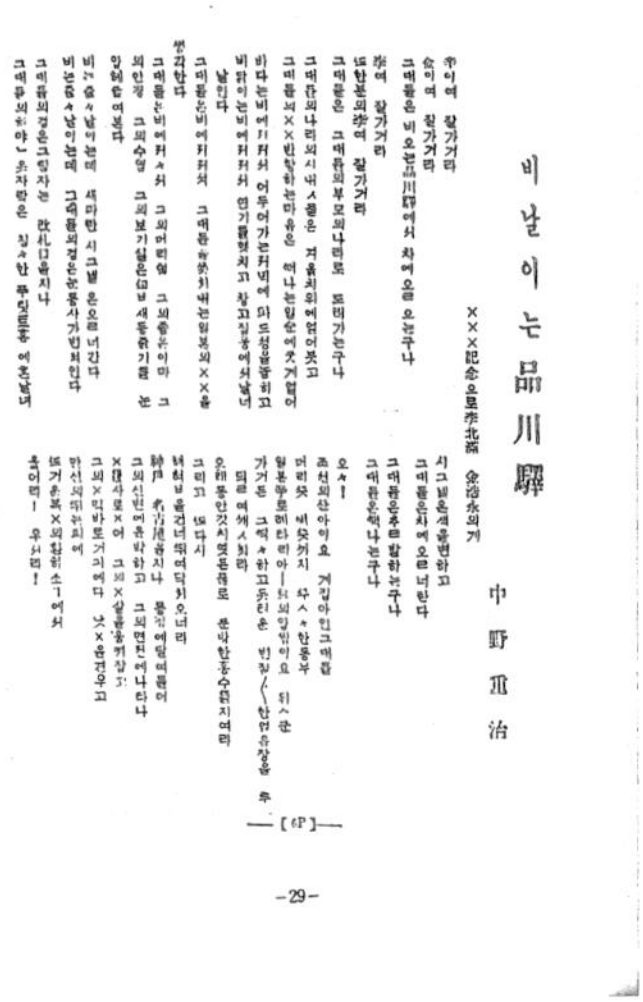
비 날 이 는 品 川 驛

×××記念으로李北滿 金浩永의게

中 野 重 治

―〔4P〕―

-29-

図1　無産者版（1929年5月）

よう、治安維持法が改悪された。天皇をめぐる言説に対する検閲がいつになく強化された時期だったのである。

　このように合法的暴力を無制限に行使できる国家権力が不敬罪を厳格に適用していた時期に、中野重治の「雨の降る品川駅」は発表された。改造版と無産者版（図1）のあいだには三ヶ月の時間差がある。改造版は判読ができないほど伏字が施されたまま発表されている。だから無産者版の朝鮮語訳は中野が書いた原本を直接入手し、翻訳したはずである。表1と表2の改造版と無産者版を照らし合わせてみると、日本語の「君ら」は「朝鮮の男の子であり、女の子である君ら」を意味し、朝鮮語の「ユ〔彼〕」は「天皇」を意味することがわかる。無産者版に基づいて考えると、改造版の伏字は「天皇」の身体の特徴を醜く描写した「A」と「C」、そして「暗殺」の欲望が描かれた「B」と「D」に集中していることがわかる。伏字は、法に抵触する恐れのある表現を、出版編集側が「自発的」に○や×などの記号に置き換えることで、どのような表現に制限がかかるのか可視化する効果を発揮した。伏字は、検閲に対する屈服と表現の傷の象徴であると同時に、検閲への抵抗としても機能した。これが定説である。しかし、それだけでは説明がつかないことが多い。

　なぜ改造版より無産者版の方が伏字が少なかったのだろうか。東京で発行された二つの雑誌はいずれも内務省の図書課、すなわち同一部署の検閲下に置かれていた。とりわけ、朝鮮共産党再建ビューローが作った無産者版は、当時の植民地朝鮮では発行が不可能なものであった。共産党の朝鮮支部は、一九二五年四月に、コミンテル

表1　無産者版と改造版の比較

	『無産者』1929年5月号	『改造』1929年2月号
A	그대들은비에저저서 그대들을**쫓처내는 일** **본의**××을생각한다 그대들은비에저々서 **그의머리털 그의좁은** **이마　그** **의안경 그의수염 그의보기실은꼽새등줄** **기를 눈** **압헤**글여본다.	君らは雨に濡れて君らを、、、、、、 、を思ひ出す 君らは雨に濡れて　、、、、、　、、 、、、、、 、、　、、、　、、、、、、、を思ひ出 す
B	神戸 名古屋을지나 동경에 달여들어 **그의신변에**육박하고　**그의면전**에나타나 **×를사로×어 그의×살을웅켜잡고** **그의**×멱바로**거긔에다 낫×을견우고** **만신의뛰는피에** **뜨거운복**×의환히속에서 울어라！　우서라！	神戸　名古屋を経て　東京に入り込み 、、、、に近づき 、、、、にあらはれ 、、、、 、、顎を突き上げて保ち 、、、、、、、、、、、、 、、、、、、、 温もりある、、の歓喜のなかに泣き笑へ

表2　無産者版の日本語訳と小山書店版の比較

	無産者版：最初の日本語訳 「編集室から」(「月報7」『中野重治全集第九巻』1977年)	小山書店版（1947年）
C	君らは雨に濡れて君らを追ふ日本天皇を思ひ出す 君らは雨に濡れて 彼の髪の毛 彼の狭い額 彼の眼鏡 彼の髯 彼の醜い猫背を思ひ出す	君らは雨にぬれて君らを逐ふ日本天皇をおもひ出す 君らは雨にぬれて 髯 眼鏡 猫背の彼をおもひ出す
D	神戸　名古屋を経て　東京に入り込み／彼の身辺に近づき／彼の面前にあらはれ／彼を捕へ／彼の顎を突き上げて保ち／彼の胸元に刃物を突き刺し／反り血を浴びて／温もりある復讐の歓喜のなかに泣き笑へ	(1931年のナップ版から、「B」を削除し、詩の最後を書きかえる。) さやうなら　辛／さやうなら　金／さやうなら　李／さやうなら　女の李／行つてあのかたい　厚い　なめらかな氷をたゝきわれ／ながく堰かれてゐた水をしてほとばしらしめよ／日本プロレタリアートの後だて前だて／さやうなら／報復の歓喜に泣きわらふ日まで

ン（共産主義インターナショナル、一九一九―一九四三）により、正式に承認される。それ以降、雑誌『無産者』が創刊されるまでの四年間、朝鮮共産党は朝鮮総督府の検挙により壊滅的打撃をうけ、四回にわたって再組織することになる。その過程で朝鮮人党員同士の主導権争いが過熱していく。この内部での争いは、一九二八年一二月のコミンテルン「朝鮮問題の為めに」（一二月テーゼ）で批判され、朝鮮共産党の承認が取り消される一つの原因となる。同テーゼでは朝鮮共産党の再建が命じられるが、それを実行すべく、朝鮮共産党のセクトである上海のML派によって派遣された高景欽《コウキョンフム》が、朝鮮で資金を調達し、日本の内地で立ち上げた合法的な出版社が無産者社である。これに協力したのは、「雨の降る品川駅」の朝鮮語訳を行った可能性が高い李北満と、中野の新人会の後輩である金斗鎔《キムドゥヨン》である。

しかし内地での発行も容易であったわけではない。一九二八年は御大典の警備のために、特高警察体制が確立された年である。とりわけ、同年八月の特高課長会議での指示事項・第一「大礼ニ関シ各種要注意人物ノ視察警戒ニ関スル件」には、「在外不逞鮮人」の内地潜入への警戒が強調されていた。すなわち、「雨の降る品川駅」は、「御大典」を口実に最も厳しく監視されていた「共産党＋不逞鮮人」メディアによって朝鮮語訳されたのである。もちろん「雨の降る品川駅」朝鮮語訳が掲載された『無産者』創刊号は発禁（発売頒布禁止）であった。それに対し、伏字だらけの改造版は無事に刊行され、「雨の降る品川駅」は検閲の公的記録である『出版警察報』を参照する限り、何の指摘も受けていない。伏字処理の努力が認められたのである。

ほぼ同時期に、同じ内務省の図書課で検閲を受けたはずの、改造版と無産者版の異なる運命は、作品の解釈にも大きなずれを生じさせることになる。まず確認すべきは、発禁だった無産者版が、今まで生きながらえて、商業出版であった改造版の意味を補うものとして利用されたことである。改造版の伏字については、一九七六年に無産者版の日本語訳を水野直樹から渡されるまで、著者である中野でさえ復元することができなかった。なぜなら、中野重治は一九三一年の詩集に収録する際、表2のように、天皇の身体に関する表現を変え、暗殺をほのめかす表現を削除し、伏字が集中した詩の後半を大幅に変えたからである。しかも、詩の導入部にあった献辞も削除され、いつのまにか作家自身の頭の中から改造版の内容も消えていったのである。

表2「D」の小山書店版(「作品の成立過程」を参照)に追加された表現を確認した上で、改造版と小山書店版を読み比べてみよう。小山書店版は、「辛よ　さやうなら」のように、朝鮮人を苗字で呼びながら「さやうなら」と別れの挨拶をするところから始まり、後半も天皇の暗殺を仄めかす表現を削除し、「さやうなら　辛」など、朝鮮人への別れの挨拶を挿入した。前半と後半が朝鮮人におくる言葉で響き合う構図になっている。ここで呼ばれる朝鮮人の苗字は特定の誰かを連想させるわけではない。それが改造版の最初の一行目に刻まれた「李北満　金浩永におくる」との大きな違いである。「辛・金・李・女の李」は抽象的な「朝鮮人」であり、距離のある言葉である。朝鮮語で親しみをこめる呼び方をする場合、苗字だけで呼び合ったりはしないからである。しかも「×××記念に」が消されることによって具体的で歴史的な時間性が消去され、「李北満」「金浩永」という固有名が消去されることによって、なぜ中野がわざわざこの二人の名前を改造版に刻んだのか、またなぜ「李北満」が無産者版に中野の詩を収録したのかが見えなくなってしまう。

「雨の降る品川駅」の「×××記念に李北満　金浩永におくる」という献辞は、李北満が追放されていた時期ではなく、すでに日本に戻っていた時期に、わざわざ「品川駅」から「おくる」という言葉を際立たせる形で改造版に掲載された。これは「雨の降る品川駅」の献辞が送られた本人が東京で創刊した雑誌に朝鮮語訳されたことを併せて考えなければならない。この献辞には、朝鮮語テクストを読む読者の立場によって、異なる意味を持つ可能性が内在していたのである。司法省の資料によれば、無産者版が発表された頃、献辞に名が記された金浩永は、在日本朝鮮労働総同盟(以下、朝鮮労総と略す)の幹部であった。彼は、一九二九年四月に朝鮮労総を解体し、日本労働組合協議会へと吸収させるべく、反対派の説得にあたり、結局流血の暴行事件を起こしている。日本と中国にいた朝鮮人労働者組織を、それぞれが活動している地域の組織に吸収させる動きは、日本代表であった佐野学の主導により、一九二八年四月プロフィンテルン（国際赤色労働組合）第四回大会で採択され、同年八月にコミンテルン書記局による「一国一党の原則」で再確認される。

日本における朝鮮労総の解消には、献辞が送られた二人や無産者社創立メンバーであり、中野とも親しい関係にあった金斗鎔が深く関わっている。朝鮮人組織の解散の動きが始まっていた時期に、無産者版が日本にいる朝鮮人読者に渡された場合、「献辞」は、朝鮮人組織の解消のために積極的に動いていた二人に対する中野からの応援歌として読解された可能性は高いだろう。朝鮮労総の解体が完了したのは一九三〇年一月であるが、同じ年の『プロレタリア辞典』（共生閣編輯部編、共生閣、一九三〇）の「在日本朝鮮労働総同盟」という項目には、「民族的な独立的組合組織は階級闘争の最近の発展に適合しないから」解体したと記されている。しかし、実際は無産者のメンバーが民族的な独立組織の確保や、日本帝国からの独立闘争を諦めているわけではない。

コミンテルンのテーゼに従う形で、一九三〇年一二月、『赤旗』には朝鮮共産党日本総局および高麗共産青年会日本部の連名による解散声明が発表され、日本にいる朝鮮人党員の組織は日本の組織へと吸収された。無産者社のメンバーも、一九三二年にコップへと組み込まれる。改造版の献辞は、李と金らの朝鮮人組織がコップに解体・吸収された一九三二年前後に、日本語のテクストからなくなった。それは、改造版が日本の内地で活動していた朝鮮人共産党員を日本共産党へ吸収する動きと交錯する地点に置かれていたことを物語っている。雑誌『無産者』は、帝国日本の権力による政策（たとえば検閲）が支配地域別に異なることを利用し、コミンテルンのテーゼによって触発された朝鮮共産党再建をめぐるヘゲモニー争いの過程で生まれたものである。雑誌『無産者』に朝鮮語訳された中野の「雨の降る品川駅」も、当時の朝鮮の読者を意識した編集によって配置され、朝鮮の読者のコードで読まれたことに注意しなければならない。これらのことを踏まえると、改造版の献辞の消滅は、改造版と無産者版の戦略のズレを露呈させる象徴的出来事であったといえる。

これまでのように、無産者版の朝鮮語訳を、改造版の復元のためだけに消費してきた研究には大きな問題があると言わざるをえない。無産者版の日本語訳を通して、改造版の伏字の復元を試みる行為には、翻訳が透明な行為であるかのような誤解を生む可能性が内在している。はたして翻訳行為において、一対一の対応が可能な言語体系は存在するのだろうか。たとえば、献辞に記された李北満の名前すらも、日本における朝鮮人共産党員の日本共産党への吸収過程を知っている読者と知らない読者にとっては異なる記号として機能したはずである。無産者版の戦略、それが流通する空間のコンテクスト、特に朝鮮独立闘争より階級闘争を優先することを求める日本共産党との認識のずれを問わないことになる。「偉大なる作家・中野重治」の優れたテクストを完全な形に復元するために、植民地支配が終わった後の日本語空間で忘却された朝鮮人による翻訳を利用する限り、原典（宗主国―日本語―日本人）と翻訳（植民地―朝鮮語―朝鮮人）という位階関係の呪縛から逃れることはできないだろう。結局、改造版の伏字を復元するために無産者版を使用すればするほど、過去における二つの言語の間に横たわる位階関係を再現することになってしまう。ここには、現在の日本と韓国という国民国家の境界、その領土内で共用語として使用されている韓国語と日本語の境界の遠近法が作動していることも見逃してはならない。しかも、この問題は、「雨の降る品川駅」の解釈をめぐるベクトルが、「詩人・中野重治」神話へと向かい、それが、植民地をめぐる中野の立場を批判すべきかどうかについて問い続けることに附随する位階の構図と連動しているのである。中野の詩を誰よりも喜んで、翻訳したのは、無産者側の朝鮮人運動家であり、それは、ここで考察してきた通り、朝鮮語空間における戦いの戦略に基づくものであったからである。

6　課題

基礎的課題一　改造版、無産者版（日本語訳）を読み比べてください。改造版の伏字をそのままにして読む場合と、伏字に無産者版の翻訳を当てはめて読む場合と、詩のイメージはどのように変わるのか考察してください。

基礎的課題二　林和の詩「우산 받은 요코하마의 부두　雨傘さす横浜の埠頭」（「同時代の反応」を参照、本書「第Ⅱ部作品集」に掲載）は「雨の降る品川駅」への応答の詩であると評価されている。林和の詩から、二つの詩のつながりを示す表現を抜き出して、「雨」のイメージと結びつけながら考察してください。

発展的課題　一九三〇年代になると日本語で創作をする植民地出身の作家が登場する。その作家たちの活動や代表的な作品、評価について考察してください。

7　参考文献

姜尚中編『思想読本［4］　ポストコロニアリズム』（作品社、二〇〇一）
サイード、エドワード／今沢紀子訳『オリエンタリズム　上・下』（平凡社ライブラリー、一九九三）
サイード、エドワード／大橋洋一訳『文化と帝国主義1・2』（みすず書房、一九九八・二〇〇一）
スピヴァク、G・C／上村忠男ほか訳『ポストコロニアル理性批判―消え去りゆく歴史のために』（月曜社、二〇〇三）
竹村和子『フェミニズム（思考のフロンティア）』（岩波書店、二〇〇〇）
鄭暎恵『〈民が代〉斉唱―アイデンティティ・国民国家・ジェンダー』（岩波書店、二〇〇三）
中井亜佐子『他者の自伝―ポストコロニアル文学を読む』（研究社、二〇〇七）
黒川伊織『戦争・革命の東アジアと日本のコミュニスト―一九二〇―一九七〇』（有志舎、二〇二〇）

高榮蘭『戦後というイデオロギー――歴史・記憶・文化』（藤原書店、二〇一〇）
水野直樹「「雨の降る品川駅」の事実しらべ」（『季刊三千里・春』一九八〇・二）

【改造版と無産者版に関する年表】

一九二六年一一月	日本プロレタリア芸術連盟が創立（機関誌『文芸戦線』日本プロレタリア文芸連盟を改称）
一九二六年一二月	日本共産党再組織：福本理論の立場から山川批判
一九二七年二月	朝鮮で新幹会の創立⇓五月には東京に新幹会の支部結成
一九二七年三月	李北満・金斗鎔ら『第三戦線』発行
一九二七年六月	日本プロレタリア芸術連盟から分裂し、労農芸術家連盟を創立（青野季吉・蔵原惟人ら、機関誌『文芸戦線』、福本批判）
一九二七年七月	日本プロレタリア芸術連盟の機関誌『プロレタリア芸術』創刊（中野重治・鹿児亘ら）
一九二七年七月	コミンテルン日本問題委員会「日本に関する執行委員のテーゼ」（二七年テーゼ）
一九二七年一一月	労農芸術家連盟の分裂、前衛芸術家同盟の結成（二七年テーゼ賛成派は脱退）
一九二七年一一月	朝鮮プロレタリア芸術同盟機関誌『芸術運動』創刊
一九二八年二月	中野重治「雨の降る品川駅」（『改造』二月号）
一九二八年三月一五日	共産党員ら大検挙
一九二八年三月	全日本無産者芸術同盟（ナップ）結成
一九二八年四月	プロフィンテルン（国際赤色労働組合インターナショナル）第四回大会のテーゼ ⇓　植民地労働者は現住国の労働組合に加入して戦うべきである
一九二八年五月	ナップの機関誌『戦旗』創刊（『文芸戦線』と対立）
一九二八年八月	コミンテルン書記局「一国一党の原則」が再確認
一九二八年一二月	コミンテルンの一二月テーゼ「朝鮮の農民および労働者の任務に関するテーゼ」
一九二九年四月一六日	共産党員ら大検挙
一九二九年五月	コミンテルンの一二月テーゼ実行のためＭＬ派「無産者社」組織、『無産者』創刊
一九二九年五月	朝鮮語訳「雨の降る品川駅」（『無産者』創刊号）

第一四章　ジェンダーとクィア

〈女性ならではの文学〉を疑う
田村俊子「女作者」

小平麻衣子

1　本章で学ぶこと

社会的・文化的な性差やセクシュアリティの観点から文学テクストを分析する。ただし、他の方法論でも同じだが、ジェンダー論やクィア論は、どのような生き方や社会をよいとするのか、それぞれで異なる立場から読み解くものであり、一つの立場にはまとめられない。立場は各自で探っていくしかないが、ここではジェンダー論・クィア論の枠組みの歴史的展開を概観しながら、田村俊子の「女作者」(一九一三)を例に、理論と個別の読解の関係、作者の時代と現代からの読解の重層性を示してみたい。

2　ジェンダーと言語

ジェンダーとは、よく知られているように、生物学的性差(セックス)に対して、社会的・文化的性差のことを言う。性差は、人生や社会的ポジションを大きく左右する要因として強く意味づけされており、男性が女性より優位に立つ社会が多くの地域や時代で続いてきた。また、身体の違いに起因するようにとらえられているが、そうではなく、大部分は〈男性らしさ〉〈女性らしさ〉として社会が作り上げてきた約束ごとに過ぎない。したがって改変することも可能だ、というのが、〈ジェンダー〉概念がもたらした最大の意識転換である。ジェンダー論が扱う問題は、恋愛、結婚、生殖、性暴力、労働、ケア、行政、その他あらゆる問題であり、時期や地域によって異なる具体的な格差や構造を、解決に向けて明らかにするものである。

ジェンダー概念を練り上げてきた世界的な思想・運動であるフェミニズムは、一九世紀末から二〇世紀前半にかけて、主に女性の相続権や参政権を求めた第一波、一九六〇年代から一九七〇年代に、政治や経済などの公的領域は男性、家庭などの私的領域を女性が担うといった区分自体を問い直そうとした第二波、一九九〇年代ごろのサブカルチャーと親和性があり、女性であることをポジティブに表現し、より多様でパーソナルな価値観を尊重する第三波、その後の第四波もしくはポストフェミニズムというように整理される。

これらはすべて単線的に表れるわけではないが、文学研究について言えば、第二波フェミニズムの時期には、男性作家が主導してきた文学作品に含まれる女性嫌悪や男性中心の価値観を批判する「フェミニスト・クリティーク」と、不当に貶められてきた女性の書き手を再評価する「ガイノクリティシズム」（エレイン・ショーウォルターによる定義）と言われる批評が行われた。ジェンダー概念は、これらと並行して分析法が練り上げられてきたものであるが、冒頭に述べたように、それまでのフェミニズムが女性の体験を重視したのに対して、まず、人を男／女に分ける社会的制度の成り立ちを明らかにすること、そして次に、社会的制度が人為的なものであればこそ、日常生活における行為や言語の中で、制度に回収されない個別性があらわになる実行を把捉しようとする点に特徴があると言える。

ということは、もちろん男性ジェンダーも考察の対象になり、それだけでなく、女性を一つの集団として見る立場とは対立することもあり、のちに説明するクィア論にもつながる部分もある。この背景には、フェミニズムが広がるにつれ、それが白人中産階級、異性愛中心で他への差別を含んでいることが、ブラックフェミニストによって批判されるなど、多様なアイデンティティと社会的承認の追求があった。男性／女性はさらに、帝国主義における西洋／東洋、宗主国／植民地のイメージ形成に重ねて使われることも多く、今回は文献を紹介する余裕がないが、こうした権力や言語的支配について植民地出身の論者が批判し、理論化したことも大きい（本書第一三章参照）。

このような現実の政治に関わる動向の一方、ジェンダーは言語によって構築されていることから、脱構築批評といった精緻なテクスト分析も理論の進展に寄与した。脱構築批評とは、言語や哲学などの論理が基盤としている、内部と外部、音声言語と文字言語、精神と肉体などの二項対立的な発想を、それ自身がはらむ矛盾を突くことなどによって批判、解体し、常に新たな意味や世界の生成を企てようとする批評である。ジェンダーもまた、常に男性／女性の二項と、それぞれに対立的に結びつけられる意味のセットによって互いに位置づけられているのであれば、言語の意味づけを変えることも、日常生活と距離があるように見えるが、一つの戦略となる。

日本でも影響のある論者に、一九八〇年代アメリカのバーバラ・ジョンソン（一九四七―二〇〇九）などがあげられる。こうしたテクスト分析は、作家の人生などの生身の書き手とは切り離した分析方法であるため、男性が書いたテクストにも、女性に差別的な規範を改変する可能性が見出されることにもなった。それは同時に、批評する側の積極的な読解によってもたらされるものでもあった。

また、フランスで一九七〇年代以降、ジュリア・クリステヴァ（一九四一―）や、リュス・イリガライ（一九三〇―）が、フロイトを嚆矢とする精神分析批評が女性を男性の従属的役割とする体系を打ち立てたことを批判した。そして、秩序だった言語の象徴体系に対して未熟とされる原初的な言語のありようを、むしろ体系を攪乱するものだと評価して、それを〈エクリチュール・フェミニン〉と呼んで女性の価値転換を図った。これも、テクストを生身の作者の性別と分けた分析である。ただし、フェミニズム精神分析批評は、価値の逆転は行うものの、男／女の二分法に基づく意味づけが強固な点などが批判も受けた。

これらを批判的に発展させた先に、一九九〇年代、セックス／ジェンダーの二項対立概念自体を脱構築して大きなインパクトを与えた哲学者ジュディス・バトラー（一九五六―）を置くことができるだろう。それまで、可変性のあるジェンダーに対して、ある程度所与のものとして捉えられていたセックスだが、この概念自体も社会的に構築されたものに過ぎないと論じたのだ。これは、二つ目の重要なポイントとして、セックスの二分法を根拠としてきた異性愛の専制をも解体するものである。

性別を解体するかのようなバトラーの論は、女性ならではの身体の経験を重視する立場や、社会的不公正の是正のために特定のアイデンティティに基づく集団が不可欠とする立場から批判も受けたが、文学研究にとって重要だったのは、パフォーマティビティの概念である。バトラーは、現実生活におけるふるまいを言語的モデルで分析した。言語行為論を援用し、発話とは、すでに人々が共有する意味を引用し、繰り返さなければ伝わらない点で制度を強化するが、語ることには行為としての側面があり、個別の発話行為が制度を撹乱する実践となりうることを理論化したのである（竹村和子訳『ジェンダー・トラブル―フェミニズムとアイデンティティの撹乱』青土社、一九九九）。

そしてこのように、異性愛中心主義を解体する点と、論者が文化の読解に積極的に関与することで意味をずらしていく実践に、ジェンダー論とクィア論の接点を見ることができるだろう。クィアとは、かつて「変態」を意味する同性愛者への侮蔑語だったが、一九九〇年代になって、ゲイやレズビアンなどの性的マイノリティが、自己肯定的に使いなおしたものであり、クィア論とは、セクシュアリティに関わる問題系を分析する方法論である。もちろん、性的マイノリティといっても多様であり、直面する問題もさまざまであることは、ＬＧＢＴＱ＋といった言葉をよく聞くようになった近年では言うまでもなく、クィアとは、固定化しえないということも含めた用語である。

さらに、文学研究について言えば、前述のように、話者・論者の積極的な関与によって、規範とは別のあり方を浮上させ、実践する行為を特にそう呼ぶと言える。というのは、〈正常〉を特定のあり方に限定する規範が強く作用していた過去の文学作品においては、女性の欲望や同性愛的な欲望は抑圧され、読み取りやすいわけではない。それらをなかったことにしないためには読む側がかなり積極的に関わってそれらを引き出すことが必要だからである。

バトラーとほぼ同時期に日本文学研究においてよく取り上げられたのがイヴ・K・セジウィック（一九五〇―二〇〇九）の『男同士の絆―イギリス文学とホモソーシャルな欲望』（上原早苗・亀澤美由紀訳、名古屋大学出版会、二〇〇一）であるが、これは、社会において機能してきたホモソーシャルという抑圧的構造を、過去の作品読解を通じて明らかにする一方、ホモソーシャルとほとんど見わけがつかないホモセクシャル的な欲望を見出したものでもあった。

ホモソーシャル（同性社会性）とは、異性愛を条件としながら、女性は尊重されるわけではなく、男性たちが女性への同種の欲望を共有していることを確認するための媒介とされるだけで、この確認を通して男同士の絆が強められる。この絆が経済や情報のネットワークとして社会的な権力の獲得につながるのに対して、女性は私的領域に置かれて分断されていく、という資本主義的なシステムを言う。この社会は労働力を再生産するための生殖も必要とするため、ホモセクシャルもまた忌避されるが、実はホモソーシャルな親密さはしばしばホモセクシャルと区別できないからこそ、否定の身振りが要請されるのだと言う。

さて、セジウィックにおいても、社会的制度の成り立ちを検証することが大きな要素となっているが、ここまでの流れとは別に、たとえば冒頭に挙げたジェンダー論が扱うさまざまな話題について、人種や民族や国家の問題も含めて、文学作品や文学雑誌などの周辺のメディアが、どのように特定のジェンダーやセクシュアリティの歴史的規範化に加担してきたかを洗い出す研究が、多く積み重ねられている。たとえば、主婦や少女、売春婦などの特定のカテゴリーや望まれるふるまいの形成過程を批判的に検証したものがあり、男性的／女性的な文体が持つ強制力を分析する方向もあり、文学自体のジェンダー化が問題化される場合もある。歴史学や、歴史社会学の成果とも接点を持つ研究であり、多数の考え方に影響を与えるメディアの効果に対する関心や、大衆やサブカルチャーを視野に入れる文化研究の発展など、他の方法と相携えながら練り上げられてきた部分もある。

こちらの方法は歴史的資料を広く渉猟する必要があるため、一つの文学作品の読解を例示する本書では、「6 課題」で発展的に行うにとどめざるを得ないが、このように対象を横断する研究においても、規範化の過程を検証するだけでなく、読みの介在によって別の可能性を開くことも行われている。今日では多くの場合、問題意識と分析対象や手順は、複数を組み合わせ、ジェンダー・セクシュアリティ規範の構造を明らかにしていると言える。

3 作家紹介

田村俊子（たむら・としこ　本名は佐藤とし）一八八四（明治一七）年—一九四五（昭和二〇）年。東京に生まれる。東京府立第一高等女学校卒業。作家を志して、幸田露伴に入門、作家デビュー。同門の田村松魚と恋愛するが、松魚が渡米。その頃新しい職業として期待された女優を経験し、露伴からも離れた。一九〇九年、松魚が七年ぶりに帰国し結婚、経済的に苦しい中で、懸賞小説に応募した「あきらめ」が当選、一九一一年に新聞に掲載され、注目された。『青鞜』にも参加した。「生血」「木乃伊の口紅」「炮烙の刑」などの作品を次々に発表し、有力な作家となる。その後も、仕事の行き詰まりや松魚とすれ違いの中で、鈴木悦と恋に落ち、一九一八年、バンクーバーで働く悦を追うが、一九三三年、一時帰国していた悦が急死するなど、波乱の人生が続く。一人帰国した俊子は執筆を再開するが、周囲との軋轢により、一九三八年、中央公論社の特派員として中国に赴いたのをきっかけに上海にとどまり、中国の女性のための雑誌『女声』を発行したが、病のためその地で亡くなった。

4　作品を読むための基本情報

梗概

女作者が作品を書こうとしているが、なかなか書けない。いつもはお化粧をすれば気分が乗るのに、今回はそうではない。同情のない夫にいら立って掴みかかったりするが、離れることはできず、女友達が自立のために男性と距離をとると言っていたのを思い出して落ち込んだりするうちに、また書けない日は過ぎていく。

作品の成立過程

『新潮』一九一三（大正二）年一月の初出では「遊女」というタイトルだった。『誓言』（新潮社、一九一三）に収録の際、「女作者」に改題された。

同時代評

「この女作者の頭脳の中は——といふ冒頭を読んだ時、——カラツポで——といふ文句が自然に頭に浮んだが、読んで行くと成る程正直にそう書いてある。暮に押し迫つて頼まれ物の小説が書けない、腹を立てゝ亭主をコヅキ廻す、ヒキズリ倒す、掻きムシる。それでも書けなかつたといふだけのもの。」

（寒「一月の小説」『近代思想』一九一三・二）

「自分と云ふものを残酷にさらけ出して、それをこねまわして楽しんで見たり、むやみに反抗して見て、其気分が醗酵した沈澱を掻き廻して喜んで見たりする、女が本能的に持つてるミスチアスでキヤパリシアス（capricious

＝気まぐれ、引用者注）な心性の一角は、よく此作者に取扱はれる物である。」

（千葉亀雄「一月文壇の概評」『文章世界』一九一三・二）

5　本文の解釈と考察

一九一一年に女性のメンバーによる文学雑誌『青鞜』が発刊されたことは有名だが、日本におけるこの時期の女性たちの意識の覚醒は、先述の第一波フェミニズムにあたる。「女作者」も、同じ時期に発表されたものである。ここでは、テーマとしてはセクシュアリティを取り上げ、文学に特徴的な問題、つまり、当時の意識によって書かれた作品を、さらに現在において第三波以降の理論を使って読む、という多層性を意識しながら進めよう。

作品では、〈女作者〉は思うように小説が書けないが、焦れて夫に挑みかかる場面では、「口中の濡れたぬくもりがその指先にぢつと伝はつたとき、この女作者の頭《つむり》のうちに、自分の身も肉もこの亭主の小指の先きに揉み解《ほぐ》される瞬間のある閃めきがついと走つた」と書かれるなど、官能的である。〈女性〉であることが特徴づけられるのは、男性との対比的な関係においてであり、特に身体の性がその根拠になりやすいことはすでに見た通りである。セックス／ジェンダーの概念が未分化であった発表時には特に、読者にも、まさに〈女〉作者ならではのテーマと受け取られただろう。「同時代評」で挙げたように、多くの男性評者は、異様な性質を女性特有とし、高い評価はない。ただし、テクストではまずそのような女性らしさ自体の是非が検討される。〈女作者〉と対照的に男性との同居を拒否する、つまり、自分自身の独立を尊重するために肉体関係を拒否する女友達が配されるのだ。ここに、まずは当時のフェミニズム意識が顕れていることを見てみよう。

肉体関係を結ぶ際にも男性の意志が尊重されやすく、その権力関係が日常生活の隅々にまで影響するからだろう、『青鞜』周辺では、実際に肉体関係を拒否する結婚や交際スタイルが議論され、実行もされていた。作中では、肉体の歓びを知り、男性と気強く交渉していく〈女作者〉から未経験者への優越がある一方で、新しい考え方を持つ友人から挑戦される緊張がある。友人からすれば、〈女作者〉は男性に依存しているように見えるだろう。だが友人のような考え方は、〈女作者〉からは、〈女性〉であることを拒否しているように見える。どちらを選択すべきだろうか。〈女性として〉自立するとはどのようなことなのか。

そして、そうした立場を象徴するのが化粧という行為である。「この女作者はいつも白粉《おしろい》をつけてゐる」。化粧には、自分をよく見せたいという虚栄、特に男性に対しての媚びという社会的意味が付与されている。さらに、白粉を刷《は》くときに小説の想が湧き、作品には「いつも白粉の臭《くさ》みが付いてゐる」とされ、〈女性らしい〉小説の是非という問題につながっている。文壇が男性に占められ、女性には女性としてのふるまいを求める社会において、反感を持たれるのではなく、作家として迎え入れられたいと考えれば、判断は簡単ではない。

では、化粧や官能を中心とする女性主人公のふるまいと、それをテーマとする作品が、当時言われたように男性に依存したり迎合するものなのかどうか、改めて読み解いてみることにする。このあたりから徐々に、筆者自身が主体になっての読み解き、つまり現代からの意味づけになる。

「おしろいを塗《つ》けずにゐる時は、何とも云へない醜いむきだしな物を身体の外側に引つ掛けてゐるやうで、（中略）僻《ひが》んだいやな気分になる。媚を失つた不貞腐れた加減になつてくる。それがこの女には何よりも恐しいのであつた。だから自分の素顔をいつも白粉でかくしてゐるのである」というような箇所からは、化粧は確かに、地の自分を覆い隠して、他人向きの仮面をつけることのように見え、自分を解放することとは程遠いということにもなろう。だが、〈女作者〉が、「誰も見ない時などは舞台化粧のやうなお粧りをしてそつと喜んでゐる」とか、具合の悪い時も「わざ〳〵白粉をつけて床《とこ》のなかに」いる、「自分の褄先の色の乱れを楽しむやうに鏡の前に行くとわざ〳〵裾をちらほらさせて眺めて」いる、などに注意すれば、必ずしも装いが他人のためではないことがわかる。

〈女作者〉にとって、化粧の魅力とは、人に見せるよりは、白粉が水で溶かれて刷かれるときに「頬や小鼻のわきの白粉が脂肪《あぶら》にとけて」、「人知れず匂つてくるおしろいの香を味」わうことである。白粉を塗ったとき、はじめは体温とは異なる冷たさによって、自己の身体との境界が明確に意識されるだろうが、次第に自分の分泌物のようになり、香りも自らの体臭とまじりあう。触覚や香りとは、視覚のように範囲の確定や、分類・序列づけをすることが困難な、拡散する感覚の最たるものである。つまり化粧は、自らの身体の輪郭が溶け出し、空間に拡張され、あるいは侵犯される快楽なのである。

こう考えると、夫の着物を引きはがすようにしたり、「男の脣《くちびる》のなかに手を入れて引き裂くやうにその脣を引つ張つたり」するのも、夫の外皮を破り、内部に侵入してまじりあおうとする類似性を持つとも言える。だがこれは、男女の性行為が、身も心も相手と溶け合うことだと理想的に語られるような事柄ではない。〈女作者〉が男性もしくは男女の対関係に依存しているのかどうかを判断する際に、この溶け合いが暴力として実現されている点は重要だと考える。

というのは、夫は「身体のなかはおが屑が入つてゐるのである。生の一とつ一とつを流し込み食《く》へ込むやうな血の脈は切れてゐる」と描写されており、夫の身体の袋の内外に交通はない。〈女作者〉は、意図的に白粉をつけなければ、「放縦《ほしいまゝ》な血と肉の暖《ぬく》みに自分の心を甘へさせてゐるやうな空《そら》解《ど》けた心持になれない」のだが、夫との関係においても、性行為自体が自然に溶け合う理想なのではなく、故意の暴力だけが、白粉を刷くことと同様の効果を期待させている。こうみると、〈女作者〉は、単純に夫との肉欲に依存しているとは言えなくなる。

さらに、予告したとおり、自己の境界の融解は〈女作者〉の書く行為に関わっている。

この女作者の頭脳《あたま》のなかは、今までに乏しい力をさんざ絞りだし絞りだし為《し》てきた残りの滓《かす》でいっぱいになってゐて、もう何《ど》うこの袋を揉み絞つても、肉の付いた一と言も出てこなければ、血の匂ひのする半句も食《は》みでてこない。

冒頭近く、〈女作者〉が作品を書きあぐねている部分である。絞り出すように書くとは、単なる常套句のようにも見えるが、述べてきた境界の融解というテーマと重ねると、重要な比喩として生きてくる。おが屑が詰まっている夫のありようと並べると、書き悩む現在の〈女作者〉が同様であっても、彼女にとっては、執筆とは本来、やはり皮膚で隔てられた身体の内部と外部に交通が起こる境界の融解なのである。

しかし、夫への働きかけも「つまらない」と投げ出されており、融解する身体は作中人物のレベルでは起こらない。だが作品の表現のレベルで見ると、別のことが言える。例として、引用した冒頭部の続きをもう少し詳しく見よう。原稿用紙にいたずら書きをしたり、空を眺めていると、次第にやわらかな空模様が自分に笑いかけているようだ、と、空想が擬人化を使って表現され、さらに次のように続く。

女作者は思ひがけなく懐しいものについと袖を取られたやうな心持で、目を見張つてその微笑の口許にいっぱいに自分の心を啣《くゝ》ませてゐると、おのづと女作者の胸のなかには自分の好きな人に対するある感じがおしろい刷毛が皮膚にさわる様な柔らかな刺戟でまつはつてくる。

この空想は心地よく、白粉の魔法で「だん〳〵と想が編まれてくる」ようにも思えるが、作中の〈女作者〉は書けていないことに注意しよう。増殖しているのは、外側にある「女作者」という作品の文字である。その表現レベルでは、身体のイメージに関して面白いことが起こっている。引用部では、「心持」が、「袖を取られた」という身体動作で表現され、しかも、受け身的に表現されることで、心が身体をコントロールする通常の序列は、逆転されている。さらに、「目を見張つて」に続く「その微笑の口許」は、一瞬、主語の〈女作者〉の動作が続くかのように読み流されると思うが、「自分の心を啣ませて」まで来ると、前の文に登場した空の動作であることがはっきりする。この入れ替わりは、文字の上で、空と〈女作者〉が溶け合うイメージを作っている。「好きな人に対するある感じ」が、胸の「なか」で感知されるにもかかわらず、「皮膚」という外部の感触として描かれるのも、心身が裏返されたかのイメージをつくり、空と女作者が互いに陥入する放恣な印象を助長するだろう。つまり、〈女作者〉が輪郭を失って溶けだす様子は、作中人物の行為としては成就せず、レトリックというテクスト上の言語効果としてのみ実現されているのである。

ここに、同じく作家である夫の書き方との違いを重ねてみよう。すでに光石亜由美「田村俊子「女作者」論—描く女と描かれる女」(『山口国文』一九九八・三)が、〈女作者〉は単に書けないのではなく、夫が主張する自然主義的な執筆法、「素朴な客観的リアリズムの方法」では書けないのだ、という指摘をしている。夫が〈女作者〉に「女は駄目だよ」と言うのは、「どれほどの物を今年になつて書いたんだ。(中略)そこいら中《じゆう》に書く事は転《ころ》がつてゐらあ。生活の一角さへ書けばいゝんぢやないか、例へば隣りの家で兄弟喧嘩をして弟が家《うち》を横領《わうりやう》して兄貴を入れないなんて事だつて直ぐ書ける」という理屈による。

つまり、夫の書き方とは、現実の何かを模倣し、事件が時間の進行とともに推移するストーリーを作ることだと言える。対して、「女作者」の書きぶりを振り返ってみると、時間が経っても物事は進行せず、それどころか時系列自体が曖昧であり、すでにみたとおり、一般的な意味や統辞を組み替えてしまうせいですんなりとは読み進められない。これは、リアリズムの観点からすれば〈下手〉と評価されてしまうかもしれないが、言語の別の側面を浮上させる点で、「2　ジェンダーと言語」での解説の言葉をふまえて位置づければ、エクリチュール・フェミニンと言うこともできる。

一方、以上のような意味づけは、当時込められた、または読み取られた意味というよりは、読み手である私（筆者）が積極的に関与し、現代の理論を使って成立したことがおわかりいただけるだろう。大げさに言えば、〈女作者〉の身体が文章に溶けているように、私も作品の文に入り込みながら書き手になる行為である。この一連の読み書く行為は、すでに男女の対関係を必要としていない。その点で、クィアな読み解きの実践と言うことも可能である。テクストが女優の話題に転じて終わるのは唐突な感じがするかもしれないが、女優が人に見せる演技をする一方、舞台上ではその手が、演技ではない自身の身体の冷たさをも見せてしまう点で、〈女作者〉のパフォーマンスをめぐる虚構上の身体と生身の身体の交錯に通じる。そう考えれば、「唇のあたゝかみで暖めてやりたい」とは、〈女作者〉から女優への共感と、それを媒介にし、もはや対象を男性に限定しない欲望の表現なのである。

6　課題

基礎的課題一　化粧や装いに関する描写を抜き出し、〈女作者〉にとってそれらがどのような意味を持つのか、ジェンダー概念を念頭に置きながら整理してください。

基礎的課題二　出来事がどのような順番で語られているか、一回起こった出来事か複数回起こったことかなど〈語り〉を整理してください。

発展的課題　『青鞜』の周辺で、女性が男性と肉体関係を結ぶことに関して、どのような議論があったのか調べ、「女作者」の位置を評価してください。

7 参考文献

飯田祐子『彼女たちの文学―語りにくさと読まれること』（名古屋大学出版会、二〇一六）
小平麻衣子『女が女を演じる―文学・欲望・消費』（新曜社、二〇〇八）
久米依子『「少女小説」の生成―ジェンダー・ポリティクスの世紀』（青弓社、二〇一三）
坪井秀人『性が語る―二〇世紀日本文学の性と身体』（名古屋大学出版会、二〇一二）
内藤千珠子『帝国と暗殺―ジェンダーからみる近代日本のメディア編成』（新曜社、二〇〇五）
中山和子・江種満子・藤森清『ジェンダーの日本近代文学』（翰林書房、一九九八）
光石亜由美『自然主義文学とセクシュアリティ』（世織書房、二〇一七）
小平麻衣子・内藤千珠子『田村俊子（21世紀日本文学ガイドブック7）』（ひつじ書房、二〇一四）
山崎真紀子『田村俊子の世界―作品と言説空間の変容』（彩流社、二〇〇五）
渡邊澄子編『国文学　解釈と鑑賞　別冊　俊子新論―今という時代の田村俊子』（至文堂、二〇〇五・七）

第一五章

文化研究

カルチュラル・スタディーズの冒険

高橋源一郎「ダン吉の戦争」

久米依子

1　本章で学ぶこと

本章のテーマである「文化研究」とは、単に、さまざまな文化の現状、歴史、地域性、などを研究することを意味するわけではない。日本語では「文化研究」とも呼ばれるが、これは一九五〇年代にイギリスで始まった「カルチュラル・スタディーズ」の訳語である。単なる「文化」の研究ではない、という意味をこめて、「カルチュラル・スタディーズ」という語をそのまま使う人も多い。では「カルチュラル・スタディーズ」はどのような特色を持ち、どのように発展してきた研究方法なのだろうか。本章では「カルチュラル・スタディーズ」の来歴と手法を紹介したのち、高橋源一郎「ダン吉の戦争」に対する読解を試みる。それによって旧来の文学研究の枠に収まらない「カルチュラル・スタディーズ」の広がりを知り、読者自らもそれを応用した様々な分析に挑戦してほしいと考える。

2　文化研究の発生と展開

「カルチュラル・スタディーズ」の端緒となったのは、イギリスのリチャード・ホガートとレイモンド・ウィリアムズの、労働者階級の文化を社会的文脈から考察した研究である。彼らは庶民の文化の意義や役割、その影響を、社会・歴史上の重要な事項として追求した。リチャード・ホガート『読み書き能力の効用』（原著一九五七、邦訳一九七四）は、読み書き能力（リテラシー）が話しことばや仲間意識に支えられてイギリス労働者階級の文化に浸透し、多様に広がった過程を分析して、大衆文化研究の新しい局面を開いた。レイモンド・ウィリアムズの『文化と社会』（原著一九五八、邦訳一九六八）は、芸術に限らず生活様式全体を多層的な構造を備えた文化と捉えた上で、対立的に見られがちなブルジョア文化と労働者階級の文化の間に、差異はあるものの相互作用と共通文化の領域があると論じた。彼らの研究の思想的基盤となったのはイギリスのニューレフト（新左翼）運動であり、したがってカルチュラル・スタディーズにはマルクス主義運動の性質が備わっている。従来の文化観は、上層（支配）階級の文化を高級でヘゲモニックなものと見なし、それと差異化される民衆・労働者の文化を低級で俗悪と捉えがちだった。「カルチュラル・スタディーズ」はこの文化観を脱し、軽視されてきた大衆文化の正統性と意義を評価しようとしたのである。こうして始まった「カルチュラル・スタディーズ」はその後、出発期の特色である民衆文化の評価に留まらない広がりをもち、多彩な展開を見せるようになる。

ホガードは一九六四年に、バーミンガム大学に現代文化研究センター（The Centre for Contemporary Cultural Studies CCCS）を設立した。同センターは七〇年代にスチュワート・ホールが所長を務め、その時期にセンターの研究は、大衆的なサブカルチャーからジェンダー、エスニシティの問題にまで対象領域を広げて発展し、それらはセンター名に由来するカルチュラル・スタディーズの名称で呼ばれるようになった。ニューレフト運動の影響が強かったセンター設立期には、マルクス主義思想の流れを汲み、大衆や若者の文化がいかに支配層の価値観や、高級文化（ハイカルチャー）に対抗しているかという観点から分析が行われた。しかし、次第に大衆文化にも、ジェンダーの偏差や人種差別が内包されていることが批判的に検証されるに至って、階級、人種（民族）、ジェンダーなどの社会的差異と分割が、どのようなイデオロギーのもとでどのような文化の成立・受容・継続に関与しているのかを問う視点が取り入れられた。研究対象も多岐にわたり、一九六八年から一九七九年のあいだに同センターで研究されたテーマには、少女雑誌、若者のサブカルチャー、学校教育、テレビ、人種についてのメディア表象、ナショナリズムの諸相、女性と福祉国家、メディアにおけるスポーツ報道、ロック音楽の登場とテレビ・コメディの言説、そして窃盗と治安などがあったという（クリス・ロジェク『カルチュラル・スタディーズを学ぶ人のために』原著二〇〇七）。

こうしてカルチュラル・スタディーズは大衆文化研究に限らず、身近な文化的・社会的現象に含まれる多様な諸相、特に文化を通じてなされる政治的な差異の構築を究明する活動となった。とりわけ、周縁的で非ノーマルとみなされる、女性を含む非抑圧者、マイノリティ、旧植民地等に関わる現象を積極的に取り上げ、あるいは正典（カノン）化された規範的テクストを批判的に検証することなどを通じて、日常の中に偏在するイデオロギーと権力の仕組みを解き明かそうとする探求になった。その実践のために、マルクス主義、構造主義、ポスト構造主義、記号論、フェミニズム、エスノグラフィー、ポストコロニアリズムといった人文諸科学の新たな方法論を摂取し、現代社会で再生産されるさまざまな差異と境界の構造、意味をめぐるヘゲモニー、社会的アイデンティティなどの諸問題への批判的考察を行っている。またカルチュラル・スタディーズは、大衆文化を取り上げるという研究対象の選択や、諸科学を横断する方法論においても、既存のアカデミズムから逸脱する傾向があり、研究の姿勢自体に、既存の知＝権力のシステムを相対化し、中心／周縁構造を脱構築しようとする指向が示されている。

ただし、大衆文化やポピュラーカルチャーを扱えば、それでカルチュラル・スタディーズになるというわけではない。日本でのカルチュラル・スタディーズ導入期に積極的に紹介と実践を行った吉見俊哉は、「Cultural Studies は単なるポピュラー文化研究ではない。Cultural Studies がポピュラー文化に照準したのは、歴史的にはそれが国民国家の文化体制のなかで正典化された教養文化のヘゲモニーに対抗してきたからである」と述べている。ポピュラー文化が規範的・正典的なハイカルチャーへの対抗文化であったからこそ、取り上げる意義が生じたのである。しかし吉見は今日の状況に照らして、「ポピュラー文化は、グローバルな文化体制のなかで越境する商品の地位をすでに確立し」、「東アジアのポピュラー文化研究は、少なくとも個々の文化消費を取り囲む越境的な産業体制について分析する視点を伴わなければならない」と注意を喚起している（『アフター・カルチュラル・

スタディーズ』二〇一九)。産業化が進められ、グローバルに拡大していく現在のポピュラーカルチャーは、消費されるための商品としての性質を帯び、それは大衆を画一的な文化の受容へと、抑圧的に押し込める働きを強めているかもしれない。現在は、マンガ、アニメ、映画、ポップスなどが人文学の研究対象として取り上げられる時代だが、そうした大衆文化研究であっても、社会的・歴史的文脈の中でイデオロギーやヘゲモニーのあり方を批評的に分析する視点がなければ、カルチュラル・スタディーズとは認め難いのである。

なお、カルチュラル・スタディーズは文化の受容過程にも注目し、メディア・リテラシーやメディアにおけるオーディエンス(視聴者、享受者)の役割・実践に関しても研究を進展させた。その成果の一つが、スチュアート・ホールが提唱したコード化と脱コード化のモデルである。メディアの発信側(文学であれば作家、出版社など)は、オーディエンスがメッセージを受容し理解できるように、共通するコード(規約、規則)に即して情報を記号化し発信する。これをエンコーディングといい、オーディエンスはコードに則って、情報をデコーディング(解読)する。この時オーディエンスが、エンコーディングされた通りに従順に情報の意味を理解するなら、発信側の意図・メッセージが正確に届くことになる。しかしそのような〈理想的〉なデコーディングが行われる場合はほとんどない。コードの理解が発信者とオーディエンスでズレている場合もあるし、そもそもコードが共有されていなかったり、拒否されることもある。そのようにしてオーディエンスは、エンコードされた支配的な意味に抗して、別の解釈を行うことができる。すなわち、オーディエンスは単に受動的に発信側のメッセージを受け取る存在ではなく、能動的に、別の解釈コードで意味を定義し直し、脱コード化を実践できるのである。ホールはコード化と脱コード化に関わる組み合わせを、1.オーディエンスがコード化された意味に従い受容する、支配的(ヘゲモニック)な位置、2.オーディエンスがコード化された意味を半ばあるいは部分的に受容する、折衝的(ネゴシエーティブ)な位置、3.オーディエンスが別のコードを用いて定義し直す、対抗的(オポジショナル)な位置、の三種に分けて規定した。

この発信と受容のモデルは、オーディエンスとは画一的で商業主義的な消費文化に浸食され、発信側の情報に支配される受動的な存在、と見なされていた位相を刷新し、新たなメディア研究の視座を拓くことになった。

それではここで、正典（カノン）に関するカルチュラル・スタディーズ的なアプローチを、近代日本の国民的作家といわれる夏目漱石のテクストで考えてみよう。漱石の『こころ』（一九一四）は高校の国語の定番教材として、戦後六五年もの間、教科書に掲載されてきた。しかし近年の研究では『こころ』は、恋愛から友人への裏切りに至り、深い罪悪感と後悔の念を抱える「先生」の姿と、先生が青年「私」に述べる「恋は罪悪ですよ」という訓戒があるところから、青少年に倫理観を植え付け、さらに恋愛という〈危険〉な行為から遠ざけるための有効な教材として利用されてきたのではないか、と問われている。小森陽一は、教材としての『こころ』が「「倫理」「精神」「死」といった父性的な絶対価値を中心化する、一つの国家的なイデオロギー装置として機能」し、「若い読者たち」は「自己の倫理性と精神性の欠如を、神格化された〈作者〉の前で反省させられてきた」と指摘した（「「こころ」を生成する「心臓《ハート》」」一九八五）。藤井淑禎は、戦後の「純潔教育」の施策の中で教材『こころ』が「純潔イデオロギーをになった」ことを検証した（「蘇る「こころ」—昭和三十八年の読者と社会」一九九二）。また『こころ』の先生にとって奥さんは、友人Kや青年「私」のようには心を打ち明ける相手ではなく、彼女の言葉も先生の心に届かない。先生は何年も奥さんに事実を知らせず、最後に死を決意したときも、告白の相手に選ぶのは青年「私」である。こうしたジェンダー格差を示す『こころ』については、ホモソーシャルな絆だけを尊重し、男性中心的イデオロギーに拠るテクストなのではないか、というフェミニズム批評からの問いかけができる。たとえば水田宗子は『こころ』に「女性を認識の外側に置くことによって、その道徳的白さを守ろうとする、一九世紀的な男性のメンタリティ」があると指摘する（「〈他者〉としての妻—先生の自殺と静の不幸」一九九六）。

以上のように、定番教材として重宝されている小説について、なぜ教材に選ばれたのかという根拠を問い、あるいは今日の観点から見いだせる問題を批評的に検討するなど、正典（カノン）と化した文学のはらむイデオロギーを検討することは、カルチュラル・スタディーズの実践とみなせる作業である。

3　作家紹介

© 新潮社

高橋源一郎（たかはし・げんいちろう　本名同じ）　一九五一年広島県生まれ。大阪で育つが、父の事業が失敗し、一時東京や母方の実家がある尾道市に住む。灘中学校・高校を経て横浜国立大学経済学部入学。大学紛争に加わり、一九七〇年、凶器準備集合罪で起訴され東京拘置所に数ヶ月拘置される。七七年、大学を除籍。一九八一年『さようなら、ギャングたち』で第四回群像新人長編小説賞優秀賞を受賞、作家デビュー。パロディやパスティーシュの手法を駆使するところから、ポストモダン文学の旗手と目される。八八年『優雅で感傷的な日本野球』で第一回三島由紀夫賞、二〇〇二年『日本文学盛衰史』で第一三回伊藤整文学賞、二〇一二年『さよならクリストファー・ロビン』で第四八回谷崎潤一郎賞を受賞。二〇〇五年から一九年まで明治学院大学国際学部教授を務めた。『文学がこんなにわかっていいかしら』（一九八九）、『文学じゃないかもしれない症候群』（一九九二）など、評論書も多数。

4　作品を読むための基本情報

「ダン吉の戦争」梗概

昭和8年、ネズミのカリ公と南洋の島に漂着したダン吉は、島民から王冠を奪い、島をダン吉島と名付ける。

図1　島田啓三『冒険ダン吉』
画像提供：ebook japan

そしてカリ公と共同で島の植民地経営を行い、島民の名前を変え、小学校をつくり、鉄道を敷設、農地を開墾し、貨幣制度と郵便制度も導入する。しかし、予想の斜め上をいく島民たちの反応に、ダン吉とカリ公は文明観を覆される。やがて11年が経ち、ついにダン吉島にアメリカ軍が上陸する……。

作品の成立過程

「ダン吉の戦争」は『群像』第七五巻第九号（二〇二〇・九）の巻頭特集「戦争への想像力」の一編。元ネタとなったのは、一九三三（昭和八）年―三九（昭和一四）年まで、当時の人気雑誌『少年倶楽部』に連載された、漫画的な絵に物語を付けた島田啓三（一九〇〇―一九七三）の『冒険ダン吉』である。同じく『少年倶楽部』連載の田河水泡の漫画『のらくろ』（一九三一―四一）と共に、読者の少年たちに熱狂的に支持された。作者島田によれば、少年時代から持ちつづけた「どこか寒くない南の島……無人島あたりで王様になりたい――動物たちを家来に従えて」といった夢を展開したもの。回が進むにつれてアフリカ・インド・南米・ボルネオ産などの動物が「ゴチャゴチャに登場」し「ダン吉島の所在がどの辺なのか、作者自身にも見当がつかなくなってしまった」という（「『冒険ダン吉』のこと」一九六七）。現在から顧みれば、どこの地域か分からない島の描き方や、島民を未開人として扱うことに、偏見や蔑視、明らかな植民地主義が認められる。しかし「ダン吉の戦争」は『冒険ダン吉』のそうした問題点を承知した上で、文明を相対化する表現に意味を見出している。

5　本文の解釈と考察

ここから、「ダン吉の戦争」を読み解いていこう。先述のようにこの作品の元ネタは島田啓三の漫画物語『冒険ダン吉』である。以下『冒険ダン吉』からの引用は、電子書籍版・島田啓三『冒険ダン吉』全四巻(eBookJapan、二〇一五)による。

原作のダン吉はねずみのカリ公と共に「熱帯の野蛮島」に漂着し、はじめは猛獣に襲われたり、食人種に食べられそうになったりするが、カリ公の活躍もあって島の王となり、日の丸の旗を掲げる。そして「手のつけようもなかった野蛮島」に「立派な政治を行」い、「小学校」「病院」「郵便局」「銀行」「神社」「ダン吉城」を建立し、象の機関車で走る鉄道を敷き、石の貨幣を流通させ、軍隊を組織し、農地を開拓する。まさに日本少年が植民地経営を行う物語となっている。島には敵の外国人がたびたび上陸するが、ダン吉は島民(「蛮公」と呼ばれる)を指揮し、独特な武器で敵を「撃滅」する。また「支那」の移民が武器弾薬を隠している島や、「ダン吉城」を攻撃してくる、外国人の支配下にある「ジラフ黒人帝国」に潜入し、敵将をこらしめる。「ジラフ黒人帝国」では、外国人に押し込められていた幼帝も救う。最後にダン吉とカリ公は日本に帰国するが、それは「大事な戦争」を続ける「お国」を守るためだった。連載当初は、動物や島民とのとぼけた交流を描くのんびりした南洋冒険物語だったが、現実の日本の戦局が進行するにつれ、戦時色の濃い物語となっている。

一九三〇年代の日本では政策面で南進論が唱えられ、四〇年代になると、東南アジアを植民地化していた連合国側諸国が第二次世界大戦で疲弊したため、軍事行動を伴った南方進出が国策となり、東南アジア各地に占領地を確保した。その時代に『冒険ダン吉』は児童向けのユーモラスな漫画物語ながら、読者に「蛮地」を植民地化するプロセスや軍事行動の正義を教え、プロパガンダ的な機能を果たしたといえよう。なお、当時の日本では、子ども向けのプロパガンダも盛んであり、国策として制作されたアニメーション『桃太郎の海鷲』（藝術映画社、一九四三）『桃太郎　海の神兵』（松竹動画研究所、一九四五）が特に著名である。

この原作『冒険ダン吉』に対し、高橋源一郎「ダン吉の戦争」は、含みの多い、批評的な言葉で語り始める。冒頭部分は「昭和8年」にプロレタリア作家「コバヤシタキジ」が殺され、ドイツで「ナチスの独裁」が「めでたく始まり」、「どんどん世の中が「明るく」なっていた頃」と始まる。通常は〈暗い時代〉と評される時期をそう語る点に、油断のならない、〈騙り〉的な語りの姿勢がみえる。その後も「さすがニッポン男児」「現在のPCの基準に合わせて」など、表面的な言葉の意味だけでは捉えきれない、皮肉を込めた表現を使い、「みなさんは、どう思われますか？」と親密に語りかけて読者を巻き込みながら、ダン吉の「植民地経営」を説明する。その際「それは略奪、あるいは侵略ではないか、と心配される読者もいるかもしれませんが、大丈夫です」「なんの問題もありませんよ」「先進国でスタンダードな考え方なんです」と、カリ公のセリフも含めて断りが入るが、しかし冒頭部で見たように、この小説では〈油断のならない語り〉が行われるので、「大丈夫です」と言われても信用はできない。「先進国でスタンダード」「非抑圧的だった」とエクスキューズを加える語り方自体が、宗主国のプロパガンダ的要素を備えていよう。すなわち「ダン吉の戦争」は、その語り＝騙りによって自らプロパガンダの身振りをなぞりながら、当時の物語や文化が皇国の侵略と「植民地支配」を正当化し、国民を懐柔したことを批評するのである。一般的に「ダン吉の戦争」のような、原作を批評的に模倣する手法はパロディと称されるが、この小説の場合、小説そのものがポストコロニアリズムを適用したカルチュラル・スタディーズの実践を行っているとみなすこともできるだろう。少年誌連載の漫画物語という大衆的児童文化が、帝国主義的イデオロギーを伝播し政治的役割を担ったことを、小説形式で指弾するのである。この方法はまた、『冒険ダン吉』の読者＝オーディエンスである作家が、能動的かつ現代の知見（コード）をもつ受容者として、二次創作的に物語を語り直しているとも評せよう。

以上のように「ダン吉の戦争」は前半で、『冒険ダン吉』の示すコロニアリズムとプロパガンダ性への批判を展開するが、この小説の真骨頂は後半の、ダン吉の定めた諸制度（教育制度や郵便制度、貨幣経済、鉄道敷設、農地開墾）に対する評価においてあらわれる。「ダン吉の戦争」が説明するように、原作『冒険ダン吉』では「立派な政治」が行われながらも、施策上ではしばしばつまずく。開校した学校では、「蛮公」たちの背中を黒板にしたため、黒板がくすぐったがって授業にならない。郵便制度では「蛮公」の子どもをハガキにして背中に字を書いたものの、このハガキは配達中にお腹がすいたり、泳いで字が消えたりしてしまう。ゾウの機関車が引く鉄道は、機関車が木上のバナナを食べたがると線路からはずれる。また開墾した畑で採れた西瓜や胡瓜やカボチャは、島民によってくりぬかれ、帽子、ハンモック、風呂として使われる。さらにダン吉が製造した大きな石の貨幣は、丸太をはめられ四輪車の車輪になった。原作はこうした顛末に「蛮公」たちの愚かな未開人ぶりを見て笑う趣向となっており、ダン吉が「ウーン困ったア……」「トホッ」「一代の大失敗だ」と嘆いて終わる。しかし「ダン吉の戦争」は違う。『役に立つ』とか『豊かになる』という発想」のもと、貨幣経済や近代国民国家に不可欠な諸制度を導入しても、島民たちは資本主義の理念や経済の仕組み、社会的制度の意義を無視して「おもしろい」ものを作ってしまう。そしてこの結果にダン吉とカリ公は失望するのではなく、「どっちが、高度な文明なのかわからなくなっちゃうね」と我が身を振り返る。「開発」や「植民」、「経済的発展」を目指して始められた営為が「別のなにかに変わっ」たことにダン吉とカリ公は自覚的であり、「ぼくたちの方が教わっているんですよ。彼らの底知れない知恵にね」と考えるに至る。「無邪気な侵略」の物語は、近代文明を脱臼させるような島民の振る舞いによって、近代的文明化を無条件で是とするような思考への、反省的視点に立つ物語へと転換した。

原作の『冒険ダン吉』でも明白な、文明／未開を二項対立的に捉える観点は、二〇世紀の文化人類学とそれに結びついた構造主義が唱える分類概念である。文化人類学者レヴィ＝ストロースは、ブラジルアマゾンの少数民族を調査した『悲しき熱帯』（原著一九五五）『野生の思考』（原著一九六二）で、彼らの社会にも繊細で知的な文化があり、「未開」社会の秩序と構造に関わる「野生の思考」こそが人類の普遍的思考だと主張した。これは「未開」社会を称揚する思想に見えるが、そこにはやはり文明／未開を対比的に捉え、文明の側から「未開」「野生」を意味づけ・価値づけようとする指向がうかがわれる。これを批判するポスト構造主義は、構造主義的な二項対立的思考は、中心／周縁構造を構築して格差と境界を固定化し、各項の中の多様性も抑圧すると指摘した。

「ダン吉の戦争」でダン吉とカリ公が島民の「底知れない知恵」に感心するさまは、一見、レヴィ＝ストロース的な発見のようであるが、ダン吉もカリ公も島民の「おもしろい」行動に、普遍的な思想を見出そうとしているわけではないだろう。そもそも『冒険ダン吉』で描かれた島民の言動は、読者児童を喜ばすためのカリカチュアライズされたフィクションである。しかしその、施政者にとって「予想の「斜め上」」をいく反応には、画一的で一律なグローバルな価値観が強いる、近代社会の思考（そこには、領土・覇権・資本の拡充という欲望のイデオロギーも含まれる）を、相対化する契機が見られるのではないか。そのように文明／未開が逆転し、格差が無化されるような光景を目にして、「ダン吉の戦争」のダン吉とカリ公は、近代文明の優越性そのものを疑うことになった。ポスト構造主義的な想像力が小説に招き入れられたといえよう。

このように島民の知恵に敬服した「ダン吉の戦争」は、しかし、日本帝国の植民地運営と皇軍の末路も示して終わる。北太平洋西部、マリアナ諸島に属するサイパン島は、一九二〇年に日本の委任統治領になり、第二次世界大戦開戦後でも二万人の日本人が在住していた。しかし一九四四年六月にアメリカ軍との総力戦が行われ、アメリカ軍の死者も三千人を超えたが、日本軍は派遣した第四十三師団を中心とする兵二万七千人が戦死して全滅、自決を含む在留邦人の死者は一万人におよんだ。「無邪気な侵略」の物語を生んだ帝国主義・軍国主義時代の日本の政治が、どのような凄惨な結果を招いたかを、「ダン吉の戦争」は忘却させない小説となっている。「ダン吉の戦争」は、児童向けの漫画物語が、その大衆性ゆえに、強い影響力をもつイデオロギッシュな文化となることの危険性を警告しつつ、未開／文明の対比構造を読み替える可能性を示唆する。『冒険ダン吉』へのカルチュラル・スタディーズ的な接近を介して、固定観念を崩す物語の創造を試みた小説であるといえよう。

6　課題

基礎的課題一　国語教科書に掲載されていた文学作品を思い出し、なぜそれが掲載されたと思うか、そしてどのようなメッセージを発していたかを考えてみてください。

基礎的課題二　テレビドラマや映画やマンガ、ゲームなどで、カルチュラル・スタディーズが実践できると思われる例をあげ、どのような点に問題を見出せるか、考えてください。できればクラスで話し合ってください。

発展的課題　第二次世界大戦前の日本が行った、台湾統治や朝鮮統治の施策を歴史学や社会学の本で調べ、「ダン吉の戦争」の主張と比較検証してください。

7　参考文献

阿部潔・難波功士編『メディア文化を読み解く技法―カルチュラル・スタディーズ・ジャパン』（世界思想社、二〇〇四）
ウィリアムズ、レイモンド／若松繁信・長谷川光昭訳『文化と社会　1780―1950』（ミネルヴァ書房、一九六八）
上野俊哉・毛利嘉孝『カルチュラル・スタディーズ入門』（ちくま新書、二〇〇〇）
『現代思想　総特集スチュアート・ホール』第四二巻第五号　四月臨時増刊号（青土社、二〇一四・三）

小森陽一「「こころ」を生成する「心臓《ハート》」」（『成城国文学』第一号、一九八五・三、『文体としての物語』〔筑摩書房、一九八八〕所収）
水田宗子「〈他者〉としての妻─先生の自殺と静の不幸」（『漱石研究』第六号、一九九六・五）
藤井淑禎「蘇る「こころ」─昭和三十八年の読者と社会」（『日本文学史を読むⅤ近代Ⅰ』有精堂、一九九二）
ホガート、リチャード／香内三郎訳『読み書き能力の効用』（晶文社、一九七四）
ロジェク、クリス／渡辺潤・佐藤生実訳『カルチュラル・スタディーズを学ぶ人のために』（世界思想社、二〇〇九）
吉見俊哉『カルチュラル・スタディーズ（思考のフロンティア）』（岩波書店、二〇〇〇）
吉見俊哉『カルチュラル・スタディーズ』（講談社、二〇〇一）
吉見俊哉『アフター・カルチュラル・スタディーズ』（青土社、二〇一九）
島田啓三「『冒険ダン吉』のこと」（『少年倶楽部名作選 別巻　冒険ダン吉漫画全集』講談社、一九六七）

第II部作品集

饗応夫人

太宰治

　奥さまは、もとからお客に何かと世話を焼き、ごちそうするのが好きなほうでしたが、いいえ、でも、奥さまの場合、お客をすきといふよりは、お客におびえてゐる、とでも言ひたいくらゐで、玄関のベルが鳴り、まづ私が取次ぎに出まして、それからお客のお名前を告げに奥さまのお部屋へまゐりますと、奥さまはもう既に、鷲の羽音を聞いて飛び立つ一瞬前の小鳥のやうな感じの異様に緊張の顔つきをしていらして、おくれ毛を掻き上げ襟もとを直し腰を浮かせて私の話を半分も聞かぬうちに立つて廊下に出て小走りに走つて、玄関に行き、たちまち、泣くやうな笑ふやうな笛の音に似た不思議な声を挙げてお客を迎へ、それからはもう錯乱したひとみたいに眼つきをかへて、客間とお勝手のあひだを走り狂ひ、お鍋をひつくりかへしたりお皿をわつたり、すみませんねえ、すみませんねえ、と女中の私におわびを言ひ、さうしてお客のお帰りになつた後は、呆然として客間にひとりでぐつたり横坐りに坐つたまま、後片づけも何もなさらず、たまには、涙ぐんでゐる事さへありました。

　ここのご主人は、本郷の大学の先生をしていらして、生れたお家もお金持ちなんださうで、その上、奥さまのお里も、福島県の豪農とやらで、お子さんの無いせゐもございませうが、ご夫婦ともまるで子供みたいな苦労知らずの、のんびりしたところがありました。私がこの家へお手伝ひにあがつたのは、まだ戦争さいちゆうの四年前で、それから半年ほど経つて、ご主人は第二国民兵の弱さうなおからだでしたのに、突然、召集されて運が悪くすぐ南洋の島へ連れて行かれてしまつた様子で、ほどなく戦争が終つても、消息不明で、その時の部隊長から奥さまへ、或いはあきらめていただかなければならぬかも知れぬ、といふ意味の簡単な葉書がまゐりまして、それから奥さまのお客の接待も、いよいよ物狂ほしく、お気の毒で見てをれないくらゐになりました。

　あの、笹島先生がこの家へあらはれる迄はそれでも、奥さまの交際は、ご主人の御親戚とか奥さまの身内とかいふお方たちに限られ、ご主人が南洋の島においでになつた後でも、生活のはうは、奥さまのお里から充分の仕送りもあつて、わりに気楽で、物静かな、謂はばお上品なくらしでございましたのに、あの、笹島先生などが見えるやうになつてから、滅茶苦茶になりました。

この土地は、東京の郊外には違ひありませんが、でも、都心から割に近くて、さいはひ戦災からものがれる事が出来ましたので、都心で焼け出された人たちは、それこそ洪水のやうにこの辺にはひり込み、商店街を歩いても、行き合ふ人の顔触れがすつかり全部、変つてしまつた感じでした。

昨年の暮、でしたかしら、奥さまが十年振りとかで、ご主人のお友達の笹島先生に、マーケツトでお逢ひしたとかで、うちへご案内していらしたのが、運のつきでした。

笹島先生は、ここのご主人と同様の四十歳前後のお方で、やはりここのご主人の勤めていらした本郷の大学の先生をしていらつしやるのださうで、でも、ここのご主人は文学士なのに、笹島先生は医学士で、なんでも中学校時代に同級生だつたとか、それから、ここのご主人がいまのこの家をおつくりになる前に奥さまと駒込のアパートにちよつとの間住んでいらして、その折、笹島先生は独身で同じアパートに住んでゐたので、それで、ほんのわづかの間ながら親交があつて、ご主人がこちらへお移りになつてからは、やはりご研究の畑がちがふせゐもございますのか、お互ひお家を訪問し合ふ事も無く、それつきりのお附き合ひになつてしまつて、それ以来、十何年とか経つて、偶然、このまちのマーケツトで、ここの奥さまを見つけて、声をかけたのださうです。呼びかけられて、ここの奥さまもまた、ただ挨拶だけにして別れたらよいのに、本当に、よせばよいのに、れいの持ち前の歓待癖を出して、うちはすぐそこですから、また、どうぞ、いいぢやありませんか、など引きとめたくも無いのに、お客をおそれてかへつて逆上して必死で引きとめた様子で、笹島先生は、二重廻しに買物籠、といふへんな恰好で、この家へやつて来られて、

「やあ、たいへん結構な住居ぢやないか。戦災をまぬかれたとは、悪運つよしだ。同居人がゐないのかね。それはどうも、ぜいたくすぎるね。いや、もつとも、女ばかりの家庭で、しかもこんなにきちんとお掃除の行きとどいてゐる家には、かへつて同居をたのみにくいものだ。同居させてもらつても窮屈だらうからね。

しかし、奥さんが、こんなに近くに住んでゐるのは思はなかつた。お家がM町とは聞いてゐたけど、しかし、人間て、まが抜けてゐるものですね、僕はこつちへ流れて来て、もう一年ちかくなるのに、全然ここの標札に気がつかなかつた。この家の前を、よく通るんですがね、マーケツトに買ひ物に行く時は、かならず、ここの路をとほるんですよ、いや、僕もこんどの戦争では、ひどいめに遭いましてね、結婚してすぐ召集されて、やつと帰つてみると家は綺麗に焼かれて、女房は留守中に生れた男の子と一緒に千葉県の女房の実家に避難してゐて、東京に呼び戻したくても住む家が無い、といふ現状ですからね、やむを得ず僕ひとり、そこの雑貨店の奥の三畳間を借りて自炊生活ですよ、今夜は、ひとつ鳥鍋でも作つて大ざけでも飲んでみようかと思つて、こんな買物籠などぶらさげてマーケツトをうろついてゐたといふわけなんだが、やけくそですよ、もうかうなればね。自分でも生きてゐるんだか死んでゐるんだか、わかりやしない。」

客間に大あぐらをかいて、ご自分の事ばかり言つていらつしやいます。

「お気の毒に。」

と奥さまは、おつしやつて、もう、はや、れいの逆上の饗応癖がはじまり、目つきをかへてお勝手へ小走りに走つて来られて、

「ウメちやん、すみません。」

と私にあやまつて、それから鳥鍋の仕度とお酒の準備を言ひつけ、それからまた身をひるがへして客間へ飛んで行き、と思ふとすぐにまたお勝手へ駈け戻つて来て火をおこすやら、お茶道具を出すやら、いかにまいどの事とは言ひながら、その興奮と緊張とあわて加減は、いぢらしいのを通りこして、にがにがしい感じさへするのでした。

笹島先生もまた図々しく、

「やあ、鳥鍋ですか、失礼ながら奥さん、僕は鳥鍋にはかならず、糸こんにやくをいれる事にしてゐるんだがね、おねがひします、ついでに焼豆腐があるとなほ結構ですな。単に、ねぎだけでは心細い。」

などと大声で言ひ、奥さまはそれを皆まで聞かず、お勝手へころげ込むやうに走つて来て、

「ウメちやん、すみません。」

と、てれてゐるやうな、泣いてゐるやうな赤ん坊みたいな表情で私にたのむのでした。

笹島先生は、酒をお猪口で飲むのはめんだうくさい、と言ひ、コップでぐいぐい飲んで酔ひ、

「さうかね、ご主人もつひに生死不明か、いや、もうそれは、十中の八九は戦死だね、仕様が無い、奥さん、不仕合せなのはあなただけでは無いんだからね。」

とすごく簡単に片づけ、

「僕なんかは奥さん、」

とまた、ご自分の事を言ひ出し、

「住むに家無く、最愛の妻子と別居し、家財道具を焼き、衣類を焼き、蒲団を焼き、蚊帳を焼き、何も一つもありやしないんだ。僕はね、奥さん、あの雑貨店の奥の三畳間を借りる前にはね、大学の病院の廊下に寝泊りしてゐたものですよ。医者のはうが患者よりも、数等《すうとう》みじめな生活をしてゐる。いつそ患者になりてえくらゐだつた。ああ、実に面白くない。みじめだ。奥さん、あなたなんか、いいはうですよ。」

「ええ、さうね。」

と奥さまは、いそいで相槌を打ち、

「さう思ひますわ。本当に、私なんか、皆さんにくらべて仕合せすぎると思つてゐますの。」

「さうですとも、さうですとも。こんど僕の友人を連れて来ますからね、みんなまあ、これは不幸な仲間なんですからね、よろしく頼まざるを得ないといふやうな、わけなんですね。」

奥さまは、ほほほといつそ楽しさうにお笑ひになり、

「そりや、もう。」

とおつしやつて、それからしんみり、

「光栄でございますわ。」

その日から、私たちのお家は、滅茶々々になりました。

酔つた上のご冗談でも何でも無く、ほんたうに、それから四、五日経つて、まあ、あつかましくも、こんどはお友だちを三人も連れて来て、けふは病院の忘年会があつて、今夜はこれからお宅で二次会をひらきます、奥さん、大いに今から徹夜で飲みませう、この頃はどうもね、二次会をひらくのに適当な家が無くて困りますよ、おい諸君、なに遠慮の要らない家なんだ、あがり給へ、あがり給へ、客間はこつちだ、外套は着たままでいいよ、寒くてかなはない、などと、まるでもうご自分のお家同様に振舞ひ、わめき、そのまたお友だちの中のひとりは女のひとで、どうやら看護婦さ

んらしく、人前もはばからずその女とふざけ合つて、さうしてただもうおどおどして無理に笑つてゐなさる奥さまをまるで召使ひか何かのやうにこき使ひ、

「奥さん、すみませんが、このこたつに一つ火をいれて下さいな。それから、また、こなひだみたいにお酒の算段をたのみます。日本酒が無かつたから、焼酎でもウヰスキイでもかまひませんからね、それから、食べるものは、あ、さうさう、奥さん今夜はね、すてきなお土産を持参しました、召上れ、鰻の蒲焼。寒い時は之に限りますからね、一串は奥さんに、一串は我々にといふ事にしていただきませうか、それから、おい誰か、林檎を持つてゐた奴があつたな、惜しまずに奥さんに差し上げろ、インドといつてあれは飛び切り香り高い林檎だ。」

私がお茶を持って客間へ行つたら、誰やらのポケツトから、小さい林檎が一つころころところげ出て、私の足もとへ来て止り、私はその林檎を蹴飛ばしてやりたく思ひました。たつた一つ。それをお土産だなんて図々しくほらを吹いて、また鰻だつて後で私が見たら、薄つぺらで半分乾いてゐるやうな、まるで鰻の乾物みたいな情無いしろものでした。

その夜は、夜明け近くまで騒いで、奥さまも無理にお酒を飲まされ、しらじらと夜の明けた頃に、こんどは、こたつを真中にして、みんなで雑魚寝《ざこね》といふ事になり、奥さまも無理にその雑魚寝の中に参加させられ、奥さまはきつと一睡も出来なかつたでせうが、他の連中は、お昼すぎまでぐうぐう眠つて、眼がさめてから、お茶づけを食べ、もう酔ひもさめてゐるのでせうから、さすがに少し、しよげて、殊に私は、露骨にぷりぷり怒つてゐる様子を見せたものですから、私に対しては、みな一様に顔をそむけ、やがて、元気の無い腐つた魚のやうな感じの恰好で、ぞろぞろ帰つて行きました。

「奥さま、なぜあんな者たちと、雑魚寝なんかをなさるんです。私、あんな、だらしない事は、きらひです。」

「ごめんなさいね。私、いや、と言へないの。」

寝不足の疲れ切つた真蒼なお顔で、眼には涙さへ浮べてさうおつしやるのを聞いては、私もそれ以上なんとも言へなくなるのでした。

そのうちに、狼たちの来襲がいよいよひどくなるばかりで、この家が、笹島先生の仲間の寮みたいになつ

てしまつて、笹島先生の来ない時は、笹島先生のお友達が来て泊つて行くし、そのたんびに奥さまは雑魚寝の相手を仰せつかつて、奥さまだけは一睡も出来ず、もとからお丈夫なお方ではありませんでしたから、たうとうお客の見えない時は、いつも寝てゐるやうにさへなりました。

「奥さま、ずいぶんおやつれになりましたわね。あんな、お客のつき合ひなんか、およしなさいよ。」

「ごめんなさいね。私には、出来ないの。みんな不仕合せなお方ばかりなのでせう？　私の家へ遊びに来るのが、たつた一つの楽しみなのでせう。」

ばかばかしい。奥さまの財産も、いまではとても心細くなつて、このぶんでは、もう半年も経てば、家を売らなければならない状態らしいのに、そんな心細さはみぢんもお客に見せず、またおからだも、たしかに悪くしていらつしやるらしいのに、お客が来ると、すぐお床からはね起き、素早く身なりをととのへて、小走りに走つて玄関に出て、たちまち、泣くやうな笑ふやうな不思議な歓声を挙げてお客を迎へるのでした。

早春の夜の事でありました。やはり一組の酔つぱらひ客があり、どうせまた徹夜になるのでせうから、いまのうちに私たちだけ大いそぎで、ちよつと腹ごしらへをして置きませう、と私から奥さまにおすすめして、私たち二人台所で立つたまま、代用食の蒸しパンを食べてゐました。奥さまは、お客さまには、いくらでもおいしいごちそうを差し上げるのに、ご自分おひとりだけのお食事は、いつも代用食で間に合せてゐたのです。

その時、客間から、酔つぱらひ客の下品な笑ひ声が、どつと起り、つづいて、

「いや、いや、さうぢやあるまい。たしかに君とあやしいと俺はにらんでゐる。あのをばさんだつて君、……」と、とても聞くに堪へない失礼な、きたない事を、医学の言葉で言ひました。

すると、若い今井先生らしい声がそれに答へて、

「何を言つてやがる。俺は愛情でここへ遊びに来てゐるんぢやないよ。ここはね、単なる宿屋さ。」

私は、むつとして顔を挙げました。

暗い電燈の下で、黙つてうつむいて蒸パンを食べていらつしやる奥さまの眼に、その時は、さすがに涙が光りました。私はお気の毒のあまり、言葉につまつてゐましたら、奥さまはうつむきながら静かに、

「ウメちやん、すまないけどね、あすの朝は、お風呂をわかして下さいね。今井先生は、朝風呂がお好きですから。」

けれども、奥さまが私に口惜しさうな顔をお見せになつたのは、その時くらゐのもので、あとはまた何事も無かつたやうに、お客に派手なあいそ笑ひをしては、客間とお勝手のあひだを走り狂ふのでした。

おからだがいよいよお弱りになつていらつしやるのが私にはちやんとわかつてゐましたが、何せ奥さまは、お客と対する時は、みぢんもお疲れの様子をお見せにならないものですから、お客はみな立派さうなお医者ばかりでしたのに、一人として奥さまのお具合ひの悪いのを見抜けなかつたやうでした。

静かな春の或る朝、その朝は、さいはひ一人も泊り客はございませんでしたので、私はのんびり井戸端でお洗濯をしてゐますと、奥さまは、ふらふらとお庭へはだしで降りて行かれて、さうして山吹の花の咲いてゐる垣のところにしやがみ、かなりの血をお吐きになりました。私は大声を挙げて井戸端から走つて行き、うしろから抱いて、かつぐやうにしてお部屋へ運び、しづかに寝かせて、それから私は泣きながら奥さまに言ひました。

「だから、それだから私は、お客が大きらひだつたのです。かうなつたらもう、あのお客たちがお医者なんだから、もとのとほりのからだにして返してもらはなければ、私は承知できません。」

「だめよ、そんな事をお客さまたちに言つたら。お客さまたちは責任を感じて、しよげてしまひますから。」

「だつて、こんなにからだが悪くなつて、奥さまは、これからどうなさるおつもり？　やはり、起きてお客の御接待をなさるのですか？　雑魚寝のさいちゆうに血なんか吐いたら、いい見世物ですわよ。」

奥さまは眼をつぶつたまま、しばらく考へ、

「里《さと》へ、いちど帰ります。ウメちやんが留守番をしてゐて、お客さまにお宿をさせてやつて下さい。あの方たちには、ゆつくりやすむお家が無いのですから。さうしてね、私の病気の事は知らせないで。」

さうおつしやつて、優しく微笑みました。

お客たちの来ないうちにと、私はその日にもう荷作りをはじめて、それから私もとにかく奥さまの里《さと》の福島までお伴して行つたはうがよいと考へましたので、切符を二枚買ひ入れ、それから三日目、奥さまも、よ

ほど元気になつたし、お客の見えないのをさいはひ、逃げるやうに奥さまをせきたて、雨戸をしめ、戸じまりをして、玄関に出たら、

南無三宝！

笹島先生、白昼から酔つぱらつて看護婦らしい若い女を二人ひき連れ、

「や、これは、どこかへお出かけ？」

「いいんですの、かまひません。ウメちやん、すみません客間の雨戸をあけて。どうぞ、先生、おあがりになつて。かまはないんですの。」

泣くやうな笑ふやうな不思議な声を挙げて、若い女のひとたちにも挨拶して、またもくるくるコマ鼠の如く接待の狂奔がはじまりまして、私がお使ひに出されて、奥さまからあわてて財布がはりに渡された奥さまの旅行用のハンドバツグを、マーケツトでひらいてお金を出さうとした時、奥さまの切符が、二つに引き裂かれてゐるのを見て驚き、これはもうあの玄関で笹島先生と逢つたとたんに、奥さまが、そつと引き裂いたのに違ひないと思つたら、奥さまの底知れぬ優しさに呆然となると共に、人間といふものは、他の動物と何かまるでちがつた貴いものを持つてゐるといふ事を生れてはじめて知らされたやうな気がして、私も帯の間から私の切符を取り出し、そつと二つに引き裂いて、そのマーケツトから、もつと何かごちそうを買つて帰らうと、さらにマーケツトの中を物色しつづけたのでした。

底本：「饗応夫人」（『太宰治全集』第九巻、筑摩書房、一九九〇）

開化の殺人

芥川龍之介

下《しも》に掲げるのは、最近予が本多子爵（仮名）から借覧する事を得た、故ドクトル・北畠義一郎（仮名）の遺書である。北畠ドクトルは、よし実名を明にした所で、もう今は知つてゐる人もあるまい。予自身も、本多子爵に親炙《しんしや》して、明治初期の逸事瑣談《いつじさだん》を聞かせて貰ふやうになつてから、初めてこのドクトルの名を耳にする機会を得た。彼の人物性行は、下の遺書によつても幾分の説明を得るに相違ないが、猶二三、予が仄聞《そくぶん》した事実をつけ加へて置けば、ドクトルは当時内科の専門医として有名だつたと共に、演劇改良に関しても或急進的意見を持つてゐた、一種の劇通だつたと云ふ。現に後者に関しては、ドクトル自身の手になつた戯曲さへあつて、それはヴオルテエルのCandideの一部を、徳川時代の出来事として脚色した、二幕物の喜劇だつたさうである。

北庭筑波《きたにはつくば》が撮影した写真を見ると、北畠ドクトルは英吉利風《イギリスふう》の頬髯を蓄へた、容貌魁偉《くわいゐ》な紳士である。本多子爵によれば、体格も西洋人を凌ぐばかりで、少年時代から何をするのでも、精力抜群を以て知られてゐたと云ふ。さう云へば遺書の文字さへ、鄭板橋風《ていはんけうふう》の奔放な字で、その淋漓《りんり》たる墨痕の中にも、彼の風貌が看取されない事もない。

勿論予はこの遺書を公にするに当つて、幾多の改竄《かいざん》を施した。譬《たと》へば当時まだ授爵の制がなかつたにも関らず、後年の称に従つて本多子爵及夫人等の名を用ひた如きものである。唯、その文章の調子に至つては、殆《ほとんど》原文の調子をそつくりその儘、ひき写したと云つても差支へない。

本多子爵閣下、並に夫人、

予は予が最期に際し、既往《きわう》三年来、常に予が胸底に蟠《わだかま》れる、呪ふ可き秘密を告白し、以て卿等の前に予が醜悪なる心事を曝露せんとす。卿等にして若しこの遺書を読むの後、猶卿等の故人たる予の記憶に対し、一片憐憫の情を動す事ありとせんか、そは素《もと》より予にとりて、望外の大幸なり。されど又予を目して、万死の狂徒と做《な》し、当《まさ》に屍に鞭打つて後已《や》む可しとするも、予に於ては毫《がう》も遺憾とする所なし。唯、予が告白せんとする事実の、余りに意想外なるの故を以て、妄《みだり》に予を誣《し》ふるに、神経病患者の名を藉《か》る事勿《なか》れ。予は最近数ケ月に亘りて、不眠症の為に苦しみつゝありと雖も、予が意識は明白にして、且極めて鋭敏なり。若し卿等にして、予が廿年来の相識たるを想起せんか。(予は敢て友人とは称せざる可し) 請ふ、予が精神的健康を疑ふ事勿れ。然らずんば、予が一生の汚辱《をじよく》を披《ひ》瀝《れき》せんとする此遺書の如きも、結局無用の故紙《こし》たると何の選ぶ所か是あらん。

閣下、並に夫人、予は過去に於て殺人罪を犯したると共に、将来に於ても亦同一罪悪を犯さんとしたる卑む可き危険人物なり。しかもその犯罪が卿等に最も親近なる人物に対して、企画せられたるのみならず、又企画せられんとしたりと云ふに至りては、卿等にとりて正に意外中の意外たる可し。予は是に於て、予が警告を再《ふたゝび》するの、必要なる所以を感ぜざる能はず。予は全然正気にして、予が告白は徹頭徹尾事実なり。卿等幸にそを信ぜよ。而して予が生涯の唯一の記念たる、この数枚の遺書をして、空しく狂人の囈語《げいご》たらしむる事勿れ。

予はこれ以上予の健全を喋々《てふ〳〵》すべき余裕なし。予が生存すべき僅少なる時間は、直下《ぢきげ》に予を駆りて、予が殺人の動機と実行とを叙し、更に進んで予が殺人後の奇怪なる心境に言及せしめんずんば、已《や》まざらんとす。されど、嗚呼《ああ》されど、予は硯に呵《か》し紙に臨んで、猶惶々《くわう〳〵》として自ら安からざるものあるを覚ゆ。惟《おも》ふに予が過去を点検し記載するは、予にとりて再過去の生活を営むと、畢竟《ひつきやう》何の差違かあらん。予は殺人の計画を再し、その実行を再し、更に最近一年間の恐る可き苦悶を再せざる可らず。是果して善く予の堪へ得可き所なりや否や。予は今にして、予が数年来失却したる我耶蘇基督《やそきりすと》に祈る。願くば予に力を与へ給へ。

予は少時より予が従妹たる今の本多子爵夫人(三人称を以て、呼ぶ事を許せ)往年の甘露寺明子を愛したり。予の記憶に溯りて、予が明子と偕《とも》にしたる幸福なる時間を列記せんか。そは恐らく卿等が卒読の煩に堪へざる所ならん。されど予はその例証として、今日も猶予が胸底に歴々たる一場の光景を語らざるを得ず。予は当時十六歳の少年にして、明子は未《いまだ》十歳の少女なりき。五月某日予等は明子が家の芝生なる藤棚《ふぢだな》の下に嬉戯《きぎ》せしが、明子は予に対して、隻脚《せききやく》にて善く久しく立つを得るやと問ひぬ。而して予が否と答ふるや、彼女は左手を垂れて左の趾《あしゆび》を握り、右手を挙げて均衡《きんかう》を保ちつつ、隻脚にて立つ事、是を久うしたりき。頭上の紫藤は春日の光を揺りて垂れ、藤下の明子は凝然として彫塑の如く佇《たゝず》めり。予はこの画の如き数分の彼女を、今に至つて忘るる能はず。私《ひそか》に自ら省みて、予が心既に深く彼女を愛せるに驚きしも、実にその藤棚の下に於て然りしなり。爾来《じらい》予の明子に対する愛は益々烈しきを加へ、念々に彼女を想ひて、殆《ほとんど》学を廃するに至りしも、予の小心なる、遂に一語の予が衷心《ちうしん》を吐露す可きものを出さず。陰晴定りなき感情の悲天の下に、或は泣き、或は笑ひて、茫々数年の年月を閲《けみ》せしが、予の二十一歳に達するや、予が父は突然予に命じて、遠く家業たる医学を英京龍動《ロンドン》に学ばしめぬ。予は訣別に際して、明子に語るに予が愛を以てせんとせしも、厳粛なる予等が家庭は、斯《か》る機会を与ふるに吝《やぶさか》なりしと共に、儒教主義の教育を受けたる予も、亦桑間《さうかん》濮上《ぼくじやう》の譏《そしり》を惧《おそ》れたるを以て、無限の離愁を抱きつつ、孤笈飄然《こきふへうぜん》として英京に去れり。

　英吉利《イギリス》留学の三年間、予がハイド・パアクの芝生に立ちて、如何に故園の紫藤花下なる明子を懐ひしか。或は又予がパルマルの街頭を歩して、如何に天涯の遊子たる予自身を憫《あはれ》みしか、そは茲《こゝ》に叙説するの要なかる可し。予は唯、龍動に在るの日、予が所謂薔薇色の未来の中に、来る可き予等の結婚生活を夢想し、以て僅に悶々の情を排せしを語れば足る。然《しか》り而して予の英吉利より帰朝するや、予は明子の既に嫁して第×銀行頭取満村恭平の妻となりしを知りぬ。予は即座に自殺を決心したれども、予が性来の怯懦《けふだ》と、留学中帰依したる基督教の信仰とは、不幸にして予が手を麻痺《まひ》せしめしを如何。卿等にして若し当時の予が、如何に傷心したるかを知らんとせば、予が帰朝後旬日《じゆんじつ》にして、再英京に去らんとし、為に予が父の激怒を招きたるの一事を想起せよ。当時の予が心境を以てすれば、実に明子なきの日本は、故国に似て故国にあらず。この故国ならざる故国に止つて、徒に精神的敗残者たるの生涯を送らんよりは、寧チヤイルド・ハロルドの一巻を抱いて、遠く万里の孤客となり、骨を異域の土に埋むるの遥に慰む可きものあるを信ぜしなり。されど予が身辺の事情は遂に予をして渡英の計画を抛棄せしめ、加之《しかのみならず》予が父の病院内に、一個新帰朝のドクトルとして、多数患者の診療に忙殺さる可き、退屈なる椅子に倚《よ》らしめ了《をは》りぬ。

是《こゝ》に於て予は予の失恋の慰藉《ゐしや》を神に求めたり。当時築地に在住したる英吉利宣教師ヘンリイ・タウンゼンド氏は、この間に於ける予の忘れ難き友人にして、予の明子に対する愛が、幾多の悪戦苦闘の後、漸次《ぜんじ》熱烈にしてしかも静平なる肉親的感情に変化したるは、一に同氏が予の為に釈義したる聖書の数章の結果なりき。予は屢《しば〳〵》、同氏と神を論じ、神の愛を論じ、更に人間の愛を論じたるの後、半夜行人稀なる築地居留地を歩して、独り予が家に帰りしを記憶す。若し卿等にして予が児女の情あるを哂《わら》はずんば、予は居留地の空なる半輪の月を仰ぎて、私《ひそか》に従妹明子の幸福を神に祈り、感極つて歔欷《きよき》せしを語るも善し。

予が愛の新なる転向を得しは、所謂「あきらめ」の心理を以て、説明す可きものなりや否や、予は之を詳《つまびらか》にする勇気と余裕とに乏しけれど、予がこの肉親的愛情によりて、始めて予が心の創痍《そうい》を医し得たるの一事は疑ふ可らず。是を以て帰朝以来、明子夫妻の消息を耳にするを蛇蝎《だかつ》の如く恐れたる予は、今や予がこの肉親的愛情に依頼し、進んで彼等に接近せん事を希望したり。こは予にして若し彼等に幸福なる夫妻を見出さんか、予の慰安の益大にして、念頭些《いさゝか》の苦悶なきに至る可しと、早計にも信じたるが故のみ。

予はこの信念に動かされし結果、遂に明治十一年八月三日両国橋畔の大煙火に際し、知人の紹介を機会として、折から校書十数輩と共に柳橋万八《やなぎはしまんぱち》の水楼に在りし、明子の夫満村恭平と、始めて一夕《いつせき》の歓を倶《とも》にしたり。歓か、歓か、予はその苦と云ふの、遥に勝れるの所以を思はざる能はず。予は日記に書して曰、「予は明子にして、かの満村某の如き、濫淫《らんいん》の賤貨に妻たるを思へば、殆《ほとんど》一肚皮《いつとひ》の憤怨何の処に向つてか吐かんとするを知らず。神は予に明子を見る事、妹の如くなる可きを教へ給へり。然《しか》り而して予が妹を、斯《かゝ》る禽獣《きんじう》の手に委せしめ給ひしは、何ぞや。予は最早、この残酷にして奸譎《かんけつ》なる神の悪戯に堪ふる能はず。誰か善くその妻と妹とを強人の為に凌辱せられ、しかも猶天を仰いで神の御名を称ふ可きものあらむ。予は今度断じて神に依らず、予自身の手を以て、予が妹明子をこの色鬼の手より救助す可し。」

予はこの遺書を認《したゝ》むるに臨み、再当時の呪ふ可き光景の、眼前に彷彿《はうふつ》するを禁ずる能はず。かの蒼然たる水靄《すゐあい》と、かの万点の紅燈と、而《しか》してかの隊々相銜《あひふく》んで、尽くる所を知らざる画舫《ぐわばう》の列と——嗚呼、予は終生その夜、その半空に仰ぎたる煙火の明滅を記憶すると共に、右に大妓を擁し、左に雛妓《すうぎ》を従へ、猥褻聞くに堪へざるの俚歌《りか》を高吟しつつ、傲然として涼棚《りやうはう》の上に酣酔《かんすい》したる、かの肥大豕《ひだいゐ》の如き満村恭平をも記憶す可し。否、否、彼の黒絽の羽織に抱明姜《だきみやうが》の三つ紋ありしさへ、今に至つて予は忘却する能はざるなり。予は信ず。予が彼を殺害せんとするの意志を抱きしは、実にこの水楼煙火を見しの夕に始る事を。又信ず。予が殺人の動機なるものは、その発生の当初より、断じて単なる嫉妬の情にあらずして、寧不義を懲し不正を除かんとする道徳的憤激に存せし事を。

　爾来予は心を潜《ひそ》めて、満村恭平の行状に注目し、その果して予が一夕の観察に悖《もと》らざる痴漢なりや否やを検査したり。幸にして予が知人中、新聞記者を業とするもの、啻《たゞ》に二三子に止らざりしを以て、彼が淫虐無道の行跡の如きも、その予が視聴に入らざるものは絶無なりしと云ふも妨げざる可し。予が先輩にして且知人たる成島柳北先生より、彼が西京祇園の妓楼に、雛妓の未《いまだ》春を懐《いだ》かざるものを梳櫳《そろう》して、以て死に到らしめしを仄聞《そくぶん》せしも、実に此間の事に属す。しかもこの無頼の夫にして、夙《つと》に温良貞淑の称ある夫人明子を遇するや、奴婢《ぬひ》と一般なりと云ふに至つては、誰か善く彼を目して、人間の疫癘《えきれい》と做《な》さざるを得んや。既に彼を存するの風を頽《おと》し俗を濫《みだ》る所以なるを知り、彼を除くの老を扶《たす》け幼を憐む所以なるを知る。是に於て予が殺害の意志たりしものは、徐《おもむろ》に殺害の計画と変化し来れり。

　然れども若し是に止らんか、予は恐らく予が殺人の計画を実行するに、猶幾多の逡巡なきを得ざりしならん。幸か、抑《そも〳〵》亦不幸か、運命はこの危険なる時期に際して、予を予が年少の友たる本多子爵と、一夜墨上の旗亭柏屋に会せしめ、以て酒間その口より一場の哀話を語らしめたり。予はこの時に至つて、始めて本多子爵と明子とが、既に許嫁《いひなづけ》の約ありしにも関らず、彼、満村恭平が黄金の威に圧せられて、遂に破約の已《や》む無きに至りしを知りぬ。予が心、豈《あに》憤を加へざらんや。かの酒燈一穂《いつすい》、画楼簾裡《ぐわろうれんり》に黯淡たるの処、本多子爵と予とが杯を含んで、満村を痛罵《つうば》せし当時を思へば、予は今に至つて自ら肉動くの感なきを得ず。されど同時に又、当夜人力車に乗じて、柏屋より帰るの途、本多子爵と明子との旧契を思ひて、一種名状す可らざる悲哀を感ぜしも、予は猶明に記憶する所なり。

請ふ。再び予が日記を引用するを許せ。「予は今夕本多子爵と会してより、愈旬日の間に満村恭平を殺害す可しと決心したり。子爵の口吻より察するに、彼と明子とは、独り許嫁の約ありしのみならず、又実に相愛の情を抱きたるものの如し。（予は今日にして、子爵の独身生活の理由を発見し得たるを覚ゆ）若し予にして満村を殺害せんか、子爵と明子とが伉儷《かうれい》を完《まつた》うせんは、必しも難事にあらず。偶《たま〳〵》明子の満村に嫁して、未一児を挙げざるは、恰《あたか》も天意亦予が計画を扶《たす》くるに似たるの観あり。予はかの獣心の巨紳を殺害するの結果、予の親愛なる子爵と明子とが、早晩幸福なる生活に入らんとする思ひ、自ら口辺の微笑を禁ずる事能はず。」

　今や予が殺人の計画は、一転して殺人の実行に移らんとす。予は幾度か周密なる思慮に思慮を重ねたるの後、漸くにして満村を殺害す可き適当なる場所と手段とを選定したり。その何処にして何なりしかは、敢て詳細なる叙述を試みるの要なかる可し。卿等にして猶明治十二年六月十二日、独逸《ドイツ》皇孫殿下《くわうそんでんか》が新富座に於て日本劇を見給ひしの夜、彼、満村恭平が同戯場よりその自邸に帰らんとするの途次、馬車中に於て突如病死したる事実を記憶せんか、予は新富座に於て満村の血色宜しからざる由を説き、これに所持の丸薬の服用を勧誘したる、一個壮年のドクトルありしを語れば足る。嗚呼、卿等請《こ》ふ、そのドクトルの面を想像せよ。彼は纍々《るゐ〳〵》たる紅球燈の光を浴びて、新富座の木戸口に佇みつゝ、霖雨《りんう》の中に奔馳《ほんち》し去る満村の馬車を目送するや、昨日の憤怨、今日の歓喜、均しく胸中に蝟集《ゐしふ》し来り、笑声嗚咽共に唇頭に溢れんとして、殆《ほとんど》処の何処たる、時の何時たるを忘却したりき。しかもその彼が且泣き且笑ひつつ、蕭雨《せうう》を犯し泥濘を踏んで、狂せる如く帰途に就きしの時、彼の呟いて止めざりしものは、明子の名なりしをも忘るる事勿れ。――「予は終夜眠らずして、予が書斎を徘徊したり。歓喜か、悲哀か、予はそを明にする能はず。唯、或云ひ難き強烈なる感情は、予の全身を支配して、一霎時《いつせふじ》たりと雖も、予をして安坐せざらしむるを如何。予が卓上には三鞭《しやんぺん》酒《しゆ》あり。薔薇の花あり。而して又かの丸薬の箱あり。予は殆、天使と悪魔とを左右にして、奇怪なる饗宴を開きしが如くなりき……。」

　予は爾来数ケ月の如く、幸福なる日子を閲《けみ》せし事あらず。満村の死因は警察医によりて、予の予想と寸分の相違もなく、脳出血の病名を与へられ、即刻地下六尺の暗黒に、腐肉を虫蛆《ちうそ》の食としたるが如し。既に然《しか》り、誰か又予を目して、殺人犯の嫌疑ありと做すものあらん。しかも仄聞する所によれば、明子はその良人の死に依りて、始めて蘇色ありと云ふにあらずや。予は満面の喜色を以て予の患者を診察し、閑あれば即本多子爵と共に、好んで劇を新富座に見たり。是全く予にとりては、予が最後の勝利を博せし、光栄ある戦場として、屢その花瓦斯《はながす》とその掛毛氈とを眺めんとする、不思議なる欲望を感ぜしが為のみ。

然れどもこは真に、数ケ月の間なりき。この幸福なる数ケ月の経過すると共に、予は漸次《ぜんじ》予が生涯中最も憎む可き誘惑と闘ふ可き運命に接近しぬ。その闘の如何に酷烈《こくれつ》を極めたるか、如何に歩々予を死地に駆逐《くちく》したるか。予は到底茲に叙説するの勇気なし。否、この遺書を認めつつある現在さへも、予は猶この水蛇《ハイドラ》の如き誘惑と、死を以て闘はざる可らず。卿等にして若し、予が煩悶の跡を見んと欲せば、請ふ、以下に抄録せんとする予が日記を一瞥《いちべつ》せよ。

「十月×日、明子、子なきの故を以て満村家を去る由、予は近日本多子爵と共に、六年ぶりにて彼女と会見す可し。帰朝以来、始予は彼女を見るの己の為に忍びず、後は彼女を見るの彼女の為に忍びずして、遂に荏苒《じんぜん》今日に及べり。明子の明眸、猶六年以前の如くなる可きや否や。

「十月×日、予は今日本多子爵を訪れ、始めて共に明子の家に赴かんとしぬ。然るに豈計らんや、子爵は予に先立ちて、既に彼女を見る事両三度なりと云はんには。子爵の予を疎外する、何ぞ斯《か》くの如く甚しきや。予は甚しく不快を感じたるを以て、辞を患者の診察に託し、匆惶《そうくわう》として子爵の家を辞したり。子爵は恐らく予の去りし後、単身明子を訪れしならんか。

「十一月×日、予は本多子爵と共に、明子を訪ひぬ。明子は容色の幾分を減却したれども、猶紫藤花下に立ちし当年の少女を髣髴するは、未必しも難事にあらず。嗚呼予は既に明子を見たり。而して予が胸中、反つて止む可らざる悲哀を感ずるは何ぞ。予はその理由を知らざるに苦む。

「十二月×日、子爵は明子と結婚する意志あるものの如し。斯くして予が明子の夫を殺害したる目的は、始めて完成の域に達するを得ん。されど――されど、予は予が再明子を失ひつつあるが如き、異様なる苦痛を免るる事能はず。

「三月×日、子爵と明子との結婚式は、今年年末を期して、挙行せらるべしと云ふ。予はその一日も速ならん事を祈る。現状に於ては、予は永久にこの止み難き苦痛を脱離する能はざる可し。

「六月十二日、予は独り新富座に赴けり。去年今月今日、予が手に仆《たふ》れたる犠牲を思へば、予は観劇中も自ら会心の微笑を禁ぜざりき。されど同座より帰途、予がふと予の殺人の動機に想到するや、予は殆帰趣《きしゆ》を失ひたるかの感に打たれたり。嗚呼、予は誰の為に満村恭平を殺せしか。本多子爵の為か、明子の為か、抑《そ》も亦《また》予自身の為か。こは予も亦答ふる能はざるを如何。

「七月×日、予は子爵と明子と共に、今夕馬車を駆つて、隅田川の流燈会を見物せり。馬車の窓より洩るる燈光に、明子の明眸の更に美しかりしは、殆予をして傍に子爵あるを忘れしめぬ。されどそは予が語らんとする所にあらず。予は馬車中子爵の胃痛を訴ふるや、手にポケツトを捜りて、丸薬の函を得たり。而してその「かの丸薬」なるに一驚したり。予は何が故に今宵この丸薬を携へたるか。偶然か、予は切にその偶然ならん事を庶幾《こひねが》ふ。されどそは必ずしも偶然にはあらざりしものゝ如し。

「八月×日、予は子爵と明子と共に、予が家に晩餐を共にしたり。しかも予は始終、予がポケツトの底なるかの丸薬を忘るゝ事能はず。予の心は、殆予自身にとりても、不可解なる怪物を蔵するに似たり。

「十一月×日、子爵は遂に明子と結婚式を挙げたり。予は予自身に対して、名状し難き憤怒を感ぜざるを得ず。その憤怒たるや、恰も一度遁走せし兵士が、自己の怯懦に対して感ずる羞恥《しうち》の情に似たるが如し。

「十二月×日、予は子爵の請に応じて、之をその病床に見たり。明子亦傍にありて、夜来発熱甚しと云ふ。予は診察の後、その感冒に過ぎざるを云ひて、直に家に帰り、子爵の為に自ら調剤しぬ。その間約二時間、「かの丸薬」の函は始終予に恐る可き誘惑を持続したり。

「十二月×日、予は昨夜子爵を殺害せる悪夢に脅《おびやか》されたり。終日胸中の不快を排し難し。

「二月×日、嗚呼予は今にして始めて知る、予が子爵を殺害せざらんが為には、予自身を殺害せざる可らざるを。されど明子は如何。」

子爵閣下、並に夫人、こは予が日記の大略なり。大略なりと雖も、予が連日連夜の苦悶は、卿等必ずや善く了解せん。予は本多子爵を殺さざらんが為に、予自身を殺さざる可らず。されど予にして若し予自身を救はんが為に、本多子爵を殺さんか、予は予が満村恭平を屠りし理由を如何の地にか求む可けん。若し又彼を毒殺したる理由にして、予の自覚せざる利己主義に伏在したるものと做さんか、予の人格、予の良心、予の道徳、予の主張は、すべて地を払つて消滅す可し。是素より予の善く忍び得る所にあらず。予は寧《むしろ》、予自身を殺すの、遥に予が精神的破産に勝れるを信ずるものなり。故に予は予が人格を樹立せんが為に、今宵「かの丸薬」の函によりて、嘗て予が手に僵《たふ》れたる犠牲と、同一運命を担《にな》はんとす。

本多子爵閣下、並に夫人、予は如上の理由の下に、卿等がこの遺書を手にするの時、既に屍体となりて、予が寝台に横はらん。唯、死に際して、縷々《るゝ》予が呪ふ可き半生の秘密を告白したるは、亦以て卿等の為に聊《いさゝか》自ら潔《いさぎよく》せんと欲するが為のみ。卿等にして若し憎む可くんば、即ち憎み、憐む可くんば、即ち憐め。予は——自ら憎み、自ら憐める予は、悦んで卿等の憎悪と憐憫とを蒙《かうむ》る可し。さらば予は筆を擱《お》いて、予が馬車を命じ、直に新富座に赴かん。而して半日の観劇を終りたる後、予は「かの丸薬」の幾粒を口に啣《ふく》みて、再予が馬車に投ぜん。節物《せつぶつ》は素より異れども、紛々たる細雨は、予をして幸に黄梅雨《くわうばいう》の天を彷彿せしむ。斯くして予はかの肥大家に似たる満村恭平の如く、車窓の外に往来する燈火の光を見、車蓋の上に蕭々《せう〳〵》たる夜雨の音を聞きつゝ、新富座を去る事甚遠からずして、必予が最期の息を呼吸す可し。卿等亦明日の新聞を翻すの時、恐らくは予が遺書を得るに先立つて、ドクトル北畠義一郎が脳出血病を以て、観劇の帰途、馬車内に頓死せしの一項を読まんか。終に臨んで予は切に卿等が幸福と健在とを祈る。卿等に常に忠実なる僕、北畠義一郎拝。

——大正七年七月——

この小説を中央公論で発表した当時、自分に手紙をよこして、Pall Mall はペルメルと発音すべきだと注意してくれた人がゐる。が、自分はやはり外に Pell Mell と云ふ語がある以上、これはパルマルとした方がよからうと思ふ。又この小説を見た人が自分はPall Mallの発音も知らないかと思つて、再度手紙などを貰ふと厄介だから、一言書き加へる事にした。

底本：「開化の殺人」（『芥川龍之介全集』第三巻、岩波書店、一九九六）

雨の降る品川駅（改造版）

中野重治

×××記念に　李北滿　金浩永におくる

辛《しん》よ　さやうなら
金《きん》よ　さやうなら
君らは雨の降る品川駅から乗車する

李《り》よ　さやうなら
も一人の李《り》よ　さやうなら
君らは君らの父母《ちゝはゝ》の国に帰る

君らの国の河は寒い冬に凍る
君らの反逆する心は別れの一瞬に凍る

海は雨に濡れて夕暮れのなかに海鳴りの聲を高める
鳩は雨に濡れて煙のなかを車庫の屋根から舞ひ下りる

君らは雨に濡れて君らを、、、、、、を思ひ出す
君らは雨に濡れて、、、、、、、、、、、、、、、を思ひ出す

降りしぶく雨のなかに緑のシグナルは上がる
降りしぶく雨のなかに君らの黒い瞳は燃える

雨は敷石に注ぎ暗い海面に落ちかゝる
雨は君らの熱した若い頬の上に消える

君らの黒い影は改札口をよぎる
君らの白いモスソは歩廊の闇にひるがへる

シグナルは色をかへる
君らは乗り込む

君らは出発する
君らは去る

おゝ
朝鮮の男であり女である君ら
底の底までふてぶてしい仲間

日本プロレタリアートの前だて後だて
行つてあの堅い
　厚い　なめらかな氷を叩き割れ
長く堰かれて居た水をしてほとばしらしめよ
そして再び
海峡を躍りこえて舞ひ戻れ
神戸　名古屋を経て　東京に入り込み
、、、、に近づき
、、、、にあらはれ
、、、、
、、顎を突き上げて保ち
、、、、、、、、、、、、、、
、、、、、、、、
温《ぬく》もりある、、の歓喜のなかに泣き笑へ

底本：「雨の降る品川駅」（『改造』一九二九年二月号）

雨の降る品川駅（無産者版）

御大典記念に　李北満・金浩永におくる

辛《しん》よ　さようなら／金《きん》よ　さようなら／君らは雨の降る品川駅から乗車する
李《り》よ　さようなら／も一人の李よ　さようなら／君らは君らの父母《ちちはは》の国に帰る
君らの国の河は寒い冬に凍る／君らの反逆する心は別れの一瞬に凍る
海は雨に濡れて夕暮れのなかに海鳴りの声を高める／鳩は雨に濡れて煙のなかを車庫の屋根から舞い下りる
君らは雨に濡れて君らを追う日本の天皇を思い出す／君らは雨に濡れて　彼の髪の毛　彼の狭い額　彼の眼鏡　彼の髭　彼の醜い猫背を思い出す
降りしぶく雨のなかに緑のシグナルは上がる／降りしぶく雨のなかに君らの黒い瞳は燃える
雨は敷石に注ぎ暗い海面に落ちかかる／雨は君らの熱した若い頬の上に消える
君らの黒い影は改札口をよぎる／君らの白いモスソは歩廊の闇にひるがえる

シグナルは色をかえる／君らは乗り込む
君らは出発する／君らは去る
おお／朝鮮の男であり女である君ら／底の底までふてぶてしい仲間／日本プロレタリアートの前だて後だて／行つてあの堅い　厚い　なめらかな氷を叩き割れ／長く堰かれて居た水をしてほとばらしらしめよ／そして再び／海峡を躍りこえて舞い戻れ／神戸　名古屋を経て　東京に入り込み／彼の身辺に近づき／彼の前面にあらわれ／彼を捕え／彼の顎を突き上げて保ち／彼の胸元に刃物を突き刺し／返り血を浴びて／温《ぬく》もりある復讐の歓喜のなかに泣き笑え

底本：「雨の降る品川駅」（『中野重治全集』第一巻、筑摩書房、一九九六）

雨の降る品川駅（小山書店版）

辛よ　さやうなら
金よ　さやうなら
君らは雨の降る品川駅から乗車する

李よ　さやうなら
も一人の李よ　さやうなら
君らは君らの父母の国にかへる

君らの国の河はさむい冬に凍る
君らの叛逆する心はわかれの一瞬に凍る

海は夕ぐれのなかに海鳴りの声をたかめる
鳩は雨にぬれて車庫の屋根からまひおりる

君らは雨にぬれて君らを逐ふ日本天皇をおもひ出す
君らは雨にぬれて　髭　眼鏡　猫背の彼をおもひ出す

ふりしぶく雨のなかに緑のシグナルはあがる
ふりしぶく雨のなかに君らの瞳はとがる

雨は敷石にそゝぎ暗い海面におちかゝる
雨は君らのあつい頬にきえる

君らのくろい影は改札口をよぎる
君らの白いモスソは歩廊の闇にひるがへる

シグナルは色をかへる
君らは乗りこむ

君らは出発する
君らは去る

さやうなら　辛
さやうなら　金
さやうなら　李
さやうなら　女の李

行つてあのかたい　厚い　なめらかな氷をたゝきわれ
ながく堰かれてゐた水をしてほとばしらしめよ
日本プロレタリアートの後だて前だて

さやうなら
報復の歓喜に泣きわらふ日まで

底本：「雨の降る品川駅」（『中野重治詩集』小山書店、一九四七）

雨傘さす横浜の埠頭

林和

港の娘よ！　異国の娘よ！
ドックを走り来るな　ドックは雨にぬれ
我が胸は別れゆく悲しみと　追われゆく怒りに火と燃える
おゝ　愛する港横浜の娘よ！
ドックを走り来るな　らんかんは雨にぬれている
「それでも天気がよい日だったら…」
いやいや　それはせんのないこと　おまえにはかわいそうなことば
おまえの国は雨が降りこのドックが流されようと
あわれなお前が泣きに泣き　かぼそいのどが張り裂けようと
異国の反逆青年たるおれを留めおきはしないだろう
あわれな港の娘よ——泣くな
追放の標《しる》しを背にし　どでかいこの埠頭を出てゆくおれとても　知らなくはない
おまえがいまこの足で帰っていけば
勇敢な男たちの笑いと　底知れぬ情熱の中でその日その日を送ってきた小さなあの家が
いまは土足で踏み荒らされた跡のほか　何もおまえを迎えるものとてないことを
おれは誰よりもよく知っている
しかし　港の娘よ！　お前も知らなくはないだろう
いま「鳥かご」の中に寝るその人たちが　みなおまえの国の愛の中に生きてきたのでもなく
いとしいおまえの心の中に生きてきたのでもなかった
だが——
おれはおまえのために　おまえはおれのために
そして　あの人たちはおまえのために　おまえはあの人たちのために
なぜに命を誓ったのか
なぜに雪降る夜をいくたびも街角で明かしたのか
そこには何の理由もなく

おれたちは何の因縁もなかった
ましておまえは異国の娘　おれは植民地の男
しかし――ただ一つの理由は
おまえとおれ――おれたちは同じく働く兄弟であった
　からだ
そしておれたちはただ一つの仕事のために
二つの異なる国の命が　同じ釜の飯を食ったのであり
おまえとおれは愛に生きてきたのだった

おゝ　愛する横浜の娘よ
雨は海の上に降り　波は風を受ける
おれは今この土地に残した物をみな置いて
父母の国へ帰ろうと
太平洋の上にいる
海には長い翼のカモメの姿もきょうはなく
わが胸に飛びかっていた横浜のおまえも　きょうから
　は消え失せる

だが　横浜の鳥よ――
おまえは淋しがってはならない。風が吹くではないか
一本しかないおまえのカラカサが壊れたらどうする
早く帰れ
今はお前のゲタ音も　雨と波とにかき消された
帰るのだ　さあ帰るのだ
おれは追われて行くけれども　あの若く勇敢な奴らは
汗にまみれた服を着て　鉄窓のもとにじっとすわって
　いないだろうし
おまえがかよう工場には　母や姉が恋しくて泣く　北
　陸の幼年工がいるではないか
おまえはかれらの服を洗わねばならず
かれら幼い者たちをおまえの胸に抱きしめてやらねば
　ならないではないか――
加代よ！　加代よ　おまえは帰らねばならぬ
すでにサイレンは三度もなり
黒い服は　おれの手を何度かひっぱった
もう行かねばならぬ　おれもおまえも
異国の娘よ！
涙を流すな
街をうねり行くデモの中におれがいず　あいつたちが
　欠けたとて――
淋しく思うな

おまえが工場を出た時　電柱のかげで待つおれがいなくなったとて――
そこにはまだ若い労働者たちの波が　おまえの胸を熱くしてくれるだろうし
愛に飢えた幼年工の手がおまえを待っていることだろう――
そしてまた　若い人たちの演説は
働く者たちの頭上に火のように降り注ぐだろう

帰れ！　早く帰れ
雨はドックに降り　風はデッキにうちあたる
傘がこわれるではないか――
今日追われてゆく異国の青年を送ってくれたその傘で
あすは　あすは出てくるあいつたちを迎えに
ゲタの音高く　京浜街道を闊歩せねばならぬではないか

おゝ　さらば愛する港の娘よ
おれを送る悲しみ
愛する男と別れる小さな思いに留まるおまえではない
おまえが愛するおれは　この土地から追われるではないか
鳥かごのあいつらはそれも知らずにいるではないか。
この思い、この怒りの事実もて
ハトのようなおまえの胸を真赤に染めよ
そして白いおまえの肌が熱さに耐えられぬ時
それを、そのまま　あの顔に　あの頭に　思いきりぶちかませ
そうすれば　その時には　今は行くおれもすでに
釜山《プサン》・東京を経て　友とともに横浜にきている時だ

そして長い間　悲しみと怒りに疲れたおまえのいとしい顔を
おれの胸にうずめて泣いてみよ　笑ってもみよ
港のわが娘よ！
ドックを走り来るな
雨は軟らかなおまえの背に降り　風はおまえの傘に吹いている

底本：「雨傘さす横浜の埠頭」（大村益夫編訳『対訳詩で学ぶ朝鮮の心』青丘文化社、一九九八）

女作者

田村俊子

この女作者の頭脳《あたま》のなかは、今までに乏しい力をさんざ絞りだし絞りだし為《し》てきた残りの滓《かす》でいつぱいになつてゐて、もう何《ど》うこの袋を柔み絞つても、肉の付いた一と言も出てこなければ血の匂ひのする半句も食《は》みでてこない。暮れに押詰まつてからの頼まれものを弄《いぢ》くりまはし持ち扱ひきつて、さうして毎日机の前に坐つては、原稿紙の桝のなかに麻の葉を拵へたり立枠《たてわく》を描《か》いたりしていたづら書きばかりしてゐる。

女作者が火鉢をわきに置いてきちんと坐つてゐる座敷は二階の四畳半である。窓の外に掻きむしるやうな荒つぽい風の吹きすさむ日もあるけれ共、何うかすると張りのない艶のない呆《ぼ》やけたやうな日射しが払へば消えさうに嫋々《なよ〳〵》と、開けた障子の外から覗きこんでゐるやうな眠つぽい日もある。そんな時の空の色は何か一と色交《ま》ざつたやうな不透明な底の透かない光りを持つてはゐるけれども、さも、冬と云ふ権威の前にすつかり赤裸になつてうづくまつてゐる森の大きな立木の不態《ぶざま》さを微笑してゐるやうに、やんはりと静に膨《ふく》らんで晴れてゐる。さうしてこの空をぢつと見詰《みつ》めてゐる女作者の顔の上にも明るい微笑の影を降りかけてくれる。女作者には然うした時の空模様がどことなく自分の好きな人の微笑に似てゐるやうに思はれるのであつた。利口さうな圓《つぶ》らの眼の睫毛に、ついぞ冷嘲《ひやかし》の影を漂はした事のない、優しい寛潤な男の微笑みに似てゐるやうに思はれてくるのであつた。

女作者は思ひがけなく懐しいものについと袖を取られたやうな心持で、目を見張つてその微笑の口許にいつぱいに自分の心を啣《くゝ》ませてゐると、おのづと女作者の胸のなかには自分の好きな人に対するある感じがおしろい刷毛が皮膚にさわる様な柔らかな刺戟でまつはつてくる。其の感じは丁度白絹に襲《かさ》なつた青磁色の小《こ》口《ぐち》がほんのりと流れてゐるやうな、品の好いすつきりした古めかしい匂ひを含んだ好いた感じなのである。然うするとこの女作者は出来るだけその感覚を浮気なおもちやにしやうとして、ぢつと眼を瞑《つぶ》つてその瞳子《ひとみ》の底に好きな人の面影を摘《つま》んで入れて見たり、掌の上にのせて引きのばして見たり、握りしめて見たり、然《さ》もなければ今日の空のなかにそのおもかげを投げ込んで、向ふに立たせて思ひつきり眺めて見たりする。こんな事で猶更原稿紙の桝のなかに文字を一つづゝ埋める事が億劫になつてくるのであつた。

　この女作者はいつも白粉《おしろい》をつけてゐる。もう三十に成らうとしてゐながら、随分濃いお粧《つく》りをしてゐる。誰も見ない時などは舞台化粧のやうなお粧りをしてそつと喜んでゐる。少しぐらゐ身体の工合の悪るい時なら、わざ〳〵白粉をつけて床《とこ》のなかに居やうと云ふほど白粉を放す事の出来ない女なのである。おしろいを塗《つ》けずにゐる時は、何とも云へない醜いむきだしな物を身体の外側に引つ掛けてゐるやうで、それが気になるばかりぢやなく、自然と放縦《ほしいまゝ》な血と肉の暖《ぬく》みに自分の心を甘へさせてゐるやうな空解《そらど》けた心持になれないのが苦しくつて堪らないからなのであつた。さうしておしろいを塗《つ》けずにゐる時は、感情が妙にぎざ〳〵して、「へん」とか「へつ」とか云ふやうな眼づかひや心づかひを絶えず為《し》てゐるやうな僻《ひが》んだいやな気分になる。媚を失つた不貞腐れた加減になつてくる。それがこの女には何よりも恐しいのであつた。だから自分の素顔をいつも白粉でかくしてゐるのである。さうして頬や小鼻のわきの白粉が脂肪《あぶら》にとけて、それに物の接触する度に人知れず匂つてくるおしろいの香を味ひながら、そのおしろいの香の染みついてゐる自分の情緒を、何か彼《か》にか浮気つぽく浸《ひた》し込んで、我れと我が身の媚に自分の心をやつしてゐる。

　どうしても書かなければならないものが、どうしても書けない〳〵と云ふ焦《じ》れた日にも、この女作者はお粧《つく》りをしてゐる。また、鏡台の前に坐つておしろいを溶《と》いてる時に限つて、きつと何かしら面白い事を思ひ付くのが癖になつてゐるからなのでもあつた。おしろいが水に溶けて冷たく指の端《はじ》に触れる時、何かしら新らしい心の触れをこの女作者は感じる事が出来る。さうしてそのおしろいを顔に刷いてゐる内に、だん〳〵と想が編まれてくる――こんな事が能《よ》くあるのであつた。この女の書くものは大概おしろいの中から生まれてくるのである。だからいつも白粉の臭《くさ》みが付いてゐる。

　けれどもこの頃はいくら白粉をつけても、何にも書く事が出てこない。生地《きぢ》が荒れておしろいの跡が干破《ひわ》れてゐるやうに、ぬるい血汐が肉のなかで渦を描《か》いてるやうなもの懐しい気分にもなつてこない。たゞ逆上してゐて眼が充血の為に金壺《かなつぼ》まなこの様に小さくなつて、頬が飴細工の狸のやうにふくらまつてくるばかりである。さうして何所にも正体がない。たゞ書く事がない、書けない、と云ふ事ばかりに心が詰まつてしまつて、耳から頸筋のまはりに蜘蛛の手のやうな細長い爪を持つたやは〳〵した手が、幾本も幾本も取りついてる様なぞつとした取り詰めた思ひに息も絶えさうになつてゐる。それで今朝、この女作者は自分の亭主の前でとう〳〵泣きだして了つた。

「こんなに困つた事はありやしない。私何所かへ逃げて行きますよ。後であなたが好い様に云つておいてくれるでせう。私にはもう何うしたつて一枚だつて書けないんだから。」

　然うすると、火鉢の前で煙草をのんでゐたこの亭主は暫時《しばらく》返事をしないでゐたが、やがて、

「おれは知らないよ。」

と云つた。それが何う見ても小人らしい空嘯《うそぶ》きかただつた。いつも私の事は私がするお世話様にやならないと云つてる口は何所へ捨てゝきたんだと云ふ様な、いかにも小つぽけな返報を心に畳んで、さうしてつんとありもしない腮《あご》を突き出したやうに女作者に見えた。それを見た女作者は急に自分の顔面の肉が取れてしまつて骨だけ露出《むきだ》したやうな気がしたが、直ぐにそれは何所までも一本に突《つ》つ通《とほ》つてゆく様な吹つ切つた声で、

「何ですつて。」

と云ひながら亭主の方をぢつと見た。

「おれは知らないつて云つたんだ。何だい。どれほどの物を今年になつて書いたんだ。今年一年の間に何百枚のものを書いたんだ。もう書く事がないなんて君は到底駄目だよ。俺に書かせりや今日一日で四五十枚も書いて見せらあ。何だつて書く事があるぢやないか。そこいら中《ぢゆう》に書く事が転《ころ》がつてゐらあ。生活の一角さへ書けばいゝんぢやないか、例へば隣りの家で兄弟喧嘩をして弟が家《うち》を横領《わうりやう》して兄貴を入れないなんて事だつて直ぐ書ける。女は駄目だよ。十枚か二十枚のものに何百枚と云ふ消しをしてさ。さうしてそれ程の事に十日も十五日もかゝつてゐやがる。君は偉い女に違ひない。」

　男の声は時々敷石の上を安歯の下駄で駆け出すやうな頓狂さが交《ま》じつてぽん〳〵と斯う云ひ続けた。女作者の顔は眼が丸《まる》くなつて行くに伴れて眉毛がだん〳〵上がつて行つたが、泣くどころでなくて、失笑《ふきだ》して了

つた。

「成る程さうですか。それでもあなたは物を書く人だつたんだから実に恐れ入りますよ。」

　女作者はふところ手をして、自分の褄先《つまさき》を蹴りながら座敷の内を飛んで歩いた。泣いた涙が眼のはたに溜つてゐて冷々《ひや〴〵》とする。自分の飛んで歩いてゐる姿が姿見の前を横に切る時にちらり〳〵と追羽根のやうに映る。女作者は自分の褄先の色の乱れを楽しむやうに鏡の前に行くとわざ〳〵裾をちらほらさせて眺めてゐたが、ふいと何かしら執拗《しつこ》く苛責《いぢ》めぬいてやり度い様な気がして来て、自分の身体のうちの何処かの一部がぐつと収縮してくる様な自烈度《じれつた》い心持になつた。女作者は亭主の方を向くと、いきなり其の前に歯茎《はぐき》を出した口許を突き付けながら、拳固《げんこ》の中指の真中《まんなか》の節のところでその額をごり〳〵と小突いた。

　亭主は済ましてゐた。

「ひよつとこ、ひよつとこ、般若《はんにゃ》の面だ。」

然う云つても亭主は黙つてゐる。女作者は自分の膝頭で亭主の背中を突くと、立膝をしてゐた亭主は、火鉢の前へ横に仆《たふ》れたが、直ぐに又起き直つて小さな長火鉢へ獅噛《しが》み付くやうに両手を翳して黙つてゐる。

「おい。おい。おい。」

　女作者は低い声で然う云ひながら、自分の亭主の襟先を摑むと今度は後の方へ引き仆した。

「裸体《はだか》になつちまへ。裸体《はだか》になつちまへ。」

と云ひながら、羽織も着物も力いつぱいに引き剝がうとした。その手を亭主が押し除《の》けると、女作者はまた男の脣《くちびる》のなかに手を入れて引き裂くやうにその脣を引つ張つたりした。口中の濡れたぬくもりがその指先にぢつと伝はつたとき、この女作者の頭《つむり》のうちに、自分の身も肉もこの亭主の小指の先きに揉み解《ほぐ》される瞬間のある閃《ひら》めきがついと走つた。と思ふと、女作者は物を摑《つか》み挫《ひし》ぐやうな力でいきなり亭主の頰を抓《つね》つた。

　こんな女の病的な発作に馴れてゐる亭主は、また始つたと云ふ様な顔をして根強く黙つてゐる。おなかの中では、

「何て悍婦だらう。」

と思ひながら、そつとして置くと云ふ様な口の結びかたをして黙つてゐる。

　女作者は、もう一度その頭《つむり》を指で小突いてから、又二階に上がつて来た。火鉢の中の紅玉を解《と》かしたやうな火の色が灰に被はれて、ところ〴〵ざくろの口を開

いたやうな崩れの隙から陽炎が立つてゐる。梅の花の蝶貝の入つた一閑張りの机の前に坐ると、まるで有るたけの血を淩《さら》ひ盡された後のやうに身体がげんなりしてゐる。さうして無暗と悲しくなつて、涙が落ちてきた。

「何と云ふ仕様のない女だらう。」

泣いてる心の内ではこんな言葉が繰り返された。

ある限りの女の友達の内で、自分ぐらゐくだらない女《もの》はないとこの女作者は思つた。殊に二三日前に例《いつも》にもなく取り澄ましてやつて来たある一人の友達の事が考へられた。その女は近い内に別居結婚をすると云つて行つたのである。たいへんに恋し合つてゐる一人の男と結婚をするまでになつたけれども、同棲をしない結婚をするのださうである。さうして一生離れて棲んで恋をし合つて暮らすのだと云ふ事だつた。

「結婚したつて私は自分なんですもの。私は私なんですもの。恋と云つたつてそれは人の為にする恋ぢやないんですもの。自分の恋なんですもの。自分の恋なんですもの。」

八重歯を見せながらその女はこの女作者に斯う云つた。女作者はこの女の言葉に圧し付けられて少時《しばらく》黙つてゐた。

「あなたは苦しいの何のと云つてもあきらめて居られる人だからいゝ。心が苦しくつたつて形の上であなたはあきらめてゐる人になつてるんですもの。私は自分つてものをどんな場合にも捨てられない。自分は自分だわ。逢ひ度くなつたら逢ふし、逢ひ度くなければ逢はずにゐるわ。」

「でもあなたは、結婚しようとする人の事を毎日思ひつゞけてゐるでせう。思はずにはゐられないでせう。」

女作者は眼をうるまして斯う聞いて見た。この女は単純に「えゝ。」と云つて、小指だけを反らせたやうな手付きで蜜柑の皮を剝《む》いてゐた。

「私ぐらゐ自分のない女もない。右から引つ張られゝば右へ寄るし、左にも行くし、何てぐうたらな女でせう。」

「然うでもないでせう。それは今、何かの反動でそんな事を云つてゐらつしやるんでせう。」

この女は然う云つて蜜柑の一と房を口に含んだ。

「私は自分に生きるんだから。自分はやつぱり自分の芸術と云へるわ。自分の芸術に生きると云ふ事は、やつぱり自分に生きるつて事だわ。」

「私は自殺でもしたいほど苦しんでるの。何によつて生きたら好いのか分らないんですもの。私は何かに滅茶苦茶に取り縋らなくつちやゐられない様な気がしてゐるのだけれども、何にどう取り縋つたらいゝのか分らない。私は宗教なんて事も考へますけれどもね。然うならいつそその道の人になつて了ひ度いやうな気もしてゐるんです。」

「私だつて随分考へたけれども、私はもう自分に生きるより他はないと思つてしまつたの。私は自分に生きるの。」

この女は然う云つて、その恋ひ男の黒いマントを被《き》て帰つて行つた。

一人で生活をすると云ふ事もこの女作者は疾《と》うから考へてゐた。一人になりたい、一人にならうと云ふ事に始終心を突《つ》つ突《つ》かれてゐる。けれどもこの女作者は一人になり得ないのである。一人の生活に復《かへ》ると云ふ事がこの女作者には到底出来ない事なのであつた。

「そんなら何故結婚をなすつたの。」

その時も、女の友達はこの女作者に斯う云つた。

「あの人は私の初恋なんですもの。」

「ぢや仕方がないわね。」

何か云ひ度い事が残つてゐるやうな気がしながら、この女作者は笑ふよりほか仕方がなかつた。

初恋――それはこの女作者の十九歳の時であつた。初恋と云ふよりはこの女作者の淫奔《いたづら》な感情が、ある一人の若い男を捉へたと云ふに過ぎないものであつたかも知れない。けれども、その時のこの若い男によつてふと弾《はじ》かれた心の蕾の破れが、今も可愛らしくその胸の隅に影を守つてゐるのであつた。この女作者が今の男に対する温《あたゝか》みはその影のなかゝら滲《し》みでゝてくる一《ひ》と滴《しづく》の露からであつた。この一《ひ》と滴《しづく》はこの女作者が生を終へるまで絶えず〳〵滲み出るに違ひない、一人にならうとも、別れてしまはうとも、その一《ひ》と滴《しづく》の湿《うるほ》ひは男へ対する思ひ出になつて、然うして又その男にひかれて行く愛着のいとぐちになるに違ひない。――

女作者はその女友達にこんな事は云はなかつた。さうしてその女友達が肉と云ふものは絶対に斥《しりぞ》ける夫婦と云ふものを作らうとしてゐるらしい未通女気《おぼこぎ》とでも云ひ度いものに、この女作者の胸はもや〳〵にされた。女友達の恋の相手がどんな人だかはこの女作者は知らなかつた。新らしい芸術家と云ふ事だけは噂によつて知つてゐた。――もう一年経つたらあの女は私の前に来てどんな事を云ふだらう。女作者は然うも思つたけれども、さも自分に生きると云ふ事をもつともらしく解釈して、強い自分と云ふものを見せやうとしてゐたその女の友達の様子に、おびやかされる程この女作者の今の心は脆《もろ》い意久地《いくぢ》のないものになつてゐる。

――

女作者は我れに返ると、何《なんに》も書いてない原稿紙に眼をひたと押し当てた。何か書かなければならない。何を書かう。……

「君は駄目だよ。」

斯う云つた先刻《さつき》の亭主の言葉がふと胸に浮んだ。何故あの時自分は笑つてしまつたのだらう。いくらあの云ひ草が馬鹿々々しいと云つても、もう少し何か云つてやればよかつたと云ふ様な反抗がついと湧いてきた。

「駄目な女なら何うなの。」

こんな事を云つて、又突つかゝつて遣り度い気がしてきた。何でもいゝから自分の感情を五本の指で掻きむしるやうな事が欲しい。もつとあの男を怒らしてやらう。女作者はそんな事も思つた。

どれほど匂ひの濃《こま》かい潤ひを吹つかけて見ても、あの男の心は砥石のやうに何所かへその潤ひを直ぐに吸ひ込んでしまつて、さうして乾いた滑らかなおもてを見せるばかりである。

「私はあなたと別れますよ。」

斯う云へばあの男は、

「あゝ。」

と返事をするに違ひない。

「私は矢つ張りあなたが好きだ。」

と云へば、

「然うか。」

と返事をしてゐるやうな男なのである。自分の眼の前を過ぎる一とつ〳〵に対しても、自分の心の内に浸み込んでくる一人々々の感情でも、この男は自分と云ふものゝ上からすべてを辷《すべ》らせて了つて平気でゐる。この男の身体のなかはおが屑が入つてゐるのである。生の一とつ一とつを流し込み食《くは》へ込むやうな血の脈は切れてゐるのである。女作者は然う思ふと、わざわざ下へおりて行つて自分の相手にするのもつまらない気がした。

けふは時雨が降つてゐる。雨の音は聞えずにたゞ雫の音がはら〳〵と響きを打つてゐる。風のふるえが障子の紙の隙間をばた〳〵とからかつてゐる。雨の降る日に遊びに行く約束をした人があつたが、と、この女作者はふと思つたが、その考へは何の興味も起させずに直きとなだらかに消えてしまつた。自分の好きな女優が舞台の上で大根の膾《なます》をこしらへてゐた。あの手が冷めたさうに赤くなつてゐた。あの手を握りしめて脣のあたゝかみで暖めてやりたい。――

底本：「女作者」（『田村俊子作品集』第一巻、オリジン出版センター、一九八七）

ダン吉の戦争

高橋源一郎

ここまでのあらすじ

昭和8年5月の、うららかに晴れ渡った、ある日のことでした。その少し前、2月にはコバヤシタキジという作家が、トッコーの拷問で殺されました。「アカ」だったので自業自得だと思う人も多かったみたいです。同じ月にはドイツの国会議事堂で放火事件がありました。これも「アカ」の仕業とされました。つづく3月にはドイツで全権委任法が成立して、ナチスの独裁がめでたく始まり、その4日後に国際連盟脱退の詔書が発布されて、7月には京都帝大のタキガワという「アカ」の教授が罷免されました。こうやって、どんどん世の中が「明るく」なっていた頃のお話です。

さて、そんなある日、ボートに乗って釣りをしていたダン吉くんは、まるで魚がかからないので、うつらうつらとねむってしまいました。それだけではありません。いつもしっかりしている、ダン吉くんの仲良し、黒ねずみのカリ公までもがねむりこんでしまったのでした。そして……気がついたときには、ダン吉くんもカリ公も「やしの樹」が生い茂る南洋まで流れ着いていたのです。ずいぶん長く寝ていたというわけですね。最初は驚いたダン吉くんでしたが、さすがニッポン男児、そんなことでメソメソしたりはしません。最初にダン吉くんがやったのは、というか、最初にカリ公がアドヴァイスしたのは、武器を作ることでした。子どもだからといって、遊びのことを考えさせない。さすが、カリ公です。家庭教師というよりも、優れた軍師というべきではないでしょうか。カリ公はしげみに飛びこんで、たまたま落ちていた棒と植物のつるをひろい、ダン吉くんにわたし、弓をつくるようにいいました。この、「そこらへんに転がっているものを使って、即興的に、なにか役に立つものを作る」やり方は、確かに、レヴィ＝ストロースのいう「ブリコラージュ」的思考にも似ています。けれども、カリ公の考えは、もっぱら、軍事優先なので、同じと考えるのは即断でしょうか。でも、放っておいて、棒をバットにしたり、つるで縄とびをしたりと、子どものようなことをしてはいけないと思ったのは、正しい判断かもしれませんね。もちろん、ダン吉くんは、カリ公のいうとおりにしました。要するに、カリ公は、絶対にさからうことのできないダン吉くんの「神」だったのです。

それから……いろいろなことがありました。そのうち、重要だと思われることだけをいくつか書いておくことにします。

ダン吉くんとカリ公は、その島の中をぐんぐん歩いてゆきました。いろいろな動物に会うことができました。ライオン、カバ、ゾウ、サイ、キリン、カメ、カメレオン、ナマケモノ、ゴリラ、ヒヒ、ホッキョクグマ等々です。すごく豊かな動物相ですね。というか、面子の豊かさは動物園なみといっても過言ではありません。それから、当然かもしれませんが、その動物たちは、みんな人語を解することができました。ただ、カリ公とは異なり、おおむね、小学校2年生の男子程度の知能しかありません。ダン吉くんは4年生か5年生程度（男子です）といったところで、ちょうど釣り合いがとれていると思います。とにかく、この程度の知的レベルなら、なんとか、平和裡に彼らを支配することができるだろう。カリ公はそう思ったのでした。

もちろん、人間にも出会いました。腰みのをつけた、この島の原住民たちです。ダン吉くんもカリ公も、彼らを「黒ん坊」と呼びました。それが、当時のニッポンの習慣だったので、致し方ありません。というか、それでいいんじゃないか、と思うのですが、ダメなんでしょうか。とはいえ、ダン吉くんもカリ公も、それほど、この用語に執着しているわけでもないので、これからは、現在のPCの基準に合わせて「黒い人」と呼ぶことにします。

ダン吉くんは、最初に会った「黒い人」のひとりから、王冠を奪ってかぶるようになりました。そして、この島を「ダン吉島」と名づけ、高らかに自らの領土と宣言したのです。こう書くと、それは略奪、あるいは侵略ではないか、と心配される読者もいるかもしれませんが、大丈夫です。

当時のダン吉くんとカリ公の会話をここに採録しておきますね。

「ねえ、カリ公、平気かなあ」
「なにが心配なんですか、ダンちゃん」
「さっき、ぼくは、この島を『ダン吉島』と呼ぶことにして、同時に、この島の王さまであることを表明したんだけど、文句をいわれたりしないかなあ」
「なんの問題もありませんよ、ダンちゃん。この島は、いわゆる『無主の地』で、所有する国家のない土地なんです。さっき、ダンちゃんがやったのは、領有の意志をもって『占有』する『先占』にあたり、国際法で認められた領土取得のルールに則っています。安心してください。アメリカがインディアン……じゃない、ネイティヴ・アメリカンを相手にやったりして、先進国でスタンダードな考え方なんですね」
「わかった。じゃあ、今日から、ぼくは王さまだ！」

そういうわけで、ダン吉くんは、「ダン吉島」の王さまということになりました。王さまであるダン吉くんが最初にやったのは、ニッパヤシの葉でおおった粗末な小屋を「王宮」と呼び、近くの平地に、日の丸の旗を立てたことでした。それから、何度も、不埒な外国人たちがやって来ては、「ダン吉島」を領有しようとして、「戦争」になりました。たいていの場合、外国人たち（アメリカ人やイギリス人が大半です。ドイツ人は、ダン吉くんたちがこの島を占有する前に、追放されてしまって、もういませんでした。ぜんぶ、戦勝国が決めたことだったのです）が、戦闘行為の最初に行なうのが、「国旗を立てる」ことでした。

たとえば、こんなことがありました。外国の船員たち（もちろん白人）が上陸すると、「おお、これはなかなかいい島じゃないか。領土にしようぜ」と口々にいいながら、近くのヤシの樹に国旗を結びつけました。アメリカ国旗にもイギリス国旗にも、見ようによってはフランス国旗に見えなくもない、オリジナリティーにあふれた、いや、微妙な柄の国旗です。もちろん、どんな国のどんな国旗であろうと、ダン吉くんは許すことができません。憤怒にかられながら、彼らの前にとびだすと、こういいました。

「あなたたちは、どこからきたのです？　なんだってこの島にあがって、こんな旗をあげたのです？　ここは日の丸の旗のほかは、かってに立ててはいけない場所です。すぐにひきおろしなさい」

一瞬驚いた船員たちでしたが、出てきたのが、腰みのをつけたアジア人の子どもだったので、なんだよびっくりして損したぜとばかりニヤニヤ笑いだしました。

「オホ、これはなかなか気のつよい坊やだな。ここに国旗をあげて、なぜいけない？　ここはニッポンの島なのかね？」

「ニッポンの島ではないが、ぼくはニッポン人だ。そして、この島の王さまなのだ」

これは、なかなか、考えさせられる発言ではありませんか。もちろん、この「ニッポン人の王さまが統治する、ニッポンではない島」という考え方は、カリ公の発案でした。

ダン吉くんと上陸したとき、カリ公は、この島を実効支配して、ニッポンの領土とする予定でした。そう進言すれば、ダン吉くんは、あっさりそのようにしたはずです。しかし、とカリ公は（内心で）考えました。

「そんな単純なことでいいのだろうか。植民地経営が難しいのは世界史が教える通り。朝鮮半島でやっているような粗雑なやり方ではなく、ここは、民政長官としてゴトウシンペイが台湾でやったようなソフトな方式を採用すべきではないかな。あくまで、住民たちの自治を貫くという形式で、実質的に支配すればいいわけだし」

というわけで、ダン吉くん（実質的には、カリ公）は、欧米とは異なるやり方で、植民地経営をすることになったのでした。

最初に、ダン吉くんがやったのは、島の住民たちに名前をつけることでした。ずいぶん思い切った政策だとは思いませんか。激しい抵抗があることも考えられましたが、すんなりと、名前をつけることができました。

もともと、この島の住民たちは、「パン」とか「バナナ」とか「ヤシ」といった、自分たちが採集・狩猟する食物の名前を、自分たちにつけていたのです。その食物をとりこむことによって一体化しようという、ある種の宗教的な感覚からきた行為なのかもしれません。それを、ダン吉くん（カリ公）は、強引に変えてしまった。こともあろうに、「一号」「二号」「三号」というような、抽象的な名前にです。そればかりか、ですよ。ダン吉くんの目から見ると、どの「黒い人」も同じにしか見えない。なので、みんなに後ろを向いてもらって、その背中に、数字の「1」「2」「3」と書いていったわけです。要するに、黒板になってもらったのです。いま、そんなことをやったら、さあ大変。イジメと批判される可能性も高い。そんな気がします。

これは、一見、ニッポンが朝鮮半島で行なった「創氏改名」によく似ています。朝鮮名を廃して、強制的に、ニッポン名に変更することです。このことが、歴史上、日韓の間に深いわだかまりを作ったことは、みなさんもご存じですね。

しかし、ダン吉=カリ公が、「黒い人」たちに行なった改名は、それとはかなり異なっているのも事実です。そもそも、ダン吉くんが来島するまで、この島には、歴史というものがありませんでした。もう少し正確にいうと、「歴史」という概念がなかったのです。その理由は、暑かったからです。いや、ほんとに。暑くて、「歴史」というようなめんどうくさいことを考える余裕がなかったのです。

そんな「黒い人」たちに、ダン吉くんたちは、「歴史」を与えた。まあ、「押しつけた」といわれれば、そうなんですが。

「一号」「二号」「三号」ではなく「タケシ」「キヨシ」「アツシ」だったら、どうなのか。あるいは「キクノジョウ」とか「イソロク」とか「ゴンベイ」とか。「アリトモ」や「ヨリトモ」、いや、「マレスケ」とか。そういう名前の可能性だってあったわけです。しかし、ダン吉くんは、あえて「号数」にこだわった。ぎりぎり、「創氏改名」にはならない配慮をしたとも考えられます。しかし、同時に、この命名は「収容所」に入れられた人たちへの命名にも似ています。みなさんは、どう思われますか?

とはいえ、ダン吉くんの、「ダン吉島」統治政策は、その統治の全期間において、非抑圧的だった、ということは明言しておくべきでしょう。

島の住民たちへの命名の次に、ダン吉くんが行なったのは、(尋常)小学校をつくることでした。まずは、教育のインフラの整備から始めたのです。さすが、というしかありません。

忘れていました!

この「ダン吉島」は、どこにあるのかということです。「南洋」としか伝えられてはいませんが、明らかに、「南洋庁」が置かれていたミクロネシアのどこかの島のはずです。それ以外の「南洋」については、ニッポンの統治の外にあったたし、情報もなかったし、当然のことながら、ニッポンからそちらへ漂流してゆく「海流」もなかったと考えるべきでしょう。このことの意味については、おいおい説明してゆく予定です。

さて、この「ダン吉小学校」の授業風景も興味深いものです。

校長のダン吉くんは、黒い小学生たち（ちなみに、最初の新入生は全員おとなです）を集め、授業を始めました。最初は、もちろん、昭和のニッポンの小学校らしく、「ハト、マメ」と「黒板」たちの背中に書いてゆくことでした。しかし、この授業には根本的な欠陥がありました。背中に字を書かれると「黒板」たちがくすぐったがり、こう叫んでしまうことでした。

「無理、絶対無理！」

すると、ダン吉くんは、あっさり文字を教えることを断念しました。きわめて柔軟な考え方の持ち主だったのですね。教育に必要なのは、文字を教えたり、文章を読んで作者の意図を探ったり、漢字を覚えたりすることではない、とわかっていたのです。結局、最初の授業でやったことといえば、運動会を開催したことだけでした。それだけではありません。特筆すべきことは、「ダン吉小学校」では、教育勅語が朗誦されることも、皇居の方角に向かって拝礼することもなかったことです。ことばについても、どうやら、ニッポン語とこの島の住民たちのオリジナルの言語をミックスして使っていたようです。このへんも、ゴトウシンペイの台湾統治に近い考え方ではないでしょうか。

教育制度の導入につづいて、ダン吉くんが行なったのは「貨幣制度」の導入でした。

その結果、「ダン吉島」では、「物々交換」から「商品経済」へと一気に飛躍することになりました。とはいっても、貨幣を作るのも大変です。なにしろ、「ダン吉島」には金属がないんですから！　そこで、ダン吉くんは、島の住民たちに石で貨幣を作るよう命じました。膨大な数の石製の20円、1円、50銭、10銭の貨幣が作られることになったのです。当然のことですが、これらの貨幣を製造したのは「ダン吉銀行」ということになります。

お金の準備ができると、島の住民たちを集めて、

「貨幣制度導入に関する説明会」が開催されました。

壇上に立った王さま、つまりダン吉くんは、こういいました。

「きょうから、この島も文明国なみに、お金で売買することにする。このお金を持っていけば、なんでもすきなものが買えるのである」

「すっげえー！」

「王さま、サンキュー！」

住民たちの歓喜の声をさえぎると、ダン吉くんはこうつづけました。

「そのために、まず、手始めに、みんなに20円ずつわたすつもりだ。これをもとに、みんなは商売をしたり、仕事をしたりしてもらいたい。そうしないで、ただ使ってばかりいると、お金はすぐに空っぽになってしまうので、注意するように」

「へえ、お金って、ありがたいようで、また、こわいものなんですね」


すごいと思いませんか。わたしはこの会話を読んで衝撃を受けました。たぶん、ダン吉くんは、カリ公のいうとおりにやっているだけで、自分の発言に深い意味があることを知らなかったのかもしれません。だって、ダン吉くんは、ただ「貨幣制度」を導入しただけではなく、一緒に、「ベーシック・インカム」まで導入したのですよ！　ちなみに、小学校開設は昭和9年と思われるので、当時の1円が現在いくらにあたるのか考えてみましょう。森永卓郎監修『物価の文化史事典』（展望社、２００８年）などを読んだ限りでは、およそ、1円＝現在の２５００円で換算して、そんなにはずれてはいないと思います。とすると、ダン吉くんは、「ダン吉島」において、ひとりあたり、月額5万円の「ベーシック・インカム」を導入したことになります。近年、「ベーシック・インカム」導入実験がされたフィンランドでは、その額は、５６０ユーロ（約7万円）となっています。フィンランドと比較すると、社会規模も購買力も大幅に劣る「ダン吉島」での月額5万円の「ベーシック・インカム」は、かなり高額なものともいえるかもしれません。その結果、「ダン吉島」の生活は目に見えて豊かになっていくのです。やるね、カリ公。

さて、次に「貨幣経済」がどのように、島の住民たちに浸透していったのかを見ていきましょう。ダン吉くんは、「ダン吉銀行」内に「貨幣製造部」をつくると、ただちに貨幣の生産にかかるよう命じました。なにしろ、貨幣などつくったことがなかったので、さあたいへん。「製造部」に配属された島民たちは、ダン吉くんから渡された「ニッポンの貨幣」のコピー写真を見ながら、彼らとしては限度を超えるほどの頑張りをみせて製造に励んだのでした。これがニッポンなら「昼夜兼行」、「撃ちてし止まん」、と寝る間も惜しんで労働するわけですが、「ダン吉島」では、そんなことはありません。一年中夏のような世界で、そんなに働いたら死んでしまう。それから、貨幣の精度だってそうです。ニッポンの中小企業に勤務する熟練工のみなさんの能力たるや信じられないほどです。1万分の1ミリ以下の精度で研磨したパイプの表面の凹凸の検査を指でできる。人間国宝といっても過言ではありませんね。それに比べると、「ダン吉島」の「職人」たちの基本的姿勢は「だいたい」でした。いちばん大きな20円貨幣は直径50センチほど、重さも5キロはありましたが、小さいものは直径40センチ以下のものもあれば、中には重さが3キロもないものだってある。なにひとつ同じ貨幣はありません。中には、面白がって、貨幣に自分の名前や愛称やガールフレンドの肖像を彫る不心得者までいました。最初から、「中央銀行」で「貨幣」の偽造が行なわれていたのです。

「貨幣」の誕生によって、「ダン吉島」には商品経済が生まれました。住民たちは、貨幣をもとでにして、新しい商売を始め、たちまち、島のメインストリートには商品が並びました。挿絵を見ると「下駄や」「とりたて魚」「島の名物料理・テイクアウトもうけたまわります」といった看板もあるようです。けれど、残念なことに、貨幣経済は根づきませんでした。彼らは、毎日のように商売にはげみ、売り上げをせっせと「銀行」に「貯金」しました。10銭、50銭がたまると、1円や20円に「銀行」で換えてもらう。けれども、ある程度、20円がたまると、みんな全額をおろしてしまったのです。いったいどういうことだろう。不思議に思ったダン吉くんが、彼らのあとをつけてみました。すると、彼らは、手に入れた20円貨幣の真ん中に開いた穴に棒を通して「車輪」の代わりにすると、その上に木の箱を載せてヒョウに引かせたり、そのまま、健康のためにバーベル代わりに使ったりしていたのです。実物から貨幣へ、そして貨幣からまた実物へ。マルクスもびっくりするような現実です。カリ公はしみじみいいました。

「今回の件では、ぼくもちょっと反省しましたよ、ダンちゃん」

「へえ、そうなの?」

「はい。ぼくは、この島の経済的発展を願って、貨幣制度を導入しました。でも、ダンちゃんが最初に『なんでもすきな物が買えるのである』っていったとき、島民のひとりが、『ヘエー、そんなおもしろいものをみんなにくれるんですか』って返事をしたのを覚えていますか」

「うん、覚えてる」

「あのとき、ぼくは、『やられたあ!』って思いましたよ。貨幣経済に対して『おもしろい』って反応できる感性がぼくにはありませんでしたよ。『役に立つ』とか『豊かになる』という発想ならあったんですけどね。なにしろ、貨幣が馬車……じゃない、ヒョウ車になっちゃうんですからねえ。ふつうは、労働から貨幣へ、貨幣から金融へ、金融から投資へ、投資からヒョウ車の生産へ、という過程をたどるわけなのに、彼らときたら、貨幣からダイレクトにヒョウ車をつくってしまったわけですよ」

「そうか。確かに、カリ公のいうとおりだよねえ。ぼくたちと彼らとどっちが、高度な文明なのかわからなくなっちゃうね」

まさか、こんな話になるとは、わたしにも想像できませんでしたよ。さあ、教育制度・貨幣制度につづいて、ダン吉くんがとりくんだのは交通制度、もっとはっきりいうと、「鉄道」の敷設です。このこと自体は、植民地経営の常識ですね。

ダン吉くんは、カリ公と相談して、線路をしくことから始めました。まずは、島民たちと共に、飼い馴らしたゾウやスイギュウやサルを引き連れてジャングルへ向かいました。森林を伐採して線路にするためです。ジャングルに入ると、邪魔な樹は、力持ちのゾウさんがガンガン倒してゆきます。ゾウさんが倒した樹を今度はスイギュウが大きなツノでヨッコラショと片づける。スイギュウさんが片づけた樹をさらに、訓練されたおサルさんがノコギリでひく。おサルさんがつくった丸太を集めて最後に島民たちが2列にしきならべてゆくのです。いつの間にか、「ダン吉島」では、人間と動物が渾然一体となった分業システムまで導入されていたのです。

「線路は幅をまちがえないように、よく気をつけて」

ダン吉くんは口をすっぱくしてこういいました。ちなみに、このとき、「ダン吉鉄道」で採用された線路の幅はおよそ1700ミリでした。ニッポンの鉄道線路が1067ミリといわれているので、標準軌はもちろん、広軌の代表である旧ソ連、スペイン、南米よりも幅が広いのです。このため「ダン吉島」でのダン吉くんたちの独自活動に、いつしか神経をとがらすようになっていたニッポン政府は、「ダン吉島」独立のシグナルではないかとも考えたようです。でも、実際には、ダン吉くんたちが採用した、「ゾウ気機関車」を走らせるゾウさんたちの体の幅をもとに計測しただけだったのです。このことが後々、ダン吉くんたちを苦しめることになるとは、さすがのカリ公でも気がつかなかったのでした。さて、線路の敷設が終わると、次は列車の製造です。最初から、エンジンにはゾウを使うことが決まっていました。なんといっても、エネルギーは最強です。実際に列車をつくってみて驚いたのは、あの貨幣経済導入の際の貨幣製造技術が役に立ったことです。貨幣も車輪も、丸くて真ん中に穴が開いていることは同じです。大きさも大してかわらない。今度は石ではなく木を使うので、楽ちんだし、それに、丸くて穴が開いているものをつくる技術もすっかり洗練されていたのです。

ゾウ気機関車第一号の開通式は、「ダン吉島」始まって以来の祭典となりました。島中の人たちが着飾り……といいたいところですが、そんな習慣はないので、みんな黒い肌をさらに輝かしくするために黒い油を塗りこんで、見物に集まってきました。ブラック・イズ・ビューティフル。そんな彼らの思想を、ダン吉くんたちはもちろん許容していました。おそらく、ダン吉くんもカリ公も、「ダン吉島」で暮らすうちに、その土地の習俗に慣れ、受け入れていったのです。そういえば、もともとカリ公は、黒いネズミでしたね！ですから、黒いものに大して偏見もなかったのでしょう。島中の人たちがワクワクするうちに、線路の向こうから、機関車が客車を引っ張りながらノッシノッシとやってきました。なかなか大したものではありませんか。流線型の木製機関車の前には窓のようなものが開いて、そこから、ゾウが顔を出しています。ときどき、ゾウは鼻をかかげて「ブウォー！」と汽笛のような音をあげています。

「出発進行！」

ダン吉くんが声をかけると、それを合図に、「ゾウ気機関車」が出発しました。ゴロンコ、ゴロンコ、ゴロンコ……。

「ダン吉駅」から村を通り原っぱを抜けて、軽快に進んでゆく「ゾウ気機関車」。あらら、どうしたんでしょう。機関車が勝手に線路の外へ這い出してゆくではありませんか。なんだ、おいしそうなバナナを見つけたので、食べに行ったのです。

「食いしんぼうの機関車だなあ……」

双眼鏡で列車の様子を見ていたダン吉くんは、感心するようにいいました。怒っているわけでも、驚いたわけでもありません。

「自由な機関車だなあ」

「そうですねえ」

ダン吉くんの肩の上でカリ公もいいました。それは、もしかしたら、ダン吉くんやカリ公が想像していたものとはちょっとちがった風景だったのかもしれません。それでもいいや。ダン吉くんはそう思いました。だって、こっちの方が楽しいんだもの。

もしかしたら、このとき、ダン吉くんは気づいたのかもしれない。最初のうち、ダン吉くんもカリ公も、この未開の島の連中を教化し、帝国臣民の一部にしようと思っていた。いや、そういうはっきりした意識はなかったのかもしれない。漂流の果てに流れ着いた、その小島で、ふつうのニッポンの少年の無邪気な偏見をぶつけて、無邪気な侵略を行なっていた。ただ、それだけだったのかもしれません。けれども、ひとつだけ、ダン吉くんには優れた資質があった。それは、なにごとにも真剣だった、ということです。

ダン吉くんは真剣に遊んだのです。すぐれた先生であるカリ公の下で。おとなであるダン吉くんが子どものような島民に文明の立派な文物を教えてやろう、そんなつもりで始めた「開発」や「植民」の「物語」だったのに、いつしか、それはもっと別のなにかに変わっていったのでした。

それからも、ダン吉くんとカリ公は、「ダン吉島」に、新しいなにかをどんどん加えてゆきました。たとえば、「郵便局」をつくり、「郵便制度」を導入しました。ダン吉くんたちがつくったのは、世界でもっともラディカルな「郵便制度」といってもいいでしょう。なにしろ、送られるのはハガキや手紙ではなく人間だったのですから。というのも、「ダン吉島」の悩みの一つは、雇用がなかなか生まれないことでした。そこで、カリ公は、雇用対策と「郵便制度」を結びつけ、手紙やハガキとして島民を雇うという革命的なアイデアを思いついたのです。手紙やハガキを出したいものは、郵便局に行きます。郵便局には、ハガキになるべく子どもが待っています。そのハガキとしての子どもの胸の部分に宛て名を書き、背中に通信文を書き、郵便局の横にある巨大なポストに投函します。島民たちがハガキを投函するたびに、ポストの中は子どもで埋まってゆく。「助けて、死ぬ！」そんな叫びが聞こえてくると、やおら、集配人が集め、各戸に配達にゆく、という仕掛けなのです。そういうわけで、もっとたくさん書きたいものは、手紙を買います。もちろん、手紙はおとなの仕事というわけです。郵便物として配達される子どもたち。もちろん、ただ、機械的に送られるわけではありません。なにしろ、生きた人間なんですから。ハガキなのに、お腹が空く。ハガキなのに、泣きたくなる。というのも、他のハガキに自分の背中に書かれた通信文を読んでもらって、実は、遠くの島に出稼ぎにいっていた兄さんの死亡通知だったとわかったからです。一通、一通に事件があった。というか、一枚のハガキが配達されるまで、すべてが冒険だったのです。

ダン吉くんたちが、沈没船から見つけた「野菜の種」をもとに、「ダン吉島」に「農業」を導入したのも大事件でした。なにもなかった土地を開墾し、農地にしようとしたのです。それまで、「ダン吉島」の島民たちは、ただ、そこらの樹になっているバナナやヤシの実をもいでいただけでした。ダン吉くんは、ありったけの農業の知識を、島民にさずけようと思いました。最初のうち、島民たちは、なんでそんな無駄なことをするのだろう、と不思議に思いました。だって、なにもしなくても食べるものに不自由することはなかったのですからね。

「いや、もしかしたら、地球が寒冷化して、バナナもヤシの実もならなくなるかもしれない。干ばつや火山の噴火や地震や津波だってあるかもしれない。そんなときのために、どのような条件でも食料を自給する体制をつくらなくてはならないよ」

そういって、ダン吉くんたちは、懸命に「農業」を教えました。肥沃な土地に、南洋の太陽、そして、豊富な雨。ダン吉くんたちの予想を遥かに超える巨大な野菜を、ほんとうにたくさん収穫することができたのです。でも、それだけではありませんでした。「ダン吉島」の島民たちは、いつも、ダン吉くんたちの予想の「斜め上」をいっていました。だって、せっかく収穫したというのに、その野菜を食べたものなどひとりもいなかったのです！　ある島民は、スイカの皮でできた帽子をかぶって、こういいました。

「えっ、あれ、食べものだったのですか！　なにに使えばいいのかわからないので、赤いところはみんな捨てて、帽子にしちゃったんですけど」

また別の島民は、巨大なカボチャの皮でできた小さな風呂オケに水を入れ、子どもを遊ばせているところでした。もちろん、中身はくり抜いて、捨ててしまっていました。

「なにに使えばいいのかな、って思ってですね、これ、子ども用のオフロにちょうどいいんじゃないかな、って。いやあ、野菜っていうのは、柔らかくて、成形するのに楽ちんなんですよ」

島内を見回り、野菜が自分たちの予期したものとは、まったく異なった使われ方をしているのがわかったとき、ダン吉くんとカリ公は、思わず顔を見合わせました。

「まいったね」

「ほんとに」

「ガッカリした？」

「そんなことないでしょ、ダンちゃんも」

「ああ、なんだか爽快な気分なんだ。ぼくたちのちっぽけな親切心や、文明観がバカらしくなるよね。島民たちを見ていると」

「ええ、そうなんですよ。ぼくたちはずっといろんなことをみんなに教えていると思っているでしょ。でも、逆なのかもしれませんね。ぼくたちの方が教わっているんですよ。彼らの底知れない知恵にね」

それだけいうと、ダン吉くんとカリ公は黙りました。遠くの方から、島民たちの歌声が聞こえてきます。ふだん、ダン吉くんたちと会っているときには、「天にかわりて不義を討つ……」なんて、ニッポンの流行歌を歌ってくれるのですが、プライヴェートでは島に伝わる歌を歌っているのです。

「カリ公」

「なんですか、ダンちゃん」

「いや、なんでもない」

いつしか陽は落ち、南洋らしい、ダイナミックで色鮮やかな夕焼けが空全体をおおっていたのです。ふたりは立ちつくしたまま、その光景に見入っていたのでした。そして、また、たくさんのことが起こったのです。

＊

第百三十回　ダン吉の戦争（未完）

ダン吉くんは長い夢を見ていました。胸の奥のどこかに穴が開いて空気が洩れでてゆくような悲しい気持ちだったことだけは覚えています。

枕元でラジオから音が聞こえていました。

「JRAK、JRAK、こちらパラオ放送局。7月18日、JRAK、JRAK、こちらパラオ放送局。7月18日、大本営発表。サイパンの皇軍、南雲最高指揮官以下在留邦人に至るまで全員戦死。大本営発表。サイパンの皇軍、南雲最高指揮官以下在留邦人に至るまで全員戦死。7月18日、大本営発表……」

ダン吉くんはラジオの音を小さくしました。どうしたものか、カリ公に相談しなきゃ、そう思って、しばらくすると、もうとっくにカリ公が戦死したことを思い出したのです。いかん、すっかり忘れていた。カリ公はもういないんだ。ダン吉くんが、島に上陸して、11年が過ぎていました。ダン吉くんはすっかり青年になっていましたが、青年らしい若さは、もうどこにもありませんでした。隠しきれない疲れが、いつも表情のどこかに浮かんでいたのです。

起きなければ……。でも、なんのために？　そう思うと、からだの上のタオルケットを払いのける気にもなれなかったのです。部屋の外から誰かの声が聞こえてきました。いまや数少なくなった「ダン吉軍」の生き残り、「六号」の声でした。

「王さま！　王さま！　たいへんです」

「どうした?」

「海岸にアメリカ軍が上陸しはじめました。のらくろ少尉さまは、猛犬連隊を引き連れて、すでに出発されています」

「わかった。すぐ行く」

ダン吉くんはそれでもしばらくベッドの上に横たわったままでした。行かねばならないことはわかっていました。それがどんな結果に終わろうと。そのときでした。ラジオから、聞いたことのない音が流れていたのです。それは……

底本:「ダン吉の戦争」(日本文藝家協会編『文学2021』講談社、二〇二一)

近現代文学研究　調査のために

渡部裕太

○ここでは近現代文学研究に役立つデータベースや図書館・資料館などの各種サービスを紹介する。幅広い研究に対応できることを重視し、汎用性の高いものを中心に記載した。
○紹介する項目のなかには有償の利用契約や事前登録が必要なものも含まれる。利用に有償での契約が必要なもの、個人での利用が難しいものには★を、利用のために事前登録が必要なもの、利用登録すると便利になるものには☆を附した。これらは大学・研究機関が利用契約していることもある。各大学のホームページや図書館サイトでは利用の可否や利用方法を公開していることも多いので、まずは所属機関の案内を確認するとよい。
○各図書館・資料館によって、利用方法・規定はさまざまである。実際に調査に足を運ぶ際には、必ず事前に利用案内を確認してほしい。

【先行研究を探す】

NDL　ONLINE　国立国会図書館オンライン（国立国会図書館検索・申込オンラインサービス）☆

国立国会図書館の所蔵資料およびデジタルコンテンツを検索し、各種申込が行えるサービス。遠隔複写も受け付けている。詳細検索機能で資料の種別・出版形態などで自由に絞り込んで検索できる。

国文学研究資料館・国文学論文目録データベース

国文学研究資料館所蔵の雑誌・紀要・単行本等から、日本文学、日本語学、国語教育の研究論文を検索できる。調べたいキーワードが論文タイトルに含まれていなくてもヒットする検索機能が便利。

CiNii Research

国立情報学研究所が運営する、研究者や図書館員が文献情報を発見するためのサービス。論文・機関リポジトリなどで公開された研究データ、ＫＡＫＥＮ（科学研究費助成事業データベース）のプロジェクト情報等を横断的に検索できる。

MagazinePlus ★

日外アソシエーツが提供する雑誌・論文見出しデータベース。国立国会図書館の雑誌記事検索でカバーできない学会年報・論文集・一般誌・地方史誌・戦前の雑誌などを含めて横断的に検索できる。

J-STAGE（科学技術情報発信・流通総合システム） ☆

国立研究開発法人科学技術振興機構が運営する電子ジャーナルプラットフォーム。国内の一五〇〇を超える発行機関が、三〇〇〇誌以上のジャーナルや会議録等の刊行物を公開している。

CiNii Books

全国の大学図書館等約一三〇〇館が所蔵する、約一三〇〇万件の図書や雑誌等の情報を検索できるサービス。地域や図書館を絞り込んでの検索も可能で、探している資料が全国のどの大学図書館等にあるのかがわかる。

【オンライン上で本文を読む・全文検索する】

青空文庫

著作権が消滅した作品・著者が承諾した作品をオンラインで全文公開している電子図書館。テキストファイル形式でのダウンロードにも対応しているため、ダウンロードして各種電子書籍リーダーで読むこともできる。

国立国会図書館デジタルコレクション ☆

国立国会図書館で収集・保存しているデジタル資料を検索・閲覧できるサービス。図書・雑誌・日本占領関係資料などのインターネット公開を行っており、自宅から閲覧できる資料も多い。

国立国会図書館次世代デジタルライブラリー

国会図書館デジタルコレクションの一部をＯＣＲでテキスト化し、本文検索できるようにした機能。テキスト検索のほか、画像検索機能もついており、挿絵や写真などを調べることもできる。

国文学研究資料館・電子資料館

国文学論文目録データベースや近代書誌・近代画像データベース、明治期出版広告データベースなど、国文学研究資料館の多様な電子情報をまとめたページ。近代文学資料だけでなく古典籍や歴史資料についても充実。

Googleブックス

著作権が失効した書籍については全文を、保護期間内の書籍については一部を公開しているオンラインサービス。幅広い書籍を横断的に全文検索できるのが特徴。一部書籍はリンクから購入もできる。

丸善eBook Library ★

丸善雄松堂が提供する学術書籍に特化した電子書籍配信サービス。利用には所属機関の契約が必要だが、研究書をはじめとする電子書籍の全文検索・横断検索が行える。印刷・ダウンロードにも対応。

【新聞・雑誌を探す】

朝日新聞クロスサーチ　★

朝日新聞社のデータベース。一八七九年の創刊以来の紙面から記事・広告をキーワード検索できる。一九八五年以降の記事については全文検索に対応し、雑誌『AERA』『週刊朝日』の記事も収録している。

ヨミダス歴史館　★

読売新聞社のデータベース。一八七四年の創刊以来の紙面からキーワード・見出し検索できる。一九三三年以降の地域版の紙面も収録。一九八九年以降の英字新聞『The Japan News』も閲覧できる。

毎索　★

毎日新聞社のデータベース。一八七二年の『東京日日新聞』創刊以降の紙面を収録している。新聞紙面のほか、週刊経済誌『エコノミスト』記事や、毎日新聞が実施してきた世論調査についても検索できる。

ざっさくプラス（雑誌記事索引集成データベース）★

戦前期の雑誌や地方刊行の雑誌まで含めた、広域な雑誌記事をシームレスに検索できるサービス。用字用語の時代変化に対応した機能があり、表記の揺れなどを含めて検索できる。

大宅壮一文庫　雑誌記事索引（Web OYA-bunko）★

評論家・大宅壮一の蔵書を引き継いで設立された雑誌図書館。索引・雑誌記事データベースの作成方法に特徴があり、見出し語の単純一致だけでなく、関連する人物や事件・事項が一挙に検索できるようになっている。

明探　明治新聞雑誌文庫所蔵検索システム

東京大学大学院法学政治学研究科附属近代日本法政史料センター明治新聞雑誌文庫の所蔵検索システム。同文庫は明治期の日本で刊行された新聞・雑誌最大のコレクションで、錦絵や個人文庫の所蔵もある。

神戸大学附属図書館　新聞記事文庫

一九一一年から一九七〇年までの関西主要紙、東京主要紙、地方主要紙、外地新聞などを収録している。切り抜き・採録・分類がされており、特定分野の記事を絞り込み、通覧できる。

20世紀メディア情報データベース　占領期の雑誌・新聞情報一九四五―一九四九　★

メリーランド大学ゴードン・W・プランゲ文庫コレクションの雑誌・新聞記事検索サービス。GHQ／CCD検閲のために集められた雑誌・新聞を、著者名・記事タイトルなどから詳細に検索することができる。

【演劇・映画を調べる】

早稲田大学演劇博物館　演劇情報総合データベース　デジタル・アーカイブ・コレクション

演劇に関する幅広い資料を収集する博物館。デジタル・アーカイブ・コレクションでは伝統芸能・演劇・映画・放送・ポスターや演劇雑誌等を画像データとしてウェブ上で公開している。

国立映画アーカイブ

旧東京国立近代美術館フィルムセンター。日本で唯一の国立映画専門機関であり、映画フィルムの収集・保存・復元・公開を行っている。映画に関する各種図書・雑誌・文献資料の所蔵もあり、複写も受け付ける。

松竹大谷図書館　デジタルアーカイブ

松竹株式会社の創業者の一人、大谷竹次郎が設立した演劇・映画の専門図書館。デジタルアーカイブでは、義太夫正本検索閲覧システムや芝居番付検索閲覧システム、GHQ検閲台本検索閲覧システムなどを提供。

川喜多記念映画文化財団　データベース

映画人、川喜多かしこが設立した文化財団。所蔵資料は書籍・雑誌のほか、特徴あるものとして、映画のプレスシート（配給会社作成のメディア向け宣伝用冊子）・パンフレット・映画祭のカタログなどがある。

【教科書を調べる】

国立国会図書館国際子ども図書館　☆

唯一の国立の児童書専門図書館。児童書のほか、児童文学関連の研究書なども所蔵している。現行の各種教科書・教師用指導書などについても収集しているが、閲覧・複写には規定があるため注意。

教科書研究センター附属教科書図書館　所蔵資料検索

一九四九年以降の検定教科書から現行教科書、指導書、副読本など広く収集。国内の教科書のみならず、さまざまな国と地域の教科書を収集しており、国別でも科目別でも検索できる点が特徴である。

国立教育政策研究所教育図書館　近代教科書デジタルアーカイブ

国立教育政策研究所教育図書館が所蔵する資料のうち、明治検定制度以前の明治初年教科書から第二次世界大戦後の暫定・文部省著作教科書までを、科目ごとにＰＤＦ形式で閲覧できる。

【その他の便利なサービス・データベース】

国立国会図書館　リサーチ・ナビ

資料調査に役立つデータベースやウェブサイトなど、調べものに有用な情報を紹介している。調べたいテーマ・トピックからデータベースを探したり、資料の種類から所蔵情報を検索したりすることができる。

JapanKnowledge（ジャパンナレッジ）★

オンライン辞書・事典検索サイト。日本語・歴史に関する辞典、各外国語辞書、東洋文庫などの叢書まで含めて、あらゆる項目を一括で検索することができる。デジタル版『日本近代文学大事典』も利用可能。

国立国会図書館インターネット資料収集保存事業（WARP）

日本国内のウェブサイトを更新当時そのままのかたちで保存している。公的機関については国の機関、地方自治体、独立行政法人、国公立大学などが、民間では公益法人、私立大学、政党、電子雑誌などが収集対象。

メディア芸術データベース

文化庁が運営する、マンガ・アニメーション・ゲーム・メディアアートの作品情報や所蔵情報をまとめたデータベース。分野ごとに検索することも、横断的に検索することもできる。

東京都立図書館　デジタルアーカイブ（TOKYOアーカイブ）

東京都立図書館がデジタル化した、江戸・東京関係資料の画像を検索・閲覧できるデジタルアーカイブ。近代の地図や東京府・東京市関連資料、絵葉書・写真帖などが利用できる。

学術機関リポジトリデータベース

機関リポジトリ業務担当者向けのウェブサイト。日本国内の学術機関リポジトリに登録されたコンテンツのメタデータを収集しており、各種データベースに情報を提供している。

【文学館・専門図書館等を利用する】

日本近代文学館

図書・雑誌を中心に一二〇万点の資料を収蔵する文学館。作家や関係者からの寄贈も多く、肉筆の原稿や書簡、遺品なども所蔵している。雑誌の復刻をはじめとする出版事業、講座・講演会の実施なども行っている。

神奈川近代文学館

神奈川県ゆかりの文学を中心に一三〇万点以上の資料を収蔵する文学館。寄贈された肉筆原稿など、稀少資料を多数所蔵する。ホームページには夏目漱石関連の所蔵資料を画像で公開するデジタルコレクションも掲載。

日本現代詩歌文学館

詩歌専門の総合文学館。明治以降の詩・短歌・俳句・川柳の作品集や、評論集・研究書・雑誌などを、作者の有名・無名を問わず幅広く収集している。ホームページから図書・雑誌の所蔵状況を確認できる。

東京子ども図書館

子どものための私立図書館。国内外の児童図書や児童文学関連の研究書、英米の児童図書賞の受賞作品のコレクション、日本と世界の昔話集、貴重な寄贈書などを集めた資料室を備える。

東洋文庫（東洋学電子図書館情報システム）☆

アジア全域の歴史と文化に関する東洋学の専門図書館ならびに研究所。漢籍を含むアジア諸地域歴史文献（チベット語、タイ語、アラビア語、ペルシア語、トルコ語など諸言語文献）と欧文資料および和書を所蔵。

三康文化研究所附属三康図書館

博文館創業者である大橋佐平および息子の新太郎の尽力で開設された、大橋図書館の蔵書を引き継いで発足。博文館関連の資料が充実するほか、仏教に関連した資料を収集・公開している。

法政大学大原社会問題研究所

戦前からの社会労働運動に関する一次資料を豊富に所蔵。環境問題などの資料も備える。ホームページ内の全書誌情報検索機能では、細目化された資料種別毎に所蔵状況を検索できる。

昭和館

第二次世界大戦中・戦後の国民生活に関する資料の収集・展示を行う国立博物館。所蔵資料については検索総合案内ページで、書籍・雑誌・体験記などのほか、映像資料やレコードについても検索・閲覧できる。

執筆者紹介（＊は編者を表す）

山口直孝（やまぐち　ただよし）
二松学舎大学。専門は日本近代文学。主な著書に『私を語る小説の誕生―近松秋江・志賀直哉の出発期』（翰林書房、二〇一一）、編著書に『横溝正史研究』（既刊六冊、戎光祥出版、二〇〇九～）、『大西巨人―文学と革命』（翰林書房、二〇一八）など。

大島丈志（おおしま　たけし）
文教大学。専門は日本近現代文学・文化研究。主な著書に『宮沢賢治の農業と文学―苛酷な大地イーハトーブの中で』（蒼丘書林、二〇一三）、共編著に『絵本で読みとく宮沢賢治』（水声社、二〇一三）、共著に『日本近代知識人が見た北京』（三恵社、二〇二〇）など。

大木志門（おおき　しもん）
東海大学。専門は日本近現代文学・自然主義文学・私小説研究。主な著書に『徳田秋聲の昭和―更新される「自然主義」』（立教大学出版会、二〇一六）、『徳田秋聲と「文学」―可能性としての小説家』（鼎書房、二〇二一）、共編著に『「私」から考える文学史―私小説という視座』（勉誠出版、二〇一八）など。

佐藤泉（さとう　いずみ）
青山学院大学。専門は日本近代文学史・思想史。主な著書に『戦後批評のメタヒストリー―近代を記憶する場』（岩波書店、

二〇〇五)、『国語教科書の戦後史』(勁草書房、二〇〇六)、『一九五〇年代、批評の政治学』(中央公論新社、二〇一八)など。

斎藤理生(さいとう まさお)

大阪大学。専門は日本近現代文学。主な著書に『太宰治の小説の〈笑い〉』(双文社出版、二〇一三)、『小説家、織田作之助』(大阪大学出版会、二〇二〇)、共編著に『太宰治　単行本にたどる検閲の影』(秀明大学出版会、二〇二〇)など。

内藤千珠子(ないとう ちずこ)

大妻女子大学。専門は近現代日本語文学・ジェンダー批評。主な著書に『「アイドルの国」の性暴力』(新曜社、二〇二一)、『愛国的無関心—「見えない他者」と物語の暴力』(新曜社、二〇一五)、『小説の恋愛感触』(みすず書房、二〇一〇)など。

出口智之(でぐち ともゆき)

東京大学。専門は明治時代を中心とする日本文学・日本美術。主な著書は第七章参考文献にあげたもののほか、『幸田露伴と根岸党の文人たち—もうひとつの明治』(教育評論社、二〇一一)、『幸田露伴の文学空間—近代小説を超えて』(青簡舎、二〇一二)、『森鷗外、自分を探す』(岩波ジュニア新書、二〇二二)など。

川崎賢子(かわさき けんこ)

中国・清華大学。専門は日本近現代文学・文化、演劇、映画。主な著書に『尾崎翠　砂丘の彼方へ』(岩波書店、二〇一〇)、『もう一人の彼女—李香蘭/山口淑子/シャーリー・ヤマグチ』(岩波書店、二〇一九)、『宝塚—変容を続ける「日本モダニズム」』(岩波現代文庫、二〇二二)など。

日比嘉高（ひびよしたか）＊

名古屋大学。専門は日本近現代文学・移民文学・出版文化史。主な著書に『〈自己表象〉の文学史』（翰林書房、二〇〇二）、『ジャパニーズ・アメリカ―移民文学・出版文化・収容所』（新曜社、二〇一四）、『プライヴァシーの誕生―モデル小説のトラブル史』（新曜社、二〇二〇）など。

石川巧（いしかわたくみ）＊

立教大学。専門は日本近代文学・出版文化研究。主な著書に『読む戯曲《レーゼ・ドラマ》の読み方―久保田万太郎の台詞・ト書き・間』（慶應義塾大学出版会、二〇二二）、『幻の雑誌が語る戦争―『月刊毎日』『国際女性』『新生活』『想苑』』（青土社、二〇一七）、編著に『幻の戦時下文学―『月刊毎日』傑作選』（青土社、二〇一九）など。

飯田祐子（いいだゆうこ）＊

名古屋大学。専門は日本近現代文学・ジェンダー批評。主な著書に『彼らの物語―日本近代文学とジェンダー』（名古屋大学出版会、一九九八）、『彼女たちの文学―語りにくさと読まれること』（名古屋大学出版会、二〇一六）、共編著に『プロレタリア文学とジェンダー―階級・ナラティブ・インターセクショナリティ』（青弓社、二〇二二）など。

金子明雄（かねこあきお）＊

立教大学。専門は日本近現代文学・物語論・文学理論。主な論文に「「文学史」はいつ書かれるのか」（『日本近代文学』二〇二二・五）、共編著に『ディスクールの帝国―明治三〇年代の文化研究』（新曜社、二〇〇〇）、『江戸川乱歩新世紀』（ひつじ書房、二〇一九）など。

高榮蘭（こう よんらん）

日本大学。専門は日本近現代文学・メディア論・翻訳論。主な著書に『戦後というイデオロギー―歴史／記憶／文化』（藤原書店、二〇一〇）、共編著に『検閲の帝国―文化の統制と再生産』（新曜社、二〇一四）、論文に「文学の路上を生きる―在留資格から考える「日本語文学」という落とし穴」（『日本近代文学』二〇二一・一一）など。

小平麻衣子（おだいら まいこ）＊

慶應義塾大学。専門は日本近現代文学・ジェンダー批評。主な著書に『女が女を演じる―文学・欲望・消費』（新曜社、二〇〇八）、『夢みる教養―文系女性のための知的生き方史』（河出書房新社、二〇一六）、『小説は、わかってくればおもしろい―文学研究の基本15講』（慶應義塾大学出版会、二〇一九）など。

久米依子（くめ よりこ）

日本大学。専門は日本近現代文学・児童文学研究。主な著書に『「少女小説」の生成―ジェンダー・ポリティクスの世紀』（青弓社、二〇一三）、共編著に『少女小説事典』（東京堂書店、二〇一五）、共著に『小説の生存戦略―ライトノベル・メディア・ジェンダー』（青弓社、二〇二〇）など。

渡部裕太（わたなべ ゆうた）

立教大学ほか。専門は日本近現代文学。主な論文に「都市表象としての身体―武田泰淳「もの喰う女」論」（『立教大学日本文学』二〇二一・三）、共著に『〈ヤミ市〉文化論』（ひつじ書房、二〇一七）、『占領期の地方総合文芸雑誌事典　別冊』（金沢文圃閣、二〇二二）など。

文学研究の扉をひらく　基礎と発展

Gateway to Modern Japanese Literary Studies: Basic and Advanced

Edited by Ishikawa Takumi, Iida Yuko, Odaira Maiko, Kaneko Akio and Hibi Yoshitaka

発行　2023年2月6日　初版1刷

定価　2200円＋税

編者　© 石川巧・飯田祐子・小平麻衣子・金子明雄・日比嘉高

発行者　松本功

装丁者　中野豪雄

印刷・製本所　亜細亜印刷株式会社

発行所　株式会社 ひつじ書房

〒112-0011 東京都文京区千石2-1-2 大和ビル2階

Tel.03-5319-4916 Fax.03-5319-4917

郵便振替 00120-8-142852

toiawase@hituzi.co.jp　https://www.hituzi.co.jp/

ISBN978-4-8234-1136-6

造本には充分注意しておりますが、落丁・乱丁などがございましたら、
小社かお買上げ書店にておとりかえいたします。ご意見、ご感想など、
小社までお寄せ下されば幸いです。

刊行のご案内